厨房
厨房
甘露
吉本芭娜娜
厨房
吉本芭娜娜
蜜月旅行
吉本芭娜娜
白河夜船
哀愁的预感
哀愁的预感
无情/厄运
不伦与南美
甘露
N・P
虹
厨房
Kitchen
阿根廷婆婆
雏菊人生
无情・厄运
白河夜船
尽头的回忆
橡果姐妹
哀愁的预感
鸫
喂喂下北泽

食记百味

不伦与南美

彩虹

厨房

莎乐美汉堡店
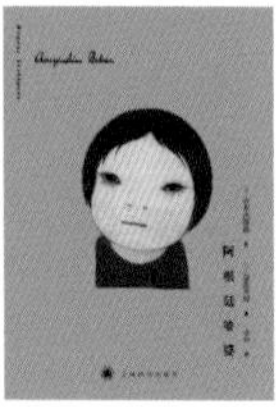
阿根廷婆婆

花床午歇

初恋

身体全知道

吉本芭娜娜
尽头的回忆
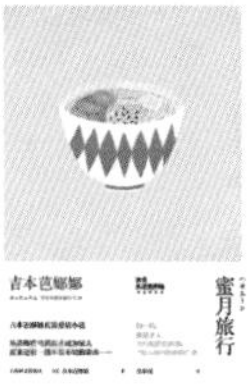
吉本芭娜娜
蜜月旅行

吉本芭娜娜
白河夜船

吉本芭娜娜
不伦与南美
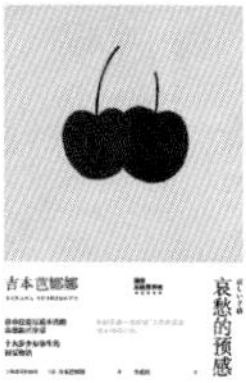
吉本芭娜娜
哀愁的预感

吉本芭娜娜
无情·厄运

吉本芭娜娜
N·P

吉本芭娜娜
橡果姐妹

吉本芭娜娜
鸫

吉本芭娜娜
彩虹

吉本ばななの文学と中国

―『キッチン』を中心に

鄭 秋迪／著
Zheng Qiudi

論創社

目次

はじめに

吉本ばななは、その作品が広く世界に知られ、また愛読されているという点で、村上春樹と並び、現代日本を代表する作家の一人である。中国でも、「日本文学の天皇」[1]として紹介された村上春樹と並ぶ「皇后」として紹介され、一九八九年に村上春樹がはじめて『挪威的森林《ノーウェイダセンリン》（ノルウェイの森）』（林少華訳、漓江出版社）で中国の読者の前に登場したときと同じように、吉本ばななも一九九二年に『开心哭泣开心泪《カイシンクーチーカイシンレイ》』（林少華等訳、漓江出版社）という、「キッチン」、「満月――キッチン2」、「ムーンライト・シャドウ」、「うたかた」、「サンクチュアリ」、「TUGUMIつぐみ」、「哀しい予感」を収録した作品集で中国の読者の前に登場している。

そして、その後も版権のない海賊版を含め、数々の翻訳本が出版されており、二〇〇四年には、村上春樹作品の版権も獲得している上海訳文出版社が、吉本ばなな作品の版権を獲得すると、同出版社によって中国のネット上に吉本ばななのホームページが立ち上げられるなど、熱心な販促活動がなされていた。さらに二〇〇八年には、上海外語教育出版社から出版された日本語の教科書『日語総合教程（第八冊）』（皮細庚編著）に「TUGUMIつぐみ」の一部が採用されるなど、王海藍《おうかいらん》（2012）による「日本の近現代作家の中でどのような作家を知っているか」という調査でも、「村上春樹」と答えた人が「二三四八人／回答総数二六一八人」[2]と第一位であるのに対して、「吉本ばなな」と答えた人は「一三〇人」[3]と、数こそ少ないものの、村上龍の「七〇人」[4]などを抑えて堂々の第七位に入っていたのである。

しかし康東元《こうとうげん》（2005）が、「村上春樹と比べると吉本ばななは中国の読者にはそれほど知ら《マ》されれ《マ》てはない。その理由は、まだ十分解明できないが、おそらく中国の新しい（改革開放以後の：引用者注）読者層に、吉本ばななを受容する素地が用意されていないのであろうと推測できる」[5]と述べており、また本書のアンケート調査でも明らかにされているように、中国における吉本ばななの知名度はあまり高いものとはいえず、また本書の「知網《チワン》（学術論文データベース）」を使った調査でも、二〇二〇年四月現在までの川端康成と村上春樹に関する公刊論文数は、それぞれ「一四九九本」と「一一七一本」、修士・博士論文数はそれぞれ「一六七本」と「二四九本」となっているのに対して、同じく二〇二〇年現在までの、吉本ばななに関する公刊論文数は「一〇九本」、修士・博士論文数は「六四本」で、中国の吉本ばなな作品の受容は、あまりふるわない——円滑また幅広いものとはなっていない——といえよう。だが、その原因はいったいどこにあると考えられるのか。

本書は、中国で吉本ばなながどのように受容されているかを明らかにしつつ、このような問いに答えることを目的としている。しかし、一口に吉本ばなな文学といっても、中国で出版されている作品数だけでも四十五点にものぼり、各作品によってもその受容の様相は異なるため、ここでは、吉本ばななの文壇デビュー作であり、同時に代表作ともいえる『キッチン』を中心に見ていくことにしたい。そのポイントは次のとおりである。

（1）吉本ばななとその文学、とくにその文壇デビュー作である『キッチン』は、どのような背景や経緯で中国に受容されたか。

（2）吉本ばななとその文学、とくに『キッチン』は、中国の一般読者にどのように受容されているか。

（3）吉本ばななとその文学、とくに『キッチン』は、中国の学術研究にどのように受容されているか。

（4）吉本ばななとその文学、とくに『キッチン』は、中国での映画化でどのように受容されているか。

（5）この結果をふまえて、中国の吉本ばなな受容がふるわない原因はどこにあると考えられるか。

本書の研究の方法はおもに三種類に分類される。まず一つは文献調査で、もう一つはウェブサイトやソーシャルメディアを対象としたWEB・SNS調査、もう一つはウェブサイト上のアンケート調査（Online Survey）、最後の一つは内在的読解によるテクスト・映像分析である。

ポイントの（1）（3）（4）はおもに文献調査で、（2）はアンケート調査となる。しかし、（2）では、WEB・SNS調査として、「豆瓣読書《ドウバンドゥーシュー》」というウェブサイトや「新浪微博《シンランウェイボー》」というソーシャルメディアを対象に調査を実施する一方で、「问卷星《ウェンジュエンシン》」（https://www.wjx.cn）というウェブアンケート調査のサイトを介した調査も実施する。さらに（4）でも文献調査だけでなくウェブサイト「豆瓣電影《ドウバンディエンイン》（＝映画）」を対象とした調査も実施する。

本書の構成は、まず、ここで問題設定と課題、方法について述べ、第一章では、主題である「中国の吉本ばななの受容」と先行研究、そして周辺の先行研究について言及し、研究の位置づけを示す。

第二章では、(1)について、中国の吉本ばななとその文学、とくにその文壇デビュー作である『キッチン』の受容の背景や経緯について明らかにする。そして第三章では、(2)について、『キッチン』に関し、「豆瓣読書」や「新浪微博」での感想や評価を明らかにするとともに、「问卷星」を用いてアンケート調査を実施し、吉本ばななとその文学に関する知名度や評価について明らかにする。

第四章では、(3)に対して、中国の吉本ばななに関する著作や「知網」における中国の吉本ばななに関する論文を調査し、その数だけでなく、おもな主題や観点とその傾向を明らかにし、同時にそのなかで、中国の受容として興味深い比較研究についても、いくつかとり上げて考察する。第五章では、(4)としては、中国の映画監督による吉本ばなな文学の受容、その制作された映画『厨房(キッチン)』における間接的な受容、映画評論家の感想・評価とともに、「豆瓣電影」の調査で一般の鑑賞者の感想・評価も明らかにする。

第六章では、(3)、すなわち本書の主題、「中国の吉本ばなな作品の受容があまりふるわないのは、どういうことか」、中国の吉本ばななの知名度や出版数の推移、扱った論文数の推移、吉本ばななやその映画に対する感想や評価などの吉本ばななの受容の実態を示す。そしてその原因はどこにあるのかという問いに答えるために、これまでの調査・研究を整理しつつ、作家・吉本ばなな自身の語りや『キッチン』を中心にした吉本ばななな作品を、筆者の観点から再考し、そのおもな原因を示す。終章では、結論を示し、研究の課題、さらに謝辞と参考文献を付す。

巻末には附録として、第二章と第三章などに関し、これまで中国で出版された——『キッチン』だけでなく、吉本ばなな文学の——基本情報をまとめた表を示す。そして、第四章に関して、中国で——現時点において知網で検索できる――吉本ばなな文学に関するすべての修士・博士論文と公刊論文の題目などまとめた表、第三章で実施したアンケートの日本語版と中国語版を付す。

第一章　これまでの研究

1　作家・吉本ばななとは

吉本ばなな（本名：吉本真秀子《まほこ》）は、一九六四年七月二十四日、「東京都文京区千駄木の病院にて、評論家・詩人である吉本隆明の次女として」[6]生まれた。「血液型はA型」[7]である。姉は漫画家のハルノ宵子（本名：吉本多子《さわこ》）で、母の吉本和子は句集『寒冷前線』などを出版している俳人である。

このように文学・芸術的な雰囲気の漂う家庭で生まれ育ったばななは、幼稚園に上がる前から、早くも「お姉ちゃんが絵だから、私は小説、と自然に作家を志」[8]すようになった。幼少期は、「左眼が弱視であったため、よく見える右眼に眼帯をして弱視を直す訓練をしており、親から眼帯を外すことを許された一日わずかの時間で貪るようにマンガを」[9]読んでおり――「手塚ファンの姉に対して藤子不二雄を愛読」[10]――これは後の作風にも――よくいわれる「マンガ」的ということだけではなく、彼女の作品が藤子不二雄的な意味で「寓話」[11]的であるという意味において――影響を与えている。

それから一九七〇年に、三島事件に衝撃を受ける。後にばななは、宮本輝との対談で、編集部の「よしもとさんにとって、死生観を確立する出来事とはなんでしたか?」という質問に答えて、「私は、三島由紀夫の切腹事件にすごく衝撃を受けました。事件当時はまだ子供でしたが、お腹を自分で切って自殺したと聞いてびっくりして、しかも三島に殉じて亡くなった人がいて、彼は父の友人で私の家に出入りしていたんです。人は思想のために死ぬのかと、いろいろ考えましたね」[12]と述べており、その衝撃の身近さと深さがうかがい知れる。

そして、小学校で未完の初作品「赤い橋」を執筆し、大島弓子などのマンガを読む一方で、川端康成や太宰治を読み耽り、一九八三年に日本大学芸術学部文芸学科に合格し、卒業制作の短編小説「ムーンライト・シャドウ」が日大芸術学部長賞を受賞する。その一九八七年に「ゴルフ場のバイトと浅草の喫茶店『孔雀茶屋』のウェイトレスをしながら書き上げた作品『キッチン』が、第六回海燕新人文学賞を受賞」[13]し、翌一九八八年に

「ムーンライト・シャドウ」を収めた『キッチン』が福武書店から刊行された。

ここから、「キッチン」の続篇「満月――キッチン2」をはじめとして、「第一期吉本ばなな文学」と呼ばれる作品を次々に生み出したばななは、数多くの文学賞を受賞し、たちまちベストセラー作家の仲間入りを果たし、一九八九年には早くも『キッチン』が映画化され、新聞や雑誌がばななの特集を組むなど、いわゆる「吉本ばなな現象」が巻き起こり、その旋風は海外にまで吹き荒れた。最初はイタリアのジョルジョ・アミトラーノの翻訳による『Kitchen（キッチン）』（一九九一年）で、これが爆発的にヒットしてベストセラーとなった結果、次々と他のヨーロッパ諸国などへも広がっていくことになった（アレッサンドロ・ジェレヴィーニ 1998）[14]。なお、小山（1993）によれば、イタリア・トリノの新聞『スタンパ』で、イタリアの著名な評論家・詩人のフランコ・コルデッリが、「アラン・フルニエの『モーヌの大将』とサリンジャーの『ライ麦畑でつかまえて』と吉本ばななの『キッチン』の三つが今世紀最も重要な青春小説だ[15]」と評したそうである。もちろん日本でも大変な影響で、ばななが出た日大芸術学部の就職率を上げた[16]とさえいわれている。

その後、私生活では二〇〇〇年にロルファー（整体師）の田畑浩良と事実婚の関係になり、二〇〇三年二月八日に当時三十八歳で男児を初産、これを期に『王国その1』（二〇〇二年）から、ペンネームを平仮名の「よしもとばなな」（～二〇一四年）に改名したが、子育てがひと段落した二〇一五年、再び「吉本ばなな」に再改名し、現在も精力的な活動を続けている。なお、この改名と再改名の理由などについては、第三章の2の（5）の注で詳しく述べている。

2　日本と中国の吉本ばなな研究

吉本ばななとその作品に関する研究は数多く、二〇二〇年四月現在、日本のCiNii《サイニー》（国立情報学研究所）サイトで、キーワードを「吉本ばなな」や「よしもとばなな」として検索され得る資料の中で、論文に該当するものはそれぞれ一五三本と三三本となっており、中国の知網《チワン》（学術情報データベース）――日本のCiNiiに相当――でも、雑誌記事は一〇九本、修士（六三）・博士論文（一）と六四本にものぼる。その研究内容の主題・観点などの傾向や特徴については、第五章の3で詳しく扱う。

次章のアンケート調査でも明らかになっているように、中国の村上春樹の知名度や人気は絶大なものであり、彼と比べると、村上は同じく知網では雑誌記事が一一七一本、修士（一二四三）・博士論文（六）が一二四九本と、中国の学術研究状況においても大きな差がある。中国における受容の研究も、村上春樹とその作品に関しては、その代表的なものだけを挙げても藤井（2007）や王海藍（2012）、徐子怡《じょしい》（2014）など、枚挙にいとまがない。

これに対して吉本ばななとその作品では、日本・中国を問わず、その〈中国における受容〉を体系的に明らかにした研究は、見当たらない。この〈受容〉の観点から吉本ばななとその作品を研究したものも、その一部を紹介したものは、先に挙げたイタリアに関するものなど、ある程度の数が散見されるが、〈受容〉それ自体をテーマとして体系的に研究した学術論文は、わずかに芳賀理彦（2013）「アメリカにおけるよしもとばななの受容――少女カルチャーの翻訳可能性[17]」が確認されるのみである。

そのほかは、先にも挙げた、日本のジャーナリスト・小山鉄郎の「イタリアの吉本ばなな」（一九九三年）や、吉本ばなな文学作品のイタリアでの翻訳者の一人であり、近著にエッセイ『いつも心にイタリアを』などがある日本文学研究者・アレッサンドロ・ジェレヴィーニが、『イタリア研究会報告書No.79』で報告している「イタリアにおける吉本ばなな現象」（一九九八年）があるくらいで、一部に各国の受容について言及のあるものとしては、例えば、古くは『本日の、吉本ばなな』に収められている、モーガン・エントレキン（アメリカ）やモニカ・ランディ・セグレ（イタリア）、ジョン・ライリー（イギリス）などが寄せた文章、また最近では雑誌『ユリイカ』の吉本ばなな特集に収められている、吉本ばなな文学作品のイタリアでの翻訳家であるジョルジ

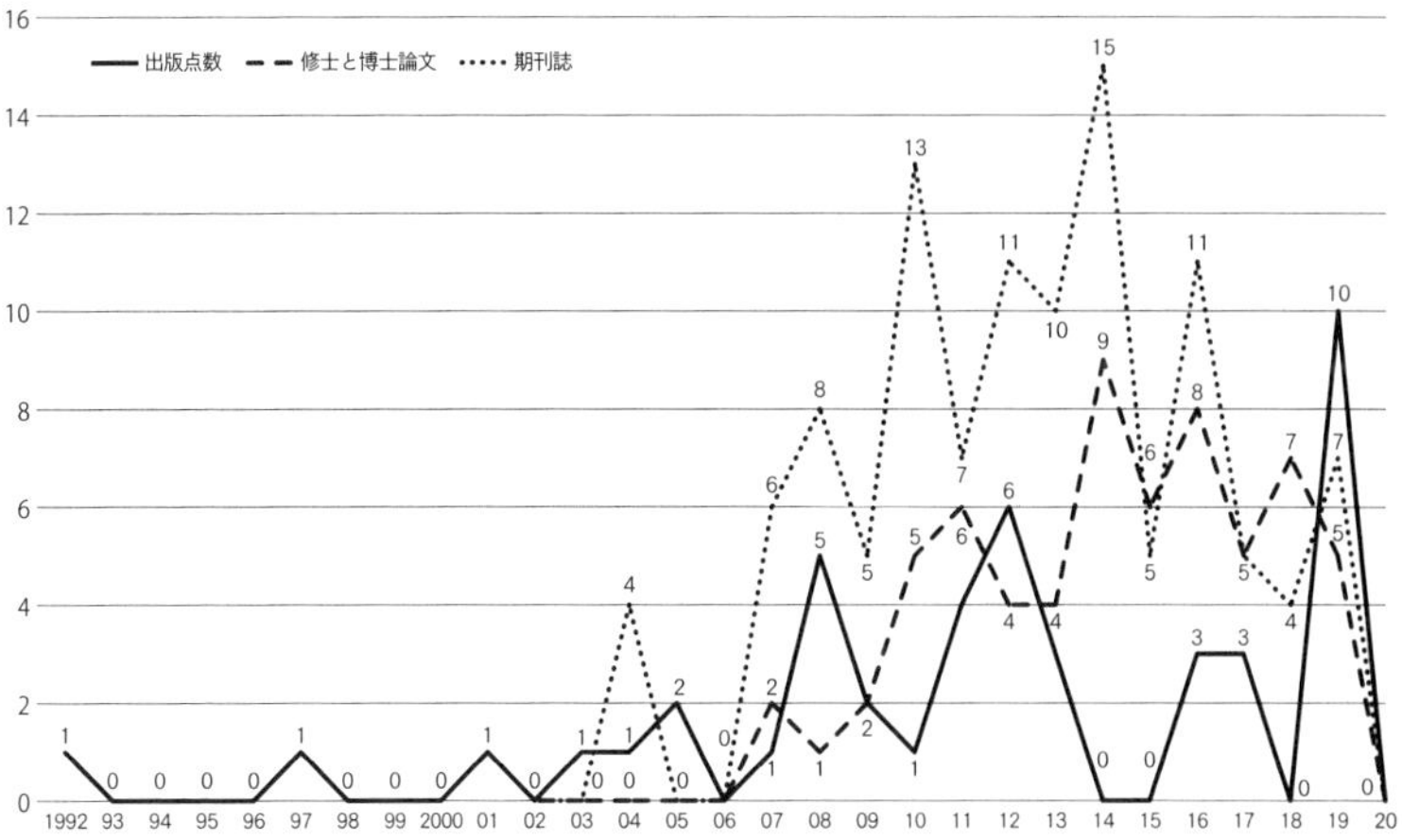

図１　吉本ばなな作品の出版数と研究論文

ヨ・アミトラーノ、そして韓国の翻訳家・すんみ、表象文化論などの研究者である姜竣《カンジュン》の文章などが挙げられる。

　しかし、そのような文章でも、中国における受容について明らかにしたものはほとんどなく、筆者の調査した範囲では、一九九三年十一月の「現代文学会」十一月例会の「世界の中の吉本ばなな」というディスカッションで、ヒラリア・ゴスマン（ドイツ）、エリザベス・フロイド（アメリカ）とともにこれに参加した殷恵娥《いんけいが》が、その発言の中で触れている程度である。この文献については、次章でも扱うことになる。

　すなわち、中国における受容について、これを体系的に明らかにした研究論文は見当たらず、断片的なものでさえ数える程度である。

　次に、中国の吉本ばなな作品の受容があまり芳しくないという現状については、第三章の2のアンケート調査において明らかにされることだが、ここでは中国における吉本ばなな文学作品の出版数と、吉本ばなな作品に関する修士・博士論文の数、雑誌記事の刊行数を時系列に並べ、その変遷と現状について見てみることにしたい。

　この図1の中で、実線は中国における吉本ばなな作品の出版数を表し、破線は修士・博士論文の数、点線は雑誌記事の数をそれぞれ表している。

一九九二年に中国で最初の吉本ばななの小説集『开心哭泣开心泪《カイシンクーチーカイシンレイ》（楽しく泣いて、楽しい涙）』が出版され、二〇〇三年に上海訳文出版社が版権を取得して以来、出版状況はきわめて安定しており、吉本ばなな文学作品の翻訳・出版は、中国で曲線的な伸びを示している。しかし二〇一九年に出版数がピークに達している一方で、修士・博士論文と雑誌の記事数は二〇一四年をピークに減少に転じ、現在その受容が低迷していることを示している。

この図だけを見ると、二〇一九年に吉本ばなな作品の中国での出版数がピークに達しているところで、ばなな文学の新刊が飛ぶように売れているような印象を受けるかもしれないが、実際はそうではない。この二〇一九年に出版された書籍は、過去にすでに出版された作品の再版であり、新しい作品ではない[18]。したがって、実際に新作がピークを迎えているのは二〇一二年だということになる。そして二〇一二年以降の二年間と二〇一四年に、吉本ばなな作品を研究する修士・博士論文と雑誌記事が、ともに最高値を示しているが、この原因は次のように推測される。

一般的に、中国の大部分の大学院の文系学科は三年で修了するが、その一、二年次のときに研究の方向性を定める必要があり、二〇一二年頃に吉本ばなな文学作品の出版数が増えるにつれて、吉本ばななの中国での知名度なども高まり、各大学の学生や研究者の視野に入るようになったものと考えられる。そこで一部の大学院の一、二年生たちが吉本ばなな作品を研究対象として研究を始め、一、二年間の研究期間を経て、二〇一四年に論文を完成させたため、この年に研究のブームが起きたのであろう。このため、この研究の高まりが吉本ばなな文学作品の中国での出版数の増加ともつながっていることが推測される。このように二〇一九年のピークの内実を見ていくと、その出版は十冊という最高値を記録しているにもかかわらず、すべて旧作の再版で、装丁などが変更されているにすぎないため、吉本ばなな作品の研究には大きな影響がなく、そこで何かがあって再流行したというわけではないことがわかる。

第二章　吉本ばななの中国での受容

一九八七年十一月、吉本ばななの文壇デビュー作「キッチン」が『海燕』に掲載され、第六回「海燕」新人文学賞を受賞した。翌八八年一月には福武書店より、「キッチン」とその続編「満月―キッチン2」、そしてばななの初めての作品[19]である「ムーンライト・シャドウ」を収めた小説『キッチン』が刊行され、二〇一八年、小説『キッチン』は、その刊行から三〇周年を迎えた。

ばななの文学は現在、すでにアジア、中東、アメリカ、ヨーロッパ諸国など、三〇以上の国や地域において翻訳・出版されているが、これによって「ばなな現象」は海を越えて世界中に波及した。各地で人気を博したばななの文学は、村上春樹と並ぶ国際的な知名度を有する作家として、ばななを世界文壇へと押し上げていったのである。

1 「吉本波七」として

中国の学術情報データベース「知網《チワン》」――日本のCiNiiに相当――の調査に基づけば、日本の作家・吉本ばななの名前が初めて中国に紹介されたのは、一九八九年のことである。中国で権威ある外国文学雑誌の『世界文学』[20]（一九八九年四月二十五日）、その「世界文艺动态《スージエウェンイードンタイ》」（世界文芸の動勢）の「一九八八年の日本文壇十大ニュース」と題する日本文学の動勢について紹介する記事には、以下のように記されている。

文坛出现〝各领风骚三五年〟的现象。眼下村上春树的作品似已显得陈旧，前两年曾轰动一时的俵万智如今已成了〝强弩之末〟。一九八八年日本文坛中最显眼出众的是年仅二十四岁的后起之秀吉本波七，不想她获得的却是泉镜花奖[21]

（日本文壇に「三年ひと昔」現象が現れた。目下のところ、村上春樹の作品はもう古臭いものになってきているようだ。数年前、大ブームを巻き起こした俵万智の人気は、今や「衰退の一途」をたどっている。一九八八年の日本文壇で最も傑出しているのは、わずか二十四歳の新人である吉本波七であるが、この期待の新人が獲得できたのが、泉鏡花賞であったというのは、いささか意外なほどである）

この「吉本波七《ジーベンボーチー》」こそ、吉本ばななのことにほかならない。苗字の「吉本」に対しては、その翻訳においても「吉本」と、同じ漢字をあてているが、名前の「ばなな」という平仮名は二つの部分に分けて翻訳されている。すなわち、「ば」にはこれに類似した音訳で「波（ボー）」という漢字をあて、「なな」にはその意味をとって数字の「しち」を表す「七（チー）」という漢字を当てている。

こうして吉本ばななは「吉本波七」という名前で中国に紹介されたのであるが、その後、中国で翻訳・出版がされるまでの間、ばななはもう一つの名前でも中国に紹介されている。それが「吉本香蕉《シャンジャオ》」である。この「香蕉」というのは、中国語で「バナナ」を意味し、先に見た「波七」とは異なり、中国語における意味によって訳されたということがわかる。

2 「吉本香蕉」として

ばななは「吉本ばなな」というペンネームの由来について、『パイナップリン』という初エッセイの中で、「バナナの花が好き」[22]だからという主旨のことを述べているが、このエッセイ出版から二年後の一九九一年、中国語で「吉本香蕉《ジーベンシャンジャオ》（バナナ）」とそのペンネームを訳したうえで――もちろん、ほかにも当時「ばなな」を「香蕉」と訳した記事や論文は存在し、いまでもこのように訳されることはあるが――、ばなな文学の人気を「バナナ」に比して中国へ紹介した記事が存在する。

为什么光〃香蕉〃畅销呢？因为是〃香蕉〃，所以就畅销。香蕉者，吉本香蕉也，本名石原真秀子，因喜爱香蕉的红花而起了这么个笔名。她从毕业作品起步，短短两年就推出六部作品，不仅接连获奖，而且的确像香蕉一样，相继畅销，使近十年来处于危机中的文艺出版为之一振。这两句问答，似含机锋，让人真要从她的笔名来探索畅销的奥秘。名从主人，是翻译的定则，一般译日本姓名是从其汉字。虽然人名用汉字又增多了一百一十八字，但是用假名写名字的也日见其多。吉本香蕉，前二字是姓，用的是汉字，可以照搬字面，而后二字用的是假名，似乎还是音译为好，叫吉本巴娜娜[23]

（なぜ〃バナナ〃だけがかくも売れるのか？それは〃バナナ〃ゆえにかくも売れるのである。バナナは吉本香蕉なり。その本名は石原真《ママ》秀子、バナナの紅い花を愛するがゆえに、このペンネームをつけた。彼女はその卒業制作から小説家として歩み始め、たった二年という短い期間で六本もの作品を世に送りだした。それらの作品は次々と賞を獲得したのみならず、まさしくバナナのように売れ続け、ここ十年来危機に陥っていた文芸出版界を蘇らせた。本記事の冒頭に示した問答は含蓄に富んでおり、またわれわれをして彼女のペンネームをもとにその人気の秘密を探らしむるに足るものである。（中略）吉本香蕉の前の二文字は姓で、漢字を用いているためそのまま漢字をあてられるが、後ろの二文字は仮名であるため、やはりこれを音訳して吉本巴娜娜（吉本ばなな：引用者注）とするほうがよいであろう）

このように「ばなな」という名前は、その翻訳が出版される以前の段階からとり上げられ、また議論を呼び起こしていた。翌九二年の『世界文学』、「世界文芸の動勢」にも、「被誉为〃当代紫式部〃的吉本香蕉在发表了曾引起很大反响的《厨房》后，又接连写出了不少新作，以其清新、朴素的文风赢得了众多读者[24]」（「現代の紫式部」と賞賛される吉本香蕉は、大きな反響を呼んだ『キッチン』の発表後も、続々と新作を書いている。その清新な作風と素朴な文体で、多くの読者を獲得した）とあり、ここでも「吉本香蕉」という翻訳が用いられているように、当時の文学雑誌において吉本ばななが紹介されるときは、ほとんどの場合この「吉本香蕉」という名前が用いられていた。もちろん、先の李長声氏のように「巴娜娜」（ばなな）などの音訳を採用すべきであるという意見も出てきてはいたが、現在の「吉本芭娜娜《ジーベンバナナ》」（吉本ばなな）という翻訳の定着は、ばなな作品の中国における翻訳・出版を待たねばならない。

3 「吉本芭娜娜」として

一九九二年二月、中国の大陸ではじめてばなな文学が、吉本ばなな小説集『开心哭泣开心泪』（楽しく泣いて、楽しい涙）――「厨房浪漫《チューファンランマン》」（原題：キッチン）、「月満中天《ユエマンヂョンティエン》」（満月―キッチン2）、「月梦花影《ユエモンファーイン》」（ムーンライト・シャドウ）、「情海泡沫《チンハイパオモー》」（うたかた）、「心间圣所《シンジィエンシェンスオ》」（サンクチュアリ）、「小城别恋《シャオチエンビエリィエン》」（TUGUMI）、「预感凄凄《ユーガンチーチー》」（哀しい予感）の七作品を収録――として、漓江《りこう》出版社より出版された。

この漓江出版社は、一九八〇年に中国の有名な観光地の一つである桂林で創業された外国語文芸や旅行文化に関する書籍を専門とする出版社である。創業当初から精力的に現代外国文学や芸術図書を輸入・出版し、日本文壇に対しても早くから注目してきた。八〇年代に村上春樹の『挪威的森林（ノルウェイの森）』が日本で大きな社会現象を巻き起こした――これを中国では「森林現象」（森現象）と呼ぶ――が、このときも一九八九年七月には他社に率先してこれを翻訳・出版している。なお、この漓江出版社が出した『ノルウェイの森』が、中国の大陸においてはじめて出版された村上春樹作品である。

この『ノルウェイの森』の翻訳は、当時、広州暨《き》南大学外国語学科の教授であり、ちょうど日本で学者としての任期を終えて帰国したばかりだった林少華が担当した。林少華はこのとき村上春樹の『ノルウェイの森』を翻訳したことによって、広く中国の読者に知られるところとなり、現在では中国の翻訳界において、村上春樹の作品を最も多く翻訳している、中国で最も有名な翻訳家の一人として活躍している。

先の漓江出版社が出した吉本ばなな小説集において「キッチン」他、計五作品の翻訳を担当しているのは、『ノルウェイの森』の翻訳で一躍その名を馳せた、林少華その人である。

4　吉本ばなな文学輸入の契機

吉本ばなな小説集『开心哭泣开心泪』の編者であり、当時漓江出版社の編集者だった汪正求《おうせいきゅう》は、この本の編集後記で、ばななの小説が中国にはじめて上陸することになった過程を仔細に記している。

「吉本芭娜娜的这部集子的问世，首先得益于大连外院的罗兴典先生。他惠人智眼，于一九八九年初即赐告了我社日本文坛新近出现的〝吉本小说现象〞，随即寄来原作三本。阅后，颇有感触，便多方约人译稿。辗转反复，还是落到了少华君头上。他近年来笔耕辛勤，昼夜苦战，大概都为我们所累，在此再次敬表谢忱。

一九九一年，在厦门值日本文学年会召开之际，天赐良机，听翻译界前辈陈喜儒先生介绍日本文坛最新信息。知悉〝森林现象〞之后，最热门的就是吉本芭娜娜的小说，极为青年男女喜爱，便更坚定了出书的信心。又逢厦门大学民子女士赐稿《小城别恋》（原名《鸫》），此亦目下最为轰动之佳作，于是集成了这本国内最为完整的吉本小说集子，敬献给广大热心读者[25]。

（吉本ばななのこの小説集の出版にあたっては、まずなにより大連外国語学院の羅興典先生のご尽力によるところが大きい。先生はそのご慧眼により、日本文壇において『ばなな現象』が巻き起こっているということを、一九八九年の初めにすでに弊社へお知らせくださっており、すぐさま三冊の原作を送ってきてくださっていた。私はこれを読んで非常に感ずるところがあり、多くの人に翻訳を依頼したが、紆余曲折あり、最終的にはやはり林少華氏に白羽の矢が立った。（中略）一九九一年、厦門《あもい》で日本文学年会が開催された際、好機に恵まれ、翻訳界の重鎮である陳喜儒先生から日本文壇に関する最新情報を聞くことができた。これによって『森林現象』の後、いま最も熱いのは吉本ばななの小説であり、これが非常に若者に受けているということを知ることができ、我々は出版の決意をさらに強固なものとした。また、厦門大学の民子さんの翻訳してくださった『小城別恋』（原題『TUGUMI』）は、目下のところ最も人気の傑作であり、ここに国内で最も完成されたこの吉本ばなな小説集が誕生したのである。この小説集を、広く熱心な読者に捧げる）

このように漓江出版社は、「森林現象」の後ですかさず「ばなな現象」へとその食指を動かしていたのであるが、はじめに漓江出版社へばなな作品を勧めたのは、当時、大連外国語学院の教授であった羅興典[26]であった。羅興典は吉本ばなな小説集『开心哭泣开心泪』の前書きである「彼女（吉本ばなな：引用者注）の小説はなぜ売れるのか」[27]で、ばななの小説が日本文壇において引き起こした「ばなな現象」と呼ばれる大ブームを紹介しているほか、ばななの小説が売れる理由を「物語が面白い」（故事別开生面[28]）、「登場人物が独特」（人物独特[29]）、「文体が新しく奇抜で、詩の如くまた画の如し」（写法神奇，如诗如画[30]）という三点に集約して述べている。さらに、羅興典はこの三点をばななの小説の魅力であると述べている。

また汪正求も先の編集後記の中で、吉本ばななの小説が「現代の日本の若い女性の孤独や繊細な感受性をよく表しており、また現代の寄る辺のない若者の、他者と共感したいと渇望しながらも行き場のない内面世界を、徹底的に表現した（中略）数百万の日本の若者は彼女の作品の中に心のオアシスを求めている」（充分抒发了当代日本青年女性的孤寂、雅致的内心灵性，透彻诠释了当代没根没叶的年轻人渴求心灵交会但又彷徨无路的心灵世界。数百万日本年轻人都在她的作品中寻找绿洲[31]）と指摘している。また同氏はこの編集後記の冒頭において「一人の若手編集者として、私も若者に愛読され、また話題にされるような本を世に送り出したいものだ」（作为一名青年编辑，极想编出一些青年人喜看爱论的书[32]）とも述べており、これは当時の「ばなな現象」がいかに影響力をもったかを、そして汪正求がこの小説集の出版に際して、この翻訳本や原作と同じように、広く中国においても受け入れられるようになることをいかに切望していたかを、如実に物語っている。

以上述べてきたように、ばななの小説は漓江出版社によって輸入・翻訳され、初めて中国大陸で出版されたのである。

5 翻訳者の選出

吉本ばななの作品翻訳のおもな仕事は、村上春樹の作品を翻訳した林少華が担当することとなったが、漓江出版社の編集者である汪正求は林少華を讃えて、「文才豊かで、翻訳は成熟しており、見所も多く、とくに抒情的表現に長けている」（文力丰厚，译笔老到，多有生花之处，尤以抒情见长[33]）と述べている。

一九八九年に漓江出版社より出版された『挪威的森林（ノルウェイの森）』は林少華の「自信の力作であり、またここ数年のものの中では、かなり若者受けした書籍」（得意译作，亦是近年来的一本颇受青年读者喜爱的书。[34]）で、出版以来「新聞や雑誌でさまざまに評論され、無数の読者が林少華にファンレターを送ってくる」（各报各刊纷纷点评，无数读者给少华君去信[35]）ほどであったという。確かな翻訳力と優美な文体、そして『挪威的森林（ノルウェイの森）』の出版後の尋常ならざる反響、そして「森林現象」に続く「ばなな現象」の大旋風。このような経緯や状況から、ばなな作品の翻訳者として林少華が選出されたというのは、当然の流れだったといえよう。

『开心哭泣开心泪』（楽しく泣いて、楽しい涙）は七本の作品からなる小説集で、そのうちの五本の作品、すなわち「厨房浪漫」（原題：キッチン）、「月満中天」（満月―キッチン2）、「情海泡沫」（うたかた）、「心间圣所」（サンクチュアリ）、「预感凄凄」（哀しい予感）は、林少華の手による翻訳である。この翻訳が行われていた一九九一年、林少華は、「春節（引用者注：中国の正月）の前に出版社から電話をもらい、猛烈なスピードで翻訳を開始した。春節の休みが終わって学校が始まってしまってからは授業が多くなり、加えて学生の卒業論文についても指導せねばならず、本当に時間がいくらあっても足りない」（春节前接得出版社电话，开始发起突击。无奈开学后任课较多，加之要指导学生的毕业论文，时间实在入不敷出[36]）といった状況にあったようで、先の五本以外の作品、「月梦花影」（原題：ムーンライト・シャドウ）と「小城別恋」（TUGUMI）に関してはそれぞれ、この小説集の編集者である汪正求と、先の汪正求の編集後記でもその名が挙がっていた「民子さん」、すなわち厦門大学の熊沢民が翻訳を担当することとなった。

6　吉本ばななの版権

中国で初めて出版された吉本ばなな小説集『开心哭泣开心泪』は、なんと初版の九千冊が瞬く間に完売し、一気に「ばなな現象」が中国全土に広がるかと思われたが、その後、版権の問題によって出版が停止され、この記念すべき小説集が増刷されることは二度となかった。

このことは、一九九三年十一月の「現代文学会」十一月例会の「世界の中の吉本ばなな[37]」というディスカッションの中でも、殷恵娥[38]がわずかに触れている。

この雑誌（『世界文学』：引用者注）で現代日本文学の動向を紹介する記事の担当編集者である許金龍さんのお話では、以前、吉本ばななと彼女の作品を系統的に紹介する計画を立てたことがあったのですが、著作権の関係で許可をもらえなかったそうです。漓江出版社の編集者である汪正求さんのお話では、先ほどの吉本ばななの作品集の初版（『开心哭泣开心泪』：引用者注）九千冊が売り切れて増刷する段階になったとき、同じ理由で増刷中止になったそうです。[39]

中国が中華人民共和国著作権法を施行したのは一九九一年六月一日のことであり、また著作物の国際的保護を目的とした「ベルヌ条約」への加盟も一九九二年十月十五日からである。このように中国政府が国内の法律を整備し、また国際的な著作権条約に加盟する以前、中国における外国文学の翻訳作品の出版は基本的に、正式な契約や出版権の取得もされていない状況で行われていたのであり、一九九二年二月に出版された『开心哭泣开心泪』も、当然のことながらそのような正式な契約や出版権の取得は行っておらず、ゆえに初版の出版から八カ月後、中国が正式に「ベルヌ条約」へ加盟するとともに、版権の問題によって増刷が中止されたのである。したがって、ばななの公式ホームページにおける海外翻訳本一覧の中に、この『开心哭泣开心泪』を見つけることはできない。

その後、中国大陸では、この『开心哭泣开心泪』のほかに、『キッチン』だけでもこれまでに五冊もの翻訳本が翻訳・出版されている。もちろん『キッチン』以外の作品の翻訳・出版状況についても扱いたいところであるが、この研究では『キッチン』が主要な対象であり、また紙幅の都合もあることから、『キッチン』とこれを収録している作品集に対象を限定している。以下、『开心哭泣开心泪』を含む六冊の翻訳版を、出版された年代順で述べる。

一九九七年には広州花城出版社から『厨房（キッチン）』が出版されている。これが中国大陸で正式な版権取得のうえで出版された、最初のばなな文学であり、これも『开心哭泣开心泪』と同じく小説集である。

この『厨房（キッチン）』（一九九七年）以降は、二〇〇一年に漓江出版社が再び『厨房：四色之情小説（キッチン：四色の情の小説）』という吉本ばななな小説集を出版している。これは『キッチン』を含むいくつかのばなな作品を収めた小説集を、「四色之情小説（四色の情の小説）」というシリーズの中に位置付けようとしたもので、このシリーズは「赤」を代表する車谷長吉の『赤目四十八瀧心中未遂』、「青」を代表する辻仁成の『海峡

番号	書名	作品名（和名）	訳者	出版社	出版地	頁数	備考
1	『开心哭泣开心泪』（楽しく泣いて、楽しい涙）	厨房浪漫（キッチン）	林少华	漓江出版社	桂林	404	版権なし。吉本ばななの公式サイト[i]にも記載なし。
		月满中天（満月）	林少华				
		月梦花影（ムーンライト・シャドウ）	汪正求				
		情海泡沫（うたかた）	林少华				
		心间圣所（サンクチュアリ）	林少华				
		小城别恋（TUGUMI）	熊泽民				
		预感凄凄（哀しい予感）	林少华				
2	『厨房』（キッチン）	厨房（キッチン）	张哲俊	花城出版社	广州	387	版権あり。吉本ばななの公式サイトにも記載あり。
		满月（満月）——厨房之二（キッチンの二）	张哲俊				
		NP	贺雷				
		月影（ムーンライト・シャドウ）	张哲俊				
		白河夜船（白河夜船）	大野湘织				
		一种经验（ある体験）	大野湘织				
		夜，和夜的游客（夜と夜の旅人）	大野湘织				
3	『厨房:四色之情小说』（キッチン）	厨房（キッチン）	鲁平	漓江出版社	桂林	317	版権なし。吉本ばななの公式サイトにも記載なし。
		满月（満月）	鲁平				
		月影（ムーンライト・シャドウ）	鲁平				
		新婚者（新婚さん）	鲁平				
		蜥蜴（とかげ）	鲁平				
		螺旋（らせん）	鲁平				
		泡菜梦（キムチの夢）	鲁平				
		血与水（血と水）	鲁平				
		大川端奇谈（大川端奇譚）	鲁平				
4	『厨房』（キッチン）	厨房（キッチン）	李萍	上海译文出版社	上海	150	版権あり。吉本ばななの公式サイトにも記載あり。
		满月（満月）——厨房Ⅱ（キッチンⅡ）	李萍				
		月影（ムーンライト・シャドウ）	李萍				
5	『厨房』（キッチン）	『厨房』（キッチン）	李萍	上海译文出版社	上海	202	版権あり。吉本ばななの公式サイトにも記載あり。
6	『厨房：插画版』（キッチン：挿絵版）	『厨房：插画版』（キッチン：挿絵版）	李萍	上海译文出版社	上海	218	版権あり。吉本ばななの公式サイトにも記載あり。

[i] 吉本ばななの公式サイト[40]（http://www.yoshimotobanana.com/）。

表１　『キッチン』と収録した作品集

原題・表紙	作者	翻訳名	訳者	備考
『赤目四十八瀧心中未遂』 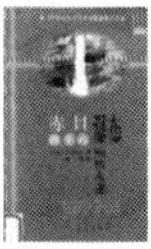	車谷長吉	赤目四十八瀑布殉情未遂	成城	1998 年直木奖获奖巨作
『海峡の光』 	辻仁成	海峡之光	雪蕻	1997 年芥川奖获奖力作
『キッチン』 	吉本芭娜娜 （吉本ばなな）	厨房	鲁平	海燕新人文学奖获奖佳作
『スプートニクの恋人』 	村上春樹	人造卫星情人	柳又村	村上春树继《挪威的森林》之后世纪末最新巨作

表2　漓江出版社 2001 年四色之情小説シリーズ

の光』、そして「橙」を代表する『キッチン』――「キッチン」とその続編「満月―キッチン2」、「ムーンライト・シャドウ」、それから「新婚さん」、「とかげ」、「らせん」、「キムチの夢」、「血と水」、「大川端奇譚」の六作品を含む小説集――、最後に「緑」を代表する村上春樹の『スプートニクの恋人』によって構成されている。

この「四色之情小説（四色の情の小説）」シリーズについては、この中で「青」を代表する辻仁成の『海峡の光』を訳した「雪蕻《せっこう》」という翻訳者が、過去に盗用をしており、また、どこにも存在しない架空の人物であるということが、藤井省三（東京大学名誉教授）の調査によって明らかにされている。

藤井（2007）は、次のように指摘している。すなわち、「漓江出版社が二〇〇一年二月と四月とに『柳又村訳、成城訳、雪蘋訳』と称して台湾版頼明珠訳を盗用し、『一〇〇パーセントの女の子に出会う』『パン屋再襲撃』『中国行き……』と短編集三巻の『村上春樹作品精選集』を出しているのはどうしたことだろう。村上文学を最初期に中国に伝えた栄誉ある出版社から、このような著者・訳者双方に対する二重の海賊出版行為が生じているとは実に遺憾である」[41]と。

また、藤井の学生の一人である徐子怡も、徐(2014)において、「中国では、この作品(「中国行きのスロウ・ボート」:引用者注)が最初に翻訳・刊行されたのは二〇〇一年四月のことである。桂林・漓江出版社刊行の『村上春樹作品精選集』シリーズの同名短編集『中国行きのスロウ・ボート』(『開往中国的慢船』)に収録されており、翻訳者は雪蘋という人物であった。これについて、藤井省三の考察により、『雪蘋』という翻訳者は実際には架空の人物であり、漓江版『中国行きのスロウ・ボート』の『正体』は台湾版頼明珠訳の盗用であることがのちに分かった」[42]と述べている。

これを前提として、先の「四色之情小説(四色の情の小説)」シリーズの翻訳者を見てみると、さらに恐ろしいことに気づかされる。橙色を代表する『厨房(キッチン)』(二〇〇一年)の翻訳者である魯平以外の三名は、先の藤井(2007)においてすでに、『一〇〇パーセントの女の子に出会う(遇見一〇〇%的女孩)』(柳又村訳)、『パン屋再襲撃(再襲面包店)』(成城訳)、『中国行きのスロウ・ボート(開往中国的慢船)』(雪蘋訳)といった作品の翻訳が、それぞれ盗用であることが暴露されているからである。

そして肝心の魯平についても、筆者がインターネット上において検索を行った限りでは、この魯平という翻訳者に関連するいかなる情報をも得ることができなかった。また、筆者がこの『厨房(キッチン)』(二〇〇一年)の「キッチン」の訳文を、その他の翻訳本と比較して調査を行ったところ、一九九九年に台湾時報出版社から出版された呉継文による「厨房(キッチン)」ときわめて類似していることがわかり、この二作品の訳文を一字一句見比べて調査を行ったところ、文中の語が所々——合計一六二カ所——類義語に置き換えられていたり、少し付け足されていたり、また削除されていたりするほかは、[43]ほとんどのところで呉継文版と一字一句違わず同じであり、これを書き写した疑いがきわめて濃厚であることが明らかとなった。

単に訳文が似ているのではなく、書き写した可能性が高いということは、魯平版の訳文における（一）打ち間違い（八カ所）、（二）意味の大幅な変化（四カ所）などからわかる。たとえば、（一）の代表的なものを挙げれば、原文「どんなに夢中な恋をしていても」は、呉継文版では「不管我恋爱得怎么如火如荼（どんなに夢中な恋をしていても）」だが、魯平版では「不管我眷恋得怎么如火如荼（どんなに火のようにお茶のように恋をしていても）」となっている。つまり、魯平版では「恋爱（恋愛）」はうまく「眷恋（恋焦がれる）」という類義語に置き換えられているが、「如火如荼（ru huo ru tu）」という「熱烈さ」を表す成語は、「如火如茶（ru huo ru cha）」という、何も考えずに書き写した以外では間違いようがない、中国語としてあり得ない表現になっているのである。

また、（二）の代表的なものを挙げれば、原文「祖母の愛人」が、呉継文版では「祖母的爱人（祖母の愛人）」だが、魯平版では「祖母的亲属（祖母の親族）」となっている。これは原文を読んで理解していればまずあり得ない、まるで違った意味の翻訳になってしまっている――なお台湾では日本と同じく「愛人」を「愛人」という意味でも使うことがあるが、大陸では「愛人」は単に「配偶者」の意味しかない――のである。

これらのことから、この魯平版はまったく原文を確認せずに呉継文版を書き写し、その中の語をわずかに操作したものであり、またこのため翻訳作業自体が存在せず、魯平という翻訳者も少なくともこの本の翻訳者としては存在しない架空の人物であったということがいえよう。

この『厨房（キッチン）』（二〇〇一年）以降についてであるが、二〇〇四年に上海訳文出版社が、ばななの六本の作品――『アムリタ』、『キッチン』、『哀しい予感』、『N・P』、『白河夜船』、『ハネムーン』[44]――に関して正式に版権を獲得した。また同社は現在に至るまでに、すでに二〇冊余に上る作品の版権を獲得している。

これらの作品は中国大陸において広く好評を博しており、またかなりの影響力をも有している。それゆえ、この出版された作品の中では、多くの作品が重版され続けているという状況にある。

同社が『キッチン』をはじめて翻訳・出版したのは二〇〇四年のことで、この『厨房（キッチン）』（二〇〇四年）には、「キッチン」とその続編「満月―キッチン2」、「ムーンライト・シャドウ」が収録され、その翻訳は青島大学外国語学院日本語学科の講師である李萍《りへい》が担当した。この李萍訳の『厨房（キッチン）』は、さらに二〇〇九年、改めて同社の世界的な名著を集めた「クラシック訳文」シリーズに収録され、『厨房（キッチン）』（二〇〇九年）として出版されているほか、二〇一三年には挿絵の入った『厨房（キッチン）』（二〇一三年）という挿絵版としても出版されている。

これまでのところ、中国の大陸市場において最も広く流通しているのはこの上海訳文出版社による李萍訳の『厨房（キッチン）』（二〇〇九年）と、同じく李萍訳で挿絵版の『厨房（キッチン）』（二〇一三年）である。台湾時報出版社の呉継文訳からの盗用の疑いのある漓江出版社の魯平訳『厨房（キッチン）』（二〇〇一年）も、また中国大陸で初めて正式に版権を取得して出版された、広州花城出版社の張哲俊訳『厨房（キッチン）』（一九九七年）も、そして最も記念的な意義を有する中国の大陸における最初の吉本ばなな小説集『开心哭泣开心泪』（一九九二年）も、これらは現在すべてその出版が完全に停止されており、いまとなっては市場においてこれら三冊の翻訳本の新刊を見つけることは非常に難しく、古書店などにおいてのみ、その姿を見ることができる。

もちろん、二〇〇四年から大手の上海訳文出版社が多くの作品の版権を取得し始めると、同社によってインターネット上に中国向けのばななのホームページ「吉本芭娜娜青春梦幻手巻（吉本ばななの青春夢幻絵巻）」[45]が開設され、大々的な販促活動が行われるなど、上海訳文出版社とその翻訳本や宣伝も、中国におけるばなな文学の伝播とセールスにおいてきわめて重要な意義をもっていたといえよう。

残念なことに、そのサイトも二〇一〇年以降ほとんど更新されておらず、このように『キッチン』の翻訳や出版ということにのみ焦点を当ててみると、中国大陸におけるばなな文学の受容はいささか停滞しているようにも見える。だが一般読者は新作のみならず、『キッチン』のようなクラシック的なばなな文学も読んでいる、あるいは読み続けているようであり、その受容の様相は次章で明らかにしていくことにしたい。

7　吉本ばなな受容の背景

吉本ばななの文学の受容の軌跡を、ペンネームの変遷と翻訳・出版の事情を中心に見てきたが、最後に吉本ばなな文学の受容と関わる九〇年代~現代までの歴史的背景について簡単に概観し、日本文学、とくに村上春樹文学、そして吉本ばなな文学の受容との相関性を指摘しておきたい。これは次章の現代の吉本ばななの読者に対するアンケートとも関連がある。

中国（中華人民共和国）は、その建国から一九九〇年代に至るまで、経済資本を大量に投入し、農村地域や未発展都市の大規模な発展を促進してきた。これによって巨大な消費型社会が出現し、現代中国社会に生きる人々は、その生活様式の急激で大幅な変化を余儀なくされることとなったのである。岳斌《がくひん》（2008）は、このような現代中国の変容を以下のように概括して述べている。

> 九〇年代的中国出现了一批都市背景下的〝先富起来的人〞，他们和大众生活方式截然不同，名牌衣着，豪华消费，身边尽是时尚和奢侈的符号，比如高尔夫球，高档娱乐场所和豪华别墅等，这种生活方式极大刺激了大众的想象力，媒体广告的宣传作用以及身边实例让大众相信那也是自己未来生活的模样，中产性质的生活方式超过政治意识形态成为影响百姓生活的话语手段。[46]

（九〇年代の中国に出現した、一部の都市を背景とする〝先に富んだ人々〟の生活様式は、大衆のそれとはまったく異なり、高級ブランドの洋服に贅沢な消費、そして、その身のまわりはすべて、おしゃれなものと贅沢のシンボルで満たされている。たとえば、ゴルフや高級クラブ、豪華な別荘などであり、このような生活様式は、大いに大衆の想像力を刺激し、メディア広告の宣伝作用と身近な実例は、それが自身の未来の生活の姿であることを信じさせ、さらに中産階級の生活様式は、政治的イデオロギーを超えて、民衆の生活に影響を与える手段となっている）

二〇一〇年十一月十五日、世界自然保護基金（ＷＷＦ）が中国に関する報告書『エコロジカル・フットプリント・レポート 中国二〇一〇（中国生态足迹报告二〇一〇）[47]』を発表しているが、これによれば「経済の発展、生活様式の変化と都市化の進展に伴い、国民の生活水準は全般的に向上し、同時に人々の資源消費需要と自然環境に対する影響も増大して（随着经济的发展、生活方式的改变和城市化进程的深入，国民的生活水平普遍提高，同时人们的资源消费需求和对自然环境的影响也在增大）[48]」おり、また「世界の人口がすべて中国の一人当たり消費パターンを採用すれば、消費を支える地球は一・二個必要（如果全球人口都采用中国的人均消费模式，全球需要一・二个地球来支持消费）[49]」になると試算されている。

もちろん、この報告では、「もし全世界の人類の生活モデルがすべてアメリカ人あるいはアラブ首長国連邦人の生活モデルを採用すれば、人類の消費を満たすためには四・五個の地球が必要（如果全球人类的生活模式都采用美国人或阿联酋人的生活模式，需要四・五个地球才能满足人类的消费）[50]」となるということも指摘されており、また国際的に〝先に富んだ人々〟が、米国などの先進国であるとすれば、中国が急激な発展によってこれに追い付こうとし、これに伴って生活様式が都市型、大量消費型へと変容することは、地球規模においてきわめて深刻な問題である一方、理の当然であるともいえるわけだが、このように経済的に豊かになった人々の、生活様式の変容に、いわば貢献してしまったものの一つに、文学があることは留意しておく必要があるだろう。

比如你可以从女作家的文本中了解最名牌的化妆品和服装品牌，学习咖啡的N种名字和喝法，掌握最流行的字眼和最酷的行为方式。有人把这些形象生存的方式称为消费主义影响下的中产阶级生活，本文以为更为准确的说法是〝小资生活方式〟。〝小资〟作为一个名词，原本相对〝高等资产阶级〟而言指拥有相对比较小的资产的人群，而在中国用来特指改革开放以来特别是近十余年来新生代的富裕群体。在都市，小资情调几乎等同都市女性追求的格调、浪漫和品位。[51]

（たとえば、女性作家の文学作品の中から、最高級の化粧品やアパレルのブランドを知ることができたり、コーヒーのN種の名称や飲み方を学習したり、もっとも流行りの言葉やクールな振る舞いをマスターすることができる。このようなイメージが生き残るための方法を、消費主義の影響を受けた中産階級の生活と呼ぶ人もいるが、より正確に言えば、それは〝プチ・ブルの生活様式〟である。〝プチ・ブル〟は名詞として、もともと〝ブルジョア〟に対して比較的小さな資産をもつ人々を指す言葉であったが、中国では改革開放以来、とくにここ十数年の間に新たに富者の仲間入りをした富裕層を指す言葉として使われている。都市における〝プチ・ブル〟情緒は、都市の女性たちが求める格調、ロマンチック、品位とほぼ同じものなのだ）

このように生存から生活へ、生活から物質・精神における、より質の高い生活へという転換を遂げている現代中国では、――後に第四章で詳しく述べるが――外国文学、とくに非古典の現代外国文学の影響というのは多大なものとなっていた。もちろん日本文学もその一つで、その筆頭として村上春樹が挙げられる。これについて王海藍（2012）は以下のように述べている。

中国の若者にとって今や村上春樹は作家だけではなく、プチ・ブル（小資）の代名詞になっており、村上春樹文学はプチ・ブル生活の代弁者になっているのである。村上春樹文学のプチ・ブル的なムードの特徴について、『ウィキペディア』にも、「彼の作品には、必ずといっていいほど同じキーワードが頻繁に登場する。学生運動、大学時代、恋愛、自殺、本好きの天才、五〇～七〇年代のアメリカのバンド、ジャズ、喫茶店（経営）、料理、手紙、翻訳、本、ファション、旅、心理学、病気（心身の障害）などである。ファンに彼の作品を好きな理由を聞くと、これらのキーワードをいくつかあげることが多い」と書いてある。特に、村上春樹の作品の中にはその初期からバンド名や、ジャズの名曲が頻出してくるものが多く、それが中国の若者に広がっているプチ・ブル的趣味を刺激し、村上春樹文学作品の魅力の一つであるとされている。[52]

この意味で村上文学は、当時の中国の人々の新しい生活様式とこれに対する憧憬に見事に合致するものだった。これと対照的に、吉本ばななの文学では、きわめて素朴で普遍的な青春の物語が描かれるのみで、「プチ・ブル」が影響を受けるような教養や生活様式はほとんど展開されることがない。

このような時代背景に基づく中国の大衆的需要とのずれというものも、吉本ばなな文学が村上文学に比して受容が芳しくない要因の一つであると考えられるが、この後、二〇〇〇年代から中国で急成長する「癒しブーム」でも、中国で「癒し」が代名詞となっている吉本ばなな文学が、いささか乗り遅れていることに着目すると、これは単に需要とのずれだけに問題があるとも言い切れないようだ。

周知のように、日本では一九九九年に「ソニーの犬型ロボット『AIBO』と坂本龍一の『エナジー・フロー』というピアノ曲が大ヒット[53]」し、「癒し」がその年の流行語トップテンに入るなど、「癒し」市場が急成長を遂げた。中国で「癒し」がブームとなった正確な年代や契機は、中国の「癒し」研究においても――筆者の知るかぎり――はっきりしていないが[54]、少なくとも二〇〇〇年代には、日本での流行の影響を受けて広まり始めていたことは、多くの研究が認めている。

しかし文学、とくに日本文学における「癒し」は、中国では、村上春樹と吉本ばななの両作家が決まってぺアで挙げられる事実がある[55]（韓2010他）一方で、実のところ中国の文学における「癒し」ブームの主流は、意外なところで成長を遂げたのである。その中心は、当時は普及したばかりであったが、現在では全世界で最もユーザー規模の大きいソーシャルメディアとなっている「新浪微博《シンランウェイボー》」（以下、微博[56]）である。

たとえば、二〇一三年に出版された『从你的全世界路过《ツォンニーダチュエンスージェルーグォ》（あなたの全世界を通りすぎる）』という短編小説は、作者である張嘉佳が微博上に掲載した三三編の「睡前故事（ベッドタイム・ストーリー）」からなる。これらのストーリーは初めから「癒し系」と名うって微博上に掲載されていたものではないが、その心を打つ暖かな物語は、微博で爆発的な人気を博していた。これが後にまとめられて出版されたが、このように先に微博上で人気を博した文章と作家が、書籍化（＝出版）によって有名になっていくというパターンが、張嘉佳だけでなく何人も続いた。そして、後に彼らの作品群は、読者たちによって「癒し系」とみなされるようになっていった[57]。

潘（2017）は、張嘉佳の微博上の「睡前故事（ベッドタイム・ストーリー）」について、「閲読量は一四億を超え、シェア量は一五〇万回にのぼった（阅读量超过一四亿，转发量高达一五〇万次[58]）」と記している。また、これは書籍化された後も「半年で二〇〇万部、三年で七〇〇万部という奇跡のセールスを記録した（创造了半年二〇〇万，三年七〇〇万的销量奇迹[59]）」とされており、その「癒し」ブームがいかに圧倒的なものであったかが窺える。

二〇〇〇年代――潘（2017）によれば、二〇一二年～一六年にかけて――、中国で小説やエッセーというかたちで出版された多くの「癒し」系作品のヒットは、前述のような微博における短い文章とその書籍化を指すものであった。これは見方を変えれば、この「癒し」ブームが、若年層を中心としたものであったことを意味するが、このような人気やヒットの理由について潘（2017）は、その社会的要因として、高校生の受験を中心としたストレス、そして大学生の学業や就職、経済的な問題を中心としたストレスを挙げ、また新社会人については、仕事とくにその人間関係を中心としたストレスなどを挙げている。

さらに潘（2017）は、その「軽さ」に着目し、それが内容に重みがないのではなく、軽快な読書体験を重視したもので、学業や仕事のストレスを抱えている現代人たちが、「読みにくいながらも、人生の哲学をも含んだ純文学作品（晦涩难懂却又饱含人生哲理的纯文学作品）[60]」や「重厚なクラシック作品（厚重的经典）[61]」よりも、「文学の世界から見れば、浅薄で低俗のように見える文章（在文学界看来肤浅、低俗的文字）[62]」を好む傾向があることを指摘している。

また、「ネット文学は、一般大衆が作品を創作する時代を開き、これに伴って個人が書くことを主とするブログやミニブログも出現し（网络文学开启了平民写作的时代，以个人写作为主的博客和微型博客也随之出现）[63]」、そのような「ブログはリアルで些細な文章で書かれており、個人の生活経験、情緒や感情の描写や記録に重点が置かれている（博客的写作真实而又琐碎，注重对个人生活经验、情绪和感受的描写和记录）[64]」と指摘している。そして、そういった「気軽な文体が大衆に好まれるようになった（轻松随意的文体也渐渐受到大众的喜爱）[65]」こと、さらに「現代人のストレスに満ちた多忙な生活は、空き時間の計画における効率の追求を誘発した。内容が簡素化されており、重点が突出している微博は間違いなくこのような需要を満たし、人々が利用可能な時間内に携帯電話をとり出すだけで、できるだけ多くの情報を把握することができ、または一編の面白い物語を迅速に読むことができるようにする（現代人紧张的快节奏生活引发其对闲暇时间规划中效率的追求，内容精简，重点突出的微博无疑满足了这种需要，方便人们在可利用的时间内只要拿出手机就得以掌握尽可能多的信息，或迅速看完一篇有趣的小故事）[66]」のであり、このような「浅薄で低俗」な題材や「リアルで些細」な文体、読書時間の短さといった「軽さ」が現代の若年層の生活における閲読傾向を構成したとしている。

それから潘（2017）は、「その他のベストセラー本に比べて、『癒し系』の青春文学のベストセラー本は、マーケティングの過程において、地上活動の企画を非常に重視している（相比其他畅销书，〝治愈系〟青春文学畅销书在营销的过程中非常重视地面活动的策划）[67]」と述べる。たとえば、「新書シェア会、年越しフィードバックサイン会、キャンパスツアーなど一連の活動（新书分享会、跨年回馈签售、校园巡讲等一系列活动[68]）」の実施などである。

また、このような「癒し系」ベストセラー作家は、微博を使って自分の人物設定を創作するのが得意で、「很会讲故事的中年男子（ストーリーを物語るのがうまい中年男性[69]）」や「陪你一起奋斗的前辈（読者と一緒に頑張ってくれる先輩[70]）」、「有点小忧伤的温暖大男孩（少し憂いをもった暖かい男性[71]）」など、それぞれさまざまなファンの需要を満たすものとなっており、「微博は、日々の更新にとどまらず、ファンとの交流も欠かせず、目に見えない読者と作家との距離を縮めている（微博可以说是他们打造自己形象最好的舞台，除了坚持每天更新，与粉丝的互动也是必不可少，在无形之中拉近了读者和作者之间的距离）」役割を果たすものなのだという。

このような「ファン経済の環境の下で、作家のイメージは、彼がどのタイプの読者の注目を集めることができるかに関わり、彼のファンの質とファンの数を決定し、後者は作品の販売量に直接影響する（在粉丝经济环境下，作家的形象关系到他能吸引到哪类读者的关注，决定了他的粉丝质量和粉丝数量，而后者直接影响到作品的销量）」ことになる。つまり、このような作家たちは、もちろんその作品も十分な魅力を有するものといえようが、一方で作家自身がいわば――微博に「見に行ける」――アイドルのような役割を担っているのである。

さらに、この「癒し系」の作家たちはそのほとんどが男性で、このような「アイドル」的な作家と、その徹底したマーケティング戦略によって、いわば「創られている」中国の文学領域における「癒し」ブームに、村上文学や吉本ばなな文学が乗り切れていないのは、そもそもの枠組みが異なるからなのである。だが「癒し」や「軽さ」という内容として、吉本ばなな文学に合致する需要も広く存在することが明らかとなったところで、吉本ばなな文学の受容がいま一つ芳しくないのはどういうことかという疑問が出てくるが、それは次章の読者に対するアンケートで明らかにする。

第三章　中国の読者は『キッチン』をどうとらえたか

1　読者の感想と評価――「豆瓣読書」サイトと「新浪微博」ブログ

本章では、中国の一般読者が『キッチン』をどのように読んだかという感想や評価を見ていく。一般読者の感想や評価が書きこまれているサイトの中でも、とくに文学ファンが集うことで有名な「豆瓣読書《ドウバンドウーシュー》」[72]、そして、そこまで文学ファンではない読者層の声も拾い上げるため、全世界で最もユーザー規模の大きいソーシャルメディアである「新浪微博《シンランウェイボー》」[73]を対象として、吉本ばなな『キッチン』に対する感想や評価を調査した。

（1）「癒しや温かさについて」

調査によれば、「癒し」や「温かさ」に関する感想や評価が最も多かった。その文体や物語が淡々として落ち着いていること、そして、このようにシンプルでありながら、なぜか心を打つということ、また、とくにみかげが夜中にタクシーに乗って、雄一のところへカツ丼を届けるシーンを、心温まる感動的なものとして挙げるものが多かった。このような感想・評価をいくつか挙げてみよう。

「豆瓣読書《ドウバンドウーシュー》」

（1）鬼腳七　2010-11-23（ハンドルネームと掲載日、以下同）

「不愧是疗伤系小说，吉本大婶你太治愈了！」

（さすが癒し系小説、吉本おばちゃん超癒される）

（2）Unreadymay　2012-02-06

「这是一本非常〝治愈系〞的书，吉本芭娜娜的文字给人力量，黑暗深处隐藏着光。樱井深夜搭乘出租车赶到雄一的旅馆处，为他送去盖浇饭，为他送上自己最珍贵的希望，这一段，是我这个冬天看到的最温暖的故事。」

（この本は超「癒し系」の本だ。吉本ばななの文章は人に力を与える、暗闇の奥に光が隠されている。桜井が雄一にカツ丼を食べさせ、そして彼に自分の最も大事な希望を与えるために、夜中にタクシーに乗って雄一のいる旅館を訪れるシーンは、私がこの冬に読んだ最も心温まる話だ）

（3）如来　2012-09-22
「触动内心的孤独寂寞与温暖」

（心動かす孤独と淋しさ、そして温かさ）

（4）笑颜嘛咪嘛咪哄　2013-02-01
「她的书总是有各种奇怪却温暖的人。很安详的婉婉道来，很治愈」

（彼女の本にはさまざまなオカシな、しかしそれでいて温かい人が登場する。とても優しく、そしてゆっくりと自然に語りかけてくる、とても癒される）

（5）露酱。　2013-07-28
「最喜欢的书之一」

（一番好きな本の一冊）

（6）接客伯　2014-01-20
「吉本芭娜娜的文字，用最少的言语传达最精致的心绪，安静地带领你走出孤独与绝望。」

（吉本ばななの文章は、最も少ない言葉で、最も繊細な心情を表現し、そっとあなたを孤独と絶望の中から連れ出してくれる）

（7）希　2015-04-15
「第一次读吉本芭娜娜，觉得作者名字很好玩，哎呀原来是个治愈高手。」

（初めて吉本ばななを読んだ。作者の名前がとっても面白いと思う。なるほど、彼女は癒しの達人なんだね）

（8）三狗　2018-01-10
「我竟然得到了比灵修书带给我的还要大的治愈。看完前两篇，我看到自己内心的黑暗与绝望居然可以被这样温柔沉静地舒展开，我的痛苦变成了淡淡的感伤，淡淡的喜悦，还有一点点希望，我得到了告解和慰藉。谢谢作者。」

（自己啓発本よりも大きな癒しを、私はこの本から得てしまった。最初の二本の作品を読み終わったとき、私は自分の心にある暗闇と絶望が、思いがけなくこんな優しさと静けさに包まれてリラックスできるのを知った。私の痛みは淡い感傷と淡い喜び、そして少しの希望に変わり、告解と慰藉を得た。ありがとう作者）


「新浪微博《シンランウェイボー》」

FluorineSpark　2011-05-15
「我曾经在另外一篇评论中说：只有矫情的女人才有能力写书，所以写出来的都是矫情到不能再矫情的书。但是，当时我是没有想到吉本巴娜娜。在我看到所有女性作家的作品中，吉本的故事充满女性的柔美和清新，却完全没有任何无病呻吟，矫揉造作。

她的故事从来都是淡淡的，就算是生死离别，撕心裂肺，也能写得平平淡淡。她从来不会恣意煽情，更没有堆砌辞藻。既没有张爱玲的刻薄，也没有李碧华的妖媚，没有勃朗特姐妹的阴郁，也没有安莱德的沉重。她就是平平淡淡的讲一个故事。我看她的故事却总觉得好像心情会变得更好，像是站在海边，深深吸进清凉的海风，让我觉得整个人都清爽起来了。」

（以前私は他の評価の中でこう書いた。「大袈裟なあざとい女性だけが小説を書くことができる、だから書かれた小説はみんなこれ以上ないというくらいに大袈裟であざとい」。しかし、当時私は吉本ばななに思い至らなかったのだ。私にとってすべての女性作家の中で、吉本の物語は女性の優しさや清新さに満ちていながら、まったく大袈裟に騒ぎ立てたり、不自然にわざとらしくするということがない。

彼女の物語は常に淡々としていて、たとえ心引き裂かれるような生死の別れであっても、自然に淡々と描いていく。彼女は恣意的に煽るということをせず、よけいな美辞麗句を用いることもしない。張愛玲《ちょうあいれい》のように残酷でもなく、李碧華《りへきか》のように色っぽくもない、そしてブロンテ姉妹のように陰気でもないし、アン・ラドクリフのように重苦しくもない。私はいつも彼女の物語を読むと気分がよくなるような気がする。海辺に立って深々と清涼な海風を吸い込んだときのように、私という人間が頭のてっぺんから足の先まで爽やかになる。)

(2)「死について」

『キッチン』に収録されている三本の作品——「キッチン」、「満月—キッチン2」、「ムーンライト・シャドウ」——には、すべて親しい存在との死別に関することが描かれている。したがって、この「死」に関する自身の見解などを述べた感想・評価も少なくない。しかし、吉本ばななの描く「死」に関する内容は、けっして恐ろしいものではなく、それどころか、読者にとっては吉本ばななの描く「死」は、これを通して、自らの経験した死別などを再体験し、またその苦しみや悲しみからもう一度立ち上がるためのたすけとなるものであり、読者の感想や評価において、それがどう読まれたのか、すなわち、それが翻訳版でも読者に大きな力を与えることができていることがわかる。

「豆瓣読書《ドウバンドゥーシュー》」
(1) 布宜诺斯海伦　2012-04-01
「最喜欢的一本关于死亡的书。」

(一番好きな死に関する本)

（2）柯柯柯尼　2012-08-21

「吉本的成名作及代表作，也的确是一份完美融合了少女情怀、人性光辉和积极态度的佳作。每个故事都是以主人公身边一位重要人士的死亡开始的，作者致力于去引导读者，当挚爱的人离我们而去时，我们要怎样才能从悲恸中站立起来，或互相扶持，或自己去克服心魔。生活在继续，生命中的痛会让人更坚强」

（吉本の出世作であり代表作、そして確かにこの作品は少女の気持ちと人間性の輝き、積極的な態度を完全に融合した傑作だ。それぞれの物語は主人公の身近な大事な人が亡くなることから始まり、作者は力強く読者を導き、そして教える。愛する人が私たちのもとを去るとき、私たちはどうすれば初めてその悲しみの中から立ち上がり、互いに助け合い、自らその心の闇を克服することができるのかを。生は続き、人生における痛みが人を強くするのだ）

（3）庄　2013-03-13

「每个故事里面都有死亡，却也都有一个直面死亡且活得乐观豁达，如星光般闪耀的人。」

（どの物語の中にも死があり、だが死に直面しても、楽観的に闊達に、星のように輝いて生きている人もいる。）

（4）橐鹿橙　2014-07-11

「字里行间写出了一种淡淡的寂寞无助感。借由〝死亡〞来做引子描述失去家人，最爱的人的感觉。发人深省而又激励人心，置之死地而后生大概是最准确的定义吧。虽然作者写的是死亡后亲属爱人的心境，却又透露着生活的希望，酝酿出了新的感悟。」

（行間に、一種の淡い寂しさと孤独が漂っている。「死」を始まりとして家族や最愛の人を失う感覚を描写する。深く考えさせ、また励ます、「死地においてなお生きる」という諺が、おおよそ最も正確な定義だろう。作者が描いたのは、だれかが亡くなった後の親族や愛する人の心境だが、そこには人生における希望さえもが溢れ出て表現されており、新たな境地が醸成される）

（5）福根儿　2016-01-07

「每一个人都在自己的生命里失去了重要的人，家人、爱人。毫无血缘的未亡人彼此依靠，感受着往生者留下的无可替代的温情。故事里最感动的不是生者相依振作，而是亡去的人，比如惠理子，身为人父，丧妻又变性为人母，乐观美丽，光彩照人，带给儿子双倍的幸福，习惯独自承受，也因此遇害离开了……惠理子的变性不仅出于对儿子的责任，也是对妻子从一而终的爱，不被祝福的爱情他却用一生甚至有些畸形的方式来坚守。」

（みんな自分の人生の中で大事な人や家族、愛する人を失っている。血のつながりのまったくない未亡人は互いに支え合っていて、亡くなった人が残したかけがえのない温かさを感じる。この物語において最も感動的なのは、生きている人の助け合いではなく、亡くなった人だ。たとえばえり子は、父であるにも関わらず、妻を失くして母となったが、楽観的で美しく、素敵な人で、息子に二倍の幸福をもたらす。そしてひとりで責任を背負うことに慣れていて、またこのためにこの世を去った。えり子の性転換は子どもに対する責任からのものだけではなく、妻に対する一途な愛によるものでもあり、それが祝福されない愛でも、彼はその一生をかけて、少々奇妙な方法でその愛を守ったのだ。）

（3）「テーマの重複について」

先に挙げた「癒し」や「温かさ」、「死」は、『キッチン』――「ムーンライト・シャドウ」、「キッチン」、「満月―キッチン2」――のいずれにおいても登場するものであり、またその他のばなな作品においても頻繁に扱われるテーマである。ゆえに、一部の読者はテーマが重複していることを指摘し、また読者によっては多少批判的な意見をも提示している。

「豆瓣《ドウバン》読《ドゥー》書《シュー》」

（1）胤祥　2010-03-30

「吉本芭娜娜的书读到第三本，实在是要读够了，原来她一直在重复自己，不死个个把人不够虐么，果然疗愈系小说都要这么写，果然没有几个作家禁得起从头读到尾，阿加莎也如此。」

（吉本ばななの著作はすでに三冊読んだけど、もう本当に読み飽きちゃったよ。彼女の小説はずっと自分を重ねている。何人か人が死なないと残酷さが足りないとでも？ 癒し系の小説っていうのは、みんなこんなふうに書かなきゃいけないもんなんだね、ずっと同じパターンにならないようにできる作家っていうのは何人もいないよね、アガサ・クリスティも然り）
（2）icier 2011-11-14
「都是一个调调。」

（みんな一本調子）
（3）ocean 2012-06-01
「吉本的所有书也是同一个主题」

（吉本の本は全部同じテーマだ）
（4）黎黎 2017-04-24
「初看很惊艳，可是读到最后感觉作者写的故事都是一个样的套路，三个故事很雷同，值得看看」

（最初に読んだときは驚くほど見事だと感じたけど、最後まで読んで思ったのは、作者が書いている物語は全部同じパターンで、三つの物語は似てるってこと。でも、読んでみて、その価値はあるよ）

（4）「否定的意見」

これは当然のことであるが、ある読者にとって癒しや温かさとしてとらえられるものは、別の読者にとって大袈裟なわざとらしい、あざといものとしてとらえられるようである。また、別の読者は『キッチン』を中高生の読む恋愛小説だとし、歳を重ねるに従って感動することができなくなったと述べている。ここでは、どちらかといえば「否定」的な感想・評価をいくつか紹介しよう。

「豆瓣読書《ドウバンドゥーシュー》」

（1）洋　2010-11-11

「对我来说矫情了点……」

（私にとっては、ちょっと大袈裟すぎる……）

（2）兔子晴　2012-11-14

「个人感觉只能算是水平一般的疗伤小说，也可能是我自己没有过挚爱离世的生活体验吧。大概对于一般的外国读者来说，日式文学的清淡把握好了就是又轻又准刺中人心，力道不够就是茶泡饭一样只有品相没有味道吧……」

（個人的には、これは普通のレベルの癒し系小説としかいえないんじゃないかな。もしかすると私自身、大切な人を亡くした経験がないからかもしれないけど。たぶん一般の外国人読者にとって、日本の文学の味の薄さは、うまく書ける人のものは軽いが、読者の心にドストライク。だけどへたな人が書くとお茶漬けみたいで、見た目はいいけど味がしない）

（3）重重是紊乱小姐　2013-09-11

「这本书这个作者都那么如雷贯耳，我看了却实在不觉得怎么样。」

（この本のこの作者はこれほど有名だから、読んだんだけど、たいしたものではないと思う。）

（4）梁瑾华　2014-05-14

「不知道是我过了青春的年纪还是怎么样，我更倾向于积极的生活态度。这本书的叙述风格让我觉得是在看十七八岁的言情小说。我想说，失去亲人是很痛苦，但，come on，坚强一点好吗，用得着通篇都在一个调调吗?」

（青春をすぎた歳だからかもしれないけど、私はもっと積極的な生き方がいい。この本のスタイルは、十七、八歳の恋愛小説を読んでいる感じにさせられる。私はいいたい。親しい人を亡くすことはつらい、だけどねえ（come on）、もっとしっかりしてよ。どの作品も全部同じ一本調子じゃなくてもいいんじゃない？）

（5）叶子禾　2015-12-17

「故事和行文都较松散，许多地方都在刻意的埋线，读起来的感觉并没有预想的那样好。」

（物語と叙述はちょっとゆるい。たくさん意図的な伏線があるけど、その先を読んでみた感覚は予想したほどいいものじゃなかった）

（6）菇！　2018-03-31

「不觉得细腻，也不觉得疗愈。」

（繊細だとは思わないし、癒し系だとも思わない）

「新浪微博《シンランウェイボー》」

呼吸机酱　2017-6-23 00:38

「在长大的过程中心逐渐变得硬朗了起来。再读吉本芭娜娜的书已经没有了高中时候那样浓烈的感动，不管厨房也好，哀愁的预感也好，无情与厄运也好，已经不会像以前一样涕泗横流好久。但是还是有被温柔拥抱着的安心感，爱的力量一直都是永恒的，支撑着无数人走过春夏秋冬。」

（成長の過程で、心はいつしか強くなってしまった。吉本ばななの本を読み返しても、もう高校生のときのようなあの濃い感動はどこにもない。キッチンでも哀しい予感でも、ハードボイルド／ハードラックでも、もう昔のようにぐしょぐしょに涙を流して泣きやまないなんてことはない。でも、やっぱり優しさに包まれる安心感はある。そして愛の力はずっと永遠なんだ。ばななの小説は、多くの人がこれまで通ってきた、人生の四季、山あり谷ありの道を支えてくれる

ものだ）

（5）「ムーンライト・シャドウが好き」

これまで肯定的なものから否定的なものまで、『キッチン』の感想・評価を見てきたが、その「否定」派の中にさえ根強かったものが、「ムーンライト・シャドウ」が他の二作よりも好きだという感想・評価である。

この「ムーンライト・シャドウ」という作品には「七夕現象」が出てくるが、毎年、旧暦の七月七日は中国の伝統的な祭日、すなわち「七夕《チーシー》」であり、また現代中国のバレンタインデー[74]でもある。そして、これは周知のことであるが、中国の民間伝承によれば、七夕のこの日にだけ、彦星（牛郎：中国名）は織姫（織女：同）と会うことが許され、そのとき無数のカササギが集い、橋を成して銀河に架かり、牛郎と織女はそのカササギの橋を渡って再会を果たすといわれている。このような牛郎と織女の切ない、そして一途なラブストーリーは美しき愛の象徴となり、中国四大民間ラブストーリー――「牛郎と織女」、「孟姜女が長城を涙で決壊させる」、「梁山伯と祝英台」、「白蛇伝説」――の一つとして、現在まで語り継がれてきている。

中国のほとんどの読者は幼い頃からこの「七夕」の物語を聞いたり、読んだりして育っており、このためか「ムーンライト・シャドウ」において、さつきが百年に一度の「七夕現象」によって、あの世の恋人と河を挟んで再会し、お別れをするという印象的なシーンは、中国の読者にとっても、実に感動的なものとしてとらえられたようである。

なお、以下の感想・評価文の中に「後ろ」や「最後」などとあるのは、中国で翻訳・出版されている『キッチン』、とくに現在、最も広く流通している上海訳文出版社による李萍訳の『厨房（キッチン）』（2009）と、同じく李萍訳で挿絵版の『厨房（キッチン）』（2013）では、「ムーンライト・シャドウ」がその一番最後に収録されているためである。

「豆瓣《ドウバン》読書《ドゥーシュー》」

（1）至秦　2012-04-13

「比起「厨房」，我更喜欢「月影」，我也相信生前的思念与死后的悲伤可以让两人在大河两岸重逢，好好地告别。」

（「キッチン」より「ムーンライト・シャドウ」の方がもっと好き。私も生前の想いと、だれかを亡くした後の悲しみが、二人を大河の両岸で再会させてくれると、そして、きちんとお別れをさせてくれると信じている。）

（2）paloma　2013-12-08

「后面那篇月影更好看嘛，地铁上都差点哭了」

（後ろの「ムーンライト・シャドウ」の方が面白い、地下鉄の中で泣き出すところだった）

（3）易沛　2011-11-01

「值得·看，温暖的治愈系，最喜欢最后一篇，月影。」

（読んでみる価値がある、温かな癒し系。最後の作品が一番好き、「ムーンライト・シャドウ」）

（4）太子猪 AO　2011-08-18

「三篇里面，最喜欢最后一篇《月影》。那个天天穿着死去女友衣服的男孩让人印象深刻。其实，仔细想想，吉本芭娜娜的小说并没有那么出众，而且有些重复，但是一字一句都可以触及我的内心，很奇怪。」

（三本の作品の中で、最後の「ムーンライト・シャドウ」が一番好き。毎日亡くなったガールフレンドの服を着ている男の子は印象深い。実のところ、よく考えてみると、吉本ばななの小説はそんなに傑出したものじゃないよね、しかも重複してる部分もあるし。だけど一字一句が私の心の琴線に触れるんだ、おかしいなあ。）

（5）再冰　2011-02-17

「对于我来说，这并不是一次特别的阅读体验。日本作家笔触的细腻和白描能力的强大以及在细节上的关注仍然是一如既往的。但是我却被大大地触动了，感到这么晚才接触到吉本芭娜娜确实是一个错误。她的文章里有我喜欢的所有元素：厨房，吃食，很淡然的却总在执着于什么的男男女女……对过去的缅怀使我在阅读的过程中不断地怅然。但是，〝我不能再在这里停留了，我必须要时时刻刻迈步前行。因为时光如流水般无法挽留，没有办法，我要走了〟，这又是多么好的话啊，以至自己最后也忍不住很平静地就信心满满起来。」

（私にとって、これは決して特別な読書体験ではない。日本作家のタッチの繊細さとデッサン力の強大さ、細部への注目は相変わらずだ。しかし私は大きく大きく心打たれてしまった。そして、なぜもっと早く吉本ばななに出会わなかったのか、これは私にとっての一つの損失だ。彼女の文章には私の好きなすべての要素が含まれている。キッチン、食事、そしてとてもあっさりとしていながら、何かにこだわりをもっている男女……過去に対する追悼は読んでいて常に私を鬱屈とさせる。だが、「私はもうここにはいられない。刻々と足を進める。それはとめることのできない時間の流れだから、仕方ない。私は行きます[75]」なんと素晴らしい台詞だろうか、最後には、私も心穏やかに、そして自信に満ち溢れたようにならざるを得なかった。）

「新浪微博《シンランウェイボー》」Hey_MIYO　2016-10-10 11:34

「看到美影大半夜里乘出租车去到另一个城市给雄一送猪排饭的时候，真是感动坏了！但相较《厨房》我更喜欢《月影》，我也相信浦罗说的七夕现象，死者残留的思念和活着的人的悲伤相互作用可以变成影像，让两个人在大河彼岸好好的告别。每个人都有获得幸福的权利，祝愿所有人都过的比现在幸福！」

（みかげが真夜中にタクシーに乗って別の街へ行って、雄一にカツ丼を届けるシーンを読んで、めちゃくちゃ感動しちゃった！でも「キッチン」と「ムーンライト・シャドウ」を比べると、私は「ムーンライト・シャドウ」のほうが好き。私もうららのいう七夕現象、つまり「死んだ人の残留した思念と、残されたものの悲しみがうまく反応したときに、ああいうかげろうになって見える」[76]ということを、そして「ちゃんとお別れ」[77]をさせてくれるということを信じる。すべての人には幸せになる権利がある、すべての人がいまよりもっと幸福になることを祈る！）

（6）「翻訳が悪い」

これまで『キッチン』の作品に対する感想・評価を中心に見てきたが、最後に、その翻訳に対しての感想・評価をとり上げることにしよう。もちろんその翻訳がよいという感想・評価も一部にはあるものの、「よい」と感じている場合はとくにわざわざ書き込むことは少ないようで、翻訳に関するものはその多くが否定的なものとなっている。

「豆瓣読書《ドウバンドゥーシュー》」

（1）Jackizzzzz 2010-04-03

「是翻译的问题吧。有些句子读起来很别扭。」

（翻訳の問題だろうね、いくつかの文は読んでいて違和感がある。）

（2）早口小姐 2010-12-30

「翻译的超级烂超级烂」

（翻訳が超ヘタくそ、超ヘタくそ）

（3）Mario.K 2011-06-07

「不知道是翻译的问题还是怎么觉得文字有点作……要是单纯故事来讲的话是我喜欢的故事。」

（翻訳の問題なのか何なのかわからないけど、文章がちょっとわざとらしい……単純な物語としてなら私は好きな話なんだけど。）

（4）诺阿　2014-04-22
「故事是好故事，可是翻译能不那么矫情吗……」

（物語はいい話だよ、でも翻訳がちょっとわざとらしくなくならないかな……）
（5）Zii　2016-10-30
「《厨房》不知道是否翻译缘故 索然无味 唯有变性母亲让人非常喜欢《月影》作为附赠短篇却是棒极了 很喜欢」

（「キッチン」は翻訳のせいなのかどうかわからないけど、無味乾燥。ただ性転換で母親になっちゃうっていうのはとても好き、それと意外にもオマケとしてついていた「ムーンライト・シャドウ」が素晴らしかった、私はとっても好き）
（6）星眸竹腰　2018-02-23
「读完没有找到感觉。不知道是不是中译本翻译的原因。书里人物之间的对话没有逻辑关系，读起来有点奇怪。也许找时间会再读一次。」

（読み終わったけど、どうもしっくりこなかった。中国語の翻訳に原因があるのかどうかわからないけど、登場人物のやりとりに論理性もないし、読んでいて何かおかしい。もしかしたら、また暇を見つけてもう一度読んでみるかもしれないけど。）

2　吉本ばななの中国での知名度と評価――アンケート調査から

（1）アンケートの概要と目的

前に示した調査では、多くの一般読者の感想・評価が明らかになったが、それは比較的熱心に、そして少なくとも『厨房（キッチン）』を読んだことのある読者の傾向であり、吉本ばななを読んだことのない人々

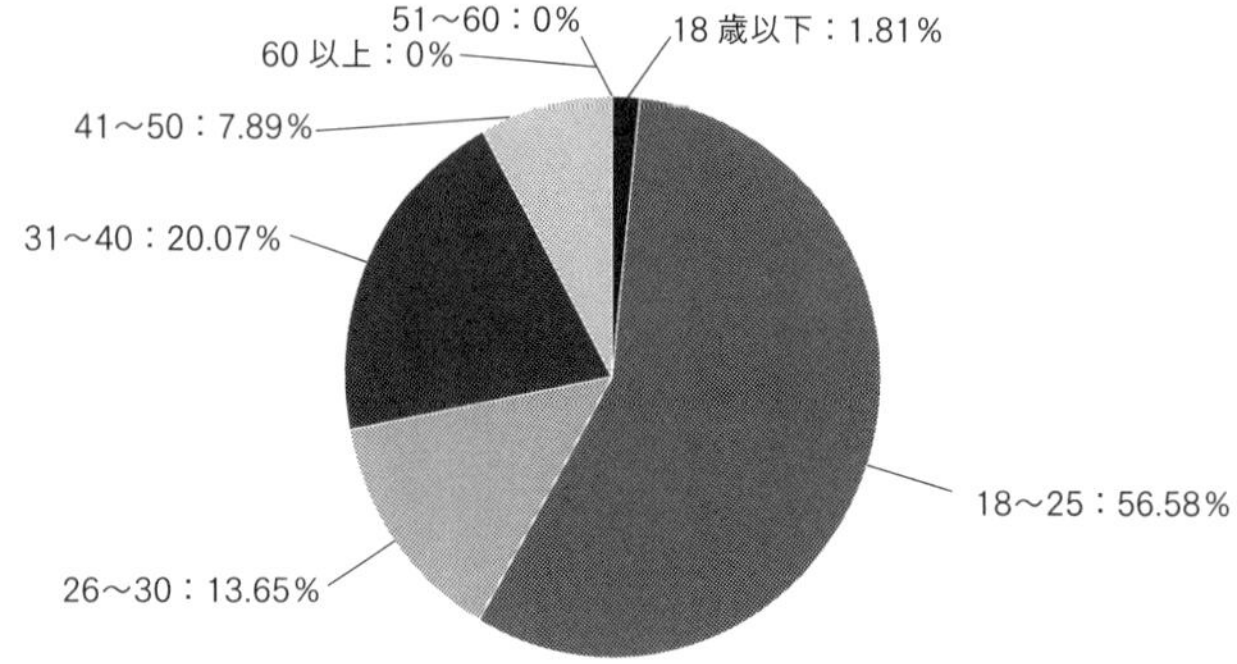

図２　アンケート調査の対象

や、吉本ばななを読まない理由、そのほかの作家と比べた知名度などを明らかにすることはできない。そこで、中国の全土を対象として、「问卷星《ウェンジュエンシン》」というWEBアンケート調査のサイトを介したアンケート調査を行い、作家・吉本ばななとその文学の知名度や潜在的読者、感想・評価、その「好き」レベルなどについて、調査を実施した。

（2）アンケートの対象

調査の対象は、中国全土——台湾・香港、澳門《マカオ》地域を含む——の15～50歳の男女である。調査は二〇一九年八月二十四日にWEBアンケート調査のページを開設した時点で開始し、これまでに回答した調査協力者数は、二〇二〇年三月三十一日のアンケート調査ページ停止時点で、合計六〇八名に上った。

調査の結果から見ると、男性が合計一五九名で、全体の二六・一五%、女性が四四九名で、全体の七三・八五%を占めていることがわかる。これを年齢別に分類すると、以下の図のようになる。

とくにその年齢は十八歳～二十五歳の比率がもっとも多く、合計は三四四名で、全体の五六・五八%を占めている。これは全調査協力者のうちの半数を超えている。それに次いで二番目に多かったのが、三十一歳～四十歳の計一二二名で、全体の二〇・〇七%を占めている。続けて三番目に多かったのが、二十六歳～三十歳の計八三名で、全体の一三・六五%を占めている。そして四番目に多かったのが、四十一歳~五十歳の計四八名で、全体の七・八九%を占めている。最後が十八歳以下の計一一名で、全体の一・八一%を占めている。

(3) アンケートの方法

この調査では、筆者は「问卷星《ウェンジュエンシン》」(https://www.wjx.cn)というWEBアンケート調査のサイトを利用した。その調査手順は以下のとおりである。

筆者はこの「问卷星」というサイトに問いを設定して、インターネット上にアップした。この時点ではまだ公開はされていない状態だが、このWEBサイトは、WEBアンケート調査ページのURL(QRコードも)を自動生成できるようになっており、ここで生成したURLやQRコードを、ソーシャルメディアを通して身近な中国人に送信することによって調査を実施した。

これらの調査対象者に、このサイトへアクセスして回答をしてもらい、その後、このWEBアンケート調査ページをシェアして拡散してもらった。なお、筆者が設定した問いへの回答の選択・記述は、提出後に修正はできない。またその回答は「问卷星」のWEBアンケート調査の中に自動で集められて反映される。

周知のように、中国の面積は広大で人口も膨大である。それゆえ伝統的な紙媒体のアンケート調査用紙を使用する形式では、その調査可能な範囲はきわめて狭いものに限定されてしまい、またその回収も非常に不便である。しかし、このアンケート調査は全国範囲であるため、WEBアンケート調査という形式を採用することが、有効でありかつ合理的であると考えた。

この調査結果から見ると、調査対象者は中国全土におけるすべての省と香港、澳門、台湾地区を含み、さらに、少数ではあるが、海外に留学あるいは勤務、定住している中国人も含まれており、その総調査回答者数も、およそ六〇〇名前後にのぼり、とても紙媒体の調査では及びもつかない範囲と人数となった。以下は、中国大

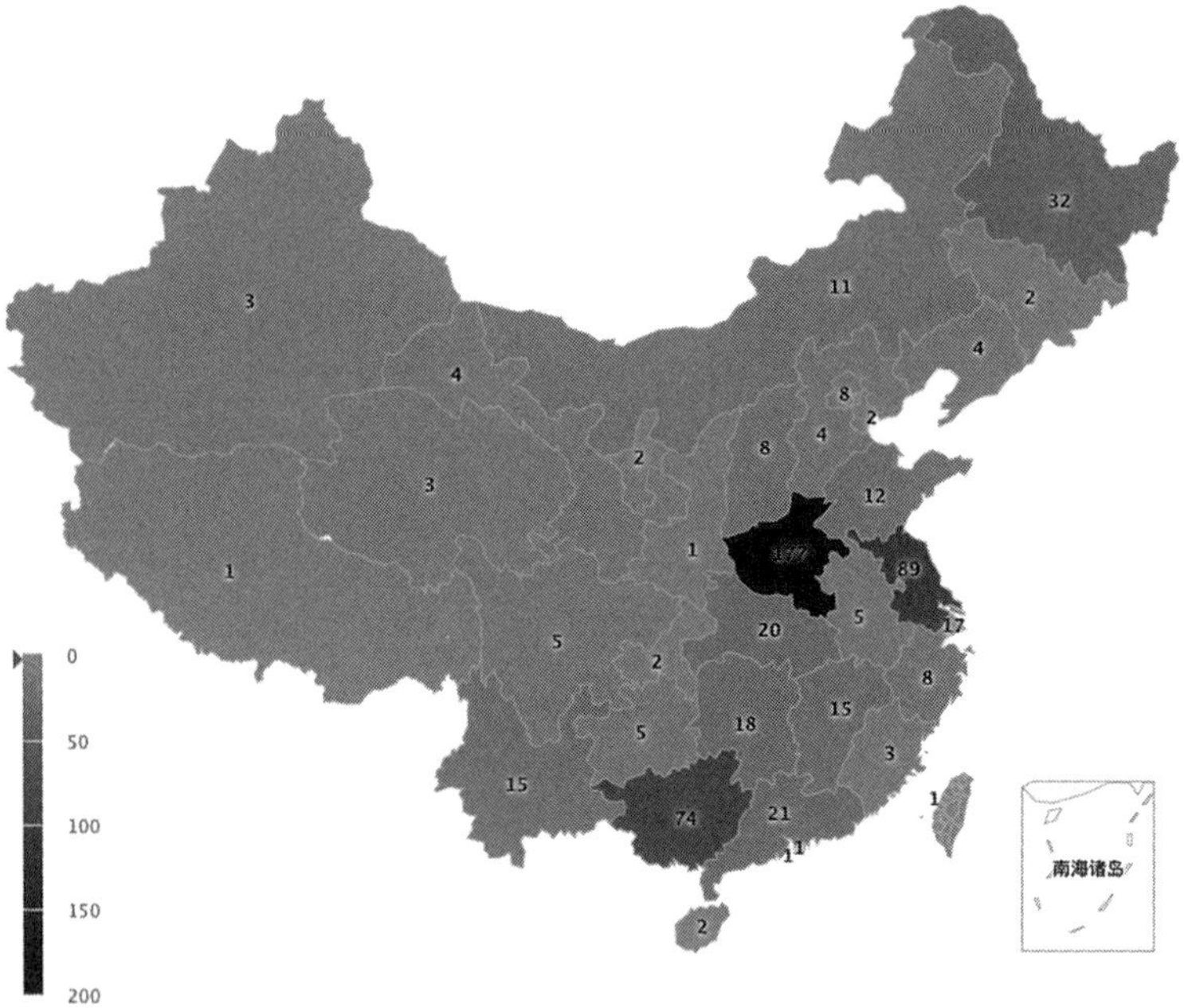

図３　調査対象者数と地域

陸と香港、澳門、台湾地区の調査対象者数の図である。

（4）質問項目と理由・質問項目

アンケート調査の質問項目は、三部に大別される。第一部は、問1～問4、調査協力者の基本情報で、性別、年齢、現住所、学歴である。

第二部は、問5～問21、吉本ばななの中国における知名度を調査・考察する問いで、後に詳細に分析を行う。

第三部は、問22の自由記述欄である。ここではアンケートに関する観点や意見を記述できる。その他のすべての問いは回答必須だが、自由記述欄だけは、記述なしでも提出することができる。

アンケートの主要目的の質問項目は、問5～問21であり、この17の質問項目の設問理由などについて、具体的に述べる。

作家の知名度には通常、三とおりの状況が考えられる。一つは、（1）「その作家の名前も聞いたことがない」というもの。もう一つは、（２）「名前は聞いたことがあるが、その作品は読んだことがない」というもの。最後は、（３）「名前も聞いたことがあり、またその作品も読んだことがある」というものである。これら基本的な三とおりの状況によって、アンケート調査の質問項目は異なるものになる。つまり、すべての調査対象者が、自らの状況に基づいて回答し、その状況によっては、全17問すべてに回答する必要はなく、三とおりの回答状況が現れる。

（１）「その作家の名前も聞いたことがない」を選択した調査対象者は、直接問20にジャンプする。このため問１〜問６と問20〜問22の選択問題しか回答する必要がない。

（２）「名前は聞いたことがあるが、その作品は読んだことがない」を選択した調査対象者は、直接問21にジャンプする。このため問１〜問６と問21〜問22の選択問題しか回答する必要がない。

（３）「名前も聞いたことがあり、またその作品も読んだことがある」を選択した調査対象者は、先の問20と問21以外のすべての質問項目に回答しなければならない。

・設問の理由

アンケートの質問項目（問５〜問21）の設問理由について、質問項目の日本語訳とともに、これを三部に分けて、仔細な説明を加える。

第一部　中国の読者の吉本ばななを含む日本作家に対する知名度に関する調査

問５　以下の作家の中から、あなたがご存知の作家をお選びください。（複数選択可）

日本近現代作家の知名度について調査すること、その中で吉本ばななの知名度を明らかにすることを目的とする。

複数の作家の名前を挙げて、複数選択可能な問いを設定するのは、これらの作家との知名度の比較を行い、多角的かつはっきりと吉本ばななの中国における位置づけを明らかにするためである。

問6　吉本ばななという作家をご存知ですか。

この問いも、吉本ばななの知名度を明らかにすることを目的としているが、「名前は聞いたことがあるが、よく知らない」という調査対象者などをもとり落とさないために、問5のみならず、ここでも質問を重ねている。その選択肢で、「聞いたことがない（第20問にとぶ）」、「聞いたことはあるが、作品を読んだことはない（第21問にとぶ）」、「聞いたことがあり、作品も読んだことがある」を設置することで、吉本ばなな作品を読んだことがあるかどうかなどについても明らかにできる。

第一部は、上記のように二つの問いがある。問5は複数選択可能で、選択肢には、吉本ばなな以外に9名の日本の作家を挙げている。その九名は、ノーベル文学賞受賞者で世界的な知名度を有する川端康成と大江健三郎。さらに、中国の読者にも長く親しまれている夏目漱石、芥川龍之介、三島由紀夫。吉本ばななと同時代の村上春樹、村上龍、それから純文学ではないものの、近年中国で爆発的な人気とセールスを誇る東野圭吾、吉本ばななと同じく女性作家として、女性を題材として描くことを得意とする角田光代である。

第二部　中国の読者の吉本ばなな作品に対する読書意識に関する調査

問7　どのようにして吉本ばななという作家を知りましたか？（複数選択可）

吉本ばななとその作品を知ったきっかけを明らかにする。

問8　初めて吉本ばなな作品に触れたのはいつ頃ですか？（具体的な年を西暦でお書きください）

問9　あなたがお読みになった吉本ばななの作品は、どの版ですか？（複数選択可）

何の言語・翻訳で読んだかについて明らかにする。

問10 吉本ばななを読もうと考えた理由は何ですか？（もし詳細な理由があったら、選択肢の後の下線部分にお書きください）

問11 あなたが知っている吉本ばなな作品はどれですか？（複数選択可）

問12 読んだことがある吉本ばなな作品はどれですか？（複数選択可）

問13 一番好きな、あるいは一番印象に残っている吉本ばなな作品はどれですか？

問14 吉本ばななの小説から映画化された以下の映画を見たことがありますか？（複数選択可）

問15 ご存知の日本の作家の中で、吉本ばななの知名度はどのくらいだとお考えですか？

問16 あなたの吉本ばなな作品に対する「好きレベル」はどのくらいですか？

問17 だれかに吉本ばなな作品を勧めたことがありますか？

問18 吉本ばなな作品をどのように評価していますか？ あるいは、作品にどのような印象をお持ちですか？（複数選択可）

問19 今後も継続して吉本ばなな作品をお読みになりますか？

この第二部は、本アンケート調査の核心部分であると言える。主な調査対象者は、吉本ばなな作品を読んだことのある中国読者であり、これらの質問項目を通して全方面から、吉本ばなな作品の中国での伝播ルート、人気作品、その作品、作品総体についての評価やレベルなどを明らかにする。

第三部 吉本ばなな作品に対する今後の中国での潜在的な読者の調査

問20 もし吉本ばななを知らず、またその作品を読んだことがない場合、今後、お読みになりますか？

問21　吉本ばななを知っているのに、その作品を読んだことがないのはなぜですか？（複数選択可）

第三部の主な調査対象者は、吉本ばななな作品を読んだことのない読者であり、この二つの問いを通して、吉本ばななの今後の中国における潜在的読者の存在と、吉本ばななを読んだことのない理由、すなわちなぜ受け入れられていないのかを明らかにする。

調査の限界

このアンケート調査は、WEB調査であるため、紙媒体と比較にならないほどの効率性と便利性があり、またその場に行かずに、全国各地のデータを収集することができる。しかしその反面、複雑な細かい回答を得ることは期待できず、さらに踏み込んだ質問やインタヴューなどを実施することもできない。

筆者は質問項目を設定する際、最後の一問の自由記述欄を除いて、その他すべての質問項目を選択問題としているが、その目的は、読者の個別的で質的な回答を引き出すためではなく、均質的で量的な有効回答をより多く得ることで、中国全土におけるある種の傾向を明らかにするためだったからだ。

この調査の前に、パイロット調査として、狭い範囲（20名程度）でのWEBアンケート調査を実施した。そのときは、問7～問21は選択問題のほかに、部分的な記述問題を設置していた。たとえば、問18「吉本ばなな作品に対してどのような印象をもっているか」や問21「吉本ばなな作品を読んだことがない理由」である。これらの質問項目では、選択問題を提示せず、調査協力者に自ら記述をしてもらい、そのより深い考えを知りたいと希望していた。それは設定した単純化された選択肢によって調査協力者の経験や考えを限定したくないと考えたからである。しかし、記述問題はたった二問だったが、その狭い範囲（二〇名程度）のWEBアンケート調査において、この二問に有効回答を記述したのはたったの二、三人で、その内容も筆者の期待していた具体的な理由とはかけ離れたものであった。

同時に、このパイロット調査で、いくつかのフィードバックを得た。ある人は、「記述しなければならない問題が多すぎる、すべて選択問題にした方が協力を得られるだろう」というフィードバックを送ってきた。また、記述問題に回答はしても、問21「吉本ばななの作品を読んだことがない理由」に対して、たった一文字で「懶（面倒くさいから）」と書いた人もいた。確かに吉本ばなな作品を読んだことがない理由とみなすこともできるが、これは「吉本ばなな作品」のみを対象としたものではない、どんなものにでも当てはまることなので、単に「読んだことがない」理由に過ぎない。そのため記述問題を設定してこのような回答を得ても、研究にとって調査の意義があるとは考えられない。

現代社会は生活のペースの非常に速い、せかせかした時代である。URLを開き選択問題に回答していくのは、とても簡単なことである。筆者は「问卷星」のサイト機能として示されているこのWEBアンケート調査のすべての調査協力者の回答時間の自動統計から、かかる平均回答時間を割り出したが、それはわずか九八・四六七秒だった。まさにこのようなハイスピード社会で、多くの若者は、他人の研究調査に頭を使って深く考えたり、たくさんのことを詳細に記述したりして提出することになど時間をさきたいとは考えていない。そのため選択問題というのは、調査協力者にとってもっとも便利で速い方法なのである。もちろん、より関係性の近い人間に対面で依頼すれば結果は異なるが、この調査は量的調査であって、それでは大量のデータを収集することができない。そのためこのアンケート調査では、問22の自由記述欄を除いて、すべての質問項目は選択問題である。さらにその選択肢は設定上、なるべく範囲が広くなるようにし、またすべての質問項目の最後に、それぞれ「その他」という選択肢を設け、もし該当する選択肢がない場合に、記述できるように設定をしておいた。

しかしながら、ここに記述した調査協力者はほとんど皆無であり、調査協力者のさらに一歩踏み込んだ考え

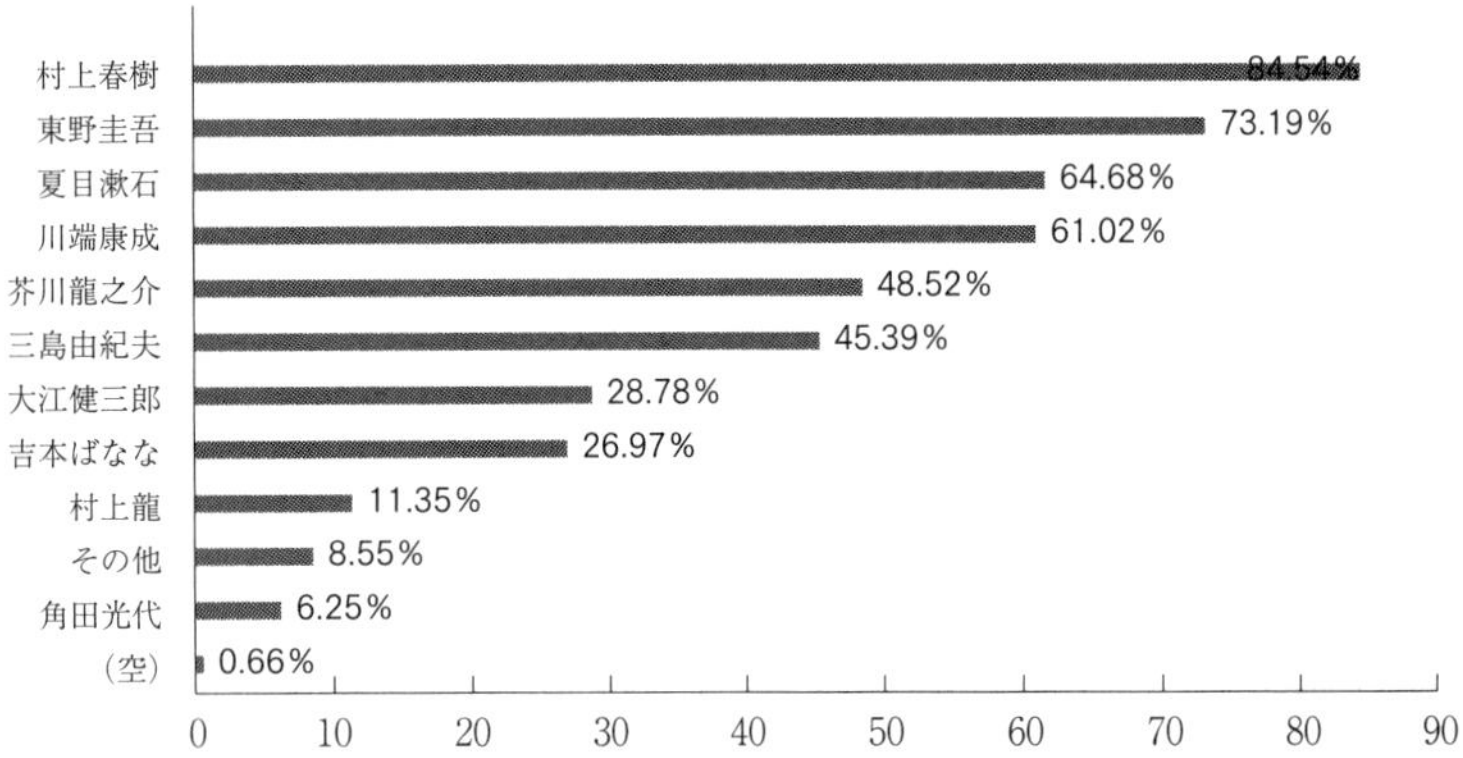

図４　中国の読者における日本の近現代作家に対する知名度

を、収集することはできなかった。これがこの調査の限界の一つである。狭い範囲での少人数を対象とした質的な調査研究に関しては、今後の課題としたい。

　このＷＥＢアンケート調査対象は中国全土の中国人であり、また結果として、全国各地の調査協力者からの回答を回収することができた。しかしこのアンケートは、先にも述べたように、知人や友人を介して、これを連鎖的にシェアしてもらうかたちで全国各地へと拡散させたもののために、それぞれの地区の調査対象者数に大幅な差異が生じており、各地均等なものにはなっていない。とくに筆者の故郷である河南省や、修士時代に筆者が通っており、また居住もしていた江蘇省は、筆者の知人・友人が多いために、当然、調査対象者数が最も多い地域となっている。それに比して、そこから遠い新疆ウイグル自治区、チベット自治区、甘粛省などにおいては、調査対象者は数名単位しかおらず、これも調査の限界の一つである。

（５）アンケートの結果分析

問５　以下の作家の中から、あなたがご存知の作家をお選びください。（複数選択可）

　この問いの主要な目的は、中国の読者における吉本ばななを含む日本の近現代作家に対する知名度を明らかにすることである。その結果は上のグラフに示しているように、調査対象者五一四名が村上春樹を選択し、全体の八四・五四％を占めており、これが最も多い。これは村上春樹の中国における圧倒的な知名度の高さを物語っている。

続く第二位が東野圭吾（四四五名、七三・一九％）、第三位が夏目漱石（三七五名、六一・六八％）、第四位が川端康成（三七一名、六一・〇二％）、第五位が芥川龍之介（二九五名、四八・五二％）、第六位が三島由紀夫（二七六名、四五・三九％）、第七位が大江健三郎（一七五名、二八・七八％）、そして吉本ばなな（一六四名、二六・九七％）は第八位に位置する。そして第九位が村上龍（六九名、１１・三五％）、第十位が角田光代（三八名、六・二五％）である。

一部の調査協力者は、「その他」項目に、別の作家の名前を記述しており、それは黒柳徹子、渡辺淳一、太宰治、紫式部、福沢諭吉、湊かなえ、松本清張、稲盛和夫（京セラ・ＫＤＤＩ創業者：非作家）、江國香織、カズオ・イシグロ（日系イギリス人作家）、鎌池和馬（ライトノベル作家）、中原中也などである。

以下、ここで挙げた日本作家の中国における翻訳史について、簡単に整理しておきたい。

中国における日本文学の翻訳史

・夏目漱石

中国における日本文学の翻訳史に詳しい王向遠は、その著作の中で「中国の日本文学翻訳の中で、終始重視されて来たのは夏目漱石の作品である。そして夏目漱石の作品が中国に紹介されはじめたのは、改革（引用者注：文化大革命）開放後に大量の翻訳が出版されたことに端を発する（在中国的日本文学翻译中，始终备受重视的是夏目漱石的作品，夏目漱石的译介在改革开放以后，被大量翻译出版。）」[78]と述べている。

昨今の「村上春樹ブーム」によって、ＷＥＢアンケート調査の結果にあるように、中国では村上春樹が日本の作家の中でもっとも高い知名度を有するようになった。これは第三章で村上春樹の受容の過程や背景について述べたとおり、読者側からのブームであったが、王向遠も「夏目漱石の一生の中の大部分の作品（特別の小説）はすべて中国語訳がある。（中略）我が国（引用者注：中国）の一般読者は、基本的に翻訳本によって、系統的に深厚博大な『漱石文学』を知ることができるのである。大量に漱石作品が翻訳されたとき、同時に夏目漱石に関する評論や研究、論文や著作が出現した。我が国の学者の手になる『日本文学史』、『東方文学史』方面の教材と専門書はすべて、夏目漱石を日本近代文学の最も傑出した代表とみなしている（夏目漱石一生中的大部分作品（特别是小说），都有了中文译本。（中略）我国一般读者，基本上可以凭借译本，系统地了解博大深厚的〝漱石文学〟。在大量翻译漱石作品的同时，也出现了有关夏目漱石评论与研究的论文和著作。我国学者撰写的《日本文学史》《东方文学史》方面的教材和专著，均将夏目漱石作为日本近代文学的最杰出的代表[79]。）」と述べているように、どちらかといえば、それは読者側から始まった「夏目漱石ブーム」というよりは、出版社や研究者らによって火がつけられたブームであったといえよう。

・芥川龍之介

同じく改革開放後、「人民文学出版社が『日本文学叢書』を企画・編集・出版したが、芥川龍之介の作品は、その叢書の優先的な項目の一つとして選出された（人民文学出版社策划编辑出版《日本文学丛书》，芥川龙之介的作品被列入丛书的首选书目之一[80]。）」という。

この芥川龍之介は、「我が国においてもっとも多い読者を擁する日本作家の一人である。芥川龍之介の哲学的道理性の強さと作風、技巧の高さと奇抜さは、一般読者に深く理解されることは容易なことではない。しかし文学的修養の高い読者層には、芥川の作品は非常な人気を博している（芥川龙之介在我国是拥有读者最多的日本作家之一。由于芥川龙之介作品的哲理性强，写作手法、技巧高超新颖，一般读者要深刻理解并不容易。但在文学修养較高的读者层中，芥川的作品很受欢迎。）」のである。

ここでは先の夏目漱石とは異なり、読者に人気があることが述べられているが、よく知られているように、芥川龍之介の作品には、日本の古典のみならず、中国の古典に題をとったものも存在するため、まさに文学的教養の高い読者にとっては、共感しやすい作品となっているのであろう。

・川端康成

一九九五年頃、中国における「日本文学の翻訳は、継続発展の伸びしろを再び発見し、これより以前とは異なる特徴を現すことになった。翻訳の重点が文豪の名作と時代の流行作品に移り、出版の形式は単行本作品の全集化、シリーズ化へ向かって発展し、印刷・装丁も質量ともに大きく高まった。文豪の名作では、葉渭渠《よういきょ》ら編の『川端康成全集』、『三島由紀夫文学シリーズ』、『大江健三郎作品』などを嚆矢とし、日本文学全体の翻訳に舵を切った。流行作家の作品翻訳のでは、林少華の翻訳による『村上春樹作品シリーズ』、文化芸術出版社などの出版した『渡辺淳一作品』と推理小説が最も大きなセールスポイントとなり、また読者に大変な人気を博した（日本文学的翻译重新找到了继续发展的空间，呈现出了和此前不同的特点，翻译的重心向名家名作和流行作品转移，出版的方式由单本作品向文集化、系列化发展，印刷、装帧质量大大提高。在名家名作方面，以叶渭渠等主编的《川端康成文集》《三岛由纪夫文学系列》《大江健三郎作品》等为龙头，带动了整个日本文学翻译的继续繁荣。在流行作家作品的翻译方面，以林少华翻译的《村上春树作品系列》，文化艺术出版社等出版的《渡边淳一作品》和推理小说为最大卖点，很受读者欢迎[82]。）」。

川端康成作品の「翻訳本の大規模化と密度、継続的な翻訳出版は、二十世紀の我が国における日本文学翻訳史上、空前絶後のものであった。川端の大部分の作品は、すべて中国語翻訳が出ている（译本规模化、大密度、持续不断地翻译出版，在20世纪我国的日本文学翻译史上，是空前的。川端的大部分作品，都已经有了中文译本[83]。）」

また王向遠は、「大きな程度で、中国の『川端康成ブーム』は翻訳家や研究者、評論家たちの推進で成立した（很大程度上，中国的〝川端康成热〟，是由翻译家、研究家和评论家们促成的。[84]）」と述べており、これが夏目漱石と同様であることがわかる。

「我が国の学者の手になる日本作家の研究評論文章において、川端康成に関する研究成果は、最も多いものである。大量の翻訳と大量の研究評論が共同して川端康成の中国への翻訳紹介の賑やかな光景を構成したのである（在我国学者撰写的日本作家的研究评论文章中，有关川端康成的研究成果是最多的。大量翻译和大量研究评论共同构成了川端康成译介的热闹景观。[85]）」

・三島由紀夫

三島由紀夫の作品の中国への翻訳紹介の状況は、非常に複雑である。三島はその「三島事件」、すなわち「楯の会」を引き連れた自衛隊市ヶ谷駐屯地への突入と決起の呼びかけ、そして割腹自殺などがもたらした影響ははかりしれない。当時の日本における「新右翼勢力と軍国主義思想の台頭によって、当然、中国からの警戒を受けることとなった。当時、人民文学出版社は三島由紀夫の軍国主義傾向の最も突出した『豊饒の海』四部作を『内部的な参考』、『批判材料』として翻訳することを決定していた。（中略）『豊饒の海』の出版から、一九八五年までの十数年の期間中、三島由紀夫作品の翻訳は我が国においては完全に停止していた。一九八五年になってようやく、中国文聯出版社が中国の中央政府の関連の高官におうかがいを立て、その同意を得たうえで、唐月梅翻訳の『豊饒の海』四部作の一つ『春の雪』が三島由紀夫の当時の中国における正式な翻訳出版の嚆矢として翻訳された（三岛自杀的事件以及带来的日本右翼势力和军国主义思潮的抬头，也理所当然地引起了中国的警惕。那时，人民文学出版社决定将三岛由纪夫的军国主义倾向最突出的《丰饶之海》四部曲翻译出来，作为〝内部参

考〟，〝供批判用〟。（中略）从《丰饶之海》出版到1985年的十几年时间里，三岛由纪夫的作品翻译在我国完全停止。一直到1985年，中国文联出版公司经请示中央有关主管领导同意，出版了唐月梅翻译的《丰饶之海》四部曲之一《春雪》，为三岛由纪夫在当代中国的公开翻译出版开了一个头。[86]）」のである。

・大江健三郎

大江健三郎のことは、「一九九四年のノーベル賞受賞以前、我が国の読者はまったく何も知らなかった[87]」といって過言ではないだろう。というのは、「中国における彼の作品の翻訳は非常に少なく、一冊の単行本の翻訳さえなかった[88]」からである。大江のノーベル文学賞受賞に伴って、これが「彼の作品の中国における翻訳紹介の扉を開いたかたちとなり（中略）一時的に一陣の『大江健三郎ブーム』が吹き荒れた[89]」。

・村上春樹

村上春樹の受容については研究も多く、本書でも第三章でとり上げているため、これ以上深く扱う必要はないかもしれないが、ここでは王向遠（2007）を引きながら、改めてその当時の状況を振り返ってみよう。

「村上春樹が一九九〇年代の我が国の文学に最も大きな影響を与えた日本作家であると言っても、おそらく異論はないだろう。十数年前、我が国の主要な雑誌は、とくに影響力のある文学系の雑誌、例えば『外国文学評論』、『国外文学』、『日本文学』、『世界文学』、『訳林』等、また『北京師範大学学報』等の重要な大学の学報は、みんな村上春樹に関するニュースや評論、研究論文などを発表し、村上春樹の作品は独創性に溢れ、日本の現代文学の中で注目すべき現象であると普遍的に認識されるようになった（如果说村上春树是1990年代对我国文学界影响最大的日本作家，恐怕是没有争议的。十几年间，我国主要的报刊，特别是有影响的文学类报刊，如《外国文学评论》《国外文学》《日本文

学》《世界文学》《译林》等，还有《北京师范大学学报》等重要的大学学报，都发表了有关村上春树的报道、评论和研究论文，普遍认为村上春树的作品富有独创，是日本当代文学中值得注意的现象。）」[90]

「吉本ばななの作品も青春の感傷と都市生活の体験を描いているという点で、村上春樹と近似しているが、しかし村上と比較すると明らかに薄っぺらい。やはり彼女はどうやらまだ成長中の作家のようである。我が国の翻訳出版した吉本ばななの作品は、林少華の翻訳本の他に花城出版社が一九九七年に出版した張哲俊や賀雷らの翻訳した小説集『キッチン』などがある（吉本芭娜娜的作品在表现青春感伤和都市生活体验等方面，与村上春树近似，但与村上比较而言，显得单薄肤浅。看来，她还是一位正在成长中的作家。我国翻译出版的吉本芭娜娜的作品，除上述的林少华的译本外，花城出版社 1997 年还出版了张哲俊、贺雷等翻译的小说集《厨房》）」[91]

ここでは吉本ばななが引き合いに出されて貶されているのが面白い。「薄っぺらい」というのは十中八九「内容」が薄っぺらい、つまり複雑な物語や心理がレトリックとともに示されているものではないということであると受け止められる。確かに吉本ばななな文学はそういうものではなく、そのため一作品の頁数もかなり少なく、文字どおり「薄っぺらい」ものとなっている。しかし、分厚ければよいかというと、上野千鶴子らは『男流文学論』の中で、中国でも爆発的なヒットを飛ばした『ノルウェイの森』について、「あまりのつまらなさに仰天しました。（中略）同人誌小説なら三十枚におさまるはずのものを、九百枚に引き伸ばしやがって、この野郎、私の時間とカネ返せっていう感じ」[92]と述べているとおり、「簡単に人が死ぬし、やたらとセックス・シーンが」[93]（三〇四頁）あり、長ければ、それ（文学）らしければよいというものでもないだろう。

・東野圭吾

現代中国において、いままさにリアルタイムで読まれている日本作家として、飛び抜けた人気を誇るのが東野圭吾である。「二〇〇七年、日本のドラマ『白夜行』がインターネット上で放映されると、中国において東野圭吾という名前が広まり始めた。時を同じくして、海南、南海などの出版社が連続的に東野圭吾の多くの作品を翻訳・出版したことで、東野圭吾の中国での知名度はより一層高まった（二〇〇七年，日剧《白夜行》在互联网上热播，是中国受众开始了解东野圭吾这一名字。同期，海南、南海等出版社连续引进东野作品的多部作品，进一步提高了东野圭吾在中国的知名度。）[94]」。

李潤潔（2017）は、東野圭吾が中国において広く知られるようになった理由を三つに分類している。（1）「文学評価の促進作用[95]」（文学评价机制的促进作用）、すなわち「文学賞等において評価された結果が比較的に高い権威性を有し、一般読者の文学作品選択において、東野作品に導く作用が働いた[96]」（文学奖的评选结果因具有较高的权威性，还可以为普通读者的文学作品选择提供导向作用）ということ。（2）「出版機構のセールス戦略[97]」（出版机构的营销策略）、（3）「ドラマや映画等の映像作品の、文学に対する作用[98]」（影视改编对文学作品的传播作用）。まさにこの三点の共同作用のもと、二〇〇七年から二〇一七年に至るまでの間、東野圭吾作品は「一三社の出版社が競って、八〇回あまり出版し、単行本の売り上げは、店舗のみならず、ネットにおいても、セールスランキングの上位に位置し、その総合セールス量は一千万冊を超えている[99]」（东野圭吾的作品先后被一三家出版社争相出版八〇余次，单册销量无论在实体书店还是电商平台均位居前列，总销量超千万册）のである。

問6　吉本ばななという作家をご存知ですか。

図5のように、すべての調査対象者六〇八名のうち三九八名が「吉本ばななの名前を聞いたことがない」と回答し、これは全体の六五・四六％を占めており、全体の半分以上に達している。

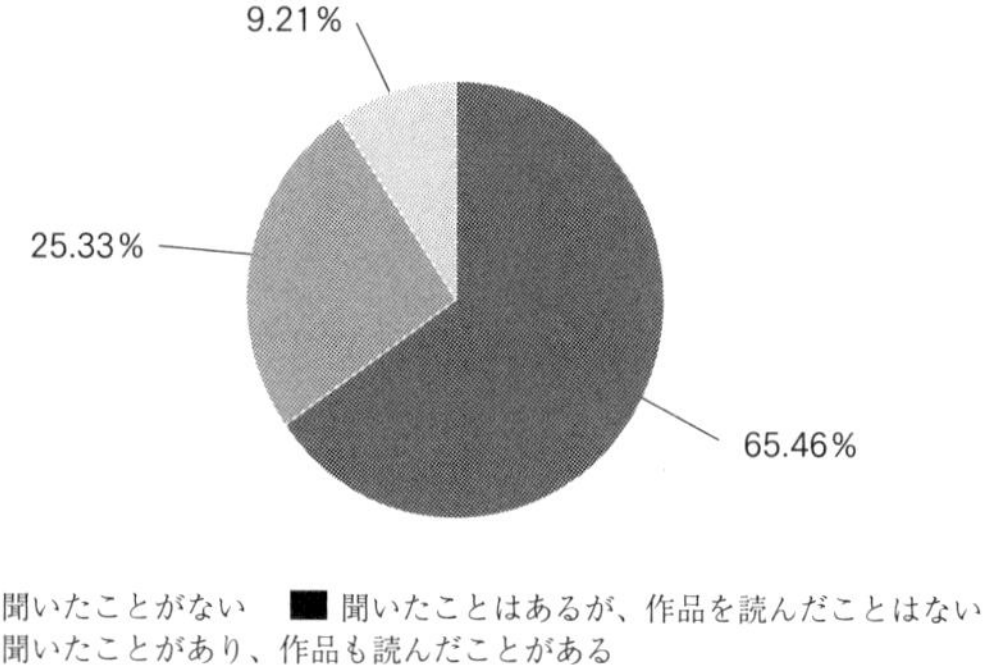

図5　吉本ばななの知名度とその作品を読んだことがあるかどうかなど

また、一五四名が、「吉本ばななの名前を聞いたことはあるが、吉本ばななの作品を読んだことはない」と回答し、これは全体の二五・三三%を占めている。そして残りの五六名は、「吉本ばななの名前を聞いたことがあり、また吉本ばななの作品を読んだこともある」と回答している。これは全体の九・二一%を占めているに過ぎず、一〇%にも届いていない。

このような結果から、吉本ばななの中国における知名度は比較的低く、なんと七〇%に近い調査対象者が、吉本ばななの名前さえ聞いたことがないということが明らかとなった。その原因について、WEBアンケート調査への結果をもとに明らかにしてみたい。

問7　どのようにして吉本ばななという作家を知りましたか？（複数選択可）

この問いは、吉本ばななを知ったルートや契機について明らかにしようとするものである。また、複数選択可能であり、「その他」には選択肢に含まれていない内容を記述することができる。もっとも多かった回答は「インターネット」で二六名、これは全体の四六・四三%を占めている。次に多かったのが「図書館」で二二名、これは全体の三九・二九%を占めている。次に多かったのが「教科書」と「書店」

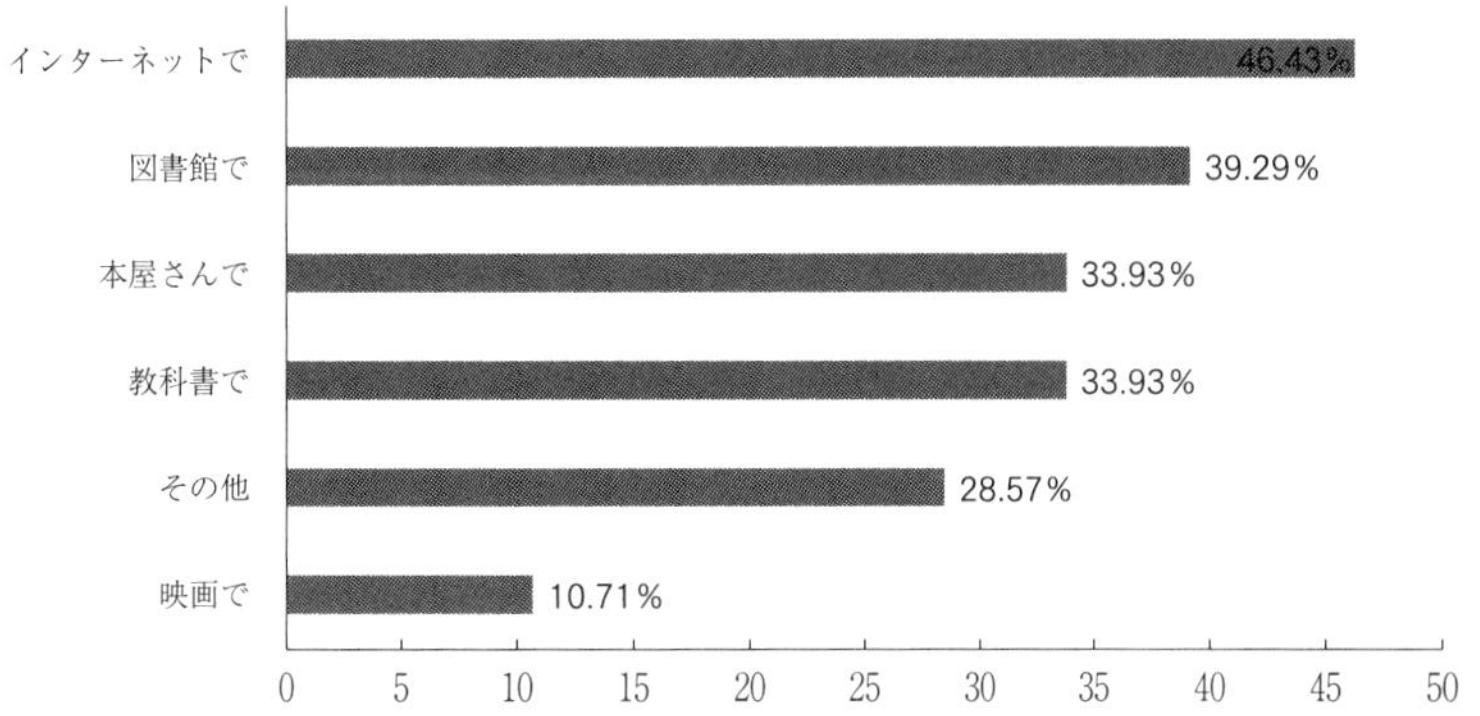

図6　吉本ばななを知った経緯

で、それぞれ一九名、これは、それぞれ全体の三三・九三%を占めている。次に多かったのが、「その他」で一六名、これは全体の二八・五七%を占めている。この「その他」でそのルートを具体的に記述したのが五名で、その中の三名は「授業で」と記述し、もう一人は「出版社からの推薦」で、別の一人は「具体的な原因を忘れた」と記述してあった。最後に多かったのは、「映画で」というもので六名、これは全体の一〇・七一%を占めている。

・インターネット

現代中国では、インターネットの普及率は非常に高く、農村や寺院などでもスマホが使用されており、またフリーwi-fiがない店を探すことのほうが困難という現状で、インターネットは人々の生活に不可欠な一部となっている。よくも悪くも、どのような情報でもインターネットを通してスピーディに伝播され、そしてシェアされて拡散されて行くのである。

例えば、前節でも言及した文学愛好者たちが集うサイト――「豆《ドウ》瓣《バン》」等――では、文学愛好者たちがさまざまなグループを立ち上げて、そこである作家や作品などについて、ともに語り合うことができる。また「百度貼吧《バイドゥティエバ》」という、中国最大の検索エンジンサイト――アメリカでいうGoogle――が運営するコミュニティサイトにおいて、ある作家等の「貼吧《ティエバ》」――スレッド、BBS――が立ち上げられると、ここでは自分の読書経験を投稿してシェアすることができる。そのほか、世界で最も利用者人数が多いソーシャルメディアである「新浪微博」でも、自分の読書経験を自由にシェアすることができる。また他のユーザーは、キーワードを検索するだけで、関連する投稿を検索することができる。

実際、「豆瓣グループ」にも吉本ばななグループが存在し、そのメンバーは四五九五名（二〇一九年九月一九日）である。これは中国で人気の高い日本作家のグループ、例えば、東野圭吾グループの四万一三三三名（同日）、村上春樹グループの「村上春樹ネットの森」四四一二四名＋「村上春樹」八〇三名の合計四万四九二七名に比べると、遠く及ばない。「百度貼吧」では「吉本ばなな吧（バー）」の中に一三〇二のスレッドが存在し、また「新浪微博」で「吉本ばなな」を検索すると、ユーザーの読書日記や吉本ばななの小説におけるセリフを引用して自分の心情を表現した投稿などを見つけることができる。

インターネットは、文学のプロモーションに対してきわめて重要な作用を持っている。以前にも述べたように、吉本ばななの中国におけるサイトは長らく更新されておらず、また吉本ばななに関する記事も、翻訳本の宣伝を含めてそれほど多くはないが、上述してきたように、インターネット上で一般読者が何気なしに書き込んだ、あるいはコメントした吉本ばななに関する一言のセリフ、一段の文章でさえ、吉本ばななを知るルートとなりうるのである。

・教科書

図書館や書店は作家や作品に出会う一般的なルートだが、少し特殊なルートが、教科書である。

筆者の知る限りにおいて、よくある「日本文学史」などの書籍に、名前やプロフィール以外に、吉本ばななの小説が収録されている教科書は二冊存在する。ひとつは、外国人を対象とした日本語教育の教科書で、二〇〇八年に上海外語教育出版社から出版された『日語総合教程（第八冊）』（皮細庚編著）である。これには吉本ばななの小説『TUGUMIつぐみ』の一部が、文法や語彙などを学ぶためのテクストとして収められている。もうひとつは、二〇〇六年に北京大学出版社から出版された『日本現代文学選読・下巻（増補版）』（于勝栄編著）で、『キッチン』の全文が収録されている。

大学で日本語を学ぶ学生にとって、教科書・参考書は、日本の作家を知る最も手近なルートである。筆者もまた、この『日語総合教程』（二〇〇八年）を通して吉本ばななという作家の存在と作品を知ったのである。この教科書に掲載されていた『TUGUMIつぐみ』の一部を読んで、この作品の全体や吉本ばななという作家、文学に興味を抱くようになり、ここから筆者は吉本ばなな文学研究の道を歩み始めることになった。

同時に、このように大学の日本語教育の教科書に収録されるということは、中国のこの教科書の編纂に関わった学者たちが、吉本ばななの日本文学における影響力とその作品を認めているということにほかならない。とくに授業で用いたり、学習者が読むという教育的な面から見ると、吉本ばななの文学には、長い注記が必要であったり、理解が大きく分かれたり、日本人や一部の人間にしかわからないような「ネタ」や「内容」、そしてまさにこれから人が死ぬ・殺すというような直接的な「死」や「暴力」の描写、そして「セックス」の行為そのものの描写というのが、とくに第一期吉本ばなな文学においてはほとんど出てこないため、そのほかの文学作品に比べて、教育的な題材としやすいことは確かであろう。

・映画

「映画で」と回答したのは六名で、これは全体の一〇・七一％でしかない。吉本ばななの作品は数多く映像化されているが、しかしそれでも、現在の中国で飛ぶ鳥を落とす勢いの東野圭吾が、『白夜行』のドラマ一本で中国での爆発的なヒットを呼び起こしたことに比べると、吉本ばななの作品の映画は、中国でほとんど注

年度	2001	2007	2008	2009	2010	2012	2013	2014	2015	2016	2017	2018	2019
人数	2	2	4	3	2	3	4	4	5	8	3	5	4

表3　中国の一般読者が初めて吉本ばなな作品に触れた年

目されておらず、大した影響力を持っていないようである。もちろん、当代の人気俳優を起用し、さまざまな不思議なトリックや伏線に溢れ、観客を魅了するミステリー作品と比べてしまうと、なんでもない日常における、なんでもない主人公の、ちょっとした日常的〝超能力〟や〝ファンタジー〟が多い吉本ばなな作品は、そこまで商業的に成功する面白さや爽快さを生み出しうるものではない。したがって、このような表層的な比較に意味はないが、中国における受容の観点からは、その人気や映画の影響力にこれだけの差があるのは事実である。

問8　はじめて吉本ばなな作品に触れたのはいつですか？（具体的な年を西暦でお書きください）

この問いは記述式で、統計結果は表3のとおりである。

この表が示すように、初めて吉本ばなな作品を読んだ年次の分布は、非常に均等であり、とくにどこかで爆発的に増えていたり、減っていたりということがない。しかしそれは、吉本ばなな作品がどの時代においても一部の人々に必要とされているともとらえられるのである。

同時に、表からは、次のことがわかる。すなわち、二〇〇七年以降、二〇一一年を除いて、二〇〇一年から二〇〇七年の間に五年間の大きな空白があるということである。表4は吉本ばななの公式ホームページ上のデータと、第三章で統計した版権のない翻訳本に関する情報に基づいて、筆者が作成した吉本ばなな作品の中国大陸で出版された翻訳本のタイトルと年の一覧である。これに基づいて、空白について説明する。

第二章で述べたように、上海訳文出版社は二〇〇四年から吉本ばななの作品を版権化しており、また積極的な宣伝と販売促進活動を行ってきた。さらに持続的かつ安定して、吉本ばなな作品を

番号	出版年月	書名	出版社	訳者	版権
1	1992.02	《开心哭泣开心泪》（楽しく泣いて、楽しい涙）	漓江出版社	林少华等	なし
2	1997	《厨房》（キッチン）	花城出版社	张哲俊等	あり
3	2001	《厨房·四色之情小说》（キッチン）	漓江出版社	鲁平	なし
4	2003.12	《甘露》（アムリタ）	上海译文出版社	李重民	あり
5	2004.08	《厨房》（キッチン）	上海译文出版社	李萍	あり
6	2005.04	《蜜月旅行》（ハネムーン）	上海译文出版社	张唯诚	あり
7	2005.11	《白河夜船》（白河夜船）	上海译文出版社	徐静波	あり
8	2007.01	《哀愁的预感》（哀しい予感）	上海译文出版社	李重民	あり
9	2008.01	《不伦与南美》（不倫と南米）	上海译文出版社	李萍	あり
10	2008.01	《哀愁的预感》（哀しい予感）	上海译文出版社	李重民	あり
11	2008.01	《无情／厄运》（ハードボイルド／ハードラック）	上海译文出版社	邹波	あり
12	2008.06	《甘露》（アムリタ）	上海译文出版社	李重民	あり
13	2008.08	《N·P》	上海译文出版社	张唯诚	あり
14	2009.01	《虹》（虹）	上海译文出版社	钱洁雯	あり
15	2009.10	《厨房》（キッチン）	上海译文出版社	李萍	あり
16	2010.06	《阿根廷婆婆》（アルゼンチンババア）	上海译文出版社	李萍	あり
17	2011.04	《雏菊人生》（ひな菊の人生）	上海译文出版社	弭铁娟	あり
18	2011.08	《无情／厄运》（ハードボイルド／ハードラック）	上海译文出版社	邹波	あり
19	2011.10	《蜜月旅行》（ハネムーン）	上海译文出版社	张唯诚	あり
20	2011.12	《白河夜船》（白河夜船）	上海译文出版社	徐静波	あり
21	2012.06	《尽头的回忆》（デッドエンドの思い出）	上海译文出版社	周阅	あり
22	2012.06	《橡果姐妹》（どんぐり姉妹）	上海译文出版社	李萍	あり
23	2012.06	《鸫》（TUGUMI）	上海译文出版社	弭铁娟	あり
24	2012.07	《哀愁的预感》（哀しい予感）	上海译文出版社	李重民	あり
25	2012.07	《喂喂下北泽》（もしもし下北沢）	上海译文出版社	弭铁娟	あり
26	2012.09	《食记百味》（ごはんのことばかり 100 話とちょっと）	山东人民出版社	陈宝莲	あり
27	2013.07	《不伦与南美》（不倫と南米）	上海译文出版社	李萍	あり
28	2013.07	《彩虹》（虹）	上海译文出版社	钱洁雯	あり
29	2013.10	《厨房：插画版》（キッチン：挿絵版）	上海译文出版社	李萍	あり
30	2016.07	《莎乐美汉堡店》（ジュージュー）	上海译文出版社	周阅	あり
31	2016.08	《阿根廷婆婆》（アルゼンチンババア）	上海译文出版社	李萍	あり
32	2016.08	《雏菊人生》（ひな菊の人生）	上海译文出版社	弭铁娟	あり
33	2017.07	《初恋》（High and dry（はつ恋））	上海译文出版社	彭少君	あり
34	2017.08	《花床午歇》（花のベッドでひるねして）	上海译文出版社	岳远坤	あり
35	2017.10	《身体全知道》（体は全部知っている）	上海译文出版社	彭少君	あり
36	2019.01	《尽头的回忆》（デッドエンドの思い出）	上海译文出版社	周阅	あり
37	2019.01	《蜜月旅行》（ハネムーン）	上海译文出版社	张唯诚	あり
38	2019.01	《白河夜船》（白河夜船）	上海译文出版社	徐静波	あり
39	2019.01	《不伦与南美》（不倫と南米）	上海译文出版社	李萍	あり
40	2019.01	《哀愁的预感》（哀しい予感）	上海译文出版社	李重民	あり
41	2019.01	《无情·厄运》（ハードボイルド／ハードラック）	上海译文出版社	邹波	あり
42	2019.01	《N·P》	上海译文出版社	张唯诚	あり
43	2019.01	《橡果姐妹》（どんぐり姉妹）	上海译文出版社	李萍	あり
44	2019.01	《鸫》（TUGUMI）	上海译文出版社	弭铁娟	あり
45	2019.01	《彩虹》（虹）	上海译文出版社	钱洁雯	あり

表 4　中国での吉本ばなな作品の翻訳

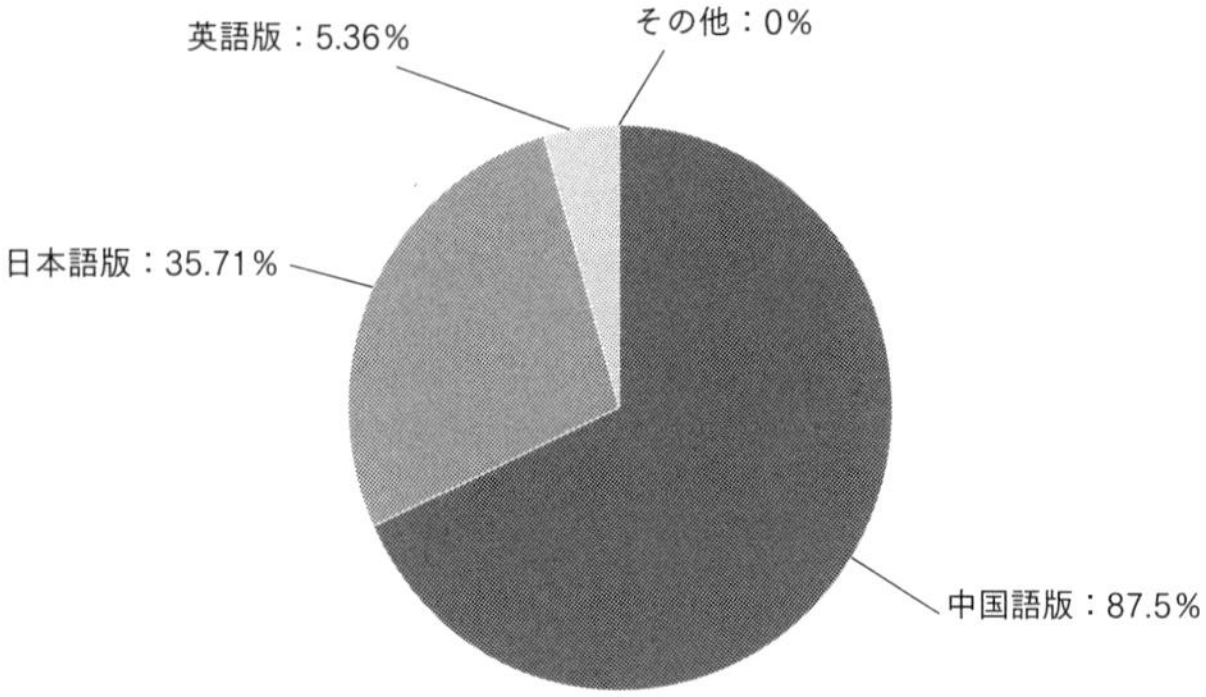

図7　中国の読者が読んだことのある吉本ばなな作品の言語

翻訳出版し続けており、これがWEBアンケート調査で示された、二〇〇七年以降は安定して新しい読者が吉本ばなな作品に触れているという事実と、おおよそ符合するものといえよう。それ以前の版権のないものは、販売ルートや印刷量も安定しておらず、読者がいつでもどこでも触れることができるものではなかった。ここで、やはり中国の出版社の版権獲得が、吉本ばななの中国における知名度向上に有利に働いたことがわかる。

問9　あなたが読んだ吉本ばななの作品は、どの版ですか？（複数選択可）

この問いは、どの言語による翻訳版であるかを明らかにしようとするものである。以下の表のとおり、やはり中国語版が最も多く、四九名で、全体の人数の八七・五％を占めている。次に多かったのが、日本語の原文を読んでいるというもので二〇名、全体の人数の三五・七一％を占めている。そして意外だったのが、中国の「中国人」読者の中に、英語版で読んだ読者が三名いたということである。これは全体の人数の五・三六％にあたる。その他の言語・翻訳版についての回答はゼロであった。

英語版を読んだ三名の読者の現在の居住地は、イギリスと日本、中国に分かれている。ここで言えることは、先にも述べたように、吉本ばなな文学には長い注記が必要であったり理解が大きく分かれたりすることがなく、日本人や一部の人間にしかわからないような「ネタ」や「内容」がほとんど出てこないことで、英語学習にも適していると推測されるということ。そして、かつて吉本ばなな自身が「潜在的な読者になり得る層っていうのは本当に共通したものだと思うから、どういう質の人間がどういうときに必要として読むかっていうことに関しては万国共通だと思うから、その人たちに向けてうまく届けばいいわけで、顧客に向けてちゃんと供給されればそれで満足」[100]と述べているその言葉どおり、いかなる言語・環境であっても不自然がなく、またそれどころか十分な魅力があるであろうということである。

これを裏づけるように、この三名の吉本ばなな作品への評価はいずれも「4（一名）」、「とても好き（二名）」とかなりの好評価であり、また「問17 だれかに吉本ばなな作品を勧めたことがありますか？」という問いに対しても、「たまにある（一名）」、「よくある（二名）」を選択しており、さらに、「問19 今後も継続して吉本ばなな作品を読みますか？」に対しても、全員が「読む」と回答している。

問10 あなたが吉本ばなな作品を読もうと考えた理由は何ですか？（もし詳細な理由があったら、選択肢の後ろの下線部分にお書きください）

この問いは、本来は記述問題として設定し、読者の多様な理由を具体的に調査する予定であったが、パイロット調査で筆者が想定したもの以外の回答が得られなかったため、選択問題とした。

筆者が想定される代表的な理由を列挙し、選択は複数選択も可能である。それぞれの選択肢には補足するための記述欄を設けてある。それ以外にも「その他」という選択肢を設け、選択肢にない調査対象者自身の理由を記述することができる。

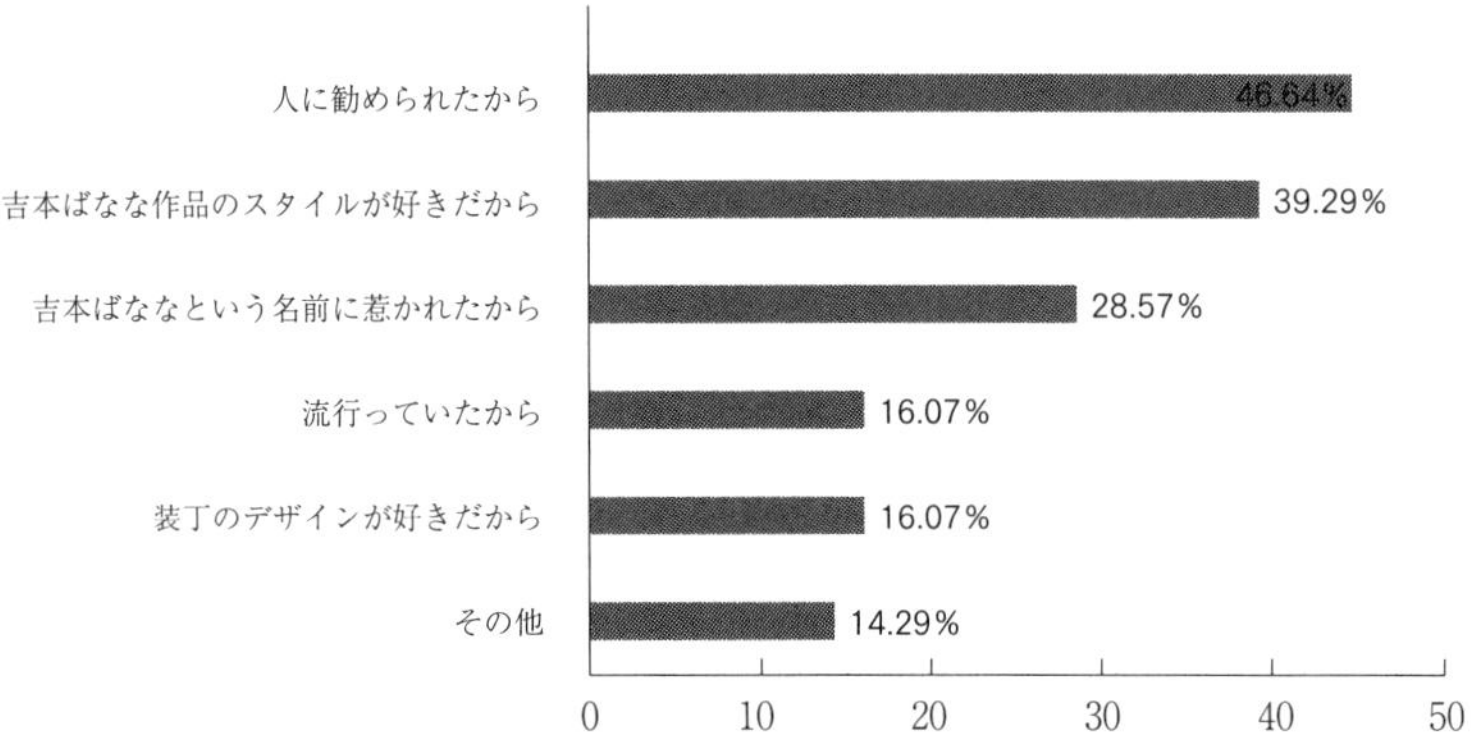

図８　中国の読者が吉本ばなな作品を選びだ理由

「人に勧められたから」を選んだ回答者がもっとも多く二五名で、全体の四四・六四％を占めている。次に多かったのが、「吉本ばなな作品のスタイルが好きだから」で二二名、全体の三九・二九％を占めている。次に多かったのが「吉本ばななという名前に惹かれたから」で一六名、全体の二八・五七％。

その次の「流行っていたから」と「装丁のデザインが好きだから」が同数で、それぞれ九名、それぞれ全体の一六・〇七％。もっとも少なかったのが「その他」で八名、全体の一四・二九％。補足理由を記述したのは三名のみで、それぞれ「別の本とは違う感じがする」、「勧められたことがない」、「自分の好きな作家を探している」というものであった。

「問7：どのようにして吉本ばななという作家をお知りになりましたか？（複数選択可）」で述べたように、大半の読者はインターネットを通して吉本ばななを知ったのであるが、問九の回答では、大半の読者が他者に勧められて吉本ばなな作品を読み始めている。ここから推測できることは、身近な友人のみならず、先にも述べた「豆瓣」や「百度贴吧」、「微博《ウェイボー》」などのソーシャルメディアのネット友だちなどに勧められている可能性がある。

吉本ばなな作品のスタイルは、厳密に分析しようとするなら、作品・時期によっても異なると考えられるため、一概に述べることはできない。しかし、吉本ばななの作品は書き方や内容が平易で読みやすく、吉本ばなな自身も「そういう努力は、だから何を推敲してるかって内容をしてるっていうよりそういうくだらないっていうか細かい帳尻合わせみたいなことが一番多い[101]」と語っているように、繊細な注意を払ってバランスを絶妙に調整された文章には、過度に難しい言葉や過剰に不快な表現などが出てこない。

　そして、だからこそ、吉本ばなな自身も、「入口で駄目な人はもう一生駄目だから、顧客制度になってる[102]」、「徹底的な顧客性」と自覚しているように、その顧客（読者）の求めるものにはまさに「万国共通[103]」の普遍性があり、まさに吉本ばななの文学は、「間口は狭いけど顧客は世界中に[104]」つながるものと言える。このような万国共通の普遍性という意味で、吉本ばななの「スタイル」は、原文・翻訳を問わず世界中で受け入れられており、その意味では、「吉本ばなな作品のスタイルが好きだから」という回答が多かったのもうなずける。また、この点からは、もっとも回答が多かった「人に勧められたから」に関しても、その「狭い間口」に波長の合う読者が、同じような波長の合う友人や知人に勧めている可能性を推測できる。つまり、吉本ばななの文学と波長の合う読者の共鳴によってつながる、吉本ばななの文学を土台とした、いわば「好きっていう場」（後述）のネットワークが、地球上に張り巡らされている状態が、吉本ばななの読者のあり方だと言えるのである。

　そして、少し意外だったのが、「吉本ばななという名前に惹かれたから」という回答者が多かったことである。第二章で述べたように、吉本ばななの名前は、中国に紹介され始めた当時、「吉本波七」や「吉本香蕉」と訳されており、もちろん現在の「吉本芭娜娜」という訳もあるにはあったが、一九九二年二月に中国大陸で初めての小説集『开心哭泣开心泪』が出版されるまでは定着したものではなかった。この出版以後、「吉本芭娜娜」という訳が一般的に用いられるようになったため、回答者が初めて接した吉本ばななの訳名は、十中八九はこの「吉本芭娜娜」であると考えられる。この日本の苗字である「吉本」に、英語から音をとった「芭娜娜」を加えた、どこか可愛くてポップな、そしてユーモラスなペンネームは、日本だけでなく、中国でも注目の的であるようだ。

また一部の調査協力者が「装丁のデザインが好きだから」を選んでいることも、非常に興味深い。表5に示す装丁は、「1」、「2」、「3」、「26」番以外、すべて上海訳文出版社によるものである。これらはもっとも早期の一九九二年の『开心哭泣开心泪』(漓江出版社)に始まり、最新の二〇一九年一月に出版された「吉本ばななシリーズ(全十冊)」(上海訳文出版社)までの中国で出版されたすべての吉本ばなな作品の装丁である。

このようにして見ると、その装丁のデザイン、スタイルの大きな変化がみてとれる。はじめのうちは単色が多く、きわめて粗雑なデザインであったが、時代を追うごとにシンプルで可愛いものに変容していき、さらに日本の著名な芸術家で、「女の子」をモチーフにした絵画で名高い奈良美智とのコラボ装丁も実現している。これらの装丁はもちろん「衣食足れば」の言葉どおり、中国大陸の経済的・技術的な発展とちょうど貨幣の表裏のようになっている。しかしそれだけではなく、これは中国大陸の吉本ばななの文学のとらえられ方、すなわち受容の一端を表すものとも言えるだろう。

たとえば、早期の装丁のデザインに描かれる女性は、たいてい大人の女性だったが、それは次第に少女になり、またそのタッチはアニメ・イラスト的に変化している。これは中国で吉本ばななの理解が深まるにつれて、よく言われる「少女漫画」や「癒し」のイメージが、中国でもその代表的な表象となったことを示している。しかし、その「少女」的イメージも、決して単に若い女性が主人公であるとか、またその物語が少女漫画的であるとか、清純的であるというだけでなく、その吉本ばななの文学のもつ「シンプルな可愛さ」を「少女的」であるとしていることが、その装丁が人物やキャラクターのイラストから、次第に静物画や抽象的なイラスト、図案のデザインに変化していることで確かめることができる。

最新の「吉本ばななシリーズ(全十冊)」(上海訳文出版社)[105]では、その広告サイトで、「〝吉本ばなな式の少女惑〟の装丁デザインで新年最初の癒しの読書をあなたに!」(用更具〝吉本芭娜娜式少女惑〟的装帧设计带来新

表５　中国で出版されている吉本ばなな作品の装丁

年伊始的治愈感阅读）というコピーが打ち出され「二〇一九年デザイン性が最も高い、最も温かい本、来る！」[106]（2019开年颜值最高、最温暖的书来了）などのコピーが踊り、「少女像」ではなく、さまざまなシンプルかつ可愛いイラストの装丁の作品集となっており、これまで以上に出版社が装丁に力を入れてこだわっていることがわかる。

問11　あなたが知っている吉本ばなな作品はどれですか？（複数選択可）

この問いは、どの作品がもっとも知名度が高いかを明らかにしようとするものである。複数選択可能な問いである。

図9の示すように、吉本ばななの文壇デビュー作である『キッチン』が、これらの代表作の中でも抜群の知名度であるという結果となった。その人数は四五名で全体の八〇・三六％を占めている。その二番目に多かったのは『キッチン』に収められて

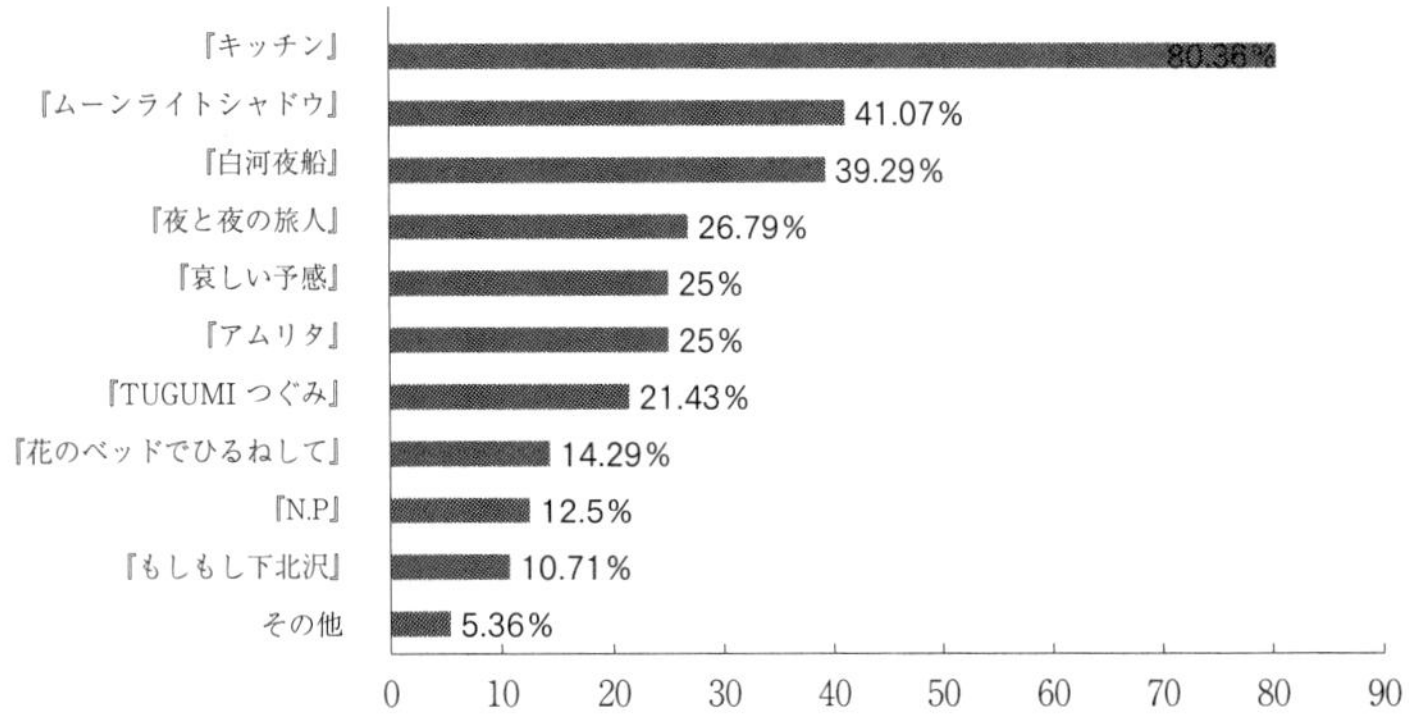

図９　中国で、どの作品がもっとも知名度が高いか

いる『ムーンライト・シャドウ』で二三名、全体の四一・〇七%を占めている。

　この『ムーンライト・シャドウ』に次いで三番目に多かったのが、いわゆる「眠り三部作」の一つである『白河夜船』で二二名、全体の三九・二九%を占めている。これは二〇一五年に安藤サクラと井浦新主演で、若木信吾監督によって映画化されており、それも知名度に大きく影響を与えているものと考えられるが、そうすると、やはり吉本ばななの初作品とも言える『ムーンライト・シャドウ』がこれと同列であるというのは、『キッチン』とともに収められているからというだけではなく、その作品の魅力によるものと言えよう。

　四番目に多かったのは、これも「眠り三部作」の一つで『夜と夜の旅人』である。これは計一五名で、全体人数の二六・七九%を占めている。もちろん、これも『白河夜船』に収められているからとも言えるだろう。五番目が『哀しい予感』と『アムリタ』でそれぞれ計一四名、それぞれ全体の二五%を占めている。六番目が『ＴＵＧＵＭＩつぐみ』で計一二名、全体人数の二一・四三%を占めている。これも市川準監督によって映画化されているが、なにしろ一九九〇年のことで――主演は牧瀬里穂と真田広之である――この映画で小説『ＴＵＧＵＭＩつぐみ』を知ったという回答者は少ないだろう。だが先にも述べたように、日本語の教科書・参考書にも掲載されていることから、筆者のように、そこから知った調査対象者も少なからずいるかもしれない。

七番目に多かったのは、二〇一三年と比較的最近の作品である『花のベッドでひるねして』の計八名、全体人数の一四・二九%であった。これも上海訳文出版社が二〇一七年に翻訳本を出版しており、中国の市場ではつい二年前に書店に並んだ書籍であることから、これを目にした回答者も多かったと思われる。八番目、九番目は、『N・P』と『もしもし下北沢』で、前者が計七名の一二・五%で、後者が計六名の一〇・七一%。この『N・P』は、第一期吉本ばなな文学だが、『もしもし下北沢』は、二〇一〇年と比較的最近の作品である。これも上海訳文出版社が二〇一二年に翻訳本を出版している。このように、吉本ばななの最近の作品も多く選ばれていることから、中国においては『キッチン』などの第一期吉本ばなな文学が古典・クラシックとして知られているだけではなく、その読者は継続的に吉本作品に注目しており、また新しい読者も、近著を目にしていると推測される。

問12　読んだことがある吉本ばなな作品はどれですか？（複数選択可）

選択肢は問11と同じで複数選択も可能である。

ここでもやはり『キッチン』が圧倒的に多くの回答を得た。これは三九名で、全体の六九・六四%を占めている。二番目に多かったのは、『白河夜船』で計一五名、二六・七九%。三番目は『ムーンライト・シャドウ』と『哀しい予感』で、それぞれ一三名、それぞれ二三・二一%。

この第一期吉本ばなな文学の古典・クラシックと呼べるような代表作の中に、同列三位で『ムーンライト・シャドウ』が入っていることは注目に値する。しかし『ムーンライト・シャドウ』は、問11の知名度調査で二番目によく知られており、二三名であったにも関わらず、読んだことのあるのが一三名に過ぎなかったのは、

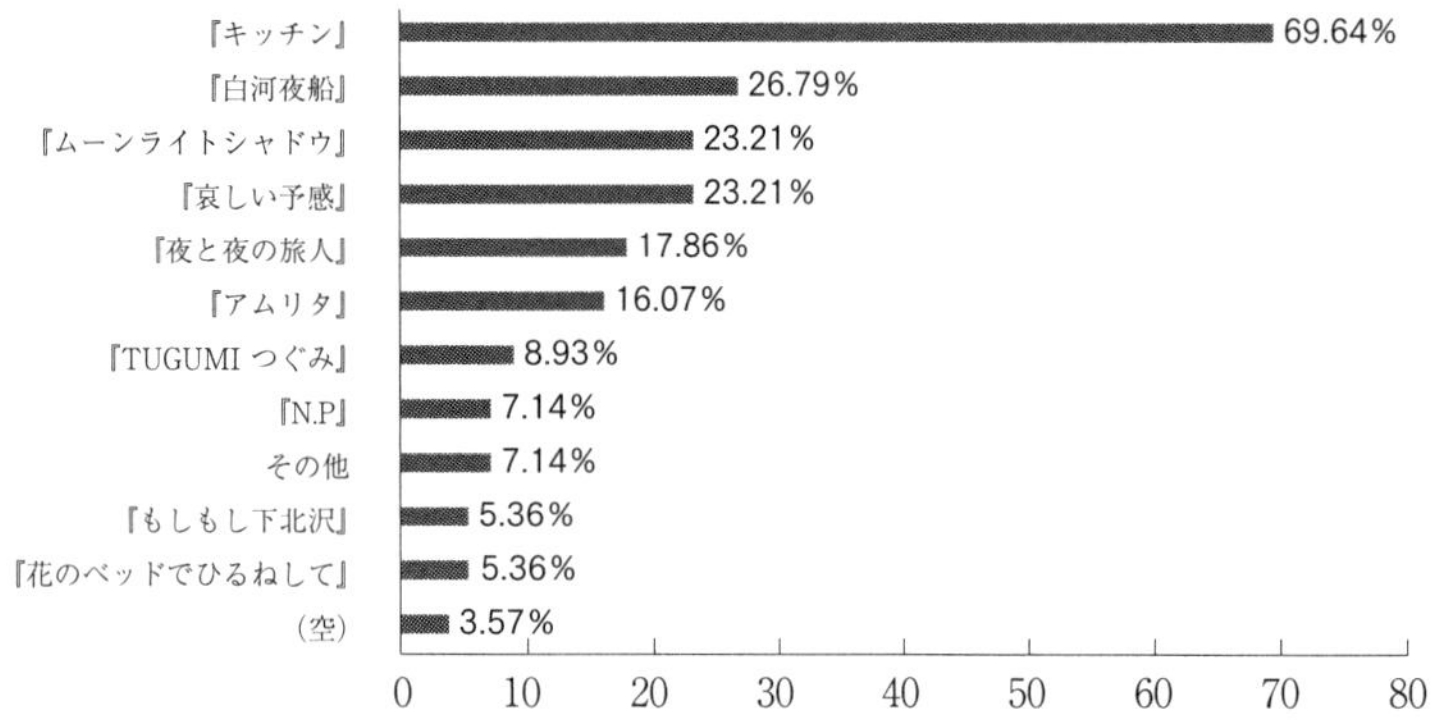

図10吉本ばなななのどの作品を読んだことがあるか

知名度が高かった理由として、『キッチン』とともに収められていることもまったく無視できる要素ではない。

しかし前の「豆瓣読書《ドウバンドウーシュー》」や「新浪微博《シンランウェイボー》」における調査でも、『ムーンライト・シャドウが好き」という感想・評価が多く見受けられ、はっきりと「読んだ」ことの有無を調査するこの問いでも上位に入るということは、やはりただ『キッチン』に収められているからというわけではなさそうである。

五番目に多かったのが『夜と夜の旅人』で一〇名、全体の一七・八六%を占めている。六番目が『アムリタ』で九名、一六・〇七%。七番目が『TUGUMIつぐみ』で五名、八・九三%。八番目が『N・P』で四名、七・一四%。それから「その他」の項目を選択し、そこに記述をした回答者も一人だけ存在する。それは『ひな菊の人生』である。九番目が『もしもし下北沢』と『花のベッドでひるねして』で、それぞれ三名、五・三六%。

問11の調査では、中国では『キッチン』などの第一期吉本ばなな文学が古典・クラシックとして知られているだけではなく、その読者は継続的に吉本ばなな作品に注目しており、また新しい読者も近著を目にしていることが推測されたが、この問12の実際の「読んだ」ことの有無に関する調査では、やはりそのほとんどが第一期吉本ばなな文学と呼ばれる早期作品に集中しており、近著は存在を知ってはいても、手に取ってはいないことが明らかになった。

これも前の、「豆瓣読書」や「新浪微博」における調査の結果と符合するところがあるように思われる。

「吉本芭娜娜的书读到第三本，实在是要读够了，原来她一直在重复自己，不死个个把人不够虐么，果然疗愈系小说都要这么写，果然没有几个作家禁得起从头读到尾，阿加莎也如此」（拙訳：吉本ばななの著作はすでに三冊読んだけど、もう本当に読み飽きちゃったよ。なるほど彼女の小説はずっと自分が重複しているんだね。それと何人か人が死ななけりゃ残酷さが足りないとでもいうのかい？　やっぱり癒し系の小説っていうのは、みんなこんなふうに書かなきゃいけないもんなんだね、ずっと同じパターンにならないようにできる作家っていうのは何人もいないよね、アガサも然り）

「初看很惊艳，可是读到最后感觉作者写的故事都是一个样的套路，三个故事很雷同，值得看看」（最初に読んだときは驚くほど見事だと感じたけど、最後まで読んで思ったのは、作者が書いている物語は全部同じパターンで、三つの物語は似てるってこと。でも、読んでみて、その価値はあるよ）

「吉本的所有书也是同一个主题」（吉本の本は全部同じテーマだ）

「都是一个调调」（みんな一本調子）

先の調査では、このようなことが数多く書き込まれており、「テーマが重複している」という代表的な感想・評価を形成していた。また「否定的意見」の中にも、「不知道是我过了青春的年纪还是怎么样，我更倾向于积极的生活态度。这本书的叙述风格让我觉得是在看十七八岁的言情小说。我想说，失去亲人是很痛苦，但，come on，坚强一点好吗，用得着通篇都在一个调调吗？」（青春を過ぎた歳だからかもしれないけど、私はもっと積極的な生活態度がいい。この本の書き方は、十七、八歳の恋愛小説を読んでいる感じにさせられる。私は言いたい、親しい人を亡くすことは辛い、だけどcome on、もっとしっかりしてよ。どの作品も全部同じ一本調子じゃなくてもいいんじゃない?)や、「在长大的过程中心逐渐变得硬朗了起来。再读吉本芭娜娜的书已经没有了高中时候那样浓烈的感动，不管厨房也好，哀愁的预感也好，无情与厄运也好，已经不会像以前一样涕泗横流好久。但是还是有被温柔拥抱着的安心感，爱的力量一直都是永恒的，支撑着无数人走过春夏秋冬」（成長の過程で、心はいつしか硬くなってしまった。吉本ばななの本を読み返しても、もう高校生のときのようなあの濃い感動はどこにもない。キッチンでも哀しい予感でも、ハードボイルド／ハードラックでも、もう昔のようにぐしょぐしょに涙を流して泣きやまないなんてことはない。でも、やっぱり優しさに包まれる安心感はある。そして愛の力はずっと永遠なんだ。ばななの小説は無数の人がこれまで通ってきた人生の四季という山あり谷ありの道を支えてくれるものだ）などという意見があった。

ここから言えることは次のようなことである。すなわち、初めて、あるいは若い頃に、何かとても繊細で、複雑な――少なくとも当時はそう思っていた――苦悩を抱えていたときには、ある種の『救い』や『癒し』として、吉本ばなな文学は読者の心を満たしたが、たいした苦悩を持っていたわけではない読者は、一つの作品を読めばすぐに満足したし、また、大きな苦悩を持っていた読者も、その多くが成長とともにこれを克服し、同じパターンやテーマの吉本ばななの文学を必要としなくなっていったのではないかということである。

このため、いつの時代、どこの国や地域においても需要があることは間違いないのだが、その顧客（読者）はたいてい第一期吉本ばなな文学と呼ばれる代表作とその他いくつかを読んで満足してしまい、いわゆる「常連」になって読み続ける読者が少ないのではないだろうか。そこで残る「常連」は、吉本ばななの文学や吉本ばななの言葉を、まさに神の水としての〈アムリタ（甘露）〉とみなし、吉本ばななを、彼女がなった覚えもないであろう本尊・教祖へと祭り上げ、「吉本ばなな教」のような信仰を捧げるということにもなりかねない。

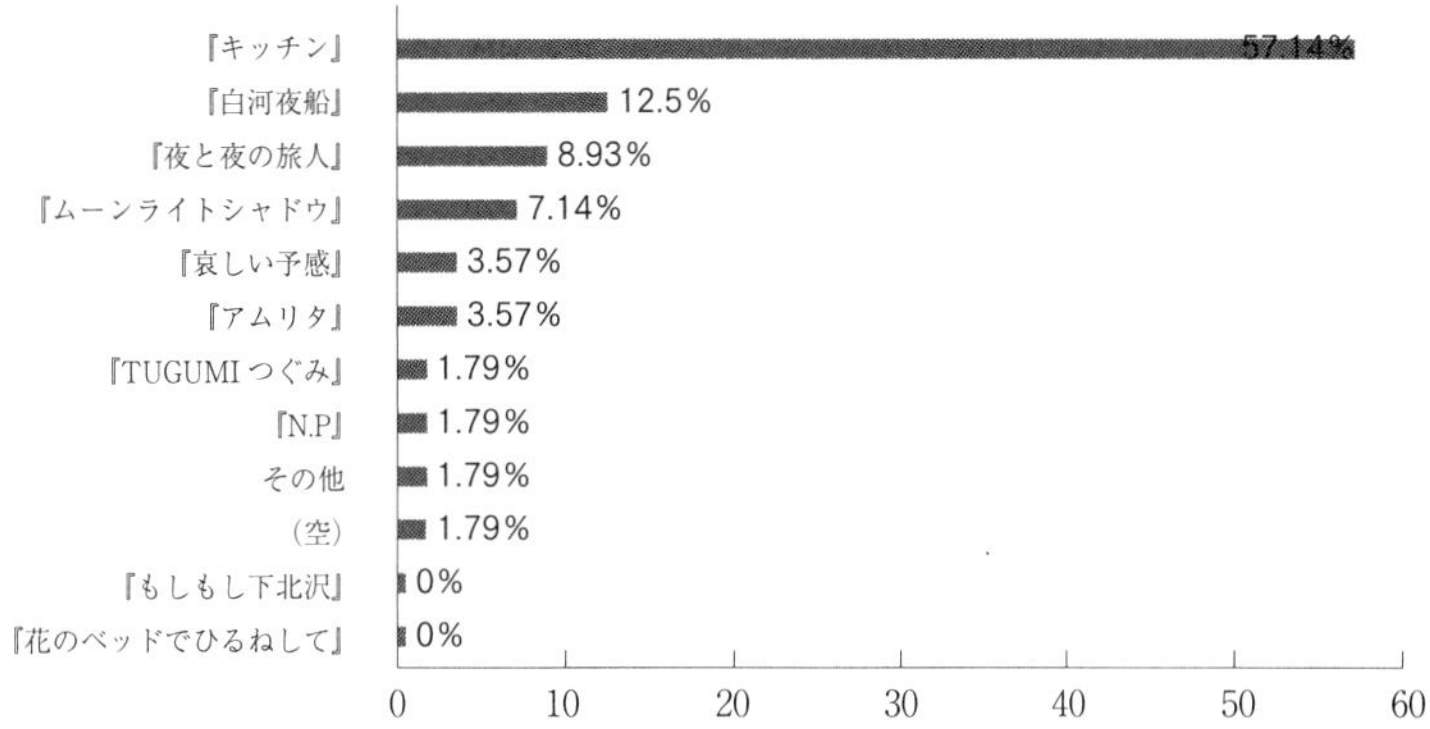

図11 中国の読者がもっとも好きな吉本ばなな作品

問13　あなたが一番好きな、あるいは一番印象に残っている作品はどれですか？

この問いは、吉本ばなな作品の中で最も人気のある小説はどれかということを明らかにしようとするものである。この問いは一つしか回答を選択することができない。「その他」では、選択肢にない作品を記述できるようにしてある。

このグラフを見て一目瞭然であるように、もっとも人気が高かったのはやはり『キッチン』であり、三二名が『キッチン』を選んでおり、これは全体の五七・一四％を占めている。

二番目と三番目に多かったのは、いずれも「眠り三部作」の一つである『白河夜船』と『夜と夜の旅人』である。それぞれ七名と五名で、全体人数の一二・五％と八・九三％を占めている。そして四番目が『ムーンライト・シャドウ』で四名、七・一四％だが、この一番好きな小説を挙げるという問いでも上位に入るということは、やはり『ムーンライト・シャドウ』の実力、そして中国での人気というのは確かなものであると言えよう。

次に『哀しい予感』と『アムリタ』が同列の五番目で、それぞれそれ二名、それぞれ三・五七％。最後は『TUGUMIつぐみ』と『N・P』が同列の六番目で、それぞれ一名、一・七九％。ここで意外なの

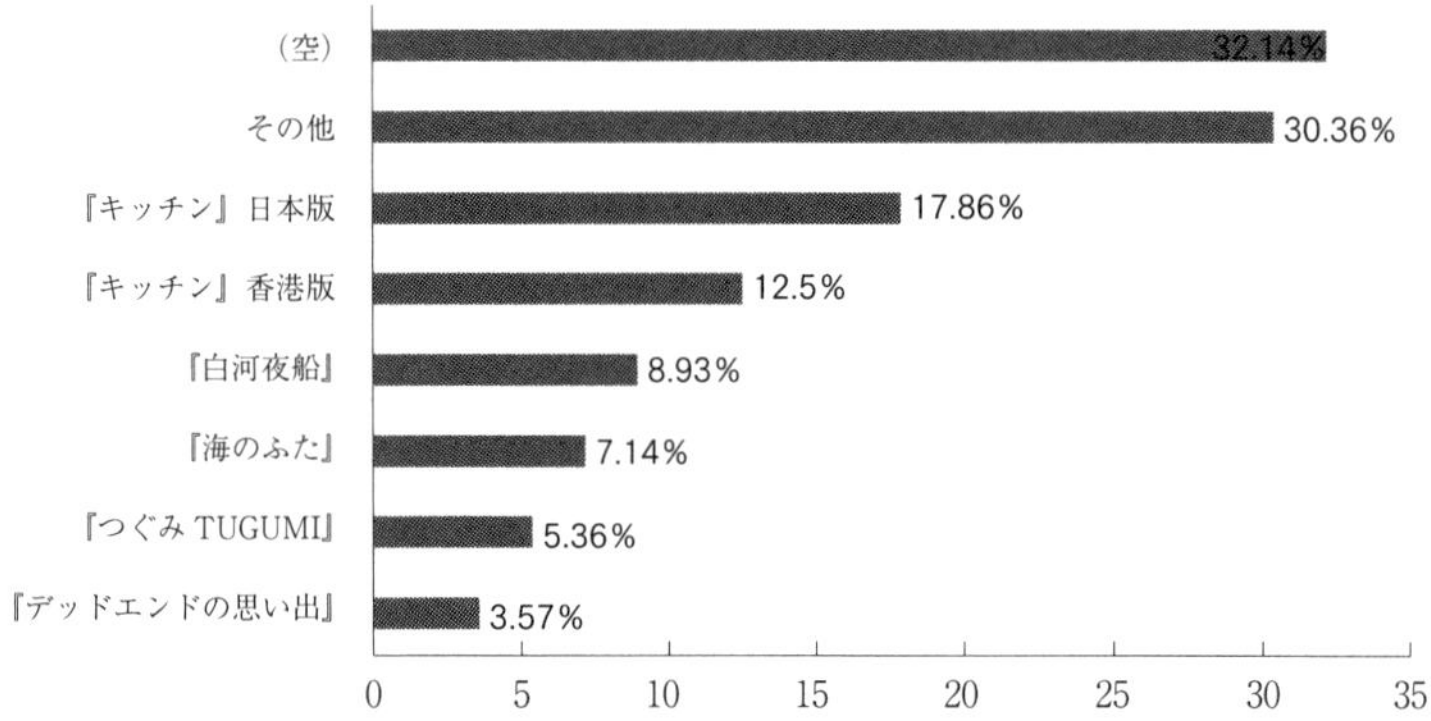

図 12 中国の読者が観たことがある吉本ばななの映画

は『TUGUMIつぐみ』のランキングがあまりに低いということである。『TUGUMIつぐみ』は、一九八九年に第二回山本周五郎賞を獲得、そして年間ベストセラーの総合一位を記録しており、一九九〇年に豪華キャストで映画化もされている、いわゆる「吉本ばなな現象」を促進した第一期吉本ばなな文学の押しも押されぬ傑作なのである。ところが、中国ではこの作品を知っている人が少ないばかりでなく、読んだことのある読者はさらに少ないため、もちろん人気もほとんどないのである。

しかし『TUGUMIつぐみ』の中国における出版時期を見ると、これはそんなに理解しがたいことではない。中国大陸で、二〇一二年になって初めて上海訳文出版社から出版された『TUGUMIつぐみ』は、吉本ばななのその他の作品と、もっとも早く一九九二年に中国へ輸入された作品と比べると、実に二〇年の落差がある。このため、回答者を含めた中国の一般読者から受け入れられている範囲が小さく、また知名度が低いことは理解できる。

問14　吉本ばななの映画化された以下の映画を見たことがありますか？（複数選択可）

このグラフのように、「なし」、ばななの映画を観たことがないという回答を選んだ回答がもっとも多く一八名で、全体数の三二・一四%を占めている。さらに「その他」を選んだ回答者が二番目に多く一七名で三〇・三六%にのぼった。この選択肢の記述欄では、「観たことがない」と記述した調査協力者（六名）がもっとも多かった。「なし」に「その他」を加えると、吉本ばななの映画を観たことがない回答者は、計三五名で、全体数の六二・五%を占めるという結果になった。

三番目に多かったのが、日本映画『キッチン』（一九八九年、森田芳光監督、川原亜矢子主演）で一〇名、全体の一七・八六%。四番目に多かったのが香港映画『キッチン（原題「我愛厨房（キッチンを愛してる）」香港版）』（一九九七年、厳浩監督、富田靖子主演）で七名、一二・五%。五番目が日本映画『白河夜船』（二〇一五年、若木信吾監督、安藤サクラ主演）で五名、八・九三%。六番目が、日本映画『海のふた』（二〇一四年、豊島圭介監督、菊池亜希子主演）で四名、七・一四%。七番目が、日本映画『つぐみTUGUMI』（一九九〇年、市川準監督、牧瀬里穂主演）で三名、五・三六%。最後が日韓共同制作の映画『デッドエンドの思い出』（二〇一八年、チェ・ヒョンヨン監督、チェ・スヨン主演）で二名、三・五七%である。

九〇年代、吉本ばななの初期作品、すなわち第一期吉本ばなな文学が、「吉本ばなな現象」と呼ばれるブームを巻き起こし、その際、多くの作品が映画化された。たとえば、原作『キッチン』の刊行翌年には、日本映画『キッチン』（一九八九年）が制作されており、また原作『TUGUMI』の刊行と年間ベストセラー総合一位獲得のまさにその年のうちに、『つぐみTUGUMI』（一九九〇年）が制作されている。その七年後、香港でも一九九七年に「キッチン」と「満月――キッチン2」を原作とする『キッチン（原題：「我愛厨房（キッチンを愛してる）」）』（一九九七年）が制作されている。

それから一〇年後の二〇〇七年には、吉本ばななが奈良美智とコラボした『アルゼンチンババア』を原作とする日本映画『アルゼンチンババア』（長尾直樹監督、堀北真希主演）が[107]制作されており、そのまた八年後の二〇一五年には第一期吉本ばなな文学である『白河夜船』と、よしもとばなな時代の作品である『海のふた』を原作とした『白河夜船』（若木信吾監督、安藤サクラ主演）と『海のふた』（豊島圭介監督、菊池亜希子主演）が制作されている。

最近では、まさに吉本ばななが改名や出産、公式サイトのブログなどを始めた頃に書かれた『デッドエンドの思い出』を原作とする日韓共同制作の映画『デッドエンドの思い出』（二〇一八年）が、日本と韓国で公開されている。

これらの映画の中で、海外でも公開されているものは、『キッチン』（香港版）と『デッドエンドの思い出』であるが、前者は香港地区と日本のみでの上映で、中国普通語（マンダリン）の字幕があるが、音声はすべて中国広東語（カントニーズ）である。また後者も日本と韓国のみでの上映である。つまり、日本語のわからない中国大陸の観客にとっては、日本映画はもとより、このような海外で公開されている作品にさえたどり着くことが難しいのである。

また「豆瓣電影《ドウバンディエンイン》」の多くのコメントに基づけば、ほとんどのユーザーは、中国のCCTV映画チャンネルがたまたま『キッチン』（香港版）を放映した際に、この映画を観ている。この映画の詳細は次章で詳しく述べる。だが、以前は、中国のネット上には、日本映画や香港映画が古いものから最新のものまで、違法アップロードされており、これに数多くの「字幕組」と呼ばれるボランティア・サークルが字幕をつけて中国のユーザーに提供することがよく行われていた。それが、映像作品の違法アップロード規制が厳しくなっていることから、CCTVなどのテレビ局が放映することでもなければ、今後さらに中国人がこれらの映画を知り、この映画を通して吉本ばななを知る機会は、ますます少なくなると推測される。

吉本ばななの作品は、「吉本ばなな現象」から約三〇年を経た現在に至るまで、絶えず映画化がなされており、その作品の魅力がどの時代でも評価されていると思われるが、上映地域や言語の問題で、中国ではほとんどのアンケートの対象者が観たことがないという結果になっており、そもそも映画としては、ほとんど受容さ

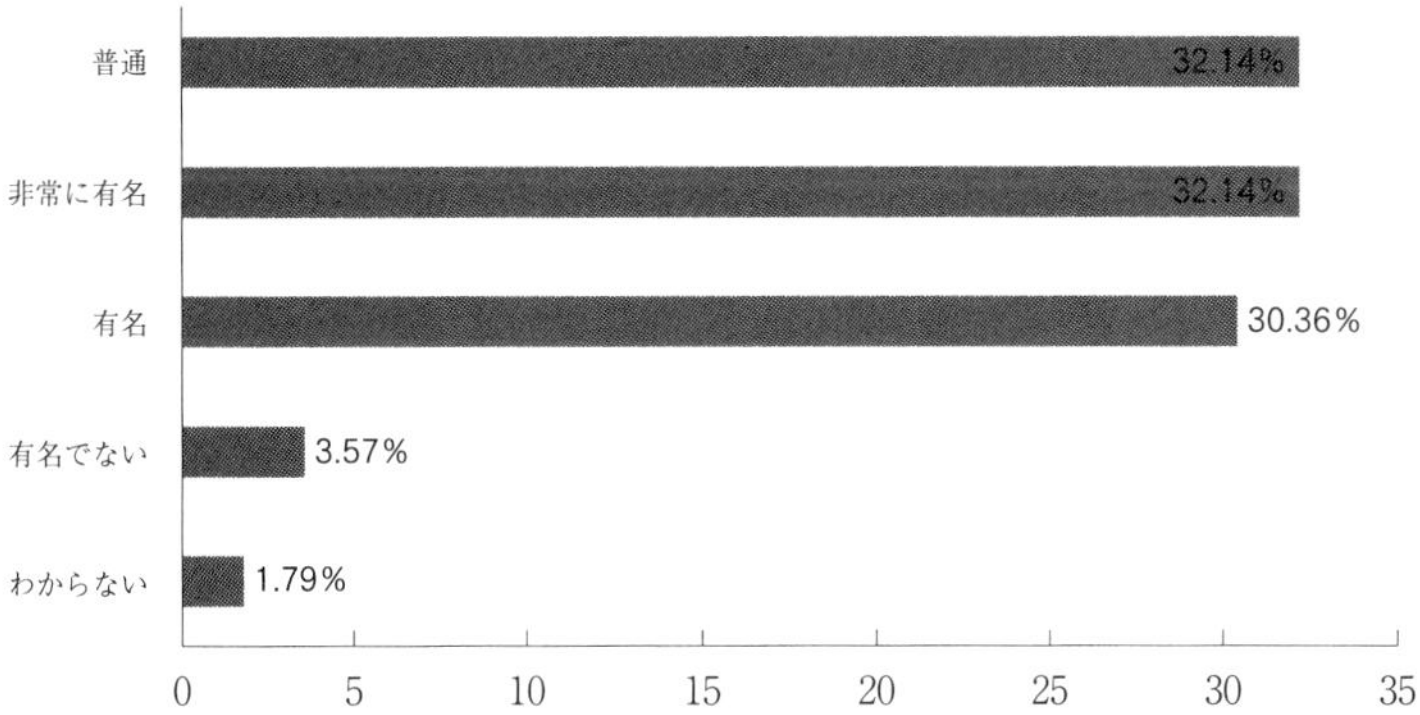

図13 中国の読者の吉本ばななの知名度

れていないのが現状である。このことは、「問7　どのように吉本ばななという作家を知りましたか？（複数選択可）」において、「映画で」と回答した調査対象者がもっとも少なく、調査対象者の中で六名だけであったことからも認められる。

ここからわかることは、上映地域や言語という障壁を突破しないかぎり、ばなな作品の映画化は、中国における吉本ばななの知名度や人気の向上に、あまり資するものではないということである。

問15　あなたがご存知の日本の作家の中で、吉本ばななの知名度はどのくらいだとお考えですか？

この問いは選択問題である。

驚くべきことは、「非常に有名」と「普通」という回答がもっとも多く、それぞれ一八名で、全体の三二・一四％を占めていることである。その次が「有名」一七名で、全体の三〇・三六％である。そして「有名でない」が二名、三・五七％で、「わからない」は一名だった。

ここからわかることは、吉本ばななの作品を読んだことのある読者の中では、吉本ばななに対する評価、世界文学の中での位置付けは、平凡きわまりないと捉えられる一方で、非常に高いとも捉えられるということである。これは一般読者による感想・評価が、両極的であっ

図14 吉本ばなな作品に対する「好きレベル」（1）

たこととも相通じることである。

問16　あなたの吉本ばなな作品に対する「好きレベル」はどのくらいですか？

この問いは、吉本ばなな作品に対する「好き」レベルを、図14の六段階評価で示してもらい、どれだけ吉本ばななの作品が好きかどうかを明らかにしようとする。

この図のような「サムズアップマーク」には、左端の「嫌い」にはじまり、右端の「非常に好き」までの六段階の評価が併記してあり、対象者はこの「サムズアップマーク」を自らの読書経験に基づいて選択することができる。

図15の円グラフのとおり、「好きではない」を選択した人は一人もいなかった。「2」を選択したのが一名で、全体の一・七九％を占めている。「3」が七名、一二・五％、「4」が二二名で、三九・二九％である。

「5」が一二名、二一・四三％。そして最高評価の「6」「非常に好き」が一四名で、二五％である。円グラフからもわかるように、大多数が「4」以上を選択しており、計四八名、全体の八五・七二％を占めている。

ここからわかることは、「好きではない」を選んだ対象者がなく、すべての吉本ばなな作品の読者が、作品に対して強い、あるいは濃い「好意」や「愛着」を抱いていることであり、これは先の筆者の推測を裏づけている。

すなわち、いつの時代、どこの国や地域においても需要があることは間違いないのだが、その読者はたいてい、第一期吉本ばなな文学と呼ばれる代表作とその他いくつかを

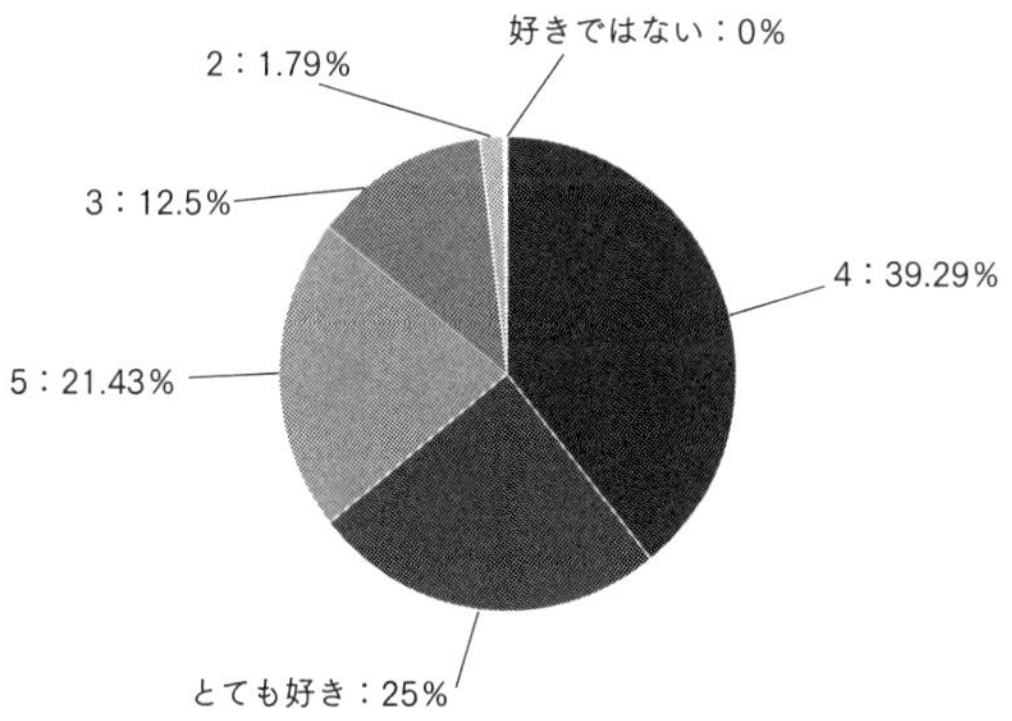

図15 吉本ばなな作品に対する「好きレベル」（2）

読んで満足してしまい、「常連」になって読み続ける読者は決して多くはないのではないだろうか。しかし、一方で「常連」は、吉本ばなな文学や吉本ばななの言葉を、まさに神の水としての〈アムリタ（甘露）〉とみなし、吉本ばななを本尊・教祖へと祭り上げ、「吉本ばなな教」とも言えるような信仰を捧げる。すなわち、波長の合う「顧客」（読者）からは絶対的な支持を得るのである。

問17　だれかに吉本ばなな作品を勧めたことがありますか？

ここの問いは選択問題で、その経験が「まったくない」、「基本的にない」、「たまにある」、「よくある」という四つの選択肢の中から選択してもらう。

「たまにある」がもっとも多く二五名で、全体の四四・六四％を占めている。次に多かったのが「よくある」と「基本的にない」で、それぞれ一五名、二六・七九％である。「まったくない」は一人もいなかった。それから、一人は選択＝回答しなかった。

この結果から見ると、日常生活で他人に本を勧めるという行為は、とくに活字離れが深刻な現代においては、なかなか見られないにも関わらず、吉本ばななの作品を他人に勧めたことのある経験、すなわち「よくある」と「たまにある」を合わせた比率は全体の七一・四三

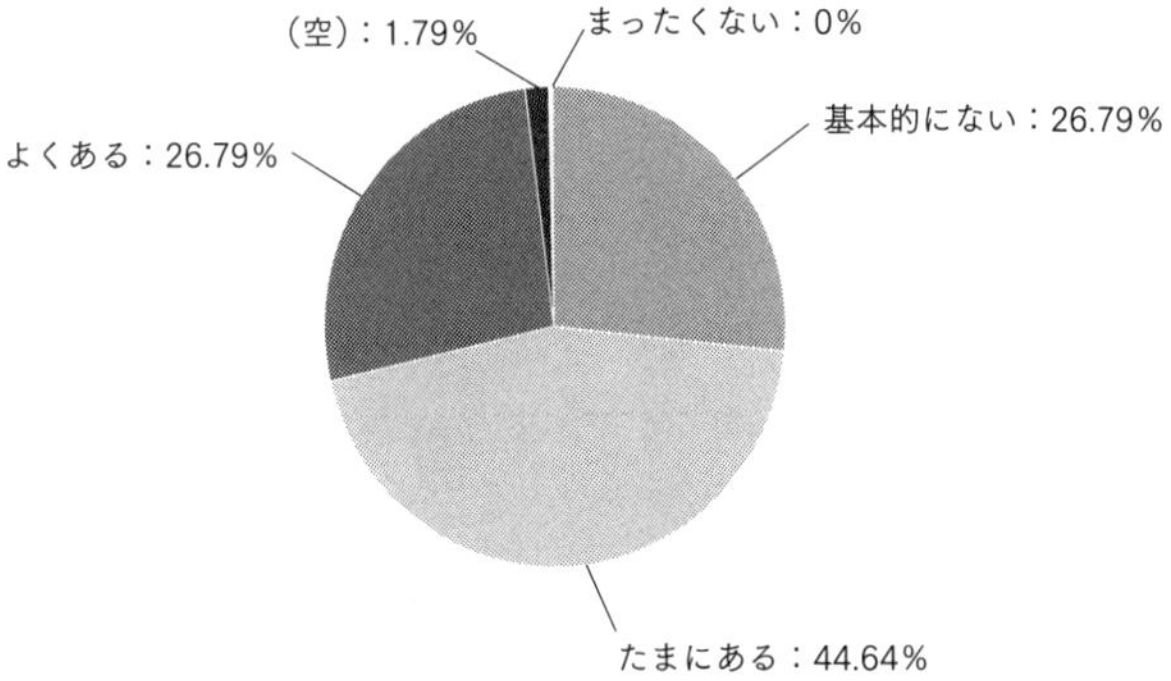

図16 吉本ばななの作品を他人に勧めた経験

％と、圧倒的過半数を占めており、読んだことのあるほとんどの人が、他人に吉本ばなな作品を勧めた経験があることが明らかとなった。

この結果は、まさに「問10 吉本ばなな作品を読もうと考えた理由は何ですか？」で、「人に勧められたから」を選んだ回答がもっとも多かったという結果と完全に符合する。つまり、吉本ばななを求め、これを読んで惹きつけられた波長の合う共感した読者たちは、自らの経験や心理心情からその波長を敏感に感じとるから、同じ波長をもち、「吉本ばななの文学」を求めている他者を見つけることができる。そして、その他者に対して紹介することで、吉本ばななの文学は、「狭い間口」のまま連鎖的に広まっていくのである。

これは、問10で述べた「吉本ばななの文学と波長の合う読者の共感でつながる、吉本ばなな文学の「好きっていう場」（後述）のネットワークが、地球上に張り巡らされている状態が、吉本ばななの読者のあり方である」という筆者の考察を裏づけるものであり、また「問12 あなたが読んだことがある吉本ばななの作品はどれですか？（複数選択可）」と「問6 あなたの吉本ばなな作品に対する「好きレベル」はどのくらいですか？」で筆者が示した「吉本ばなな教」とも言える愛読者たちのあり方を裏づけるものとなっている。

このように、吉本ばなな教のいわば「信者」――便宜的に「ばなナっ子」と呼ぶ――のもつ、日常的な〝超能力〟による、〈アムリタ〉

をつなぎ　そして命をつなぐリレーか　吉本ばなな作品の最も強力でその性質に即した宣伝方法になっているのである。

あるいは、こうも言えるかもしれない。吉本ばなな作品は、吉本ばななが、これまたなったつもりもない「ママ」を引き受けているスナックなのだ。この裏路地に佇む小さなスナック「ばなな」を知る人は多くないし、たまたま通りかかった人は、その外観や中の様子をちらと覗くだけで帰ってしまい、たまに入ってきても、波長が合わずに不満をこぼすことになる。ところが、「ママ」やその店の雰囲気と波長の合う客や、その客の紹介で入った、同じように波長の合う客たちは、そこでおのおの至福の時間を過ごすのである。そして、次第にスナック「ばなな」が生きる支え、そして人生における癒しの場となっていき、常連客のスナック「ばなな」と「ママ」への想いは、抜き差しならないものとなっていくのである。いずれにせよ、このような「ばななっ子」の影響力は、出版社や映画のもつ宣伝力をも超越しているのであり、これは注目に値する。

一九九四年の『ばなななのばなな』に収められている『アムリタ』をめぐる安原顯によるインタヴューで、吉本ばななは、「大きい意味での母性性を感じさせるようなものを書きたいと思っています[108]」と述べており、ばななやばななな文学には、このような〈アムリタ〉としての下地が準備されていたとも言えるのかもしれない。

問18　あなたは吉本ばななの作品をどのように評価していますか？　あるいは、あなたは吉本ばななの作品にどのような印象をお持ちですか？（複数選択可）

この問いでは、筆者はいくつかの代表的な選択肢を提示しているが、「その他」には、自由に記述をすることができる。

「文体が繊細でユニーク」がもっとも多く三四名で、全体の六〇・七一％を占めている。

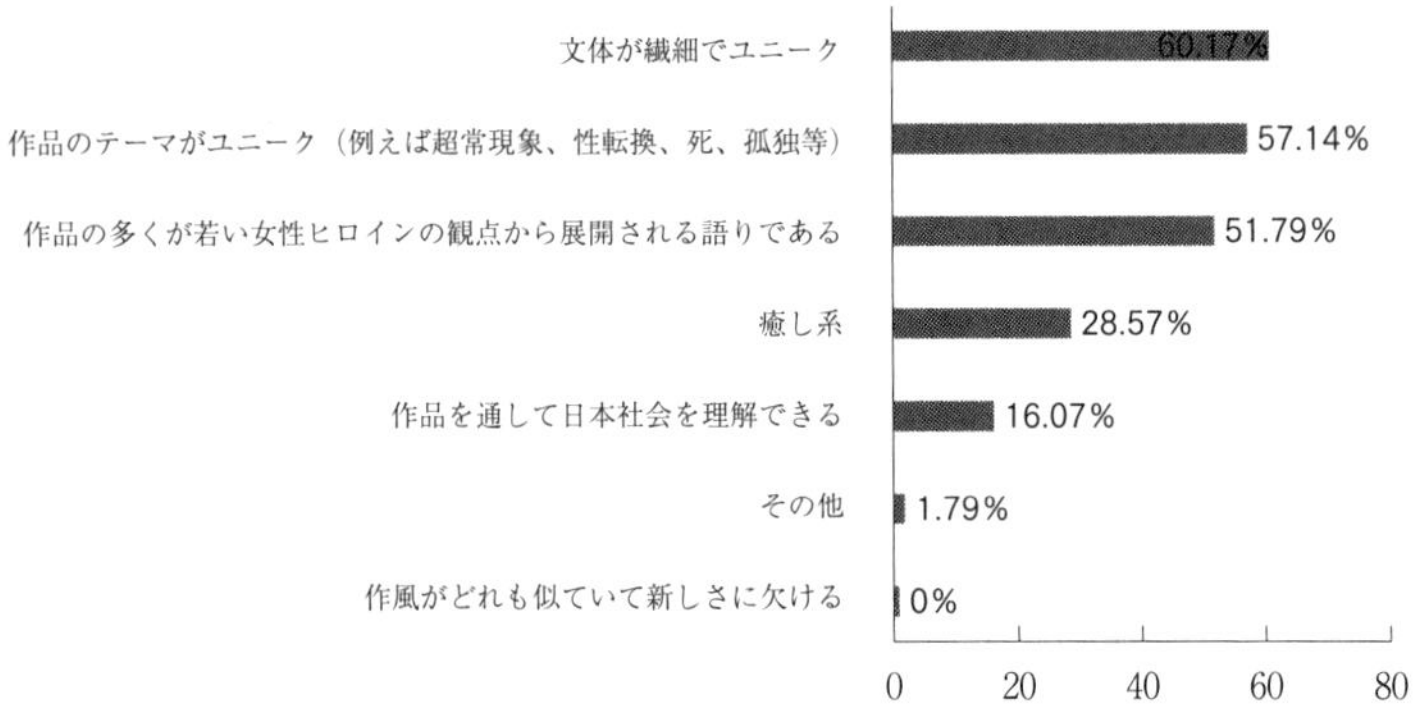

図17 吉本ばななの作品に対する総体的な評価と印象

吉本ばななは八〇年代末に日本の文壇デビューを果たし、瞬く間に日本中を虜にした「吉本ばなな現象」を巻き起こした。その作品は三〇カ国以上の国と地域で広く読まれており、その物語の国際性と普遍性には、彼女の繊細な筆致と緊密な関係がある。女性特有の繊細で感性的な目線によって、当時の日本文化、社会、文学の現状を多角的に示し、女性の幸福観や家族観、価値観などを多くの方面から表現し、男性作家が決してとって代わることのできない重要な役割を果たしている。これはまさに木股（1999）の述べているところである。

「はじめて、吉本ばななの小説を読んだときに感じたのは、だれもが理解できる平明な物語のなかに、本質的な問いが含まれているということだった。（中略）彼女の物語の平明さは、通俗の反復と誤解されることがあるが、決してそんなことはない。（中略）彼女は『どこの国でだれが読んでもわかる』ということを、意識的に、方法として選択しているのだ[109]」

このように「文体が繊細でユニーク」であるということは、吉本ばななの作品が国境を越え、多くの国と地域において受け入れられる重要な原因の一つとなっているのである。二番目に多かったのが、「作品のテーマがユニーク（例えば超常現象、性転換、死、孤独等）」で三二名、五七・一四％である。吉本ばななの作品で超常現象は一種の超能力あるいは一種の世界の見方である。超能力者は異世界で生き、現実生活の中に戻ることもできる。

　また周閲《しゅうえつ》（2005）も指摘しているように、超能力は現実生活で苦しむ人々がその苦痛から抜け出し、自分の内心において和解を達成する一つの方法でもある。たとえば『ムーンライト・シャドウ』で、恋人を亡くしたことによって苦しんださつきは、神秘的な女性であるうららの導きによって、百年に一度の「七夕現象」に遭遇する。さつきはこの超現実の現象を通して亡くなった恋人に再会し、またこれによって、ついに内心の苦しみを乗り越え、その苦痛から一歩を踏み出すのである。

　このように吉本ばななの作品には「死」が頻出する。しかし、ばなな自身は、「死ぬ場面っていうのは基本的に出てこないでしょ。死ぬそのものの場面は出てこないでしょ。それからじぶんはこれから死にますっていう場面も出てこないでしょ[110]」と述べているように、吉本ばななの作品では、直接的な「死」の場面や過程は描かれず、その重点は、他者の「死」に直面して、遺された人々がいかに生きるかということに置かれている。「死」が人間に与える傷は大きく、遺された家族や親しい人々に果てしない苦痛を与える。しかし、吉本ばななの作品では、「死」と「生」は決して対立するものではなく、ばななはその作品の中で、「死」と向き合うこと、そして苦しみを乗り越えて、勇気をもって他者とともに生きることの素晴らしさを示唆し、読者を苦しみからの再生へと導くのである。吉本ばななのテーマは多様であるが、このように吉本ばななの作品は繊細で徹底的な配慮、そして開放性や希望に満ちており、それが多くの読者を惹きつけてやまないのだ。

　三番目に多かったのが、「作品の多くが、若い女性ヒロインの視点による語りである」ことという回答で二九名、五一・七九％である。作品のヒロインの多くは、二〇代～三〇代前後の若い女性である。ばななの作品ではさまざまな女性のイメージがつくられており、これらの女性のライフストーリーは現代女性のさまざまな価値観を反映している。ヒロインたちは伝統的な観念の女性の価値や役割――そのような価値や役割の内容を否定するのではなく――に対する拘束・束縛を打ち破り、自由な自我を追い求めている。そのため、吉本ばななの作品は、世の女性たちから、ある種の「フェミニズム」的な意味とは異なる崇拝と共感を得ている。

このWEBアンケート調査で、吉本ばなな作品を読んだことのある調査協力者は計五六人で、そのうち女性読者は四二人にのぼり、全読者の中で七五％を占めている。したがって、この「作品の多くが若い女性ヒロインの視点による語りである」ことという回答が多く選ばれたことは、理の当然であろう。

四番目に多かったのが、「癒し系」という回答であり計一六名、二八・五七％である。中国の出版社は、吉本ばなな作品の宣伝の際に、いつ、だれが言い始めたのかははっきりしないが、「癒し系」の作品をよく売り文句にしている。そのため、吉本ばななという作家を紹介・宣伝する際にも、「癒し系の女神」などのコピーを用いているが、この調査では、「癒し系」のイメージは四番目にとどまっている。これも先のスナック「ばなな」の話と絡むのだが、そこをたまたま通りかかって外から高みの見物をしている、あるいはとくに必要もないのに入ってきて、「なんだこんなものか」と笑う読者と異なり、これに惹きつけられて「読んだことのある」人、そしてこれを支えとしている人にとっては、吉本ばななの作品は「癒し」というほど、軽くて陳腐なものではないからであろう。

五番目に多かったのが、「作品を通して日本社会を理解できる」という回答で、九名、一六・〇七％。吉本ばななの作品は、現代の日本の都市生活を背景として、現代日本人の生活状況を反映し、日常生活において日本人、とくに若者の価値観、家庭観、愛情観、幸福観などを見直している。読者が、現在の多様化し、変容しつつある日本社会を理解するには、一定の啓発機能と価値があると言えるだろう。

最後が、「その他」で一名、一・七九％。そこに記されたイメージは「悪人が出てこない」であった。「豆瓣」でも見られたネガティヴなイメージ「作風がどれも似ていて、独創性に欠けている」という回答を選択した人は一人もいなかった。

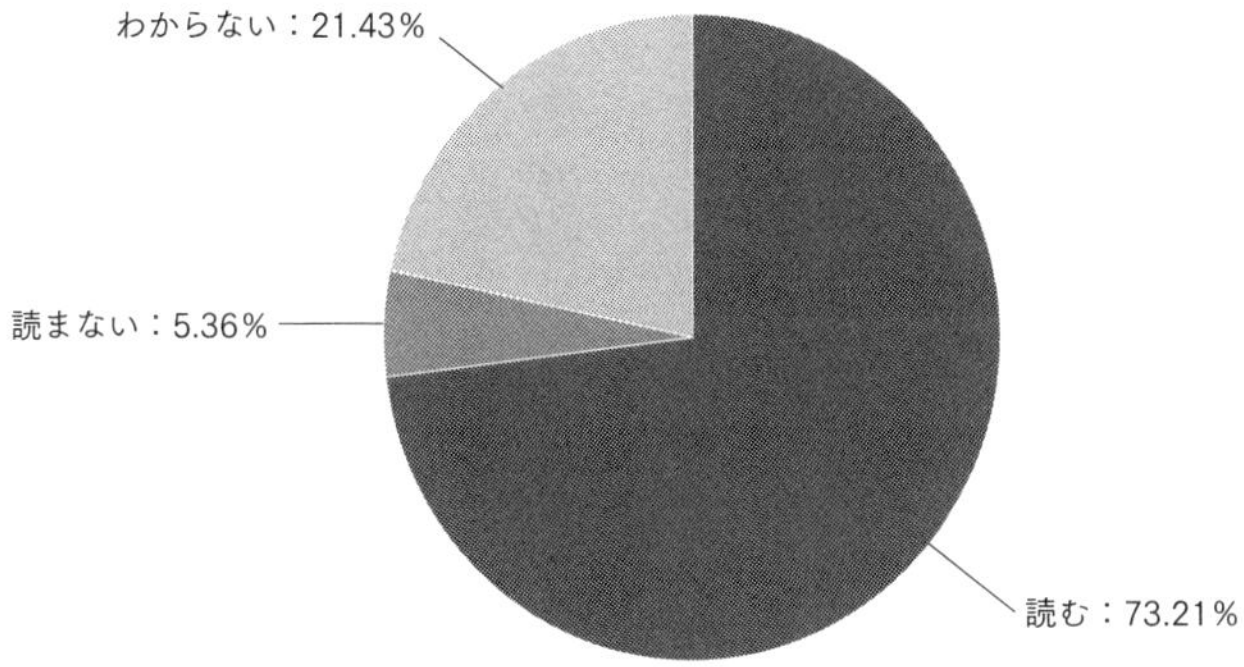

図18　吉本ばなな作品の読者が今後も読むかどうか

問19 今後も継続して吉本ばななの作品を読みますか？

この問いは、今後の潜在的な読者の有無を明らかにしようとするものである。

継続して「読む」を選択した人がもっとも多く四一名で、これは全体の七三・二一％を占めている。続けて「わからない」が計一二名、二一・四三％である。最後に「読まない」を選択したのは三名のみで、五・三六％。これによって、吉本ばななの作品を読んだことのある読者の大半は、読み続けるつもりであることが明らかとなった。これは問15、16、17で導出された結果に見られたように、やはりスナック「ばなな」の客のリピート率は七〇％以上で、吉本ばななの作品の魅力を示している。

問20 もし吉本ばななを知らず、その作品を読んだことがない場合、今後、読みますか？

この問いは、吉本ばなな作品の潜在的な読者の量を明らかにしようとするものである。

最も多かったのが「読む」で二三四名、これは全体の五一・五四％を占めている。次に多かったのが「わからない」で一八四名、四〇・

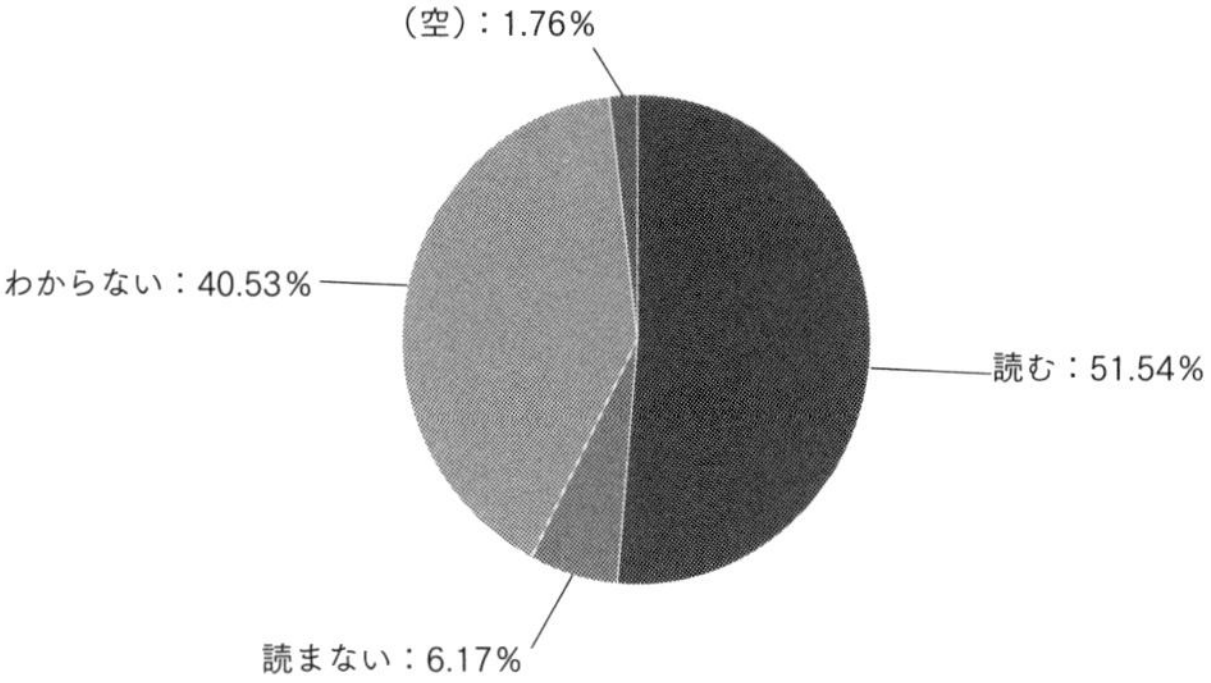

図19　吉本ばなな作品を読んだことがない読者が今後読むかどうか

五三％である。そして「読まない」が二八名、六・一七％。最後に無回答が八名で、一・七六％だ。

これは次の問いでも明らかにされるが、吉本ばななの作品は、作家や作品の存在がまだあまり知られていないだけで、中国では、まだまだ大きな発展の余地があるとみなし得る。

問21　吉本ばななを知っているのに、作品を読んだことがないのはなぜですか？（複数選択可）

この問いは複数選択可能で、三つの代表的な回答を選択肢として設定し、また「その他」とその独自の理由の記述欄を設けている。また、読んだことのある回答者の場合は「空欄」として表示される。

六五名が選択していないこと（空欄）を除いて、ほとんどが、読んだことがない理由として「吉本ばななの作品は、中国であまり宣伝されていないので、その作品について知ることができない」を選択しており、三五九名、全体の五九・〇五％を占めている。

二番目に多かったのが、「その他」で九九名、一六・二八％である。三番目が「日本文学に興味がない」で八九名、一四・六四％。四番目が、「吉本ばななに興味がない」で三四名、五・五九％だ。

なお「その他」で、一部は具体的な理由を記述している。その中

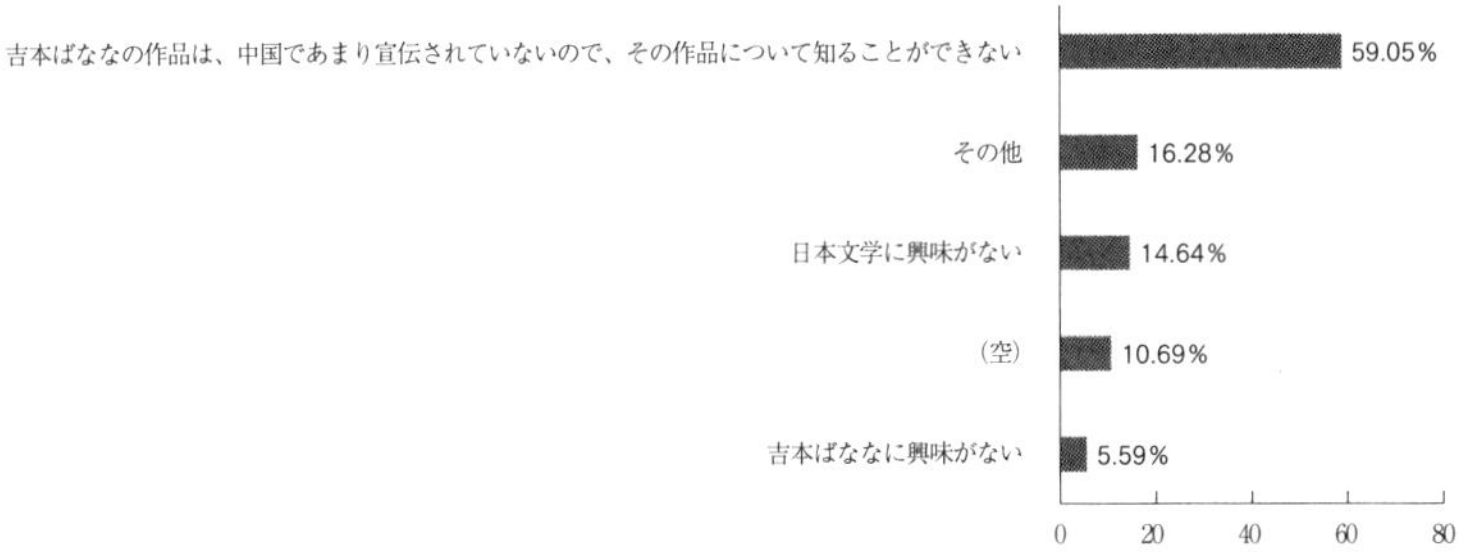

図20 吉本ばななを知っているのに読んだことがない理由

で「時間がない」や「推理小説が好き」のように、直接吉本ばななを対象としたものではない回答を除けば、それ以外はほとんど「聞いたことがないから」という理由を挙げており、ある一人は「翻訳本には興味がない、しかし原本を読むには日本語のレベルが足りない」と記述している。

この調査の結果から、吉本ばななとその作品が中国であまり宣伝されていないので、その作品について知ることができない、あるいはそのルートが決定的に不足しているために、中国では知名度が高くないということが明らかになった。現代中国では、オンラインショッピングが日常生活のあらゆる面に浸透し、多くの人はどこへも身体を動かさずに、モニターに向かったまま、書籍もネットを通して紙媒体や電子媒体のものを購入することを選択している。書籍を扱うサイトを開くと、そこには広告のほかにも、よく検索されている「ホットワード」や「タイトル」、あるいはそのサイトの推薦書籍のタイトルなどが表示されている。

たとえば、中国の著名な書籍販売サイト「当当網《ダンダンワン》」[111]では、「ホットワード」として「東野圭吾」の名前が出ている。インターネットが日常生活に浸透している現代では、作家の知名度とその宣伝は相互補完的な関係にあり、ネットなどのメディアに取り上げられる率が高く、その宣伝に偽りない実力がある作品が作家の人気を高めていくことは否定できない事実である。よって、「吉本ばななの作品は、中国であまり宣伝されていないので、その作品について知ることができない」というのは、吉本ばななの中国での知名度が高く

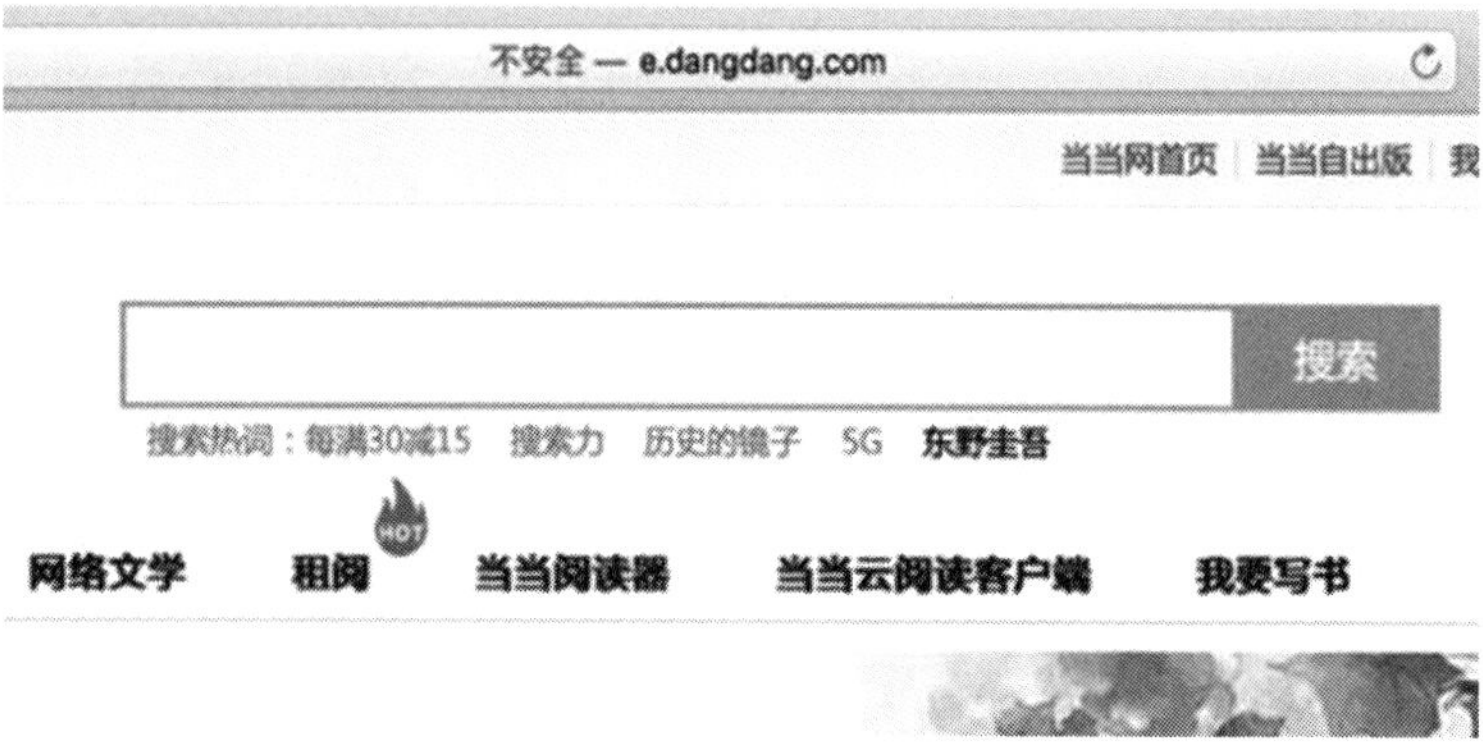

図21 「当当網」の「ホットワード」のところに出ている「東野圭吾」

ない主要な原因と言えるだろう。

第四章　吉本ばななの中国での受容——研究と背景

これまで、中国における吉本ばななと文学の受容の背景と経緯を概観し、そしてウェブサイトやソーシャルメディア、それからWEBアンケート調査のサイトを介したアンケート調査などによって、中国の一般読者の吉本ばななと文学の知名度や感想・評価などを明らかにしてきたが、本章では、中国の学術研究の著作や論文、とくに修士・博士論文の傾向や実態、その特色の観点から、その受容を明らかにする。

1　改革開放後の中国における日本文学の翻訳

一九七八年十二月十八日より、中国は対内的な改革、対外的な開放政策の実施を開始した。これがいわゆる中国の「改革開放」である。これは中国を、高度に集中した計画経済体制から活力に溢れた社会主義市場経済へと変え、中国経済の目覚ましい発展を実現させることになった。物質面・経済面での充足は、「倉廩《そうりん》実つれば則ち礼節を知り、衣食足れば則ち栄辱を知る（倉廩実則知礼節，衣食足則知栄辱）」（『管子』牧民編）という言葉にもあるように、人々を精神面における進歩の追求へと向かわせた。

これまで中国の文学は、文化大革命によって重大な打撃を受け、その作品の思想は硬化し、形式は単一化されてきた。人々は長年の文化的な監禁状態からの解放の反動によって、切実に外の世界への理解や、その知識に基づく自らの進歩向上を求めた。このため当時の中国の文学作品は、すでに人々の日々増し続ける知への渇望と、新時代へのニーズを到底満足させることができなくなっていたのである。

このような状況は、改革開放以後の外国文学の翻訳と出版に対して、巨大な読者市場を提供することとなり、また中国の外国文学翻訳の隆盛に対しても、きわめて有利な条件を提供することになった。これによって改革開放以後の中国社会は、経済、文化事業を問わず、急速な発展段階へと歩みを進め始めたのである。

王向遠は『日本文学漢訳史』の中で、「一九八〇年代のはじめから一九八七年までの間、一時、持続的で比較的に長期の『日本文学ブーム』が出現した」（在1980年代初到1987年间，在我国出现了一股持续时间较长的"日本文学热"）と述べており、王向遠はこのブームを促進した原因を、「読者」、「経済」、「出版社」の三つに帰している。

「改革開放後、我が国と日本との政治、経済、文化上の関係は、非常に密接なものであった[113]」（改革开放后，我国与日本在政治、经济、文化上的联系非常密切）

「日本の資金、技術、製品が次々と我が国に流入し、我が国は日本の物質文化との大量の接触とその理解によって、文化や文学の面においても、日本を深く理解しようとする意志が自然に生み出されたのである[114]」（日本的资金、技术、产品纷纷涌入我国，在大量地接触和了解日本的物质文化之后，人们自然地产生了在文化、文学层面上深入了解日本的意愿）

確かに、日本の一九八〇～九〇年代にかけて急速に発展した経済と、日中両国の間の密接な交流は、日本文学の中国における伝播と翻訳に対して、分厚い読者層を準備することになった。また同時に出版社は、「一九九二年以前、我が国は、いまだ『万国著作権条約』と『ベルヌ条約』のような国際的な版権組織には加入していなかった。換言すれば、我が国は当時、外国作品の翻訳について、版権による制限が存在しなかったということであり、また原作者の同意を得る必要もなく、報酬を支払う必要もなかったということなのである。これは我が国の日本文学の翻訳を含む外国文学の翻訳に対して、その後、二度とは訪れない特殊な機会と便宜を提供することになり、出版社による出版ブームを刺激したのである[115]」（1992年以前，我国还没有加入《世界版权公约》《伯尔尼版权公约》之类的世界版权公约组织。也就是说，我国那时翻译外国作品，还没有版权的限制，既不需要征得原著作者同意，也不需要付给原著作者报酬。这为我国的外国文学翻译，包括日本文学翻译，提供了后来再也不会有的

特殊的机会和方便，刺激了出版社的出版热情）。

王向遠の統計に基づけば、「一九八〇年代、我が国で平均的に毎年出版される日本文学の翻訳本は約七〇種類だった。その中で出版量がもっとも多かった年は一九八五年から一九八九年の間であり、平均的に毎年一〇〇種類が出版された」[116]（1980年代，我国平均每年出版日本文学译本约七十余种。其中出版量最高的年份是在1985年至1989年间，平均每年有一百种）。そして、一九八〇年から一九九〇年の十年間に、「日本文学の翻訳本は約一四〇〇種類（他社や他の翻訳者による同一作品の翻訳を含む）にのぼった。これは（引用者注：中国の）二〇世紀におけるすべての翻訳本の総量二〇〇〇種類余りの中の三分の二近くを占めるものである。それぞれの種類の翻訳本の印刷数を平均一万冊と計算すると、すべての印刷数は一四〇〇〇万冊にものぼり、この我が国のすべての翻訳文学の中で占められるシェアは、無視できるものではない。その他のいくつかの重要な文学大国、例えばロシア・ソ連、アメリカ、フランス、イギリスなどと比較しても、日本文学の翻訳本数はまったくひけをとらない」[117]（日本文学译本约有一千四百种左右（含复译本），占整个二十世纪全部译本总量二千余种的近三分之二。按每种译本印数平均为一万册计算，则全部印数为一千四百万册，这在我国的整个翻译文学中所占有的份额是不可忽视的。和其他几个重要的文学大国，如俄国及苏联、美国、法国、英国等比较起来，日本文学的译本数量也大致旗鼓相当）。

また王向遠の、中国版本図書館[118]の編纂によって一九八九年に重慶出版社より出版された『一九八〇～一九八六年翻訳出版外国文学著作目録と概要』の中の統計によれば、一九八〇年から一九八六年までの七年間で、「ロシア・ソ連文学の翻訳本は約九九〇種類、英国文学の翻訳本は約五七五種類、アメリカ文学の翻訳本は約五六〇種類、フランス文学の翻訳本は約四八〇種類、そして日本文学は約四二〇種類で、日本文学は数量の上でロシア・ソ連、イギリス、アメリカ、フランスに次いで第五位に位置する」[119]（俄苏文学译本约有九百九十种，英国文学译本约有五百七十五种，美国文学译本约有五百六十种，法国文学译本约有四百八十种，日本文学约有四百二十

种。日本文学在数量上略次与俄苏、英、美、法，居第五位)。

しかしこの日本文学翻訳ブームとも呼べる外国文学翻訳ブームは、一九八〇年後期に次第に冷めていった。これは次のようなことによるものである。

「一九八〇年代後期、経済のインフレーションはますます強まり、また政治的波乱も起こった。一九八九年から一九九二年の春に至るまで、政治上の保守派、そして『左』の勢力が優勢を占め、人によっては『資産階級自由化』と外国文学の翻訳紹介を関連づけ、これによってすべての外国文学の翻訳出版が消極的な影響を受けることになった」[120]
(1980年代后期经济领域的通货膨胀越来越明显化，政治风波骤起，从1989年到1992年春政治上保守的、〝左〟的势力占了上风，有人将〝资产阶级自由化〟与外国文学的译介联系起来，遂使整个外国文学的翻译出版受到消极影响)

これに加えて、一九九三年より中国は「万国著作権条約」と「ベルヌ条約」に加入してからの数年間、版権の制限を受けたことによって、この期間、翻訳出版の数量は明らかに減少している。社会環境、政治の要素と出版業の規範化による共同的な影響下で日本の翻訳文学の作品も次第に衰退期に突入していくことになった。

第二章で述べたとおり、はじめて中国大陸に上陸した吉本ばななの小説の翻訳は、一九九二年に林少華によって翻訳され、漓江出版社によって出版された『开心哭泣开心泪』(楽しく泣いて、楽しい涙)である。この本は『キッチン』などの七本の作品からなる小説集であるが、これも初版の九〇〇〇部の後、版権の問題によって増刷が停止されてしまった。

しかし一九九五年頃になると、「日本文学の翻訳は、継続発展の伸びしろを再び発見し、これより以前とは異なる特徴を現すこととなった。翻訳の重点が文豪名作と時代の流行作品へ移り、出版方式は単行本の全集化、シリーズ化へ向かって発展し、印刷・装丁も質量ともに大きく引き上げられた。文豪の名作では、葉渭渠ら主編の『川端康成全集』、『三島由紀夫文学シリーズ』、『大江健三郎作品』などを嚆矢とし、日本文学全体の翻訳という継続的な高まりへ舵を切った。流行作家の翻訳では、林少華の翻訳による『村上春樹作品シリーズ』、文化芸術出版社などの出版した『渡辺淳一作品』と推理小説が最も大きなセールスポイントとなり、また読者に大変な人気を博した」[121]（日本文学的翻译重新找到了继续发展的空间，呈现出了和此前不同的特点，翻译的重心向名家名作和流行作品转移，出版的方式由单本作品向文集化、系列化发展，印刷、装帧质量大大提高。在名家名作方面，以叶渭渠等主编的《川端康成文集》《三岛由纪夫文学系列》《大江健三郎作品》等为龙头，带动了整个日本文学翻译的继续繁荣。在流行作家作品的翻译方面，以林少华翻译的《村上春树作品系列》，文化艺术出版社等出版的《渡边淳一作品》和推理小说为最大卖点，很受读者欢迎）

　流行作家のものとしては、青春の経験や体験を題材とし、日本国内でもよく売れた青春小説が大量に翻訳された。王向遠の統計によれば、中国が翻訳紹介した青春小説は、先に挙がっている村上春樹のほか、石坂洋次郎、宮本輝、五木寛之、村上龍、吉本ばななどの作品である。このとき、「作品翻訳が最も多く、影響ももっとも大きい」[122]（作品翻译最多，影响最大）と評されるのは、村上龍、村上春樹、吉本ばななの三名である。

　また、同時期の香港の「出版業界で最も人気のあった流行作家は、村上春樹と村上龍、吉本ばななの青春小説、そして渡辺淳一の性愛小説、赤川次郎の推理小説であった。たとえば香港皇冠出版社が一九九〇年代中期に出版した『赤川次郎推理小説シリーズ』は、一九九九年にはすでに五十数点を数え、香港博益出版集団有限会社が一九八〇年代後期に出版した『博益日本人気小説精選』は、一九九〇年代後期にすでに百数種を出版し、その中で赤川次郎の作品がもっとも多く、六〇種類にのぼり、その次が村上春樹作品で一九種類、これに吉本ばななや村上龍らの作品が続く。これらの翻訳本はすべていわゆるポケット版の文庫本で、各冊の字数は一〇万字前後で、携帯しやすく、生活リズムの緊張した香港社会で若者に人気を博した」[123]（最受出版商垂青的流行作家有村上春树、村上龙、吉本芭娜娜的青春小说、渡边淳一的性爱小说、赤川次郎的推理小说。如，香港皇冠出版社

从1990年代中期出版《赤川次郎推理小说系列》，到1999年已出版五十多册，香港博益出版集团有限公司1980年代后期出版的〝博益日本畅销小说精选〞，至1990年代后期，已出版一百多种，其中赤川次郎的作品最多，达六十种，其次是村上春树的作品，有十九种，再次是吉本芭娜娜、村上龙等人作品。这些译本全部都是袖珍式小开本，每本字数在十万字左右，便于携带，在生活节奏紧张的香港社会，很受年轻人的欢迎）

2　中国の吉本ばなな文学に関する書籍

（1）周閲著『吉本芭娜娜的文学世界（吉本ばななの文学世界）』

日本文学作品の中国における翻訳の増加は、中国の学者たちの日本文学研究に対してしっかりした基礎を提供することになった。現在も絶えず生み出され続けている中国の学者による日本文学の研究も、より幅広く、またより深いものになりつつあり、日本文学に関する研究は、さらなるシリーズ化、広範化、詳細化の趨勢を呈している。二〇〇四年、寧夏人民出版社から「人文日本新書」の叢書が出版された。出版社はこの叢書の後記「出版者の話」の中で、この叢書の出版背景に関して次のように述べている。

「中日両国文化の交流の起源は古く、また長い歴史がある。とくに中日国交正常化の後の三〇年間、両国間の経済・文化の協力交流はますます密接になっている。中国が全面的に小康社会＊への邁進、現代化への邁進をスタートしている今日、日本の文化に注目し、中国の人々の異文化に対する認識と理解を増進させ、視野を拡大させ、異文化間の平等な対話能力を向上させ、中日両国の人々の間の意思疎通と理解を促進させることは、深遠かつ遠大な意義がある」[124]（中日两国文化交往源远流长，尤其是中日邦交正常化后的30年，两国间的经济、文化合作往来日益密切，在中国全面启动向小康社会迈进，向现代化迈进的今天，关注人文日本，增进国人对异质文化的认识与了解，扩大视野，提升

跨文化平等对话的能力，促进中日两国人民之间的沟通与理解，具有深远而悠长的意义）

＊小康社会：適度に豊かな社会

この叢書は、日中間の文化交流の研究成果であり、これは梅のシリーズ、桜のシリーズ、松のシリーズ、竹のシリーズの四シリーズによって構成されている。その中で、梅のシリーズは中日文化文学関係に重点を置くもので、桜のシリーズは文学、松のシリーズは宗教、風俗、歴史、竹のシリーズは芸術に重点を置くものである。各シリーズは六〜一〇冊の書籍で構成されており、各冊にはそれぞれ異なる人文テーマがある。各冊の総字数は一〇〜一五万字の間で、中国で唯一の吉本ばななに関する専門的な著作『吉本《ジーベン》芭娜娜《バナナ》的文学世界《ダウエンシュエスージエ》（吉本ばななの文学世界）』はこの叢書の桜のシリーズに収められている。

ここで注目すべきは、同じく桜のシリーズには、林少華による村上春樹についての著作『村上春樹と彼の作品』が収められていることである。林少華はこの著作の序言で次のように述べている。

「この著作は『人文日本新書』の中の一シリーズとして、出版する計画であったが、私はずっと『村上春樹文集』の翻訳などで忙しく、遅々として筆が進まなかった。その結果、主任編集者の王暁平氏と寧夏人民出版社編集審定者の哈若蕙《はじゃくけい》氏は堪忍袋の緒が切れたとみえて、『まずは古い原稿を出してからにしましょう』と幾度となく催促するので古い原稿を出したが、結局間に合わず、この哀れな小冊子ができてしまったというわけである」[125]（作为〃人文日本新书〃之一列入出版计划了，却因一直忙于村上文集的翻译等原因迟迟未能动笔。结果，丛书主编王晓平兄和宁夏人民出版社编审哈若蕙女士等得不耐烦了，再三喝令我先把旧稿交出再说，于是有了这本可怜的小册子）

このどこか愚痴めいた序言の一節に、この著作の内実はうかがい知れるが、まさしく、この著作の中で新しく発表された文章に「村上小説の特色[illegible]他の日本小説との比較から」と「あるノ[illegible]大学教授から見た村上春樹」の二本のみで、そのほかの文章はすべて林少華が以前に雑誌や新聞に発表済のものを寄せ集めたものであった。これについては、王海藍が自身の博士論文の中で、「厳しく言うなら、この本は村上春樹文学について翻訳家・林少華が書いた文章（エッセイ的なものが中心）とインタビューをまとめたものと言ってよく、内容は決して新しいものではない。つまり『新刊』の研究書であっても、新しい評論ではないということである」[126]と述べているとおりである。

これと対照的に、中国国内において、吉本ばななに関する研究がほとんど存在しなかった当時の段階で、『吉本芭娜娜的文学世界（吉本ばななの文学世界）』の中で展開された内容は、当時の中国にとってはきわめて新しいものであり、また後に続く研究者たちに参考として大きな影響を及ぼしたのである。

この著作の作者周閲《しゅうえつ》は、一九九〇年に北京大学の中国語学科を卒業し、一九九三年に同大学の比較文学と比較文化研究所の中日比較文学専攻を修了し、修士学位を獲得した。その後、二〇〇二年に同大学の比較文学と比較文化研究所で博士学位を取得し、現在、北京語言大学の教授を務めている。

周閲が『吉本芭娜娜的文学世界（吉本ばななの文学世界）』の後記の中で述べているところによれば、彼女がはじめて吉本ばなな作品に接したのは一九九六年のことであり、それは「当時偶然の機会によって」[127]（当时由于一个偶然的机会）、彼女が「北京大学の数名の学友たちと一緒に吉本ばななの小説集を翻訳した」[128]（北京大学的一些师兄妹一起翻译吉本芭娜娜的小说集）ときであるという[129]。二〇〇〇年三月から二〇〇二年三月までの期間、周閲は日本の愛知大学で講師を務め、そこで「リアルな文化文脈の中で吉本ばななの文学作品を感じる機会を得た」[130]（有机会在真实的文化语境当中去感受吉本芭娜娜的文学创作）と同時に、当時の中国国内では、吉本ばななの原著やこれに関する研究資料などを入手することはきわめて困難であったのだが、周閲は、「とくに意識していなかったが、ばななの最新作品とそれに関する研究資料を持ち帰っていた」[131]（无意中带回了一些芭娜娜的最新作品和有关研究资料）という。これが後に彼女の『吉本芭娜娜的文学世界』執筆の基盤となった。彼女自身もこれに関して、「ばななの作品そのものから、ばなな作品に関する研究論文に至るまで、ほとんどすべて日本から持ち帰った資料である」[132]（从芭娜娜的作品本身到相关的研究论文，几乎都是从日本收集的原始资料）と述べている。

中国国内の吉本ばなな研究における空白は、周閲を中国国内の吉本ばなな研究の第一人者にした。この『吉本芭娜娜的文学世界』は現在、中国で、最初で唯一の吉本ばななの文学に関する専門的な著作であるが、その内容面から見ると、そこで示されている観点の大半は、独創性やオリジナリティに欠けているとも言える。たとえば、この著作の中で扱われている四つのテーマ、すなわち「家族」、「超能力」、「死」、「救済」をとり上げてみても、これらは日本の吉本ばなな文学研究においてすでに言及され、またかなり手垢のついたものとなっているものばかりである。しかし、中国で最初の吉本ばなな文学に関する中国語による著作としては、この著作は吉本ばななの文学と日本における研究の代表的観点を中国へ輸入したという点で、絶大な意義がある。これについては後述することになるが、周閲がこの著作の中で示した多くの観点やそこで引用した（彼女が日本から持ち帰った）多くの資料は、彼女に続く中国の吉本ばなな研究者に大きな影響を与えている。

（2）『吉本芭娜娜的文学世界』の構成

この周閲の『吉本芭娜娜的文学世界』は十章からなり、三部構成に分けられている。第一部は第一章「よしもとばななの人生と創作」《吉本芭娜娜的人生与创作》からなり、作家・吉本ばななの生い立ちや作品の特徴・時期、テーマなどについて紹介している。

続く第二部は、第二章「成長の物語『キッチン』」《成长的故事・厨房》、第三章「感傷的回想『ムーンライト・シャドウ』」《感伤的回忆・月影》、第四章「失っていた記憶とその回復『哀しい予感』」《失忆与恢复・哀伤的预感》、第五章「深い眠りの命『白河夜船』」《沉睡的生命・白河夜船》、第六章「奇形的感情世界『N・P』」《畸形的情感世界：N・P》、第七章「日常の奇跡『アムリタ』」《日常的奇迹：甘露》からなり、これらの章は、それぞれ一本の作品、すなわち各作品の登場人物やテーマ、あらすじなどについて紹介したものである。

第三部は、第八章「家族の崩壊と新たな構成」《家的解体与重构》、第九章「エスパーの世界と現実の世界」《超现实与现实》、第十章「死と救済」《死亡与救赎》からなり、これらの章は、先にも述べたように「家族」、「超能力」、「死」、「救済」といった吉本ばなな作品のテーマの内容やその背景・分析などについて述べたものである。そして、この著作の後ろには「附録」が付してあり、これは「吉本ばななの主要作品年表」、「吉本ばななの受賞状況」や「主要参考文献」からなる。

（3）商業性—周閲の指摘

以下、周閲（2005）の構成に沿って、各作品の紹介である第二部は除くが、周閲の吉本ばなな文学の特徴に対するとらえ方を見ていくことにする。まずは第一部・第一章で吉本ばなな文学を、周閲がどのように、対談集である『吉本隆明×吉本ばなな』（一九九七年）をなぞるかたちで、とらえ、またその位置付けを行っているかを見ていこう。

「吉本ばななの日本と欧米における異例の人気は、より深い原因を物語っている。まず、ばななの文学観は、伝統的なものとは異なっているのである。彼女の父である吉本隆明の言葉を借りれば、彼女は正統的な観念とは異なる『小説概念』を有しているのである。（中略）彼女においては、『小説の概念は徹底的に改変された』のであり、彼女の小説概念とは『容易に受け入れられる、容易に理解される』作品を創作することである。実際、ばななは確かに現代日本文学の中の一種の斬新な傾向を代表している。おおよそのところ、日本近現代以来の作家は大きく三種に分類することができる。すなわち、まず一つは、川端康成や谷崎潤一郎に代表されるような、純粋な日本の趣と強烈な民族性を有した伝統的な作家である。（中略）もう一つは、大江健三郎に代表されるような、東洋と西洋に跨る作家である。彼らは西洋の文芸思想の潮流に影響を受けただけでなく、意識的に世界文学へと接近し、創作の過程において主動的に西洋の栄養を自らのものとして吸収していった。しかし、彼らは依然としてその祖国の大地を離れてはおらず、西洋の養分はすでに十分に自身の有機成分となっており、確実にその成長を促した。（中略）最後は、村上春樹や吉本ばななに代表される、いま流行りの人気作家である。彼らは世界文学に歩み寄り、なんとか国際基準に合わせようと努力している。（中略）ばななのような一部の作家は、日本民族の限界を乗り越えて、人間性において共通する部分を洞察したり、掘り起こしたりしようとしている。経済全体の水準がすでに一定の水準に達している先進国では、若い世代の精神世界には明らかに一定の普遍性がある。ばななは作家の鋭敏な感性によってその普遍性を捉え、かつ女性特有の繊細な感覚でそれを表現することで、日本だけでなく欧米各国の読者にも共感を得ているのである」[133]（吉本芭娜娜在日本和西方异乎寻常的受容状况还反映出一些更为深层的原因。首先，芭娜娜的文学观有别于传统立场。拿其父吉本隆明的话来说，就是她特有与正统观念不同的〝小说概念〟。（中略）在她那里，〝小说概念彻底改变了〟，她的小说概念就是要创作〝容易接受，也容易理解〟的作品。实际上，芭娜娜的确代表了当代日本文学中一种崭新的倾向。大体来讲，日本近现代以来的作家可以粗略地划分为三大类：第一类是以川端康成、谷崎润一郎等人为代表的传统作家，带有纯粹的日本韵味和鲜明的民族特性。（中略）第二类是以大江健三郎为代表的横跨东洋与西方的作家。他们不但接受了西方文艺思潮的影响，而且有意识地接近世界文学，在创作过程中主动地汲取着西方的营养。但是，他们仍然没有脱离故土，西洋的养分已充分化作自己的有机组成部分，切实地促进了自身的成长。（中略）第三类就是以村上春树和吉本芭娜娜为代表的正在走红的一些作家。他们努力向世界文学靠拢，力求与国际接轨。（中略）一些像芭娜娜这样的作家正努力超越日本民族的局限，去洞察和挖掘人性中相通的部分。在整体经济水平已经达到一定发达程度的国家，年轻一代的精神世界显然具有某种普遍性。芭娜娜以作家的敏锐抓住了这种普遍性，并且以女性特有的细腻感觉将其表

达出来，因而不仅在日本的读者中，而且在欧美各国的读者中都引起了共鸣）

つまり周閲は、ばななを第三の種類、すなわち、これまでの伝統的な作家と異なり、日本のある種の民族性なるものを乗り越えて、人間の普遍的な本質を作家独自の筆致によって描き出して世界的な共感を得る、国際的な新しい日本の作家として、しかも村上春樹と比肩するものとして捉え、かつ位置づけているのである。しかしここで引いた中で引用として示されている部分は、「小説概念」を除いて、その中国語表記にあたるものを出典として示されている、吉本隆明・吉本ばなな『吉本隆明×吉本ばなな』（一九九七年、ロッキングオン、一六九〜一九〇頁）の中に見出すことはできない。

たとえば、ここでいう「小説の概念は徹底的に改変された（小说概念彻底改变了）」は、吉本隆明がばななの小説の――「死」の扱い方や省略などにおける――ある種の「無造作」性を指摘し、これまでの――「無造作でなくないようにしなければ（引用者注：これまでの）小説概念に合致しない」（一六九頁）――小説とは「小説概念がまるで違う」と述べたところであり、まったく意味が異なる。

またここで周閲は、ばななの「小説概念」、すなわち周閲の換言する「文学観」について、「『容易に受け入れられる、容易に理解される』作品を創作すること」であると述べているが、吉本ばなな自身は、少なくとも周閲が引用の出典範囲として記している吉本・吉本（1997）の一六九〜一九〇頁の中では、「小説概念」について、吉本隆明のいう「無造作」を肯定し、そして自らそれを「通俗性[134]」と述べ、これらの特徴による外国での人気を、それは「徹底的な顧客制度から来るのでは[135]」とし、そして「世界各国の人が共通して理解できることっていうのは、言葉ではないし、なんかムードみたいなもの[136]」、「やはりムードが一番大切[137]」などと述べているのみである。

この周閲の中国語にもっとも近いものは、吉本隆明の指摘する「小説概念が一風変わってて、（引用者注：これまでのものとは一風変わっているために外国で）それが受けやすい、わかりやすいっていうことになってるのかなあ[138]」くらいのもので、この「受けやすい」も、この文脈での意味はどちらかと言うと「受け入れられやすい」ではなく、「人気が出やすい」という意味であり、またこれは吉本ばななの文学観ではなく、あくまで結果論としてそうなっているということにすぎない。

このような原文の微妙なズラし、あるいはズレから看取されるように――筆者はそのような解釈の多様性自体は否定・批判されるべきものではないと考えているが――、この後で周閲はこのような普遍性に基づく作品と受容という捉え方を、ある非常に偏った解釈へと帰結させていくのである。

周閲は続けて、上記のようなばなな文学の特徴を――対談集である『吉本隆明×吉本ばなな』の中のばなな自身の「通俗性」という言葉を借りながら――次のように捉える。すなわち、「ばななのこのような文学観が（引用者注：周閲においては「『容易に受け入れられる、容易に理解される』作品を創作すること」がばななの文学観であると解釈されている）、彼女の作品に直接的にもたらした一つの大きな特徴は――『通俗性』である[139]」と。しかし続けて言うには、この「通俗性と密接に関連するのが、商業性である。両者は大衆文化の共通のシンボル的な特徴として、不可分の内在的関係性を有している。（中略）大衆文化の衝撃波の中で、文学の商業化は紛れもない事実となっている。（中略）ばななの創作活動もこの文学の商業化という問題を免れ得ない。これに対して、ばななのとった対策は、純文学の審美的な快楽と、精神の癒しの作用を捨てず、大衆文化の消費特性や市場効果も拒まないということ[140]」（与通俗性紧密相连的是商业性，二者作为大众文化共同的标志性特点，有着不可分割的内在联系。（中略）在大众文化的冲击波中，文学的商业化已成为一个不争的事实。（中略）芭娜娜的创作活动也不可避免地要面对文学的商业化问题。对此，芭娜娜的做法是，既不放弃纯文学的审美愉悦职能和精神抚慰作用，也不拒绝大众文化的消费特性和市场效益）であるという。

すなわち周閲は、吉本ばなながある種、大衆文化に迎合するかたちで作品を創作しているという解釈を導出したのである。それはどのようなコンテクストと解釈に基づいてなされたものなのであろうか。周閲は続けて、以下のように述べている。

「ばななは、自分の作品が広く受け入れられているのは、『徹底した顧客制度から来る』と考えている。つまり、彼女と読者の関係は、ある種、生産者と顧客のような関係であり、再生産も同じように顧客のニーズに依存しているということである。彼女にとって、読者は受動的な受容者であるばかりでなく、能動的な消費者であるため、自らの創作活動、すなわち文学作品の生産活動も、『顧客』の消費傾向を考慮しなければならないのである」[141]（芭娜娜认为自己的作品之所以被广泛接受，正是〝源于彻底的顾客制度〟。也就是说，她与读者之间是一种类似生产者与顾客的关系，再生产也同样依靠顾客的需求来维系。对她来说，读者不仅是被动的接受者，而且是主动的消费者，因而自己的创作活动，亦即文学作品的生产活动也必须考虑〝〝顾客〟的消费倾向）

このような解釈は自由であるが、そもそもの日本語の言語形式とコンテクストとしては、ここで言われている「徹底した顧客制度」というのは、大衆としての不特定多数の読者に迎合して創作活動を展開しているという意味ではまったくないということは、述べておかなければならない。次節で扱う吉本ばななに関する中国の論文においても、この周閲の解釈が関連性をもってくるだろう。

すなわち、ここでばなながが吉本隆明の「村上春樹がもしかすると外国で受けてるかもしれない。しかしこの受け方と君の受け方はまるで違うのね。村上春樹の受け方は昔流のって言うか、一般的な小説概念からいってる要素があると思う。でも君のはそうじゃないんじゃないかっていう。どう言ったらいいのか、それがどこから来るのか」[142]という疑問に対して答えた、「徹底的な顧客制度から来るのでは」[143]という言葉は、簡潔に述べれば、一部の波長が合って共鳴してくれるような読者しか、それ以外の読者に読まれるか否かは別として、好きになってくれない文学ではあるが、よく売れるかどうかとか、高く評価されるかどうかとは関係なく、その読者たちが満足してくれればよいという姿勢で創作活動を展開しているという意味にほかならない。このことについて吉本・吉本（1997）に依りつつ、順を追ってみていこう。

それは、この対談の始めのほうで、ばななが自分の文学について「（引用者注：自分の作品の）入口で駄目な人はもう一生駄目だから、顧客制度になってると思うんですけど、間口が広がっていく可能性っていうのはもう、私個人の成長以外にはあり得ないわけで、それ以外のときはとにかくもう、間口が狭くても、少ない人でもいいからこう何て言うか、読んでる間『あっ、気がついたらいまの時間はわずらわしいこと全部忘れてた』って、『しかも何だか元気になっている…』っていうか、なんかそういうようなことをやってるのが癒しっていう感じなんじゃないのかしら[144]」と述べているところにその発端を有する。

それから、これは吉本隆明がわざわざ「これは親子だからとか何とかっていうことじゃなくて[145]」というメタ言語表現で、親によるひいき目ととらえられぬよう牽制を入れてから、「唯一君の作品に、君がこれから作家としてどうなるかみたいな、つまり失敗作も作るしいい作品も作るし、いろいろやるでしょうけども、唯一たった一つだけ信頼できるなって思えることはあるんだよ。それはちょっと言い様がないんだけどね（中略）一種の才能の正統性って言ったらいいのか、オーソドキシーって言ったらいいのか、それが信頼できることだと思うの[146]」と述べ、この「才能のオーソドキシー（引用者注：orthodoxy）」を、司会の渋谷陽一が次のように換言するところで、さらに明らかになってくる。

> 「だからばななさんが国際性をもっていくっていうのは、きっとその才能のオーソドキシーっていうか、僕なりの言葉で言い換えれば、いまこの時代に何を書くべきであるかっか《ママ》ていうのを非常にクリアーにちゃんと体現し得るものっていうんですかね（中略）その真ん中を行くとそれは、日本の村社会でもなくて、どんどんどんどん広がって、国

際的なものまでの共有というか普遍的なものまでも行き得てしまう　まあそのオーソトキシーなんですけど　それだと思うんですよ。僕も読んでてそれをつくづく感じたんですけどね。だからそこに彼女の小説がもっている普遍性と時代性と国際性って言うのが出ていくんじゃないかなあという[147]」

そして、これに続けて、ばなな自身がこの渋谷の言葉をさらに換言して、「だから間口は狭いけど、顧客は世界中に。うん（笑）多分そう言う、潜在的顧客の率は世界で、でも間口はすごく狭いの[148]」と修正を加えているように、「いまこの時代に何を書くべきであるか」を「非常にクリアーにちゃんと体現し得る」とは言え、それは同時代を生きるだれにでも受け入れられるものであるわけではない。しかし、それは世界中の同時代を生きる一部の人間に、狭い間口において、ある種の普遍性をもつものであるため、国際性とも言える、一定の世界的な、必要とされているという意味での人気を獲得しえているということなのである。

このことは、先の「徹底的な顧客制度」という言葉の少し前の箇所で、ばなながが「潜在的な読者になり得る層っていうのは本当に共通したものだと思うから、どういう質の人間がどういうときに必要として読むかっていうことに関しては万国共通だと思うから、その人たちに向けてうまく届けばいいわけで、顧客に向けてちゃんと供給されればそれで満足[149]」と述べていることからも明らかである。したがって、それは大衆文化への迎合とはまったく異なるものである。

しかし周閲は、このばななの言葉をも次のように解釈する。すなわち、「ばななはまったく自身の文学の創作における商業要素を隠そうとはしない。彼女はかつて『顧客に向けて供給できればそれで満足』と述べており、甚だしきは彼女は文学創作を一種の『営業活動』であるとみなしている。このように、ばななの創作は芸術を主な目的としたものではなく、読者に受け入れられることを第一の目標としており、これは現代の消費社会の本質を理解するための選択である。その選択がばななを時代に順応させ、大衆に迎合させ、国際文化市場

への乱入を可能とさせしめたのである」[150]（芭娜娜毫不掩饰自己文学创作中的商业因素，她曾说，〝只要能够面向顾客保证供给就满足了〟。甚至将文学创作视为一种〝营业活动〟。因此，芭娜娜的创作不以艺术为首要目的，而以读者的接纳为第一目标，这是一个深谙现代消费社会本质的选择。正是这个选择使芭娜娜顺应了时代，迎合了受众，并成功地闯入了国际文化市场）と。

先に見たように、ここでいう「顧客」というのは、一部の「読者になり得る層」のことであり、消費者としての大衆を指すものではない。また「営業活動」というのも、渋谷が、ばななの作品が国際的に受け入れられた理由を、マーケティング的な観点から、「読者の側のニーズの中で育ってきた、そういう国際性（中略）ばななさんの言葉を借りるなら顧客性[151]」と述べたのに対して、ばななが「草の根的な営業活動が実を結んで[152]」と、冗談交じりにその「間口の狭い」ものを、その需要を頼りに書き続けてきたという地道な創作活動について述べたものである[153]。これがたとえマーケティングというこの文脈に従い、ばななの小説の海外におけるプロモーション活動、営業活動などを指すものであったとしても、ばななが文学創作を一種の「営業活動」であるとみなしているということには、あくまで日本語の言語形式とコンテクストの観点からは、どうしてもならないのである。

もちろん作家という職業を生きるうえでは、自らの好きなことだけを、好きなように書いているというわけにはいかず、必ず注文を受けて書くということになるだろう。しかしそのような場合であっても、ばななは売れるものを商業的に書いているというわけではない。以下、ばななのそのような仕事上の考え方について垣間見ることのできる貴重な言葉を、日本大学における「小説を書くこと」という講演から引用しておこう。

「山本＊：純文学系の人は書きたいものを書くということがありますよね。ところが編集者から、書きたいものでは読みませんと言われて、上手くいかなくなってしまうことがある。吉本さんの場合は注文がまず第一ですか。それとも自分から次のアイデアを提案するんですか。

吉本：おおよそ半々ぐらいですかね。今、純文学系の雑誌で小説を書くだけで生きていける人は、日本ではほぼゼロですから。昔は出版社がとにかく印刷をして、そういう人たちが生きていくために印税を払ってあげようとした時代もあったんですが、現在では出版社も潰れそうなんです。純文学の雑誌で自分の好きなように小説を書くということは、ほとんど趣味の域に入っていると言っても過言ではありませんね。小説家を志す人にとってはとても厳しい時代だと思います。

それでわたしの場合は、自分の書きたいものを書きたいように書くためにまず交渉をするんです[154]」
＊山本：山本雅男（聞き手）

これで疑問として残される、ばななの言う狭い「間口」の内実とは、いったいどのようなものか、すなわち、一部の人間に国際的な普遍性をもつものとは、いかなるものであるのかということについては、第六章で、吉本・吉本（1997）に依りながら、筆者による解釈を詳細に述べていく。

（3）家族—周閲の指摘

それでは、続けて周閲（2005）が第三部で扱う「家族」、「超能力」、「死」、「救済」という四つのテーマについて、周閲の吉本ばなな文学の特徴に対するとらえ方という観点に基づいて、その著作の構成通り、三節に分けて見ていくことにする。まずここでは、第三部・第八章「家族の崩壊と新たな構成」《家的解体与重构》のテーマ、すなわち、「家族」を扱う。

周閲の吉本ばななの「家族」というテーマに対する観点は、「ばななの作品は伝統的な家庭概念に対する理解を変えた[155]」（芭娜娜的创作改变了对传统家庭概念的理解）という一言に尽きるだろう。まず周閲は、吉本ばななの文壇デビュー作「キッチン」の冒頭で、主人公の桜井みかげが、自分を育ててくれた祖母の死によって天涯孤独となり、驚きや非現実的な空虚感、孤独を覚えると同時に、「世の中に、この私に近い血の者はいないし、どこへ行ってなにをするのも可能だ[156]」ということを「とても豪快[157]」と感じていることに言及する。

そして、みかげの「今まで、片目をつぶって世の中を見てきたんだわ、と私は思う[158]」という言葉を引きながら、「祖母が生きているときは、みかげは片目を塞がれていた。すべての血縁者を失い、みかげはとうとう両眼でこの世界を見たのである。ここに至って、みかげはやっと本当に自分の両眼で、独立的に観察や判断ができるようになり、これによってみかげは『豪快』と感じているのだ[159]」（真正开始用自己的眼睛独立地进行观察和判断，为此她感到〝畅快〞）と指摘する一方で、この小説の全体を通して描かれるみかげの家族に対する渇望と、再びその家族を取り戻そうとする努力は、「家族の認識を巡って、一つの矛盾が現れているかのようである[160]」（围绕着对家庭的认识似乎就浮现出一个矛盾）としながら、「ここで注意を払うべきは、みかげを束縛していた家族と、彼女の内心が渇望するところの家族は、決して同じ概念ではないということである、その間に存在する差異は、前者が血縁関係によって連帯して共在する伝統的な意味での家族であり、後者は自由な選択によって組み合わさって共在する、新しい意味での家族である[161]」（这里应当注意的是，束缚了美影的家庭和她内心所渴望的家庭并非完全相同的概念。其间存在着差异。前者是传统意义上的家庭，是以血缘关系为纽带连结在一起的；后者是崭新意义上的家庭，是通过自由的选择组合在一起的）と述べている。

まさにこの後者の家族概念は、その問題の普遍性も相まって、後述するように、現在でも海外での吉本ばなな文学の魅力の一つとして挙げられるところのものである。だが、この「キッチン」における家族をめぐるとらえ方を、奇しくも『キッチン』の刊行と同時期の一九八七、一九八八年から、アカデミックな世界でロジカルに説いた、ばななより十六歳年長の同時代女性がいる。社会学者・上野千鶴子その人である。

「血縁」、「地縁」に会社縁などを含む「社縁」、これら日本社会における縁は、いわば「選べない縁[162]」であり、一見、自由な選択であるかのように見える結婚や会社であっても「おいそれとは降りられない」。そこで上野が先ず提唱するのが、「選択縁」（上野 1987、1988）である。

上野（1987）によれば、この「選択縁」は、「第一に自由で開放的な関係（中略）原則として加入・脱退が自由で拘束性がない（中略）オリても不利益をこうむらない」[164] ものであり、そして「第二に、メディア媒介型の性格（中略）コミュニケーションの場を共通しながら匿名性を保っていられる（中略）対面接触や身体的な場の共有さえ、『関係』を成り立たせる必要条件ではなくなった」[165] もので、「第三に、過社会化された役割からの離脱（中略）『有縁』の社会では、人びとは相互交渉の相手からの定型化された役割期待に沿って行動している。『父親』や『課長』という役割から逸脱することは、異常だと見なされるが、『無縁』の社会では役割脱と変身が可能である」[166] という特徴がある。

このような「選択縁」の中では、たとえば女性は、「誰かの妻や母ではないし、匿名の『奥さん』でもない。（中略）『〇野△子』という個人の名前で登場する。夫や子供のことをしゃべるのはかえってタブー」[167] になる。このように「血縁」、「地縁」、「社縁」などの関係と重なり合う部分がありながら、しかし同時に、「選択制の高い人間関係をつくり出して、〝個人〟として行動できる場を確保」[168] するなどで、「選択縁」のいわば「不純なモデル」[169] としてのネットワークを、上野（1987）は吉武（1982）に倣って、「女縁」と呼ぶ。

周閲が上野（1987）（1988）などを参照しているかどうかはわからない（参考文献には見当たらない）が、この「選択縁」の特徴のうちの「第二」を別とすれば、これらの特徴は「選択及び加入・脱退の自由」と「役割からの脱却」に換言でき、それは周閲が指摘するばななの提示する新しい家族概念としての、「『血縁関係』ではなく『自由な選択』、『連帯』ではなく『組み合わせ』」という構図に合致するかのようにも思われる。

「ばなな文学の作品全体を俯瞰すると、婚姻関係の破綻は、けっして家庭の完全性を損なう根本的な原因というわけではない。まず、ばなな文学における家庭の大半は、婚姻の形式にかかわらず、共同生活を送る男女の多くは、一枚の結婚契約による関係を維持していない。このほか、たとえ作中に婚姻関係の破綻のエピソードがあっても、その根源を遡ってみると、これは家庭崩壊の第二位の要因にすぎないことが多い。ばななの作品の大半では、死こそ、家庭解体の絶対的な原因なのである」[170]（从芭娜娜文学创作的总体来看，婚姻的破裂并非破坏家庭完整性的根本性原因。首先，芭娜娜文学中的家庭大都并不拘泥于婚姻的形式，许多共同过着家庭生活的男女并没有以一纸婚约来维系他们的关系。此外，即使小说中存在婚姻破裂的情节，但追根溯源，这往往只是家庭解体的第二位的诱因。在芭娜娜的大多数作品中，死亡才是造成家庭解体的绝对原因）

周閲の解釈は、まさに「自由な選択」と、一枚の婚姻届に束縛されない、いつでも簡単に降りることが可能な「組み合わせ」にほかならない。しかし、たとえば「キッチン」の続編である「満月――キッチン2」の最後で、お互いに天涯孤独となった主人公のみかげと雄一がたどり着くのは、はたしていつでも簡単に降りることができる関係なのであろうか。

周閲は木股（1999）の「ある意味で二人は、どんな制度にもとらわれない関係を夢想しているのだ[171]」という評論を引きながら、ばななの提示する新しい「家族の成員は結婚や血縁などいかなる形にも拘束されない[172]」（家庭成员不受婚姻和血缘等任何形式的约束）と述べているが、私見によれば、ここでは異なる解釈も成立すると思われ、これについては上野（1994）の指摘が、きわめて示唆的であるように思われる。

すなわち、上野は、「家族が家族であるための条件は何か――文化人類学は、この問いをめぐって比較文化的な家庭の定義に答えようとしてきた。結論から言えば、文化の多様性の前に『家族』の通文化的な定義は、とっくに放棄されている（中略）家族を操作的に定義するために文化人類学がたどりついたミニマムの定義は『火（台所の共同）』、すなわち共食共同体というものである。したがって、『別火』が起きたとき、世帯分離（

たがってしばしば家族分離）が起きたと見なす」と述べた上で、それが「世帯」にしか当てはまらず、「家族を構成するレベルには、現実と意識とがある。たとえばまったくの他人と思っていても血がつながっていれば実は家族ということもある。だが当人同士がまったく自覚しないまま『家族』の実体が存在するということはありえない（中略）となれば『家族』は現実よりも多く意識の中に存在することになる」[174]とし、このような家族を成立させている意識を「ファミリィ・アイデンティティ」[175]と呼ぶ。

　そして、「戦前の『家』という概念も、その物質的根拠を奪われてしまえば、ただの幻想」[176]であることを明らかにしたうえで、それに代わる「新しい家族幻想」[177]を求める方向性が存在することを指摘する。そこで挙げられている例が、吉本ばなな「キッチン」における家族である。

　この上野（1994）の文脈では、「キッチン」に出てくる「みなしご」という概念がとり上げられ、これが「ファミリィ・アイデンティティ」の根拠を求めた、少女マンガ・小説的な人物設定の登場人物による「新しい家族幻想」への逃避という観点から扱われているにすぎないが[178]、ここで同時に展開されている上野の観点に基づけば、周閲のいう「矛盾」[179]も、家族概念を単に「自由な選択」による「組み合わせ」とするのではなく、説明が可能となるのではないだろうか。

　上野は言う。「自発的で選択的な関係――したがって結成も解消も可能な関係――を、人は『家族』とは呼ばないということ、したがってある選択的な関係が『家族のような』という比喩で呼ばれる時には、その関係の基盤を選択的なものから絶対的なものに置き換えたいという動機が働いているということである」[180]と。つまり、このような観点に基づけば、みかげが求めたのは、「結成も解消も可能な関係」なのではなく、自分が自発的に選択した相手との、非選択的な、すなわち軽々しく降りることのできない関係の構築であったとも言えるのである。

　無論、作家・吉本ばななと言えば、これまで一度も婚姻制度による結婚をしたことがない「事実婚」[181]で有名である。しかし、その背景を詳らかにしていくと、そこに見出されるのは、いつでも容易に解消ができる自由な関係の構築を求めているということではなく、自分が自発的に選択した相手との、非選択的な、すなわち軽々しく降りることのできない不自由な関係の構築を求めていることであるように思われるのである。

たとえば、ばななは内田春菊との対談で、かつて交際していた男性の母親に、「私、嫁とかイヤなんですよね。そういうのを取っ払って、それ以外の接点で仲良くしたいんです[182]」と言い放ったことや、「入籍しなきゃダメかな、それもいいかな[183]」と思ったこともある、ということなどを語っている。また、「いくつになっても籍は入れられるから、もし入籍したければ、お互いの親の世代が全員出払ってからでも、遅くはない[184]」と述べ——この発言はある意味で、吉本ばななの「事実婚」の理由を核心的に表現しているのではないだろうか——、「その家の人になる[185]」ことや、義母となる人が突然自宅を訪ねて来ることなどへの苦痛や抵抗感が訴えられているが、これらの語りからは、「自分が選択していない、自分の選択した相手の家族とは、家族になることが困難である」という、作家・吉本ばなな自身の現実が浮き彫りになる。

もちろん、作家と作品を同じものとして語るべきではないが、周閲の「ばななの描く登場人物にとって、異常な家族は、独立して生きる第一歩であり、新しい人生の出発点である。そのため、ばななが伝統的な家族システムの崩壊過程を描いていることはほとんどなく、その過程は作品が始まる前に終わっていたり、ストーリー展開の中で省略されていたりする。崩壊した家族は大きな背景にすぎず、ばななが一丸となって示したのはまったく新しい意味での家族の誕生過程なのである[186]」（対于芭娜娜笔下的人物来说，非正常的家庭是独立生存的第一步，是新的人生的出发点。因此，芭娜娜极少描绘传统家庭体系的崩溃过程，这个过程或者在作品开始之前就已经结束，或者在故事发展之中被省略。解体的家庭只是一个大背景，芭娜娜集中笔墨展示的是一个全新意义上的家庭的诞生过程）という言葉はきわめて妥当であるが、それは、家族概念を「自分が自由に選択した相手との、不自由な関係」としてとらえた場合でも成り立つと考えられる。

また、周閲は「新しい家族構成になると、先ず家族の成員間の役割をスイッチングできる可能性が出てくる。改めて組み合わされた非血縁家族では、各成員の組み合わせが変化に富み、ときにはとり替えることも可能である」[187]（新型家庭构成之后，首先带来的是家庭成员之间身份转换的可能性——重组后的非血缘家庭中，各个成员之间的组合关系富于变化，有时甚至可以转换）と述べているが、「組み合わせ」の「とり替え」というところに疑問が残る。つまり、周閲のとらえる「新しい家族」であれば、それは、たとえばみかげや雄一がすぐに相手を切り捨てて他へ行くというように、軽々しくその関係から降りる、その関係を解消するということを意味するからである。

しかし、私見によれば、ばなな文学におけるそのような「とり替え」とは、始めからそのような軽薄な関係を前提としたものなのではなく、いわば人間関係の波長の共鳴が弱くなっていく可能性があることを前提にしたうえで、たとえばある人物とある人物の間において、結果的にその関係性の乖離が起き、他の人物との関係性が生まれることがあるということにすぎない。これは吉本ばななの小説『アムリタ』における家族構成の変遷に顕著な特徴でもあるが、このような「とり替え」の内実については、第七章で詳しく述べることにしよう。

なお、ここでいう「非血縁家族」という観点の意義は、ばなな文学の登場人物について解釈を加えるよりも、その受容の観点から見た場合に、より鮮明に現れるものであるように思われる。周閲は「非血縁家族」について、以下のように述べている。

「ばななは読者に『非血縁家族』の可能性及びそのような家族の充実の可能性を示した。『非血縁家族』というと、『奇形』や『怪奇』、『不幸』といったイメージを頭の中に浮かべてしまう人が多いかもしれない。しかし、ばなな文学の世界では、このような家族は普通の家庭と同じように自然に融合されており、ときには普通の家庭よりも温和で平穏なのである」[188]（芭娜娜为读者展示了〝非血缘家庭〟的可能性以及家庭充足的可行性。提到〝非血缘家庭〟，或许大

多数人脑海中都会闪现出诸如〝畸形〟、〝怪异〟、〝不幸〟之类的印象。但是在芭娜娜的文学世界里，这类家庭其实跟普通家庭一样自然融洽，有时甚至比正常家庭更加温馨和睦）

このような「非血縁家族」の、非特殊なものとしての描かれ方に共鳴している読者層の一つに、ＬＧＢＴを挙げることができる。無論、ＬＧＢというくくりの重点が性的志向（sexual orientation）にあり、Ｔの重点が性自認（gender identity）にあるというように、これは異なる概念を同立させたもので、実際には性的志向がＧで、かつ性自認がＸ——性自認が男女いずれでもないというX-gender——やＦ——性自認が流動的であるというFluid——という場合も存在しきわめて複雑な関係性を有している。また、ＬＧＢＴのような性的志向や性自認を表す概念や記号は数多存在し、近年では「ＬＧＢＴＱ＋」や「ＳＯＧＩ」という表記が一般的であるが、ここでは以下に引く文脈の都合上、「ＬＧＢＴ」と表記することとする。以下、吉本ばななと台湾の著名な女性作家・李昂《りこう》との対談から引用する。

吉本ばなな：台湾は今、若い人も自由な服装をして、職業も自由に選び、一見とてものびのびした生活をしているように見えますが、よく見ていると、女性はあまり発言しない。グルメの話とか当たり障りのないことは人前で話しますが、男性がいる場で男性よりも先に発言する台湾の女性は少ないですね。今、台湾では、ＬＧＢＴの人たちがものすごく抑圧されていて、その人たちが私の作品を読んでいます。ですから、台湾というところは、まだまだ保守的な場所なんだというのを、行くたびにひしひしと感じます。

（中略）

李昂：ＬＧＢＴの読者が、吉本さんの作品を大変に好きだということも知っています。彼らが、どうしてそんなに吉本さんを好きなのか。吉本さんは、家庭について、人と人との関係について書いています。そこには愛と助け合いがあり、それはＬＧＢＴの人々にとってものすごく必要なものなんです。彼らは吉本さんの作品から大きな力を得ていると思います。吉本さんの作品では、家族といっても血縁関係に必ずしも限らない、様々な結びつきの可能性というものが描かれていると思います。台湾では今、〝多元成家〟——一つの価値観によらないで、様々な価値観から家庭をつくる——が打ち出されているんですが、吉本さんの血縁によらない家族観は、その概念に非常に合っているんですね。

　私は二十年ほど前に大学で教えていたのですが、学生たちは、吉本さんの『キッチン』がとても好きでした。小説版も映画版もそうなのですが、『キッチン』のような家庭、人間関係というものが非常に魅力的に映ったんだと思います。そんな憧れの結びつきが、二十年後の現在では、既に実現されつつある。台湾は、この二十年の間に、過去に存在した理想と現実との間のギャップを一挙に飛び越えてきました。

　ただ、台湾には、進歩的な女性と同時に、かなり保守的な女性も存在しているので、どういう女性と出会うかによって見方はかなり違ってくるでしょう。[189]

（中略）

藤井省三：吉本さんは、これから台湾をもう一つの拠点となさるそうですが、なぜ台湾を選んだのでしょうか。

吉本ばなな：純粋に、仕事が多くてよく行き来しているという状況からです。それは多分、ＬＧＢＴの問題が大きいんだろうなというのは強く感じます。許されることを求めている人がすごく多いんだなとひしひし感じます。[190]

　この対談からは、本節の文脈に即したものとして、少なくとも二つのことが読み取れる。一つは、この引用の中では省いたが、この対談の中で藤井省三が、「私が台湾文学から受ける印象では、台湾における女性や、特にＬＧＢＴ、性的少数者は、日本よりむしろ勇敢で、積極的に外に出ている、というものなのですが[191]」と述べているように、日本よりも積極的で、かつその環境も、アジアで最初に同性間の婚姻を合法化するなど、整ってきているかのように見える台湾のＬＧＢＴが、作家・吉本ばななにまで「ひしひし」と伝わるほどに、切実に吉本ばなな文学を欲しているということ。もう一つは、「非血縁家族」という家族のかたちが、台湾の「多元成家」という、ある一つの家族のかたちに合致しており、そのようなばななの描く家庭や人間関係の魅力やこれへの憧れというものは、この二〇一八年の対談の二〇年前から、その傾向が見られたということである。

　このことからは、吉本ばなな文学の「家族」というテーマがもつ重要性が再確認され、また吉本ばななのいう「顧客制度」というものが、このように切実に、ときには生命にも関わる程度に、「許されることを求めている人」のためのものという意味であることが再確認された。

（4）超能力—周閲の指摘

　次に、第三部第九章「エスパーの世界と現実の世界」《超现实与现实》のテーマ、すなわち、「超能力」を扱う。

　周閲は、「ばなな文学とＥＳＰはほとんど二つの不可分な概念となっている」[192]（〝芭娜娜文学〟和〝ＥＳＰ〟几乎成为两个不可分离的概念）と述べ、さらに「これらの神秘的な現象の中には、ばななの小説が若者たちの注目を集めている秘密が隠されている——怪奇なエピソードの展開や謎に満ちた人物の存在等である」[193]（在这些神秘现象中，隐藏着芭娜娜小说吸引年轻人注意的奥秘——怪诞情节发展和诡秘的人物存在）という。そして『哀しい予感』、『Ｎ・Ｐ』、『白河夜船』、『ムーンライト・シャドウ』、『アムリタ』、『ハードボイルド』『ある経験』、『とかげ』などから、具体例を挙げて紹介している。

　確かに、吉本ばななの文学には特異な能力をもった人物や神秘的な現象が数多く登場する。しかし、周閲が、「ばななの小説の中に頻繁に登場する神秘的な現象や超能力者は、彼女自身の、人間の未知なる潜在的能力、及びさまざまな説明のつかない怪奇現象に強い関心を抱いていることと関連が深い。あるとき、『もし人を殺すとしたらどんな手段を選びますか?』と質問されたばななは、『呪い殺すか殴り殺す』と答えた。このように、ばななの理解においては、超現実的な呪いには、現実的な殴り殺す行為と同等の破壊力があることがわかる。彼女の友人の中には、いわゆる超能力者も少なくない。彼らはいつも霊的な予感があったり、とても奇妙な、心が通い合う体験などをしている。ばななはこのようなことに強烈な好奇心を有していることから、友人の話であろうと、メディアの報道であろうと、彼女は非常に注目しているのである。しかし、彼女自身は直接そのような体験をしたことはなく、このため、すでにばなな文学の一つの大きな特徴となっている超現実的な描写は、作者が実際に体験したことの描写ではなく、多くの偶然や必然の要因が複合的に作用して形成されたものなのである」[194]（芭娜娜小说中频繁出现的神秘现象和超能力者，与她本人对人类未知的潜能以及种种无法解释的诡异现象抱有浓厚兴趣有很大的关联。有一次，芭娜娜被问及如果杀人会采取何种方法，她的回答是诅咒或棒杀。可见，在芭娜娜理解中，超现实的诅咒与现实的棒杀具有同等的摧毁力量。她的朋友当中也不乏所谓特异功能者，他们经常有灵验的预感，或奇妙的心灵相通体验。由于芭娜娜对这类事物抱有强烈的好奇心，所以无论是友人的讲述还是媒体的报道，她格外关注。但是她本人并不曾直接体验过，因此已成为芭娜娜文学一大特色的超现实的描写并非作者本人亲身体验过的真实写照，而是在诸多偶然因素和必然因素的共同作用下形成的）と述べる一方で、作家・吉本ばななと作品における超能力のとらえられ方に言及していないのは、いささか疑問である。

ここで述べられているように、ばななの周囲にいわゆる「超能力」をもつ者が多く、またばなな自身も、そのようなことに対する興味や、ある種の――UFOなどは別として、それらの神秘的な現象や能力を自然かつ日常的なこととみなして受け入れるという意味で――免疫があるということは、これまでもさまざまなところで本人が語ってきていることだが、吉本ばななと作品における神秘的な現象や能力（以下、一括して「超能力」と表記する）のとらえられ方の特徴は、一言で述べれば、「たいしたものではない、とても自然で日常的なこと、及びその延長」であるというところにある。

つまり、「超能力」というと、スプーン曲げや透視、ＵＦＯなど、非日常的な超常現象を想起するかもしれないが、ばななの想定しているものは、「天ぷらの職人とかが油の温度とか見るときに指でパッて[195]」やって、その温度がわかってしまうとか、あるいは「朝起きてから夜寝るまで、十回ぐらい〝コップ〟っていう言葉が頭をよぎ[196]」ると、コップに関係することが起きるとかいった、実用性のあるきわめて日常的なものであり、ばなな文学で描かれる超能力的シーンも、何か別次元のオカルト的な出来事としてではなく、とても当然で自然なもの、あるいはその延長としてとらえられている。そして、その中でも、例えば『アムリタ』での、ＵＦＯの登場などの極端な超能力シーンでは、やはり「超自然現象については常に猜疑心があ[197]」ることから、当の本人の「作者がどこかで『ほんとかね』と思っているふしがある[198]」のである。また、近年の対談・エッセイ[199]を見るかぎりでは、超能力的なものを自然なこととしてとらえる傾向は、ますます強くなっているようである。

もちろん、『アムリタ』――「神の飲む水」、「甘露」という意味[200]――は、仏教書やニューエイジ書に書いてあることを「小説に翻訳[201]」しようとしたものであり、ばななが近年、「もともと私は、もっとカルト的な作家を目指していたんですよでもデビューしていきなり売れちゃって、（中略）自分としては、それこそオタクしか読まないようなカルト小説を書いて、もっと静かに暮らしていこうと思っていた[202]」と述べているように、そのような分野に興味は持っているわけであるが、ばななは「抽象的な『すべてを受け入れましょう』とか『悩まなければ癌にならない』とか、そういうそこまで実用性が低いものに関しては、本当に興味ない[203]」のである。

なお、周閲が、「彼女自身は直接にそのような体験をしたことはなく、このため、すでにばななの文学の一つの大きな特徴となっている超現実的な描写は、作者が実際に体験したことの描写ではなく」と語る、作家・吉本ばななの「超能力」についてであるが、近年の資料においては、ばなな自身にもそれがあると回答している。

たとえば、二〇一六年十月の日本大学における「小説を書くこと」と題した講演では、学生からの「霊感はありますか[204]」という質問に対して、はっきりと「ない人はないんじゃないですか。みんなあると思います。ただ生活の仕方とかで特化されることがありますから、そういう意味ではわたしはあるほうだと思います。自覚している分だけ発達しているんじゃないですかね[205]」と答えており、また、前にも挙げた二〇一八年の李昂との対談でも、吉本ばなながら聞いた話として、李昂が、「二〇年前に、あなたもこういう力（引用者注：超能力）を持っているんですかとお聞きしたら、自分にはないけれども、友だちから聞いた話だということでした。それが、最近もう一度お聞きしたら、自分もそういう感応する力を持っているとおっしゃっていた[206]」と述べている。

なお、二〇一三年に日本大学で行われた第七回日藝賞受賞記念講演では、同大学芸術学部教授・山本雅男からの「スピリチュアルな体験は自分自身にはあるんですか[207]」という問いに対して、「わたしはどちらかというと観察するのが好きなので、いろんなところに行っていろんな人を見て。そうするともう、この世の中にはなんでもあるなってことだけがよくわかったんです[208]」という、従来通りの見解を示していた。

しかし、その後の二〇一六年、おそらく先の講演「小説を書くこと」より前の「本当の癒しとは」と題した講演においては、学生からの「『ムーンライト・シャドウ』には不思議な体験が描かれていましたよね。（中略）あれ（引用者注：『ハゴロモ』）には特別な恋愛が描かれていたと思います。吉本先生ご自身には、そういう不思議な体験や特別な恋愛をしたことはありますか[209]」という質問に対して、「一般的にはないということになっているんですが、実はどちらも、ものすごくあります（笑）。それはちょっとずつ変えて書いていますよ[210]」と述べている。

これら日本大学における講演での発言だけに依る場合でも、およそ次のようなことが推測できる。すなわち、少なくとも二〇一三年までは、ばなな自身のもつ「超能力」については、ないことにしてきたが、二〇一六年からは、そのようなことについて尋ねられれば答えるようになった、ということである。

もちろん、はじめの頃は本当に何もなかった、あるいは自覚がなかったので、ないと答えていたという可能性や、その場の雰囲気やばなな自身の気分などによって、答えを変えていたという可能性もあるが、前者に関しては、二〇一六年九月のCHIEとの対談で、文壇デビューから七年目の『アムリタ』執筆の際のエピソードとして、「『アムリタ』の時は、サイパンに取材に行ったんだけど、人生最悪の霊体験をして、（中略）それも声が聴こえるとか、そんな生易しいもんじゃなかった。大勢過ぎて『うるさい！』みたいな。飛行機飛ばないし、帰してくれないんだもん[211]」と語っているため、少なくともこのときには、すでにスピリチュアルな体験をしているのである。また、このエピソードは『アムリタ』で主人公の朔美やさせ子が霊からの影響を受けるいくつかのシーンと類似しており、これがまさに自身の体験を「ちょっとずつ変えて書いてい」るものと推測される。

したがって周閲のいう「彼女自身は直接にそのような体験をしたことはなく、このため、すでにばななな文学の一つの大きな特徴となっている超現実的な描写は、作者が実際に体験したことの描写では」ないという指摘は、これら近年の資料から見た場合、正しくない、あるいは古い情報であるということは、言うことができよう。それから、この「超能力」についても、詳しくは第六章で述べることとする。

（5）死と救済—周閲の指摘

最後に、第三部・第十章「死と救済」《死亡与救赎》のテーマを扱う。周閲は死と救済について、「これはばなな文学が読者に与えるもっとも鮮明な印象である。この命題は、いささか重すぎるものとして聞こえるかもしれないが、ばなな作品の中では、非常に軽やかに表現されている[212]」（这是芭娜娜文学留给读者的最为鲜明的印象。

这一命题听起来似乎有些令人重不堪负，但在芭娜娜的作品中却表现得非常轻柔）と述べている。

そして前のように、『キッチン』、『ムーンライト・シャドウ』、『満月――キッチン2』、『哀しい予感』、『アムリタ』、『N・P』、『白河夜船』、『ハードラック』などにおける死を紹介し、その数に驚嘆を示す。そして、「家族や恋人の死は、ばななの小説に一貫した目立った特徴の一つであり、彼女の多くの作品は死から始まるのである」[213]（亲人或恋人的死亡是芭娜娜小说一以贯之的醒目特征之一，她的许多作品都是由死亡开始的）と述べ、同時に、死というものが文学などにおいて普遍的なテーマであることを指摘しつつ、「オープニングですぐに死のエピソードが語られ、死が同じ作家の多くの作品の中で頻繁に繰り返し現れるというのは、けっして普遍的な現象であるとは言えない」[214]（拉开序幕即是死亡的情形，以及死亡在同一作家众多作品中高频率的重复出现却绝非普遍现象）と述べている。

続けて周閲は、ばなな文学における死について「ばなな作品における死は、大量であるだけでなく、軽いものである。実際には、両者には互いに因果関係がある――その大量さゆえに軽く見えるが、またその軽さゆえに大量に存在する。彼女においては、死がこれほど軽くぼんやりとしていて、ありふれたものなのである。（中略）彼女はほとんど死の過程を緻密に描いたことがなく、死を小説の結末にしたこともない。すなわち、死は、ばなにおいて、文字によって伝達されるメッセージであり、またストーリー展開の中で読者に伝える状況なのである」[215]（芭娜娜作品中的死亡不仅是大量的，而且是轻易的。实际上二者互为因果――因其大量而显得轻易，又因其轻易而得以大量存在。在她那里，死亡竟是如此轻盈、缥缈，司空见惯得有些随意。（中略）她几乎从不细致真切地描绘死亡的过程，也没有把死亡作为小说的结局。也就是说，死亡在芭娜娜那里只是一个通过文字传达出来的信息，一个在故事发展进程中告知读者的状况）という。

確かに、吉本ばななが死の過程を描いたりしていないというのは、周閲も後に言及しているように理由のあることであり、またこれらは吉本・吉本（1997）の中で、「死ぬ場面っていうのは基本的に出てこないでしょ。

死ぬそのものの場面は出てこないでしょ。それからじぶんはこれから死にますっていう場面も出てこないでしょ[216]」とばなな自身も語っていることである。しかし、ばなな作品における死が「軽い」というのはどういうことなのであろうか。

確かに吉本・吉本（1997）では、ばなな文学における死が、「たやすく[217]」あるいは「無造作[218]」であるということが語られているが、それは吉本隆明が「普通の常識的なっていうか、リアリズムを基調とする小説概念では、死ぬまでが大変だとか――死なせるようにするところの推移が大変だっていう風なところで作品をでき上がらせちゃう。君の小説はそういうところは無造作に死ぬなら死ぬ、病気は病気っていう風になっちゃう。ものすごい特徴だと思いますよ[219]」と述べているように、いわば死ぬまでの推移としてのたやすさや無造作さなので、それは死それ自体の作中での扱いが「軽い」わけではないだろう。

そうなると、ばななが死を「軽く」扱っているということにはなるが、ばなな作品における死が「軽い」ということにはならないのではないだろうか。

続けて周閲は、独自の解釈を展開した後に、次のように述べる。すなわち、「ばなな作品の中で、死者は灰と散るのではなく、魂となった状態で存在している。このため、生者と亡霊の交流が生まれ、怪奇で神秘的な現象が現れるのである[220]」（芭娜娜作品中，死者没有灰飞湮灭，而是化作灵魂的形态存在着。因此，才会出现生者与亡灵的交流，出现诡异、神秘的现象）と。そして、さらに睡眠や夢がそのような交流を媒介するであるとか、ばなな文学における死には肉体の死と精神の死があるという持論を述べ、次のようにまとめる。

「ばなな文学の大半の作品の中では、二種類の異なる層の死が、一人の主人公の人生において表裏一体に共存している。家族の死が主人公に与える巨大な衝撃は、人々ははっきりと感じ取ることができる。しかし主人公自身の漸次的な精神の死は、容易に察知することができない。肉親の生命の消滅という事実は、すでに変えることができないが、生者の精神の死は、克服することができる。死の影を克服していく過程こそ、精神的に救済を得る過程であり、まさにこれこそが、ばななが作品の中で表現しようとしているテーマである。そのため、ばななが紡ぐ一つひとつの哀しい物語の中には、至るところに、精神の救済の契機が秘められているのである」[221]（在芭娜娜文学的绝大多数的作品中，两种不同层面的死亡共存于同一主人公生活的表里。人们能够清晰看到的，是亲人的死亡给主人公带来的巨大打击；而人们不易察觉的，是主人公自身缓慢的精神死亡。亲人的生命消亡已经无法改变，而生者的精神死亡却可以克服。克服死亡阴影的过程就是在精神上获得拯救的过程，这正是芭娜娜试图在创作中表现的主题。因此，在芭娜娜讲述的一个个哀伤的故事中，处处隐藏着精神救赎的契机）

そして周閲は、ばなな文学の多くの主人公が、救済の契機を得るのは、「超能力」あるいは非凡な能力を有する人物によると指摘しつつ、「待つことと契機を探す過程は、死を通り抜ける過程である。この過程は、自分自身で歩いていかなければならない。いわゆる神秘的な契機の出現は、最後に主人公に対して一臂の力を貸し与えてくれるものに過ぎない。もしここのところをよく考えてみれば、ばなな作品の契機が、天から降ってくるものではなく、主人公たちが自分自身で探し出したものであり、それは彼らが『細々と待った』結果なのだということがわかるだろう」[222]（等待和寻找契机的过程，就是穿越死亡的过程。这一过程需要自己去走，所谓神奇契机的出现只是在最后给主人公加上了一臂之力。如果用心体会就会发现，芭娜娜作品中的契机都不是从天而降，而是主人公们自己去寻找的，是他们〝细细等待〟的结果）と述べる。

死から神秘的な人物や現象を通した救済へという構造や、主人公の自分自身での再生というところは、先行研究でもよく挙げられていることである。また「ばななが示そうとしたのは生きる過程であり、死の過程ではないということ、そして、ばななは死の悲哀ではなく、生きることの悲哀を伝えようと努めており、死者の苦難よりも生者の苦難を強く描いた。あまりに軽率な死だからこそ、本当に重苦しいのは生きることであり、本当に苦痛なのも生きることなのである」[223]（芭娜娜试图展示的生存的过程而不是死亡的过程，力求传达的生存的哀伤而不是死亡的哀伤，倾力描绘的是生者的艰辛而不是死者的艰辛。正因为芭娜娜笔下的死亡太过轻易，所以真正沉重的是生，真正疼痛难当的也是生）と述べているが、周閲本人もこの前の段落で引いているように、吉本ばななも、「やはり、死そのものよりも心が癒されてゆく過程を描くことに興味があるんだと思う」[224]と述べているわけだが、ここで「生きることの悲哀」を伝えようとしているということには、いささか違和感がある。

というのは、吉本ばななは、吉本・吉本（1997）の中で吉本隆明から「人間をひとつも書いていない」[225]と指摘され、「それはね、人間は別に毎日生きてれば嫌でも見えるわけで。それにかなうものはないでしょ。やっぱり家に帰ってまでね、本屋に行って本を買ってまで――まあ、私それだったらドキュメンタリーとかそれこそインタヴューとか読んでる方がよっぽど幸福にね、『人間ってすごいなあ』って思うし、それに勝るものはないから。小説はどこまで行っても小説だし」[226]と述べており、また吉本（2001）のロングインタヴューにおける、「以前もインタヴューのなかで、藤子不二雄と対照的な存在として手塚治虫をとらえてましたが、なぜアンチなんですか？」[227]という編集部の問いに対しても、開口一番「この世はただでさえつらくて大変なのに、わざわざ作品にまでしてそんなこと書いてどうするんだ、っていうのが常に私のなかにあったんですよ」[228]と述べているのである。このようなことからも、ばなな文学が、救済あるいは癒しへと向かうまでの苦しみの過程を描いているとしても、生きていることや、生き残った人間が、どれほど悲しくまた苦しいものであるかなどということは、描こうとはしていないととらえるのが妥当なのではないだろうか。前節にも挙げた二〇一八年の李昂との対談においても、ばななは次のように語っている。

吉本：私の作品では苦労、苦痛がそれほど書かれていないとのことでしたが、私の読者はみんな悲しい人が多いから、しばらくの間、そこから避難させたいというのが執筆の主な目的なんです。というのも、私はどれだけ自由な場所からやってきたのか生まれる前のことはわかりませんが、とにかく生まれた瞬間から、まず肉体に牢獄であると感じ女性であるということも牢獄であると感じ、日本の社会も牢獄のような面があると感じ、とにかく苦痛がとても多い状況に突然に投げ込まれたと感じていました。なので、その状況の中で幸福を見つけ出さなくてはいけないという強迫観念が、私に幸福を繰り返し描かせているのだと思います。[229]

この意味で、吉本ばななの創作あるいは活動スタイルは、上方落語で「爆笑王」と呼ばれた桂枝雀に近いものがある。枝雀は、「一口に落語と申しましても、いろんなことおっしゃる方がございます。『人間の業を追求しているのじゃ』なんて、そんなバカなことは、私いたしません。ただもう、きっかけを見つけては、アハと（引用者注：笑ってもらえればいいという）もうこれだけのこってございます[230]」などと語り、観客に楽しんでもらうということを第一とし、そのために高座の下での努力を惜しまなかった。また、朝日新聞（二〇〇九年二月二十二日）の記事によれば、枝雀が落語や笑いについての論を綴った大学ノートには、「落語と云うのは」と題した個条書きがあり、その中に「生きててよかったなァと思って貰うもの[231]」とあったそうである。ここには、現実の苦しみからの救済や癒しとしての小説を書き続ける、吉本ばななと相通じるものがある。

なお周閲は、周閲（2005）の後記において、次のように述べている。すなわち、「ばななは、彼女の作品の主人公たちのような『物是人非《ウースーレンフェイ》』（物は変わらなくても人は変わること）の悲痛や生離死別の悲しみを体験したことがない。そのためか彼女の作品の中における苦難は、ときに作り物の雰囲気が醸し出されている。いくらかのあまりにも突然で極端な死も、明らさまな『創作』の痕跡があり、これによって生活を再現する芸術作品は、心を込めて作った文化的産物から乖離することになる。これは人物の心理状態の変化と精神救済の獲得が唐突で説得力に欠け、作品が読者の興味を引きつけると同時に少し深さが足りないと思わせるのである[232]」（芭娜娜并没有像她的主人公们那样切肤地体尝过物是人非的酸楚和生离死别的悲恸。也许正是这个原因，她作品中的苦难有

时会隐隐透出一丝制造的味道，有些过于突然和极端的死亡也带有明显的〝创作〟的痕迹，从而造成再现生活的艺术作品向精心制作的文化产品的偏离。这就使人物心理状态的转变以及精神救赎的获得显得唐突而缺乏说服力，也使作品在吸引读者兴趣的同时稍嫌深度不够）と。

だが吉本・吉本（1997）の「あとがき」では、吉本隆明と吉本ばななが、吉本隆明の西伊豆の土肥海岸での「溺体体験」について振り返っており、ばななは「『私の寿命を一、二年減らしてもいいから、お父さんを助けてほしい』と血管が切れるほど祈[233]」ったことが記されており、また近年、吉本ばななは宮本輝との対談で、「何年も前、文藝春秋の元社長の平尾さんに『よしもとさんはご両親が年をとってからの子だから、時の流れに敏感なんだね』と言われて。それでハッと気づいたのは、私は幼い頃から親が死ぬのがいつもものすごく怖かったんです。同じ年の子の親がめちゃくちゃ若いのに、うちはそうじゃなかったから。それで実際に親が死にゆくのに直面したら、自分の人生も残りがそれほど多くないという感覚がうつってしまって[234]」と漏らしており、両親が比較的高齢であったことが、ばななに死というものを真剣に考えさせたと推測できる。続けてばななは「死について深く考えたことがないままだと、作家という仕事をし続けるのは辛いでしょうね、きっと[235]」とも述べている。

もちろん、それは直接的な、本当に肉親などを喪う愛別離苦とは言えないかもしれない。また、その後の編集部からの「よしもとさんにとって、死生観を確立する出来事とはなんでしたか[236]」という質問に対して、ばななは三島由紀夫の切腹事件を挙げたりもしている。だが、作家・吉本ばななが、初めに死というものを内的洞察として探求するようになった契機は、やはり親が死ぬのが怖いというところにあるように思われ、その恐怖は、けっしてばななに死を軽いこととしてはとらえさせず、かえってその喪失からの再生を描かせる契機となったであろう。

3　中国における吉本ばななに関する論文

中国の学術情報データベース「知網《チワン》」――日本のCiNiiに相当――において、「吉本芭娜娜（吉本ばなな）」をキーワードとして検索をかけると――検索条件はタイトルや副題、またはキーワードのいずれかに含むもの――、現時点（二〇二〇年三月二十四日）で二一一本の文献が表示される。

しかし、これらの文献の中には、ニュースの解説や会議記録、海外の研究者が海外の雑誌に投稿した論文なども含まれている。そこで筆者は、これらの文献を精査してふるいにかけ、中国における吉本ばななに関する論文を抽出した。すると、学術論文が一〇九本、修士論文が六三本、博士論文が一本の合計一七三本に整理された。

この「知網」は、中国において最も権威ある学術情報データベースではあるが、実際のところ、このサイトに中国における吉本ばななに関する論文のすべてが収められているわけではない。しかし調査の基準や範囲を限定する必要から、筆者はその範囲を知網に掲載されている論文に限定した。

（1）論文の特徴

この「知網」に掲載されている吉本ばななに関する論文（以下、「該当論文」）を分析したところ、以下の三つの傾向が明らかになった。

まず、論文の参考文献が、中国国内の先行研究に偏っており、日本における先行研究が十分に参照されていないということである。

そのようなかで、前にとり上げた周閲『吉本芭娜娜的文学世界（吉本ばななの文学世界）』（二〇〇五年）は、該当論文のなかできわめて重要な参考文献となっており、中国国内の修士論文（六三本）と博士論文（一本）

の計六四本のうち、五七本が、これを参考文献として引いているのである（詳細は本研究の巻末附録を参照されたい）。

この周閲（2005）を参考文献に引いていない修士・博士論文（以下、「該当修博論文」）はわずか八本であるが、その中の一本は、これを引いていないものの、その参考文献の中には周閲「吉本ばななの創作から見る日本の大衆文学――キッチンを中心にして」（二〇〇九年）《从吉本芭娜娜的创作看日本大众文学――以《厨房》为中心》（『外国文学動態（外国文学动态）』）を引いている。

このように周閲（2005）は、中国における吉本ばなな文学研究において、きわめて深い啓発の役割を果たしているのである。これは同時に、中国における吉本ばなな文学研究の参考文献が、非常に限られた範囲のものであることをも反映してしまっているのである。後述するように、該当論文の多くが、周閲（2005）の観点に影響を受けているととらえられるのである。

次に、これらの論文においては、その扱う範囲が「キッチン」、「満月――キッチン2」、『哀しい予感』、『N・P』、『アムリタ』などのいわゆる「第一期吉本ばなな文学」に集中している傾向があり、とくに吉本ばななの文壇デビュー作である『キッチン』、そして第一期吉本ばなな文学の最後の作品である長編『アムリタ』に偏っている。つまり、第一期以後の吉本ばなな文学については、ほとんど研究がなされていないのである。

最後に、これらの修士・博士論文の研究は、吉本ばなな文学作品の研究、とくに、ある特定の主題や観点からの研究に集中しているが、筆者がその題目やキーワード、要旨をもとに一つひとつ選別して抽出したところ、その中で最も多い主題・観点は、以下のようなものであることが明らかになった。括弧内の数字は主題・観点の個数である。

すなわち、ヒーリング・癒し（17）、超能力（9）、生死（8）、比較（源氏物語、川端康成、村上春樹、遅子建等、8）、ジェンダー・女性（7）、家庭（7）、夢（6）、ポストモダン（5）、文体（3）、翻訳（2）、漫画

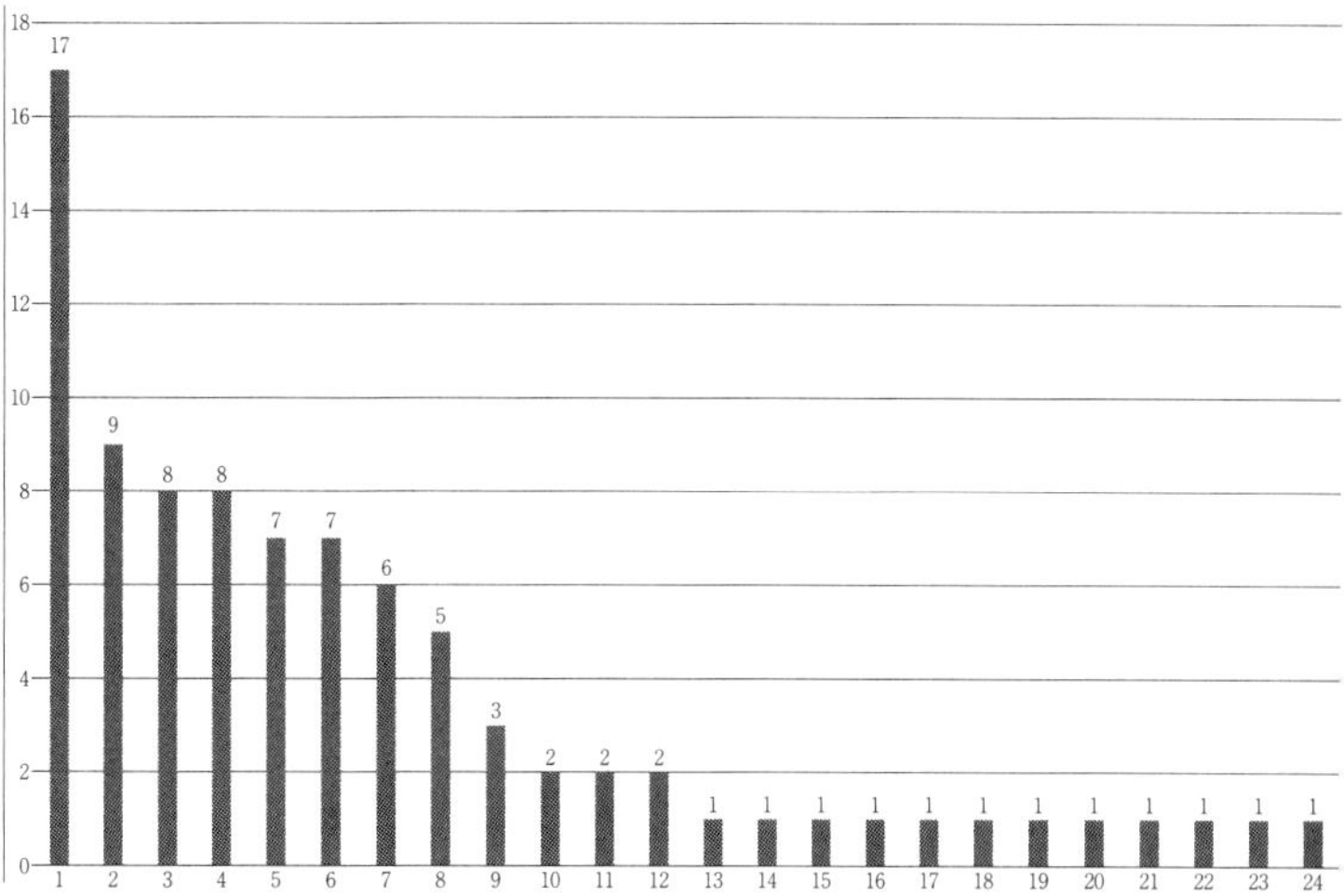

図 22 中国の修士・博士論文における吉本ばなな作品研究に関するテーマ

（2）、成長物語（2）、中間領域（1）、宗教（1）、孤独（1）、創作意識（1）、自我・主体意識（1）、女性用語（1）、恋愛関係（1）、通感（1）、人情小説（1）、キッチン・厨房・台所（1）、バブル期における青年読者の受容状態（1）、甘え（1）[237]である（図22）。

これらの修士・博士論文の主題・観点は、その大半が周閲（2005）においてすでに言及されているものであり、また日本における先行研究などでは、すでに扱われているものばかりで、けっして奇抜なものはない。

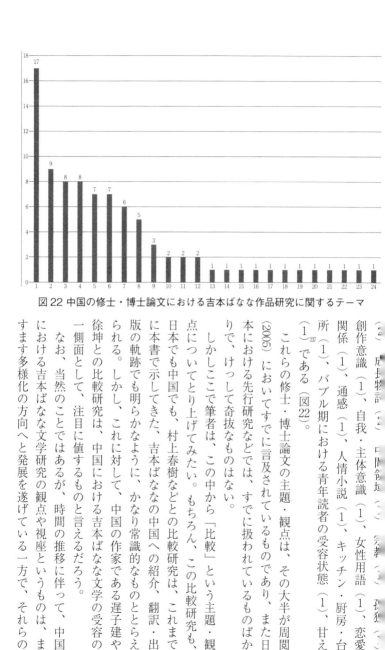

しかしここで筆者は、この中から「比較」という主題・観点についてとり上げてみたい。もちろん、この比較研究も、日本でも中国でも、村上春樹などとの比較研究は、これまでに本書で示してきた、吉本ばななの中国への紹介、翻訳・出版の軌跡でも明らかなように、かなり常識的なものととらえられる。しかし、これに対して、中国の作家である遅子建や徐坤との比較研究は、中国における吉本ばなな文学の受容の一側面として、注目に値するものと言えるだろう。

なお、当然のことではあるが、時間の推移に伴って、中国における吉本ばなな文学研究の観点や視座というものは、ますます多様化の方向へと発展を遂げている一方で、それらの大半は、上記のように、依然として日本ではすでにかなり手垢のついた主題や観点であり、独創性に乏しいことが明らかとなった。また、この参考文献の調査によって、このような現状をつくり出している原因の一つが、日本における先行研究を尊重して、徹底的に調査し、かつ参考文献に挙げるということが十分になされていないことにあることが推測された。またその修士・博士論文以外の論文、雑誌記事などでも、ほとんど同様の傾向が見られるが、一本の論考の中でも、多くの主題や観点が扱われていることがあり、またその各論考における扱いの分量も異なるため、本書では、調査・抽出の範囲をこれらの修士・博士論文に限定した。しかし、当然のことではあるが、これらの修士・博士論文以外の論文の方が、その主題や観点としてはより多彩なものとなる。たとえば、吉本ばなな文学を音楽の観点から研究した余幕英《よばくえい》（2019）[238]などがある。

（2）吉本ばななと作家・遅子建との比較研究

中国「知網」に収録されている、吉本ばななと遅子建《ちしけん》との比較研究を主題とした修士・博士論文は、これまでに計三本あり、いずれも修士論文である。すなわち、邢潔《けいけつ》「中日文学作品における死のテーマ――遅子建と吉本ばななの小説比較を中心に（中日文学作品中的死亡主題‐以迟子建和吉本芭娜娜的小说比较为中心）」（二〇一五年、寧波大学修士論文）、劉暁蕊《りょうぎょうずい》「吉本ばななと遅子建の小説における『死のテーマ』の比較研究（吉本芭娜娜与迟子建小说中〝死亡主题〞的比较研究）」（二〇一七年、上海外国語大学修士論文）、馬躍《ばやく》「遅子建と吉本ばななの小説における神秘色の比較研究（迟子建与吉本芭娜娜小说中神秘色彩比较研究）」（二〇一九年、遼寧大学修士論文）である。邢潔（2015）は日本語の論文で、その他の二本は中国語の論文である。

先に示したように、邢潔（2015）と劉暁蕊の（2017）の二本の論文は、いずれも吉本ばななと遅子健の作品に出てくる死のテーマについて検討するものである。比較してみると、両論考の文章は基本的に同じ構造であり、観点も基本的に一致している。また、各章節のタイトルもそのまま殆どが重なって、日本語と中国語という言語の相違以外——おり、文章中においても多くの語句が重なっているのである。劉暁蕊（2017）は邢潔（2015）を参考文献に示しておらず、劉暁蕊（2017）は、邢潔（2015）を参考にしたにも関わらずその出典を明らかにすることを忘れたか、あるいはこれを盗用・剽窃した可能性も考えられる。このような理由から、本書はこれらの論考の内容については、合わせて議論する。なお、盗用・剽窃の可能性もある劉暁蕊（2017）も併せて議論するのは、同論考が先の邢潔（2015）よりもかえって深い分析・考察を見せており、また日本語としても、より意味の通るものとなっているからであり、同テーマを扱う論考としては参考にする価値があると考えたからである。

これらの論考は、いずれも吉本ばななと遅子建が死のテーマを描くことに熱心であり、ほとんどすべての作品がこれに関わっていることを指摘している。また、吉本ばななと遅子建においては、なぜか故意に死に関する恐怖と絶望の雰囲気が描かれることはなく、両者の作品において死は、温かな情の中で表現され、ある種の癒しにつながるものであるという。そして——上述の両論考の関係性においては当然のことであるが——、二つの論考は両作家の作品における死の意識の形成に関して、次の三方面からその原因の説明を試みている。すなわち、「子ども時代の経験」、「時代背景の影響」、「伝統文化と宗教の影響」である。以下、これらの方面から、二つの論考の論述をまとめておこう。

・邢潔（2015）と劉暁蕊（2017）について
論考の相似点

二つの論考は以下のように分析する。すなわち、遅子建[239]は、幼い頃から中国の東北地方にある北極村に住んでいた経歴、父と夫を相次いで亡くした体験、そしてシャーマニズム（shamanism）の影響と、東北極地の独特な風土と人情、葬祭文化などの影響によって、独特の死生観を形成した。彼女のこの世界に対する理解は温かな情に満ちており、その温かな情は彼女の作品の中に表れている。そして、生と死の境界はこの温かな情によって打破され、彼女の作品においては、すべての生命が死をその内に含むすべての苦境に相対する際、旺盛な生命力を発揮するのである。まさにこのような意志の力が、死を超越して、世界に活力をもたらすのである。

吉本ばななは幼い頃に、眼の病気を治療するため、強制的に眼帯をつけられる「暗闇体験」をしており、また第二次世界大戦後の日本の高度成長による人々の精神面における変容、そして日本独特の風土文化が彼女の文化観を作り上げた。彼女は作品を通して、読者に現実に直面する勇気とエネルギーを与え、作品を通して激しい社会競争に押し潰され、息苦しい思いをしている人々に励ましと慰めを与え、読者に現実の苦しい環境の中から抜け出し、他者の死から自らの人生を考え始めさせ、これによって成長と独立を達成させたいと願っているのである。

なお、この「眼帯」をめぐるエピソードだけを追ってみても、中国の――少なくとも吉本ばなな文学に関する――学術研究における引用の不徹底さを垣間見ることができる。これはいわば、中国の吉本ばなな文学研究に関する論文における、吉本ばななの著作――インタヴューや対談などを含む――や先行研究の受容の仕方や形式に関する問題とも言えるものであるため、ここで少し紹介しておこう。

劉暁蕊（2017）は、「彼女（引用者注：吉本ばなな）は幼い頃、かつて一度左眼が弱視になったことがあり、その弱視の治療のため、右目に眼帯をしなければならなくなり、しばらくの間、彼女は完全に『失明』した状態であった。まさにこの『暗闇体験』によってこそ、彼女は周囲の環境に敏感になり、その後の執筆にも大きな影響を与えたのである。これも彼女の作品の中において常に超能力や幻覚が見られる原因の一つである（她幼时曾经一度左眼患上弱视，为了治疗弱视她的右眼也要被戴上眼罩，这样在一段时期内她是处于完全失明的状态的。正是因为这种黑暗体验，她对周围环境变得非常敏感，对以后的写作也有很大的影响，这也是她的作品中总是有着超能力和幻觉的原因之一）」[240]と述べている。

しかし、これはどう見ても周閲（2005）の表現を換言要約したものにすぎないだろう。よしんば周閲（2005）も引いている、吉本（1999）という本人の語りを参考にしたものであるとしても、ここで出典を示していないというのは、このエピソードについて、自分だけが知っている情報であるかのように偽る記述であるとみなされかねないだろう。

先に紹介した周閲（2005）では、「超能力」のところで、このエピソードについて言及がなされている。すなわち「ばななは子どもの頃、弱視を患っており、その患った眼を鍛えるために、わざと眼帯で正常な眼を覆っていた。視力が回復した現在のばななは、親に感謝しているが、当時は眼帯を外せば見えるのに、なぜ眼帯をつけなければならないのかと、意味がわからなかった。このようにばななは当時、一日の大半の時間を暗闇の中で過ごしたのである。しかしながら、この視覚の障害は、ばななの他の感覚を発達させ、広大な想像の世界をもたらしたのである。（芭娜娜儿时患有弱视，为了锻炼视不见物的病眼，常常被迫用眼带故意蒙住正常的另一个眼睛。如今已恢复视力的芭娜娜对父母感激不尽，但在当时却百思不解：明明去掉眼睛就能看见，为什么非要戴上呢？就这样，一天当中大半都处于黑暗之中。然而视觉的障碍却扶植了其他感官的发展，也带来了更为广阔的想象世界[241]）」

そして、続けて周閲（2005）は、『Ｂ級ＢＡＮＡＮＡ』の「岡崎京子からの質問」から、「幼少期のできごとでこれがなかったら小説を書いていなかっただろうというものはありますか？」という問いに、ばななが答えた「弱視で、片目が見えなかった。それを訓練するために、目の見えない状態で多くの時間を過ごした。その時、空想の世界にリアリティを感じなければ、こんなに感覚が鋭敏にならなかったと思う。そのときにオバＱなどに助けられなかったら、世の中のつらい人に、私が創作した人物が何かできるかも、というこういう性分はなかったかもしれない[242]」を引いている。

劉暁蕊（2017）のいう「暗闇体験」というのは、周閲（2005）の「暗闇の中」という表現に類似しており、またこのエピソードをばなな文学における「超能力」と結びつけたのも周閲（2005）であり、劉暁蕊（2017）が、

「多くの当時の日本人作家は、みんな不幸な子ども時代をすごしている（许多当时的日本作家都有着不幸的童年）」[243]と述べて挙げている作家の例は、もともと川端康成の研究をしていた周閲が周閲（2005）の中で挙げているのと同じ「川端康成」ただ一人である。またここで川端康成を「当時の作家」として吉本ばなな以外の例として挙げていることから、川端康成がどの時代の作家であるかも確認をとらず、周閲（2005）を参考にしたということが見てとれるのである。劉暁蕊（2017）は参考文献に周閲（2005）を挙げているが、参考文献に挙げれば、論考中で何を書いてもいいわけではないだろう。

それから、この周閲（2005）にしても――これは学術論文ではないとはいえ――先のエピソードの中で、吉本ばななが「親に感謝している」ということや、「当時は眼帯を外せば見えるのに、なぜ眼帯をつけなければならないのかと、意味がわからなかった」と振り返っているということが、どのような資料に基づいて述べられているのかということが記載されていない。

筆者が調べた限りでは「眼帯」をめぐるエピソードについて、ばなな自身が語っているのは、上ですでに引用した吉本（1999）を除くと、以下のものが挙げられる。

吉本ばななは、吉本・吉本（1997）で、「大体私見た目からして眼帯してるわけですよ、弱視だったから――っていうか目を鍛えるためめっていうか。弱視の人っていうのは見える方のだけで見ちゃうんですよね。だから見えない方の目は全然使わないから鍛えるために、一日のうち何時間かずつ眼帯をしてるっていう」[244]と述べており、また吉本（2001）においても、自らの年譜を振り返り、一九六七～一九六九年の時期について、「当時は左眼が弱視であったため、よく見える右眼に眼帯をして弱視を直す訓練をしており、親から眼帯を外すことを許された一日わずかの時間で貪るようマンガを読んだ。手塚ファンの姉に対して藤子不二雄を愛読、『怪物くん』や『オバQ』など、藤子氏の世界に強く惹きつけられる（初恋の人もドロンパである）[245]」と述べている。

ちなみに、この「オバケのQ太郎」は、ばななが「初めて読んだフィクション[246]」でもあるが、近年では白井剛史（プリミ恥部）との対談で、人生における自分の「初期設定」が大事であるという文脈で、プリミ氏とともに幼少期を振り返り、「私も子どもの頃、家族の調整役だった。（中略）うちの場合は、家族がみんな、自由過ぎて、私がいなきゃ何事も調整されないと常に感じていました。（中略）たぶんそのせいで、私の初期設定には『オバケのQ太郎』のQちゃんが入ってるんだと思う（笑）Qちゃんって、周りがいかに揉めていようと、おやつを食べて寝るだけっていうか、いっぱい食べて、グーとか寝ちゃったら、『もうしょうがないね』って周りもなるじゃないですか。子どもの頃の私も、それでしのいできたんじゃないかって[247]」と述べており、ばなにとってきわめて影響力の大きなものなのである。

劉暁蕊（2017）は、これらの点にとどまらず、両者の死の描写における相違点を指摘している。すなわち、「遅子健の小説においては、人間の愛と不撓不屈の生命力が、死を含むすべての苦境を克服し、これによって、死に対する征服と超越を実現する。そこでは死は畢竟、依然として悲劇的な意味に満ちたものである。しかしその一方で、吉本ばななにおける死は、ある種の日常茶飯事であり、この死という幕の下において、生者の人生が描かれ、生は死に対立する者ではなく、これと地続きの延長なのである[248]」と。

・馬躍（2019）について

馬躍（2019）は、以下のように分析する。すなわち、遅子健と吉本ばななは異なる国と民族の出身であるが、その「神秘色」――本書でいう広義の超能力――が両者の小説の中で頻繁に登場すること、そして両者の小説の中で神秘色が示す相似点と相違点を指摘している。まず相似点から見ると、第一に、両者とも一連の神秘的な特徴をもつ人物のイメージを形成し、神秘的な色彩を際立たせている。第二に、両者の小説の中には、多くの霊魂のイメージが登場し、神秘的な雰囲気を醸し出すと同時に、中国と日本の民族の霊魂の信仰をも示している。第三に、両者の作品いずれにも「月」などの自然が頻繁に登場し、その擬人化や象徴的な書き方を通して、読者に神秘的な読書体験をもたらしている。

しかし中国と日本の文化的な相違と創作理念の相違により、両者の「神秘色」においては、その表現と現実の意義の面で比較的に大きな差異が存在している。神秘色の表現において、遅子建は修辞手法を用いて詩的な表現をすることが多く、これによって読者にテクストにおける神秘色のもつ詩性を感じさせる。一方、吉本ばななは、テクストにおいて「ムード」醸成することを重視し、これによって読者にテクストが伝える神秘的な色彩を共感させている。

遅子建にしても吉本ばななにしても、彼女たちの創作の目的は、単純に神秘色の表現に熱心であるというだけではない。遅子建にとっては、人の自然との緊張が増す関係性に直面して、大自然の神秘色に満ちた描写を通して、人々をして自然に対する畏敬の念を再び抱かせる。吉本ばななにとっては、現代日本社会に存在する精神的な空虚という現状に直面し、一方で読者に神秘色に満ちた文学の世界の中で、現実の世界がもたらすストレスを緩和させ、一方で人々を現実の直視へと導き、不完全な現実世界に対して勇敢に向き合わせる。

（3）吉本ばななと作家・徐坤との比較研究

続いて、吉本ばななと徐坤《じょこん》[249]、とくにその「厨房（キッチン）」という二人の同名小説についての比較研究をとり上げたい。

このような主題による――知網で検索され得る――論文は、四本存在し、二本は修士論文であり、二本は公刊論文である。すなわち、袁鵬《えんほう》「キッチン、女性のコンプレックス（厨房，女人的情结）」（二〇一二年、上海外国語大学修士論文）、石芮旗《せきぜいき》『中日同名小説「キッチン」の比較研究（中日同名小说《厨房》比较研究）』（二〇一六年、湖南师范大学修士論文）、そして、邵娟《しょうえん》「两间《厨房》的女性变奏曲――以徐坤和吉本芭娜娜的同名小说《厨房》为例」（二〇〇九年、『时代文学』下半月）、尹凤先《いんほうせん》「新时代语境中中日女性的个体回归差异――以中日同名小说《厨房》为例」（二〇一八年、名作欣赏）の四本である。なお、この袁鵬（2012）に関しては、全文スペイン語であり、筆者の理解が十分に及ばないため、本書では扱わない。

これらの論文は、いずれも吉本ばななの小説「キッチン」と同名の徐坤の小説「厨房」を扱ったものであるため、まず、徐坤の「厨房」の執筆背景と要約を、以下に示しておこう。そもそも徐坤が、その文学のルーツの一つとして日本文学を挙げていることは非常に興味深い。徐は「八〇年代の一部の作家は、確かにラテンアメリカの作家から比較的に大きな影響を受けています。彼ら自身も当時これらの作家から多少の影響を受けたことがあると告白していますが、私は彼らとは違うところがあるかもしれません。私の大学時代の修士論文の研究方向は東洋文学で、日本の美学やインド文学の影響を比較的に大きく受け、《源氏物語》や《枕草子》、夏目漱石、川端康成、芥川龍之介、村上春樹等、日本の作家の作品の良いところを得ています。「もののあはれ」という気質とゆったりとしたリズムが、いつの間にか私の創作に染み込んでしまっているのです。例えば『厨房』や『遭遇愛情』等は、いずれも日本風で、主人公の名前も日本風で、女性主人公の名前は枝子で、男主人公の名前は松島《ママ》とかね」[250]と述べている。

しかし、本人の談によれば、二〇〇二年に刊行された徐坤の『厨房』執筆は、吉本ばななの『キッチン』に触発されたというわけではなく、その存在は執筆後に知ったという。

「当初、これ（引用者注：厨房）を執筆しようと思ったとき、あれは物語の方からこちらへやって来たと言っていいでしょうね。というのは、それは仲のいい女友だちと電話でおしゃべりをした結果なんです。おしゃべりの中で彼女は、一人の思わせぶりでオレ様な男のことを話しました。この男は自分に尽そうとする女性を拒んで、家から追い出したのですが、それはこの女性が彼と結婚したがっていることをこの男が感じたというだけの理由なのです。私と女友だちは異口同音に、いまの男がいかにろくでもなく、またいかに浮気性で、いかに責任を負いたがらないかということを責め、罵りました。そのときは、おしゃべりをして終わってしまったのですが、何日かして、『作家』誌に原稿を出さなければならない時期になり、ふとこの話を思い出して、これは一つの完成した物語にできると思ったのです。そこで、この女友だちに許可をもらい、そしてついに『厨房』を書くことにしたのです」[251]（当初在立意写它时可以说是信手拈来，是跟一位要好女友电话聊天的结果。聊天过程中女友谈到一位男调情高手得意洋洋矜夸，他将一位想向他献身的好女人给拒斥出家门了，只因他感觉到此女有嫁他的意思。我和女友异口同声谴责现在的男人多么没劲，多么的花，多么的不愿意承担责任。事情说说，也就过去了。又过了些日子，到了该还《作家》稿债的时间。我忽然又想起这个情节，觉得可以当做一个完整的故事来做。于是就向女友申请下用文字虚构它的版权，并最终以《厨房》为立意写了起来）

「それからまたしばらくして、一人の友人が私たちの院の同僚である呂莉が翻訳した日本の女性作家・吉本ばななの『キッチン』をもって来てくれました。あの作品の内容はもっと深遠で、現代人のたくさんの孤独感や生きることの不確定性を表現しています。文章の翻訳も非常に優美でした。短い紹介の中から、吉本ばななが一九六四年に生まれ、一九八七年の十一月に日本の『海燕』という雑誌に作品を発表し、第六回海燕新人文学賞と第六回泉鏡花文学賞を受賞していることがわかりました。呂莉がこの翻訳をしたのは一九九五年で、後にこの小説は影響力のある日本映画『我愛厨房』として映画化されました」[252]（又隔了一段时间，一个朋友拿来了我们院里的同事吕莉翻译的日本女作家吉本香蕉写的《厨房》。那部作品的内容更深远，表达出现代人诸多的孤独感和生存的不确定感。文章的译笔也十分优美。从简短的介绍中可知，作者吉本香蕉出生于1964年，作品发表在1987年11月的日本《海燕》杂志上，荣获第6届《海燕》新人文学奖和第6届泉镜花文学奖。吕莉将它翻译过来的时间是1995年。后来这部小说还被拍成了很有影响的日本电影《我爱厨房》）

ここで興味深いのは『厨房』がいわば実話——友だちから聞いた話——を脚色したものだということである。

そして、その脚色において、吉本ばななの『キッチン』を知らずに、徐坤が自ら主題として「キッチン」というものを選んだことにより、日中の同名小説ができあがったというわけである。

最後に言及されている〝日本〟映画のタイトルが『我愛厨房』となっているので、それが一体、日本映画『キッチン』（森田芳光監督）であるか、それとも香港映画『我愛厨房』（厳浩監督）であるのかは不明であるが、徐坤が吉本ばななの同名小説『キッチン』を高く評価しており、著者や関連情報まで把握していることが看取されるだろう。

・徐坤「厨房」の要約

主人公の枝子は、単調な家庭生活に嫌気がさし、家庭を棄ててキャリアウーマンとしての生活を始めた。その後、中年に至る頃には事業に成功し、ビジネス界の新星として名を馳せるようになり、かえってかつて自分が棄ててしまった結婚生活に、いま一度戻ること、そしてだれかを愛し、ともに一つの家庭を築き、一つの台所を共有することを渇望するようになった。そこで、彼女がパトロンとなっている芸術家の松澤の誕生日に、彼女は自ら厨房に立ち、その日の夕食によって、この男のハートを射止めようとした。

しかし松澤は、彼自身と自分の名声と利益以外、いかなるものに対しても本当の意味で心を動かしたことのない人間であった。彼は遊びでない関係を恐れこそすれ、そのような真剣な関係になることを望むはずもなく、枝子のその一挙手一投足まで周到に計算し尽くされた、キッチンにおける愛の非言語表現行為にもかかわらず、この男のハートを射止めることはついにかなわなかったのである。彼女は深く傷つくが、それを男に悟られまいと気丈に振る舞い、キッチンを徹底的に清掃して家を出る。だが彼女が家へ辿り着いたとき、その手にはまだ男の家のキッチンからもって出たゴミ袋が、きつく握られており、これに気づいた彼女の頬を、涙が濁流のように流れ落ちるのである。

石芮旗（2016）は、「（引用者注：両作品を）精読してみると、両作品の相似点は、『厨房（キッチン）』名前だけではない。両作品が同じく女性作家の創作であり、キッチンという空間機能体の利用による女性の生存体験を示しており、キッチン内の女性の出口を共に探るということ、これらの相似点は、両『厨房（キッチン）』の比較に、基本的な土台を準備する」[253]（细读之下，会发现两部作品的相似之处不仅仅在于同以〃厨房〃二字为名。同为女性作家创作、同为利用〃厨房〃空间功能体来展现女性生存体验、共同探讨〃厨房〃内〃女人〃的出路，这些相似之处，使得《厨房》之间的比较具有了基本的生长点）と述べる。そして、その比較の観点を主に「キッチンの物質言語」、「キッチンの性別言語」、「キッチンの愛情言語」の三つに大別して論じているが、それぞれ結論らしき結論をまとめていない。そのため、本書では、両作品の「キッチン」に対するとらえ方の比較に着目し――これもはっきりとした結論は提示されていないため――、そこからいくつかの解釈を示してみることにしたい。

石芮旗は、次のような解釈を示している。すなわち、「徐坤のキッチンは、女性が現代化の窮地から抜け出して、心の自由を求める詩的空間である。吉本ばななのキッチンは、その物質エネルギーの救済価値を充分に発揮し、生と死の狭間で、一筋の光の光明へとつながる架け橋となっているのである」[254]（徐坤的厨房，是女性逃离现代化困境，追求心灵舒展的诗性空间。吉本芭娜娜的厨房，是充分发挥了其物质能量的拯救价值，在生与死的裂缝中充当一道通往生之光明的桥梁）、「徐坤のキッチンは主人公枝子の『出発点であり停泊地』である。それは彼女の拒んだ過去であり、そして理想的な未来であり、彼女の憧れの生存の地なのである。吉本の『キッチン』《台所》の女主人公であるみかげにとって、キッチンとはすなわち、死から生存への過渡的な空間であり、みかげの人生とともに共生する活きとした場所なのである。キッチンにおいて、彼女は生に向き合い、死に背を向けるのである」[255]（徐坤的厨房是主人公枝子的〃出发点和停泊地〃，是她曾厌弃的过去，也是她理想的未来，是她所向往的生存之地。那么对于吉本《厨房》中的女主人公美影而言，厨房则是从死亡到生存的一个过度空间，它是与美影的主

命历程一体共生的具有鲜活气息的场所。在厨房里，她直面生、背向死）と。

すなわち、『厨房』の冒頭で「厨房是一个女人的出发点和停泊地（キッチンは女性の出発地であり、停泊地である）[256]」と述べているように、徐坤におけるキッチンは、これを過去に拒み、自由を求めてうち棄てかつ逃れ出でたところの「出発地」であるが、しかし同時に、未来の理想において、いわば理念的に追い求められ続けるところの「停泊地」なのである。そして吉本ばななが「キッチン」の冒頭で、「私がこの世で一番好きな場所は台所だと思う[257]」と述べているように、吉本ばななにおけるキッチンは、いわば生や希望、活力への架け橋となるエネルギーに満ちた動態的な場であるということができるだろう。

この解釈を証明するように、石芮旗は続けて次のように述べている。すなわち、「もし徐坤のキッチンが枝子の心理的価値の中で、まだ松澤を惹きつけるための舞台、及び心を休める場所にとどまっているとすれば、彼女は『キッチンから歩みはじめ、家に入る』と考えているにすぎない。吉本のキッチンは、みかげにとって、完全に彼女と共生する治療母体であり、核家族が消えた後の唯一の棲息地なのである[258]」（如果说徐坤的〝厨房〟在枝子的心理价值中，还只是其吸引松泽的舞台和舒缓心情之地，她只是想〝从一件厨房开始迈步，进入一个家。〟那么基本的〝厨房〟对美影而言，则完全是和她一体共生的治疗母体，是核心化家庭消失之后唯一的栖息地）と。

なお、石芮旗（2016）は、吉本ばななの文学について、「吉本ばななは、自分の文学に対して明確な位置づけと選択を持っている。彼女はかつて、顧客に向けて供給が保証されればそれで満足[259]と語っている。『顧客』、『供給』、これら商品化の用語が、吉本の消費文化の文脈の受容と熟達を表している。彼女にとって、文学活動は単なる芸術活動ではなく、一種の商品の生産でもあるのだ。著者の主観的な理念よりも、読者に受け入れられるかどうかが、もっとも重要な出発点であり、目標なのである[260]」（吉本芭娜娜对自己的文学有明确的定位与选择。她曾经说过，只要能够面向顾客保证供给就满足了。〝顾客〟、〝供给〟，这些商业化的用词表露出吉本对于消费文化语境的接纳与谙熟。在她看来，文学创作不仅仅是艺术生产，亦是一种商品的生产。比起作者的主观理念，读者的接纳才是最重要的出发点与目标）、そして「大衆化は、徐坤と吉本ばななが消費時代の文脈に直面するとき、創作戦略上の共同選択となる」[261]（大众化，成为徐坤和吉本芭娜娜在面对消费时代语境时，创作策略上的共同选择）と述べていることから、周閲（2005）に基づいて「顧客」や「供給」という概念を理解し、また同じく周閲（2005）に基づいて、吉本ばなな文学を、大衆文化に迎合するかたちで創作されたものととらえていることがわかる。

私見によれば、これはいわば代表的な例であり、周閲（2005）に基づいた上記のような吉本ばなな文学理解は、数多くの修士・博士論文や公刊論文に見られる傾向であり、これが先に周閲の箇所で「商業性」について詳しく検討した理由の一つでもある。これを論証するためには、そのすべての論文の該当する記述を抽出して検証する必要があるが、これは研究の主題から少し乖離し、どちらかと言えば周閲（2005）の研究に近くなってしまうため、ここでは、私見によればそのような傾向が見られるということを述べるにとどめ、この研究に関しては稿を改めることとしたい。

続いて吉本ばななの小説「キッチン」と同名の徐坤の小説「厨房」に関する修士・博士論文以外の論文を見ていくことにするが、これらの論考もその比較における結論的部分において、これと類似した解釈を示している。

邵娟（2009）は、両作品について、「二人の作家の『厨房』は、異なる文化と文学的背景の下に、異なるキッチンにおける物語と女性の心情を描き出している。徐坤の『厨房』における中年に至って事業に成功した枝子という女性にとって、キッチンは愛情を表現するための舞台として使われる、目的達成のために最適化された道具であった。吉本の『厨房』における少女みかげは、キッチンを拠り所とし、キッチンの清潔な秩序は、みかげに世界の安心と生活に勇気を与えたのである」[262]（两位作家的《厨房》在不同的文化及文学背景下，展示出不一样的厨房故事和女性情怀。对于徐坤《厨房》中的中年事业成功的女性枝子来说，厨房是被她用作表达爱意的舞台，是

为达到目的而使用的工具，而吉本《厨房》中的少女美影则是把厨房作为依恋之地，厨房的干净秩序给了美影人世间的安心和生活勇气）と述べている。

このような観点は、およそ次のように換言することもできるであろう。つまり、徐坤が描くキッチンは道具的であり、吉本ばななの描くキッチンは場的であると。これは以下の尹凤先（2018）における両作品におけるキッチンのとらえ方において、さらに明確になる。

すなわち、「徐坤の『厨房』における女性は、『枝子』のように、キッチンを出て、再びキッチンへと戻るまで、その一部始終を頑ななまでに自分の思いどおりに、生活スタイルを選択し、かつ改変させてきた。（中略）徐坤が女性のキッチンから離れて行くこと、及びここに回帰する心理だけに注目したのと異なり、吉本ばななは『キッチン』の女性にとっての作用をより重視している。（中略）みかげがキッチンに戻りたいと願い、また食べ物によって自分と他者の生存のために助けになる力を提供したいと望むとき、生命の意義と重さは、これによってレベルアップされるのである。（中略）吉本ばななは食べ物を、女性が自分の生命の価値を見出し、追求し、獲得し、かつ他者に貢献するようになるための媒介としたのである[263]」（徐坤笔下的《厨房》中的女性如〝枝子〟从走出厨房到重新回归厨房，其始终以自身的审美固执地选择和改变着生活形态。（中略）与徐坤仅仅关注女性的走出和回归心态不同，吉本芭娜娜更着重〝厨房〟对于女性的作用。（中略）当美影愿意走回厨房，愿意用食物来为自己与他人的生存提供支撑力的时候，生命的意义和重量因此而得到升级。（中略）吉本芭娜娜让食物成为女性发现、追逐、获取生命价值并温暖他人的介质）と。

ここで尹凤先（2018）がいう「作用」というものを、「生命の意義と重さは、これによってレベルアップされるのである」という表現に基づいてとらえ、かつ「食べ物」をキッチンに包括させてとらえるならば、これも次のように換言することができるのではないだろうか。つまり、徐坤が描くキッチンは通過点であり、吉本ばななの描くキッチンは媒介的な――すなわち単なる空間ではなく、作用する――〈場〉なのであると。

また、尹凤先（2018）は次のようにも述べている。すなわち、「徐坤の意識・思想体系における女性は、自分の生存の需要と現実の客観的な条件の間で、彷徨い、遊離し、そして迷うことにより重きが置かれている。しかし、吉本ばななにおいて描かれる女性は、すでに自分の生存価値と成長の方向を見出しているのである」[264]（徐坤意识形态中的女性，更偏重于自我生存需求与现实客观条件之间徘徊、游离、迷惑，而吉本芭娜娜笔下的女性却是已经找到了自己的生存价值和成长方向）と。

つまり両作品においては、キッチンが鍵概念あるいは鍵空間として重要な意味を占めているが、キッチンが通過点であれば、そこに登場する人物は、まさにそこを通過あるいは往復することで、「彷徨い、遊離し、そして迷う」ことになり、キッチンが媒介的な場であれば、そこに登場する人物は、そこで新たな「生存価値と成長の方向を見出し」て、再生していくのである。徐坤における「キッチン」が、少なくともそのような活き活きとした能動的なものでないことは、作家・徐坤本人も「『キッチン』は実のところある種のメタファーを形成しています。それは女性の社会における分業の中での抑圧と諦めを表しているのです。多くの女性が活躍できないのは、キッチンによって足を引っ張られるからであり、キッチンにいる時間が長すぎると、俗っ気が強くなり、頭が燻されてぼんやりとしてしまうのです」[265]（《厨房》其实构成一个隐喻，代表着女人在社会分工中的被迫和无奈。多数女人之所以难以成大器，就是由于厨房的拖累，待在厨房的时间太多，烟火气太大，脑子给薰得不清爽了）と述べているとおりである。

このような〈場〉としての『キッチン』あるいは吉本ばなな文学については、本書が吉本ばなな文学の性質を再考するうえでも関係してくることであるため、第七章で筆者の観点を提示するが、吉本ばななと徐坤における「家族」のあり方については、前に周閲（2005）の分析で参照した上野（1987、1988、1994）などの概念を再び援用することによって、以下のようにとらえることができるだろう。

すなわち、徐坤の「厨房」における枝子は、自発的かつ自由な選択において、結婚という不自由な、く降りることのできない関係に入ったものの、これを自ら放棄してビジネスにおいて成功を収め、そして再び自発的かつ自由な選択によって芸術家の松澤と、いわば「結成も解消も可能な関係[266]」に入ったものの、枝子が「不知为什么，就是想回到厨房，回到家（なぜかわからないが、ただただキッチンに帰りたい、家に帰りたい[267]）」と述べているように、やはり上野（1994）が「自発的で選択的な関係——したがって結成も解消も可能な関係——を、人は『家族』とは呼ばないということ、したがってある選択的な関係が『家族のような』という比喩で呼ばれるときには、その関係の基盤を選択的なものから絶対的なものに置き換えたいという動機が働いているということである[268]」と述べているように、この選択的なものを絶対的なものに置き換えたい、すなわち再び家族を手に入れたいと思うようになり、これを「結成も解消も可能な関係」を至上とし、また枝子とはパトロンと芸術家という、いわば経済的に非選択的な関係にあり、実利のためだけに何人もの若い女の子からの、自分の誕生日を祝うパーティの誘いを断りながら枝子の手料理を待っている松澤に対して、キッチンを介して迫ったところ、これを拒否されたというかたちになる。

吉本ばななの「キッチン」との相違は、枝子が自らその結婚という関係を降りたのに対し、みかげは初め自らの選択の自由を甘受してはいるが、それは肉親の死によって結果的に天涯孤独のみなしごとなっただけであり、自ら軽々しく関係を降りたわけではないということにある。そしてみかげは料理や食べ物、そして媒介として作用する能動的な場としてのキッチンを介して、再び自由な選択による関係へと向かっていくのである。

これまでの分析・考察によって、中国における吉本ばななの文学、とくにその「キッチン」についての著作・論文における受容の様相をミクロかつマクロな視点で明らかにしてきたが、次章では結論を急ぐ前に、まえの徐坤のインタヴューで登場した、香港映画『我愛厨房』をめぐって、中国における吉本ばななの文学の受容を検討してみたい。

第五章　吉本ばななの中国での受容——映画化と背景

これまで、中国における吉本ばななとその文学の受容の背景と経緯を概観し、そしてウェブサイトやソーシャルメディア、それからWEBアンケート調査サイトによるアンケートなどによって、中国の一般読者の吉本ばななと文学の知名度や感想・評価などを明らかし、また中国の学術研究、とくに修士・博士論文の傾向や実態と特色を示してきた。

これによって、中国における吉本ばななの文学の受容の基本的様相はほとんど明らかになったように思われる。しかし、ここでこれを整理して結論づけるのではなく、吉本ばななの中国での映画化に着目し、この映画監督による受容や、その監督の映画を見た映画評論家や観客などによる、いわば間接的な吉本ばななの文学の受容を、中国での吉本ばななの文学の受容のもう一つの側面ととらえて、その様相を明らかにしてみたい。

1 香港映画『我愛厨房（キッチン）』

そこで、現時点（二〇二〇年）で中国唯一の吉本ばなな文学の映画化作品で、「キッチン」を原作とする一九九七年の香港映画『我愛厨房（キッチンを愛してる）』を取り上げる。この映画の監督や制作背景、時代背景などの観点から分析・考察を加え、吉本ばななの小説「キッチン」の、ある一つの中国における受容の様相について、監督厳浩やその時代をふまえて明らかにする。

2 映画監督厳浩《イムホー》

この映画『我愛厨房』（キッチン）の監督は厳浩である。厳浩は一九五二年、八人兄弟の五番目として香港に生まれ、一九七三年にイギリスのロンドンフィルムスクールへ留学するまで香港で過ごしているが、本籍は江蘇省である。このため「内地」、すなわち中国本土に対して特別な思い入れがあり、これは後に映画監督として活躍する厳浩にとって重要なテーマの一つともなっている。

幼い頃より、香港の著名な作家で主著に『金陵春夢』などがあり、また香港の夕刊紙『新晩報』の主筆でもあった父親の厳慶澍《げんけいじゅ》の影響を受けて文学少年となった厳浩は、「小时候，家里有很多书，看书是我那时候最大的享受，我把《林海雪原》、《红岩》、《西游记》、《三国演义》等一大堆名著都看过了（小さい頃、家にはたくさんの本があり、読書は当時の私の最大の楽しみだったんだ。『林海雪原』、『紅岩』、『西遊記』、『三國演義』など多くの名著を読んだよ）」[269]と述べているように、数多くの文学作品に触れてその感性を養った。中学卒業とともに一度は銀行に就職するものの、「但是我做得不好。起初我做柜员，后来做会计。这三年来，我在文艺学会学习音乐作曲和法文，三年后，真是没有办法再在银行做下去（あまりうまくはいかなかった。はじめはカウンター業務を担当し、その後、会計業務を担当するようになったが、その三年間、私は文芸学会で音楽の作曲とフランス語を学び、三年後に、どうやっても銀行でやっていけなくなった）[270]」という厳浩は、もともとは映画よりも音楽、とくに作曲に興味をもっていたが、「因为我不会弹钢琴，想学的时候已经太迟了（ピアノができず、また学び始めようと思ったのが遅すぎた）[271]」。そのとき、偶然に知り合った「我姐姐一个拍广告的朋友（広告用の写真などを撮影する姉の友人）[272]」に映画の道を勧められ、「他是由伦敦电影学校回来的（彼がロンドン・ィルムスクールの卒業生）[273]」だったことから、この学校に興味をもち、ついに留学を決意するに至る。

人生の一大決心でありまた、自らの運命を左右する挑戦でもあるが、「你用什么资格来申请这所学校（どういった資格で受験をしたのですか）[274]」というインタビュアーの質問に、厳浩は、「照相。爸爸在我中学时，买了一个相机给我。那时，我每个镜头都照一组相。接着，我便写影评和手稿（写真を撮ることによってです。父が、私が中学生のときにカメラを買ってくれたんです。そのときは（引用者注：受験の時は）、各シーンごとにワンセットの写真を撮って、そして映画の批評と原稿を書きました）[275]」と答えている。このように、映画の世界へ足を踏み入れるための契機にも、父親の存在が関係しているのである。

このロンドンフィルムスクールを卒業後、「在香港无线电视台做了三年编导，写剧本，做导演，又做制片人，积累了很多经验（香港無線テレビ局で三年間、放送作家や脚本家、監督そしてプロデューサーなどを経験）[276]」した厳浩は、この間、多くの映画作品にも触れ、そして四人の映画監督に影響を受けたという。すなわち、ルイス・ブニュエル、小津安二郎、フランシス・コッポラ、ヤンチョー・ミクローシュであるという。小津については、張（2006）で張のインタヴューに答えて、「他的镜头语言很简单，基本上没有什么运动，但是很动情，很震撼，这个给了我很大的启示。（彼のカメラ言語はとても単純で、とくに大きな動きもない。だが、感情をつき動かされ、そして震撼させられる。彼の映画からはとても大きな示唆を得た）[277]」と述べているが、詳しくは厳浩の出世作『似水流年』のところで述べることにする。

その後、厳浩は于仁泰《うじんたい》と陳欣健《ちんきんけん》とともに映画会社を設立し、そこで一九七八年に監督初作品にしていわゆる「香港新波潮電影（香港ニューウェーブ映画）」、これについては次節で詳しく述べるが、その先駆けとも言われる『茄哩啡《チェリフェイ》』を撮った。「茄哩啡」とは、映画の「エキストラ」俳優のことで、この映画はエキストラ俳優である「伊雷」という主人公の悲惨な経験を描いた喜劇である。この映画が公開されるまで映画業界の業界用語でしかなかった「茄哩啡」は、この映画の公開後に香港文化の一部となり、「茄哩啡」といえば「小人物」のことを指すようになった。

続けて厳浩は翌一九七九年に『夜車』を撮る。これは若者が車を盗み、殺人を犯し、そして逃亡して逮捕されるまでを描いた作品であるが、当時の香港社会の暴力や無関心を背景とし、転がすたびに大きくなる雪の球のように、軽い気持ちで犯した罪が、取り返しのつかないところにまで至るということをテーマとして描いている。この脚本を厳浩は、もう一人の監督である舒淇《じょき》とともに執筆している。それから厳浩は一九八一年に『公子嬌』という喜劇を撮るのだが、「说真的，《公子娇》不是我想拍的影片，包括《夜车》，甚至《茄哩啡》

都不是我想拍的东西，（中略）这个片子是因为和公司有合约，同时又因为年轻，艺术上想的不很周全（本当のことをいうと、『公子嬌』は私が撮りたかった映画ではないのです。『夜車』、そして『茄哩啡』も撮りたかったものではありません。（中略）この映画は（引用者注：『公子嬌』は）会社との契約があり、また当時は私も若くて芸術的な観点で成熟していませんでしたので）[278]」と語っているように、決して本人が満足している映画ではなかった。しかも、この『公子嬌』は撮影中にアクシデントが起こり、撮影が一時的に中止に追い込まれている。

しかし、この撮影中止は厳浩にとって「虫の知らせ」であった。この撮影中止を機に、病気で臥せっている父を見舞いに行こうと思い立った厳浩だが、その飛行機に乗ったまさにその日、父の病が突如として悪化していたのである。厳浩は当時を振り返って、「假如那天不去北京的话，都不知道有这么严重（もしあの日、北京に行っていなければ、父の病状がこんなに重いことを知らなかったでしょう）[279]」と語っている。厳浩はその後、何日間かは父に付き添うことができたが、父はそのまま厳浩に看取られて亡くなっている。

このように『公子嬌』が撮影中止になったことで、父の死に目に会うことができた厳浩であったが、このときから厳浩は、「到底人生是怎么回事，爸爸哪去了？灵魂哪去了？（人生とはいったい何か、父はどこへ行ってしまったのか、魂はどこへ行くのか）[280]」といった精神世界の思索を始める。

そして、これらの問いの反映された作品が、一九八四年の『似水流年』である。監督本人の言葉を借りれば、これは「香港女孩去内地也是寻找生命的意义到底是什么？（香港（引用者注：内地で子ども時代をすごし、香港へ働きに出ていた）女性が、生命の意義とは何かを探し求めに内地へ帰る）[281]」という物語だが、この女性が直面する現実は、子ども時代の友人や恋人からの警戒心や敵対心、あるいは変化であり、また人間関係の脆さであり、そして香港と内地の「因为文化价值观上的差异而产生了一系列矛盾，误解和冲突（文化的な価値観の差異から発生する矛盾や誤解、そして衝突）[282]」である。

また、続けて厳浩が「她寻找的东西和我寻找的一样，我把自己回到内地的心态转化成这个具体的故事（彼女

（引用者注：『似水流年』の主人公である香港女性）の探し求めているものは、私が探し求めているものと同じなんです。（引用者注：この映画は）私自身の内地に帰るときの心境を具体的な物語にしたものなんです）[283]」と述べているように、ここで厳浩の「人生」や「生命」への問いは、同時に、自分はいったい何者かという自我や帰属などの問いへと深められており、『似水流年』はその意味で厳浩の背景、香港生まれで本籍は江蘇省、そして社会背景としての「反映了当时我们香港居民对内地的情怀（当時のわれわれ香港住民の内地に対する心境を反映したもの）[284]」となっていたのである。

そのために『似水流年』は、「香港新浪潮电影中艺术性最高的作品之一（香港ニューウェーブ映画の中で芸術性が最も高い作品の一つ）[285]」（南京師範大学孫慰川教授）、そして「严浩这部影片令人刮目相看，是不可多得的佳作，除了写实文艺性细腻入味之外，更可喜的是趣味盎然（厳浩のこの映画（引用者注：『似水流年』）は観る者に目を見張らせる作品であり、めったにない傑作である。文学的な写実的が繊細であるのみならず、実に深い味わいがあって素晴らしい）[286]」（石琪）などと評論されており、「是一部特别值得关注的严浩电影，有着里程碑式的意义。它不仅是严浩真正意义上的成名作，一举包揽了香港电影金像奖最佳导演、编剧、摄影、女主角等六项大奖，奠定了严浩在香港影坛的独特地位，而且也是他第一部真正自己想拍的有意思、有意义的电影。（特別に注目するに値する厳浩の映画であり、記念碑的な意義がある。厳浩の真正の意味での出世作であるのみならず、香港電影金像奨最優秀監督賞、シナリオ、撮影、主演女優賞など六つもの賞を総なめにし、厳浩の香港映画界での独特な地位を確たるものとし、しかも彼の最初の真正な意味で撮りたい作品で、興味深くかつ意義のある作品）[287]」（張燕）であると、きわめて高い評価を受けている。

続く『天菩薩』（一九八七年）は実話を題材として、これを厳浩が創作したもので、遠く中国本土の大涼山（四川省）まで赴いて撮影された。この物語は第二次世界大戦中、中国に来ていたアメリカ軍人が、中国のある少数民族——そこは奴隷制度が残っている[illegible]が、その奴隷主地区へ迷い込んで捕らえられてしまう。こしが、解放後に人民解放軍によって救い出され、晴れてアメリカへ帰国するという物語である。それから、続く『滾滾紅塵』（一九九〇年）もまた、抗日戦争と国共内戦を時代背景とし、中国の著名な作家である張愛玲と胡蘭成の実話を基に創作したものである。

『棋王』（一九九一年）は、台湾の作家張系国と中国本土の作家鐘阿城の二本の同名小説に基づいた作品である。中国本土の文革時代に生まれ育った棋王（中国将棋の天才）は、さまざまな規制や紅衛兵たちに翻弄される人生を送るが、九〇年代台湾の資本主義経済社会に生まれ育った棋王もまた、メディアや金銭などによって翻弄され、思いどおりの人生を歩むことができなくなってしまうという物語である。続く『天国逆子』（一九九五年）は、一本のルポルタージュを基にしたもので、中国本土の北方にある辺境の村が舞台である。ある母子は日夜、父による家庭内暴力にさらされていたが、あるとき、母は自分と息子を助けてくれた職工と関係をもち、夫を毒殺してしまうのだが、これを見ていた息子が後に母親のこの殺人を密告し、母親が死刑になってしまうという物語である。

そして、『太陽有耳』（一九九六年）も中国本土を物語の背景としているが、その時代は軍閥が割拠する一九二〇年代へと遡り、中国華北地方の貧しい農婦が、たった二つの饅頭のために夫に売られながらも、その売り飛ばされた先の匪賊のリーダーに惹かれ、かつて経験したことのない愛と敬意を受けて成長していくが、そのリーダーの変化で、ついに彼を殺すに至るという物語である。

このように厳浩の映画作品は、その早期は、『茄哩啡』、『夜車』、『公子嬌』など、当時の香港を題材とし、あるいは香港で制作されたものが多いが、『公子嬌』撮影中の父の死を契機として、自らのアイデンティティや命に関する実存的探求を開始し、香港と本土の関係をその時代と場所を生きる人々の内面から描き出そうとした『似水流年』を嚆矢として、その後の諸作品でも、台湾との関連のある『棋王』を除けば、すべて中国本土を描いていた。だが、これらに続くある作品で、再び厳浩は香港へと回帰している。

その作品こそ、吉本ばなな『キッチン』、とくにその「キッチン」と「満月―キッチン2」を原作とした映画作品『我愛厨房（キッチンを愛してる）』である。このような厳浩の映画作品の主題などについては、卓伯棠《たくはくとう》（2011b）や張燕（2006）も以下のように述べている。

「（引用者注：香港の）本土化に題をとる（引用者注：厳浩監督の）映画作品は、『茄哩啡』や『夜車』（一九八〇年）、『公子嬌』（一九八一年）などに代表される。『似水流年』（一九八四年）では引き続き、顧美華（引用者注：主演女優＝劇中の香港女性）によって「香港コンプレックス」を描いているが、その他の大部分では、中国大陸の農村を描いている。その後の『天菩薩』（一九八七年）、『滾滾紅塵』（一九九〇年）、『棋王』（一九九一年）、『天国逆子』（一九九五年）と『太陽有耳』（一九九六年）などはすべて内地（中国本土）に回帰しているが、『棋王』は台湾と関連しており、『我愛厨房』（一九九七年）では改めて香港の本土化の問題に回帰している。しかし、やはり（引用者注：厳浩監督の作品においては）終始中国本土との関係性が切っても切れない、忘れようにも忘れられないものとなっている。[288]」

「厳浩は（引用者注：香港）ニューウェーブの中でも、〝最も中国的〟な監督である。彼の映画を総覧してみると、『茄哩啡』、『夜車』、『我愛厨房』などのわずかな映画と早期のテレビ作品が香港というテーマに注目した作品である以外は、そのほかの最も重要な、そして最も突出した作品は、例えば『似水流年』、『滾滾紅塵』、『太陽有耳』など、すべて中国本土と関連するものである。これらの大半は中国本土で撮影されているのみならず、濃厚な中国情緒が存分にある[289]」

『我愛厨房』では、すでに上述したように再び香港へと回帰しているのであるが、これは厳浩にとって、父の死を契機として『似水流年』から開始された実存的問いに対する、ある一つの到達点としての回答であり、また父の死を受け容れられない想いを昇華させた作品でもあったのである。そのことを明らかにするため、次章からは映画の制作経緯などを概観しながら、当時の時代背景や映画に即した考察を行っていきたい。

3 「香港新浪潮電影」（香港ニューウェーブ映画）とは

厳浩の初監督作品『茄哩啡』について紹介したところで、「香港ニューウェーブ映画」について言及したが、これは厳浩という監督がどんな時代背景と位置付けで知られるようになった人物かにも関わるため、ここで少し詳しく述べておきたい。

卓伯棠（元香港無線テレビ局の放送作家、現香港浸会大学電影学院教授）は、『香港新浪潮電影（香港ニューウェーブ映画）』という主著の中で、次のように「香港ニューウェーブ映画」を解説している。

「1978年，香港电影工业突然平地一声春雷，涌出了一批新生力量，他们的年龄平均不超过三十岁，据保守的估计人数超过三十人。他们都是1950年前后出生的一代，绝大多数曾负笈美国或英国攻读电影课程，在70年代中回到香港，又在差不多的时间进入各个电视台——这个被誉为〝少林寺〟的地方，经过两三年时间的磨练，累积了拍摄剧情片的实战经验，掌握了熟练的电影语言呢，又不约而同地离开电视台，投身电影工业。他们抱着对电影高度的热诚，拍出一部部感性强烈、意念独特、内容扎实而又趣味盎然的作品。这批年轻人以锐不可当的姿态，掀起一股巨浪，为处于低潮的电影工业注射了一支强心剂，震撼之余，开拓了一个前所未有的新局面。而事实上，电影界一下子出现那么多新血，在香港电影史上，恐怕是史无前例的吧！当时的新闻媒体，以及评论界，将他们称为香港电影的〝新浪潮〟。（中略）香港最先以〝新浪潮〟名字称谓这批当时尚在电视台的年轻人是由唐书璇创办的影视评论杂志《大特写》1976年第1期，内文写有〝香港三家电视台都在积极培育新人，正掀起一道新浪潮，迫使前辈导演去求进步，从远处看，新的电影人才迟早会取代现时那些〝占着茅坑不拉屎〞的所谓大导演的〞。而同年出版的《明报月刊》亦对这批新锐人才以〝新浪潮〞出现有所期许：〝年轻的导演（指电视）无论在题材和风格方面都会和胡金铨、李翰祥和宋存寿等老导演有所不同。他们都将拍粤语片，亦将会重视本地的问题，我相信在两年之间，香港会有一个〝新浪潮〞。〞果然两年之后，他们的预期变成事实，到1978年，严浩、余允抗与于仁泰合组公司拍《茄哩啡》，徐克亦紧锣密鼓准备拍《第一类型危险》，当时的《大特写》更以〝香港电影新浪潮——向传统挑战的革命者〞为标题，对这批由电视进军电影的导演冠以〝新浪潮〞的称谓，并且寄予厚望。换言之，香港电影界将因为这批生力军的出现而更为蓬勃，他们代表了一股新的动力、新的观念[290]。

「一九七八年、香港映画業界は突如として新たな地平へ切り拓かれ、新たな力が湧き出てきた。彼らは平均三〇歳以下で、確かな人数は三〇人強。彼らはみんな一九五〇年代前後に生まれた世代で、その大部分はアメリカやイギリスの学校で専門的に映画を学び、七〇年代に香港に帰ってきた者たちである。そして、ほとんど同じ時期に、それぞれテレビ局に入り、それゆえ少林寺と称されるが、二、三年の鍛錬とドラマ撮影の実戦経験を積み、熟達した映画言語を手に、まるで言い合わせたようにテレビ局を離れ、映画業界に身を投じたのである。彼らは映画に対する強い情熱を抱き、一作一作とそれぞれ強烈な感性、独特の発想で、内容が充実し興味深い作品を制作した。この若者たちの破竹の勢い、そして彼らの引き起こした巨大な波濤は、低迷していた映画業界に対する大きな起爆剤となり、また震撼を与えたのみならず、未曾有の新局面を切り拓いた。事実上、映画界に瞬く間に出現したこれほどの新たな血は、香港映画史上に類例を見ない。当時のニュースメディアと評論は彼らを香港映画界の『ニューウェーブ』と呼んだ。（中略）香港で最初に『ニューウェーブ』の名称でこれらの流行りのテレビ局の若者たちを呼んだのは、唐書璇《とうしょせん》によって創刊された映画評論雑誌『大特写』（一九七六年第一期）の批評である。すなわち、『香港の三つのテレビ局は、それぞれ積極的に新人を育成し、「新浪潮（ニューウェーブ）」を巻き起こし、彼らの先輩監督たちに研鑽と成長を強いている。客観的な位置から見れば、彼ら映画界の新人は、遅かれ早かれ現在のいわゆる「ただその地位だけを占領してその内実の伴わない、いわゆる〝大監督〟」たちに取って替わることになると思われる』という記事である。また同年の『明報月刊』でも、これら新進気鋭の人材が『新浪潮（ニューウェーブ）』として出現することを期待して、『若い監督（テレビの監督を指す）たちは、テーマもスタイル、方向性もすべて胡金詮《こきんせん》や李翰祥《りかんしょう》、宋存寿などの年配の監督たちと異なる。若い監督たちは広東語の香港映画を撮っているが、また一方で内地の問題をも重視している。二年のうちに、香港には『新浪潮（ニューウェーブ）』が巻き起こるに違いない』と報じている。まさにこの二年後、彼らの予想は現実となる。一九七八年、厳浩、余允抗《よいんこう》、于仁泰による制作会社が『茄哩啡』を制作し、また徐克《ツイ・ハーク》が鳴り物入りで『第一類型危険』を準備していた。当時の『大特写』は、さらに『香港映画ニューウェーブ――伝統に挑戦する革命者たち』と題して、これらのテレビ界から映画界に進撃してくる監督たちに『新浪潮（ニューウェーブ）』という名称を冠し、また大きな期待をかけている。換言すれば、香港映画界は、これらの新鮮な戦力によって、繁栄を得ているのであって、彼らは新しいエネルギーと新しい観念を象徴しているのだ。」

つまり、「新浪潮（ニューウェーブ）」とは、マスメディアによって、この時代に新たに台頭して来た若手監督たちに与えられた名称であり、彼らの制作した映画が「香港新浪潮電影（香港ニューウェーブ映画）」と呼ばれた。そして、厳浩初監督作品『茄哩啡』（一九七八年）は、その「香港新浪潮電影（香港ニューウェーブ映画）」の嚆矢としてその幕を開いたのであった。

その厳浩自身が『映画：香港制造』の中で張燕のインタヴューに答えて、「新浪潮（ニューウェーブ）」について語っている箇所があるので、以下に引用してみたい。

「张：1978年，对你来讲是一个特别重要的年份，你和另外两位电影人成立了一个电影公司，准备创作后来被誉为〝新浪潮发轫之作〟的电影《茄哩啡》，也从此开始了长达二十多年的电影旅程。

严：是这样的。从无线电视台出来，我认识了于仁泰和陈欣健，一起组建了影力电影公司。什么是香港新浪潮呢？这可能是命运的安排，好像突然之间冒出来的，不知道为什么一帮年轻人到国外读电影，然后不约而同地差不多同时回到了香港。那时香港电影还不太接受我们，我们就进入了正在迅速发展的电视台。我们所有的新浪潮人几乎都是从电视台走出来的。20世纪60年代，法国掀起新浪潮，产生了很大的影响，戈达尔、特吕弗等导演在电影表现手法方面都有很鲜明的特点。一些国外读电影回来的电影人回到香港变成了影评人，他们觉得这个现象很特别，就把〝新浪潮〟放在我们这拨年轻导演身上，实际上那时我们还没有真正为香港电影做出什么贡献。所谓新浪潮就这么从我开始，我是第一个出来拍电影的。[291]」

「張：一九七八年は、監督にとってとくに重要な年であったと思います。監督とその他のお二人で映画会社を設立され、後に『新浪潮（ニューウェーブ）の先駆け的作品』と称される映画『茄哩啡』の制作を準備されましたね。またこれは監督のそこから始まる二十年以上もの長きにわたる映画の旅の第一歩ともなりました。

厳：そうですね。テレビ局を出て、于仁泰と陳欣健と知り合い、一緒に映画会社『影力』を設立しました。『香港新浪潮（香港ニューウェーブ）』とは何でしょうか。それは私に言わせれば単なる運命の仕業です。それは突如として現れたのです。なぜだかわかりませんが、一群の若者たちがそれぞれ国外に映画を勉強しに行き、そして言い合わせたかのように、ほとんど同じ時期に香港に戻ったのです。その当時、香港映画はあまり私たちを歓迎していませんでしたから、私たちは、当時急速に発展していたテレビ局に入ったのです。だから私たち『新浪潮（ニューウェーブ）』はほとんど、テレビ局から出てきたのです。二十世紀、六〇年代にフランスで巻き起こったニューウェーブはとても大きな影響を与えており、たとえばジャン＝リュック・ゴダール、フランソワ・トリュフォーなどの監督は映画の表現方法において、それぞれとても明らかな特徴があります。一部の国外で映画の勉強をして帰国した映画業界人は、香港で映画評論家になりました。彼らはこの現象を非常に特別であると感じており、『ニューウェーブ』という名称を私たちのような香港の若い監督に冠したのです。実際のところ、その当時、私たちは香港映画に対して、いかなる真正なる意味での貢献もまだしていませんでした。いわゆる『香港新浪潮（香港ニューウェーブ）』というのはこのようにして私から始まりました。最初にテレビ局から出て映画を撮ったのが私だったというだけなのです。」

4　厳浩が『キッチン』を映画化した理由

先にも述べたように、『我愛厨房』は、厳浩が香港へと――その舞台や撮影場所として――十余年ぶりに回帰した記念すべき作品であるが、この作品は厳浩自身がもっとも気に入っている作品でもある。

かつて厳浩は『厳浩電影講座』の中で、卓伯棠の取材を受け、「監督の代表作を三本挙げるとすれば、それはどの作品になりますか？ またその理由は？」[292]と問われた際に、次のように答えている。すなわち「『茄哩啡』から『夜車』までは、すべて完璧とは言えず、またよく理解できていない、成熟していない脚本でした。『似水流年』では、父が亡くなったことによって世界観が変化し、生命や人間関係、生死等のことについて描きたいと強く思うようになったのです。（中略）『天菩薩』や『棋王』はすべて運命について、つまり人が運命から逃れられないものであるということを描いたものです。『滾滾紅塵』は救いがなく、もの悲しい。これに比べれば『似水流年』の方が比較的、楽観的です。数年後に撮影した『天国逆子』の頃にはわずかに変化があり、『太陽有耳』を撮影する頃には、運命に対するとらえ方を再考するに至りました。しかしその後、人は運命を逃れることができないのではなく、人は自分の運命に対して責任を負うのであるというとらえ方をするに至ったのです。（中略）『我愛厨房』を撮影する頃には、人の夢というものを探究しました。そして、その頃には、人と人との間には、もういくらかの温かさや相互の理解、承認といったものが必要で、また生死に対する探究を怖れる必要はなく、それは生命に対するもう一つの探究なのだと考えるようになりました。私は『我愛厨房』が一番好きです、それはあの映画が最も温かな優しさと希望に溢れているからです。技術的な面から言えば、『太陽有耳』や『天国逆子』が比較すると完全な作品になっていますが、しかし私はやはり『我愛厨房』が一番好きなのです[293]」と。

このように厳浩は自身の映画における精神的な探求の旅路を、いくつかの段階に分けてとらえている。つまり、はじめの未成熟な段階から、運命に対する探究の段階、そしてついには人の生死を探求するに至る段階である。この生死を探求した作品が、監督の最も愛した作品となったことには、その創作背景と監督自身の生活経歴に必然的な関連がある。

先にも述べたが、厳浩は一九八一年に父を亡くした後、「人はなぜ生きるのか、そして生きる意義があるのかといったことの答えを探し[294]」始め、一九八四年に香港女性が内地に生きる意義を探しに行くという『似水流年』を撮影し、厳浩はエンドロール間際にそっと、「献給先父 以寄哀思 他的猝然逝世 孕育了「似水流年」的初生 严浩 一九八四年仲夏（亡き父に献じ 哀悼の意を寄せる 父の急逝はこの映画『似水流年』の生命を育んだ 厳浩 一九八四年仲夏）」という字幕を載せて父を追悼している。しかし、もし父の急逝というものが、厳浩の「父の死への想い」と「実存的な問い」の萌芽を培い、その探究や問いの始まりで過程の具象化が映画『似水流年』であるとすれば、厳浩が「父の死への想い」を昇華し、「実存的な問い」に満足のいく回答を与えたものは、一九九七年の『我愛厨房』であると考えられる。

「『我愛厨房』では運命に対するとらえ方を完全に離れました。なぜこの映画を撮ったのかといえば、私の父が北京で亡くなったことが関係しています。父の死後、私はずっと父を想っていました。非常に寒い農暦（引用者注：陰暦）十一月の夜、私は独りホテルを飛び出し、路上で夜空に浮かぶ月を眺め、強烈な親しみと同時に渇望を感じながらも、しかし永遠につかみ取ることができないという感覚を抱きました。これは私の父に対する感覚に似ています。私は心の中で永遠に父と会うことができますが、永遠に、父に触れあるいは父を抱くことまでできないのです。しかし、それでも父は永遠に私の心の中にいます。この感覚は非常に深く、後に日本で『天国逆子』の音楽を制作していた際、一冊の本に出会い、これを読了して非常に感動し、創作のインスピレーションを得ました。そして私は自身のすべての体験を、この『我愛厨房』に注ぎ込んだのです。『我愛厨房』の劇中における月をつかもうとする繊細な細部の描写は、私自身の切実な感覚に基づくものなのです[295]」

一九九四年に日本で吉本ばなな『キッチン』（英語版）を読んだ厳浩は、後に「あの本は、若者がはじめて経験する、愛するものの死を扱ったものです。私は非常に感動し、これは絶対に映画化しなければならないと考え、吉本ばななさんにご連絡をしました。当時、すでに父が亡くなってからしばらくの時間が経過していましたが、私は依然として父を強く想っていました[296]」、「原作を読んで、胸を揺さぶられる思いでした。涙が流れ落ちるのを抑えられなかった。それほど心を打たれたのです[297]」などと述べているように、夜空に浮かぶ月の如く、心の中でいかに想えども、亡くなってしまった愛する人、親しい人には、永遠に触れることすら叶わないという苦悩を体験をしていた厳浩は、吉本ばななの描く天涯孤独な主人公桜井みかげの「『絶望と再生の物語』、そして『成長』の物語[298]」に共感し、創作意欲を掻き立てられたのである。

一九九七年、『週刊ＡＥＲＡ』の取材で、なぜ『キッチン』にそれほど惹かれたのかと問われた厳浩は、「『無常。この世に永遠に続くものは何もない。死は人生の一部である。「キッチン」は、それを若者が理解する、という成長の物語なのです』、『そんな重いテーマを、カジュアルでユーモラスに語っている。同時に、とてもロマンチックな物語でもある』、『人生と死』というテーマは普遍的。だから、香港を舞台にしても移植が可能だった[299]」と述べているが、この言葉は、かつてばなながが述べていた「潜在的な読者になり得る層っていうのは本当に共通したものだと思うから、どういう質の人間がどういうときに必要として読むかっていうことに関しては万国共通だと思うから、その人たちに向けてうまく届けばいいわけで、顧客に向けてちゃんと供給されればそれで満足[300]」という言葉、そして鄭秋迪（2018）が着目する「（引用者注：国境や言語等の）さまざまな限定を超えて、互いの波長が合って共鳴していく[301]」ことを可能とする、「好きっていう場」（後述）としての吉本ばななの文学のあり方を見事に証明するものとなっている。

続いて厳浩にとっての実存的な問いにもつながる、中国本土と香港の問題を、歴史的な観点から概観し、吉本ばなな「キッチン」の中国における「インカルチュレーション（Inculturation）」としての香港映画『我愛厨房』の側面を探ってみたい。

5　香港映画『我愛厨房』と「九七問題」

一八四二年、清国はイギリスとの阿片戦争に敗北し、香港島をイギリスに割譲した。さらに一八六〇年には九龍半島を割譲し、一八九八年には新界を強制租借され、香港地区は終にその全土をイギリスの管轄下におかれることとなった。

その後、一九七九年三月二十四日から四月四日までの間、当時の香港総督クロフォード・マレー・マクレホースが北京を訪問し、ここで総督ははじめて中国に対して香港の今後に関する問題を提示した。当時の中国の副総理であった鄧小平は、かつてマクレホース総督に対して、「中国は一九九七年に香港に対する主権を回復する意向があるが、香港への投資者の利益は保障する」という旨の情報を香港経済界へ流してもらえるようにと求めていた。

一九七九年十月七日、当時の中国共産党中央首席兼国務院総理であった華国鋒は、ヨーロッパ訪問へ向かう準備をしていた際、ある記者発表の席で次のように述べた。すなわち「目下のところ、われわれとイギリス、及び英属香港政府との関係は非常に良好である。われわれは、会談を通じて、満足の行く方法によって香港、九龍、新界の問題が解決されることを信じます」と。これは中国がはじめて正式に香港の今後の問題について会談を通じて解決しようという姿勢を示したものである。

それから、一九八二年にイギリスのサッチャー首相が北京を訪問し、香港の今後について会談を行い、翌八三年七月十二日、中国とイギリスのはじめての正式な会談が開かれた。その後、このような会談は、翌八四年九月六日に最後の会談が終了するまでの間、計二二回開かれた――一九八四年十二月十九日、鄧小平は中国の指導者として、北京人民大会堂においてサッチャー首相と会見し、両国政府は協議に達し、香港問題に関する中英『連合声明』（中華人民共和国政府とグレートブリテン・北アイルランド連合王国政府の香港問題に関する共同声明）に共同で署名を行うに至り、一九九七年七月一日、ついに香港はイギリス直轄植民地（英属香港）としての期間を終え、中国へと復帰したのである。

一九七九年から一九八四年までの間、先に述べたように、中国とイギリスは壮絶なマラソン会談を行ったが、香港の主権問題は棚上げされ、香港は政治・経済において「受身」を余儀なくされた。そして一九九七年の中国復帰によって植民地の身分を脱した後も、そこには無視することのできない問題が依然として眼前に存在し続けていた。すなわち、復帰後、本土と香港の異なる政治、経済体系をいかに融合するかということである。

香港と比べて、大陸の時代遅れの経済状況が香港の繁栄した経済レベルと自由な資本主義市場に対して影響を及ぼすのではないかということが懸念されていた。香港人は香港の政治や経済の前景問題、そして中国・イギリス・香港三者の関係性について考え始めざるを得なくなったのである。

香港映画は時代を映す鏡のようなもので、香港人がはじめてこの「九七問題」に直面した際の、焦りや消極的な悲観、悦びや楽観といった感情の変化の過程を、自分たちの身分・立場に対する思索を記録しており、同時にこの時期の香港人の祖国や中国の伝統文化に対する異なる観点を反映している。

張燕（2006）は、「（引用者注：厳浩監督の）個人の創作の転変と香港の歴史的な転変は符合している。映画の中で展開される感情は香港復帰問題が確定した後の人々の心情と対応しているのである[302]」と指摘しており、また香港の著名な映画評論家である李焯桃《りしゃくとう》は、「『我愛厨房』（一九八四年）、『似水流年』（一九八四年）、香港と台湾のスターが主演した『滾滾紅塵《こんこんこうじん》』（一九九〇年）と三作鼎立し、さらにこれらは一つの三部曲を成していると言えよう。この三本の制作年は、すべて香港の重大な歴史的転換期にあたる[303]」と指摘している。

確かに香港復帰問題の決着がついた一九八四年、厳浩は香港人の復帰に対する感情の変化を反映させた『似水流年』を撮り、まだ情勢の落ち着かない一九九〇年、厳浩は「運命は必然的に時代の制約を受ける」ということを反映させた『滾滾紅塵』を撮った。そして『我愛厨房』は、いわゆる「九七」香港復帰間近に、厳浩が今一度、香港へと回帰して撮影された作品である。

この作品は、吉本ばななの原作小説「キッチン」と「キッチン2――満月」を融合した作品だが、原作の主人公「桜井みかげ」は、この作品の中では、より香港風情が感じられるAggie（富田靖子が演じる）という名前になっており、また、この「みかげ」の「祖母」という、重要ではあるが、しかし原作にも、またこの映画でも登場人物の会話の中以外にはほとんど描かれることのない人物にも、中国の大陸で生まれ、その後、香港に移り住むようになった香港人であるという背景設定が加えられている。とくにこの「祖母」の背景設定が、厳浩の父と同じだということに注意を払う必要があろう。

この「祖母」には、もう大陸に一人の親戚もいないのであるが、しかしずっと故郷へ帰りたいという想いをもっていたのであり、今際（いまわ）の際にも、最後に一目、自分の生家を見たいと言っていた。その願いも虚しく「祖母」は亡くなってしまうが、Aggieはこの「祖母」の願いに導かれるようにして、またその願いを替わりに叶えてやるために、傷心の中、一人大陸へと戻り、その家のキッチンに居ついてしまう。これは虫の知らせで北京に赴き、父の最期を看取った厳浩を想起させるものである。

またこの「祖母」の友人であったLouie（陳小春が演じる）――原作の「田辺雄一」――は、「祖母」を弔うために、はるばる香港から中国本土を訪れた。そして原作と同じく、Louie と Louie の性転換した「母親」である華姐《ファージェ》――原作の「えり子さん」――は、Aggie に一緒に住まないかともちかけ、また自分の子どものように世話をする。華姐が恋人――原作ではストーカー――に殺されてしまうと、Louie は絶望し、その悲しみを忘れるために祖国の内地、四川省へと旅立つ。Aggie もまたヨーロッパへと料理修行に旅立ってしまうが、死と挫折の人生の貴重な体験を経て、再び香港へと戻り、二人は新しい生活をはじめる。

この作品はその多くのシーンで香港と大陸の間の差異を対比的に描いている。その開始直後で Louie は大陸を訪れ、タクシーに乗って「祖母」の家を目指すのであるが、そのタクシーのバックミラーには毛沢東の肖像が描かれた装飾品がぶら下がっており、さらに当たり前のように道を通る牛車や行交う大陸の人々の素朴な服装が、Louie の誇張され、またいささか前衛的すぎるファッションとの強烈な対比になっており、また、この短いシーンの中においても大陸と香港のあからさまな物質的差異が浮き彫りにされている。

先にも述べたように、華姐が亡くなり、Louie は失意のうちに香港を離れ、大陸の辺鄙な田舎に引き籠もる。そこは美しき祖国であるはずであるが、しかし祖国は却って荒れ果てた、活き慣れぬ土地として Louie の前に立ち現われる。吉本ばななの原作と同様、ここに Aggie は現れることになるのだが、四川の険しい山道を抜け、舗装されていない凸凹の道を通り、ほとんど聞き取れない四川方言を話す運転手の、ヘッドライトの壊れたボロボロのタクシーに揺られ、真夜中に壁の剥がれ落ちた心霊スポットのような「招待所」――文革時代はホテル業などがなかった（民間のビジネスが禁止されていた）ため、各地に公用の宿泊施設があり、改革開放後も安宿としてそのまま営業されていた――にたどりつくという様子は、伊豆の旅館から某市の旅館へとタクシーを飛ばし、ロマンチックかつ颯爽とカツ丼を届ける原作とは大きく異なり、おどろおどろしい雰囲気に包まれたシーンとなっている。

このように香港映画『我愛厨房』は、その原作でも主題とされる、若者が愛するもの、親しいものの「死」

を乗り越えて、他者とともに生きるということに希望を見出していく物語としてとらえられるのみならず、原作を中国本土と香港の関係性、さらにいえば「九七問題（香港問題）」という中国香港独自の観点から読み解こうとした試みとしてもとらえることができるのであり、それは石琪《せきき》も指摘するところである。

「香港が祖国に復帰する年になって、厳浩はこの〝香港復帰〟作を撮った。物語は政治とはまったく無関係だが、しかし私たちはこの作品に中国コンプレックスを見出すことはむずかしいことではない。〝はるばるカツ丼を届けるシーンは、原作小説で最も感動的な物語の白眉であるが、はるばるといってもそれは日本国内のことである。しかし厳浩はこれを香港から大陸へと、さらにドラマチックに改編している〟タクシーの中で真っ暗になってしまうというアクシデントが起こったとき、ヒロイン（引用者注：Aggie）はこの大陸のタクシー運転手がよからぬことを考えているのかと怖れるが、それは単純な誤解で、運転手はただ彼女に懐中電灯で道を照らしてもらいたかっただけなのであった。私見によれば、このシーンはこの作品の中でもとくに神がかり的に見事なシーンで、香港人の大陸人に対する懐疑心を、そして実のところ、そんな疑いは必要ないかもしれないし、ともに手を取り合い、力を合わせて困難を乗り越えていけるかもしれないのだということを、リアルに描き出している」[304]

また孫慰川（南京師範大学教授）は、この『我愛厨房』について、「Louieもまた唯一の親族——羅家英の演じる性転換した「母親」——を亡くし、その後、Aggieと同様に自殺を考える。だが悲しみを忘れるために一時的にこの香港という悲しみの地を離れる。しかし彼はイギリスにもカナダにも、その他のいかなる場所でもなく、祖国の内地、四川へと赴くのである。だが彼は四川の激辛料理を食べ慣れず、簡素な旅館にも泊まり慣れない。これは香港人の祖国への愛と、そして、その祖国の現状に対する一時的な不慣れという矛盾した心情を、生々しくかつ典型的に映し出したものである。キッチンは家の象徴であり、また家族愛や母親の象徴であり、もっとも安全で、もっとも焦りを解消するのに適した空間の一つである。厳浩はこの映画を『我愛厨房（引用者注：キッチンを愛してる）』と命名し、焦りと不安を具有した香港人の、家族愛や祖国という母親の愛に対する強烈な渇望を表現したのである」[305]と述べている。

つまり、この『我愛厨房』で厳浩は、自分の「父」を重ねた「祖母」や「華姐」の「死」をめぐって、厳浩自身を重ねたAggieとLouieという二人の若者が、「月をつかもうとするが、かえって触れることすらかなわない」という絶望から、中国本土の「祖母」のキッチンや香港の「華姐」のキッチン、そしてはるばる香港から中国本土の四川省へと食事を届けることを通して救われ、筆者なりに言えば「月をつかもうとし、触れられないことを悲しむのをやめて、月が照らしてくれていることを悦ぶ」という、人生の無常を悟りながらも、そこになお他者とともに生き、そして死んでいくことの悦びを見出すさまを描くことで、自らの父への想いを昇華させるとともに、AggieとLouieが香港と本土を行き来し、そこに表層的な落差と同時に深層的な親しみを見出すさまを描くことで、その政治・経済的な落差を乗り越えて、中国本土と香港が、そこに住む人々がともによりよい明日を目指して生きていけるという希望を示し、そして自らの香港と本土に揺れる自我を見事に統合させた作品になっている。

この映画のエンドロールには、満月が漂っているが、Aggieの家のキッチンにおける、AggieとLouieの楽しげな食事から移り変わるそのエンドロールでは、もうだれもその月をつかもうとはしていないし、それはすでに絶望的な悲しみの象徴などではない。中国において満月は「団圓《トゥアンユエン》」、すなわち、家族団欒や円満という意味を有しているのであり、これはAggieとLouieの「団圓」のみならず、中国本土と香港の「団圓」を意味しているのである。

映画名（中国語）	日本語名	公開年度	興業収入（香港ドル）
茄哩啡	茄喱啡	1978	2,605,537
夜车	夜車	1979	2,462,703
似水流年	ホームカミング	1984	4,556,416
天菩萨	天菩薩	1986	5,129,922
滚滚红尘	レッドダスト	1990	6,656,716
棋王	棋王	1990	1,151,165
天国逆子	息子の告発	1994	1,146,765
我爱厨房	Kitchen キッチン	1997	1,322,595
庭院里的女人	楽園の女	2001	11,765,000
鸳鸯蝴蝶	鴛鴦と蝶々	2005	90,740
浮城大亨	浮城（うきしろ）	2012	9,038,000

表６　厳浩の監督作品とその興行収入[306]

6　『我愛厨房』の興行成績と評価

このように、父への想いを昇華し、そして香港の中国本土への復帰直後の微妙な関係性を描いた『我愛厨房』は、一九九七年の第四七回ベルリン国際映画祭の金熊賞にノミネートされ、さらには同年八月の第一回韓国富川国際ファンタスティック映画祭でグランプリを受賞、また一九九八年の第一七回香港電影金像賞の最優秀助演男優賞に「華姐」役の羅家英がノミネートされるなど、国内外で高い評価を受けた。

しかし興行成績は思わしくなく、以下の表にあるように、厳浩監督のその他のいくつかの映画の興行成績と比較してみても、『我愛厨房』の一三二万二五九五香港ドルという興行収入が、決して高いものではないことがわかるだろう。この中で最も高い興行成績を誇る、『庭院里的女人』（楽園の女）の一一七六万五〇〇〇香港ドルと比較してしまうと、これは『我愛厨房』の九倍近い金額にあたり、むしろ『我愛厨房』は、興行収入的には厳浩作品の中でも下から数えた方が早い、「コケた」作品と言えるのである。

（1）評論家による感想・評価

香港のネット上における、この映画についての評論の中にも、次のように記されている。すなわち「この映画は当時あまり人気がなく、評価もまたかなり分かれるところである（電影當年唔叫座，評價亦相當參差）[307]」と。

さらに、香港の著名な映画評論家である李焯桃は、『三部曲終結編』の中で、次のように述べている。すなわち「厳浩が吉本ばななの小説を改編した『我愛厨房』は、彼が（引用者注：香港から）北へと上り、中国大陸で十数年にわたって映画を撮ってきて、初めて香港本土へ戻って撮影された作品である。しかし、まずベルリン国際映画祭でノミネートされるが、結局は何も受賞できずに帰ることになり、また香港国際電影祭のオープニング作品として上映され、その後、間もなくして一般公開されるが、興行成績と評論の反応は思わしくなかった[308]」（嚴浩改編吉本芭娜娜小說的《我愛廚房》，是他北上大陸拍片十多年來，首度重返香港本土之作。但先是參賽柏林無功而還，作為香港國際電影節開幕電影後不久推出公映，票房和評論反應也並不理想）と。

李焯桃は『我愛厨房』を評して、「確かに厳浩作品の中でも、できのいい作品とは言えない。技法は水準を保っており、また映像はできる限りの意匠を凝らしてあり、大量のモノローグとナレーションは、人生の感慨をいっそう満たさせている。それにもかかわらず、惜しむらくは過剰な感傷が露出されてしまっているのである[309]」（影片的確不算嚴浩的佳作。儘管技法保持水準，影象刻意求工，大量獨白及旁白更是充滿人生感慨，可惜卻流於外露且過分感傷）、しかも「この映画は香港を主題としているのにもかかわらず、そのシーンのほとんどは室内（二つのキッチンだけ）に限られている。街の景色といえば、窓ガラスに映る歪んだ街並みでなければ、細雨の中で曇った、あるいは雨雲に覆われたビクトリア・ハーバーくらいのものしか描かれていないのである。厳浩は長く中国国内を舞台として映画を撮影してきたため、香港へ返ったばかりで、一時的に慣れない状況に陥っていることは明白だ。その自分の憂鬱を、その空想のままに投影し、香港を長雨がしとしとと降り続く（哀傷的）雰囲気で撮影したのである。したがって、九七前夜の香港の作り笑いと、そして香港と中国大陸の明日がよりよい社会の雰囲気であるようにと願う現実と、彼の映画は乖離してしまっているのである」[310]（影片儘管以香港為主，場面卻大多局限在室內（甚至只是兩個廚房）；城市景觀不是扭曲的玻璃倒影，便是煙雨迷濛或陰霾密佈下的維港。嚴浩長期在國內取景拍片，乍返香港顯然一時未能適應。將自己的憂鬱憑空投射，把香港拍成充滿淫雨霏霏（哀傷）的氣味，自然跟九七前夕強顏歡笑、期望明天會更好的社會氣氛脫節了）。

石琪も『我愛厨房』について、「厳浩はとても心を込めて撮影しており、映像の変化も多様である。当時流行りの香港映画の中ではきわめて珍しく、真剣に帰属を追い求め、本当の愛を追い求める文芸作品である。しかし惜しむらくは、さまざまな手段を用いてしまい、かえって蛇足になり、漠然とした混乱に陥って、原作の清新な鮮明さを失ってしまっている」[311]（严浩拍得很用心，映像变化多端，成为时下港片中难得的认真追寻归属、追寻真爱的文艺作品。可惜过于卖弄花巧，偏于迷茫混乱，失去了原著的清新真切）と指摘している。また別の箇所では重ねて、「平易で親しみやすい、そしてさっぱりとした食欲の出るものを期待していたのに、ところがどうして、醤油を入れて、ソースをつけて、もともとの食材の味が失われてしまっている」[312]（本来以为前者平易亲切爽口开胃，哪知加色添酱太多，失了原味）と評しており、このような評論は先の李焯桃による「過剰な感傷が露出されてしまっている」や「自分の憂鬱を、その空想のままに投影し」、「（哀傷的）雰囲気」といった指摘などとも共通するものである。

石琪はさらに原作にも踏み込み、これに言及して『我愛厨房』を比較しながら、その問題点を具体的に指摘する。

「吉本ばななの原作は非常に簡単でわかりやすいものであり、その長所はまさにそのシンプルな直感によって人生の迷宮に立ち向かうというところにある。方向があるかないかということは問題ではなく、自ずから然るべきところに従うならば、感情も面白さも伴うはずである。厳浩はあまりに複雑に改編してしまった。しかも絶えずセリフで心境を説明し、さまざまな手段で画面を飾り立てている。また、香港の現代的な雰囲気を描き出し、中国大陸の辺鄙な貧しい田舎と対比させている。私はこの映画は、語りたいことや飾りたいものが多すぎる映画だと思う」[313]（吉本芭娜娜的原著很简单浅白，优点正是以简浅的直感面对人生迷宫。有无方向不要紧，顺乎自然便有情有趣。严浩则改编得非常繁复，不断用说话来解释心境，用花巧来粉饰画面，又要渲染香港现代感，还对比着大陆的穷乡僻壤。我觉得此片说得太多、扮得太多了）

これも手厳しい評論であるが、確かに原作と比べてしまうと、あまりに多くのメッセージが込められてしまっているという複雑感は否めない。もちろん、中国大陸との対比は「九七問題」に関連するものであるし、李焯桃の指摘する監督厳浩自身の想いというものも、住み慣れぬ故郷香港と中国大陸の関係として「九七問題」に関連するものであり、また厳浩の父への想いも、厳浩の生い立ちと香港の大陸への想いと重なっているため、この映画の深層テーマはまさに「九七問題」で一貫されていると言えるのである。

しかし、劇中ではまさしく原作に基づいて『キッチン』のストーリーが展開されるのであって、そこへさまざまな映像表現を通して、深層テーマが溢れ出てくるため、あれもこれもという「語りたいことや飾りたいものが多すぎる」印象になるのであろう。

石琪は続けて、「吉本ばななの原作小説の長所は、非常に女性的であり、また非常に軽快にかつ表層的に、死と変異に向き合うのであるが、しかし温かみのある優しさや面白みを失っていないところにある。（中略）原作のヒロインはキッチンを非常に愛し、キッチンをもっとも親しみやすい、安全な場所であると思っており、平常心と日常茶飯事（引用者注：ここでは「日常の食事」と二重の意味で用いられていると考えられる）をもって人生のさまざまな無常や挫折を克服していくのである。もちろん、厳浩がこれを改編して香港化し、また男性化するのはまったく構わない。しかし問題は、あまりに多くのさまざまな手段を用いすぎて、派手に騒ぎ立て、飾り立てることで、かえって真実を失ってしまうことである。」[314]（吉本芭娜娜原著小説的优点，在于很女性，很轻很浅地面对死亡和变异，而不失温情乐趣。（中略）书中女主角最爱厨房，认为厨房最亲切安全，就是以平常心，以家常便饭来克服人生种种无常挫折。严浩的改编变为香港化、男性化，当然可以，问题是使用太多〝掩眼法〞花巧，大锣大鼓整色整水，反而失真。）と指摘する。

このように、香港の著名な映画評論家たちはこぞって、「香港ニューウェーブ映画」を牽引する厳浩監督が、一九九七年を選んで撮影した『我愛厨房』の深層テーマである「九七問題」――とくにその、香港人の九七香港本土復帰に際しての複雑な心境と両者の間の微妙な関係性――を見抜いている。しかしいずれの評論家も、原作に比べて厳浩の映画『我愛厨房』は、あまりに多くのものを詰め込みすぎており、原作の自然な純朴さが失われていることを指摘している。彼らの中ではやはり、このために映画の内容が複雑化し、また混乱することによって、かえって原作の清新さや自然さが描けていないことが、その高くない評価につながっていると言えるであろう。

（2）鑑賞者による感想・評価―「豆瓣電影」サイトを中心に

一般の映画鑑賞者、愛好家たちがそれぞれの映画についての評価や評論・感想を投稿できる豆瓣電影《ドウバンディエンイン》（映画）というサイトでも、この映画に対する総体的な評価点は、七・四（一〇点満点）で、決して高い評価点とは言えず、中の上といったところである。

この豆瓣電影で、『我愛厨房』は「ラブストーリー」のジャンルに分類されているが、二〇一九年九月時点で一〇八六名の観客が評価をつけている。その評価点は五段階の星で分けられるが、この『我愛厨房』に対して、星一つの評価をつけているのが、その観客全体の一・九%、星二つが五・四%、星五つの最高評価が二一・五%を占めている。そして、もっとも多いのが星三つ、星四つの評価で、星三つが三四・六%、星四つが三六・六％で、この平均の総体的な一〇段階評価七・四は、豆瓣電影で評価されているほかの六〇％の「ラブストーリー」映画の評価を超えている。

　次に評論・感想についてだが、先に見た著名な映画評論家の評論が、「九七問題」に注目したものであったのに比べて、この豆瓣電影の一般鑑賞者による評論・感想では、この映画を「九七問題」と関連づけたものはほとんどなく、結論から先に述べると、その大半が（1）この映画の内容自体の評論と、（2）劇中のキャラクター（役）の人物造形、（3）この映画と吉本ばななの原作の比較、（4）音楽に集中している。以下、豆瓣電影の機能を用いて『我愛厨房』への「評価」を「好評価」、「普通」、「悪評価」に分類したうえで、それぞれの「評価」の中で評論・感想の傾向、すなわち、何を評価したのかを整理分析することを試みた。

　現時点での「好評価」[315]の評論・感想（コメント）総数は一二八個で、これは豆瓣電影の機能を用いた統計によれば、「評価」全体の六一％を占め、一般鑑賞者の半数以上が「好評価」であることがわかる。[316]この「好評価」をつけた一般鑑賞者（ユーザー）の評価の傾向は、五種類に分類することができる。ただ、最も多かったのは「（1）判定不能」（八六個）だが、これはそのコメントが、映画の中に出てくるセリフを書いたものや、映画とかけ離れたもの、たとえば「バレンタインの意外な掘り出し物」（おそらくバレンタインデーにこの映画を観たのであろう）や、とにかく「よい」ということだけを述べているものなど、映画に対する評価やそのポイントが明示されていない感想である。

　次に多かったのは「（2）キャラクター（役）の人物造形」（一八個）を評価[317]したもの、そして「（3）映画のできや技術、雰囲気」（一八個）を評価したものである。次いで多かったのは「（4）音楽」（六個）や「（5）原作」（三個）を評価したものとなっている。なお、それぞれの傾向のコメント総計は一三一個で、「好評」の総数一二八個を超えているが、その理由は、一つのコメントからいくつもの評価を抽出できるもの、たとえば、キャラクターと音楽を評価するコメントなどが存在するからである。「好評価」のこれらのコメントで代表的なものを、いくつか訳して示しておこう。

【好評価】

1　好評価＋判定不能（八六の評論・感想）

前述の理由により、これについては抽出しない。

2　好評価＋キャラクター（役）の人物造形を評価（一八の評論・感想）

杨 - 榕 看过 2010-09-27（ハンドルネームと掲載日、以下同）

印象中最深刻的是罗家英演的父亲，为了怀念逝去的老婆，把自己变性成为了女人。这是怎样的一份想念呀。。。

（もっとも印象に残っているのは、羅家英の演じる父親だ。亡くなった妻を懐かしむために、自分が性転換して女性になった。これはいったいどんな想いなんだろうか。）

cchu 看过 2006-04-24

不那么日本。而让人刮目相看的是，罗家英。

（あまり日本ぽくない。しかし、何と言っても、刮目させるのは、羅家英だ）

捕梦网 看过 2016-10-19

富田靖子真的好可爱啊，尤其是后半段，越来越美

（富田靖子は本当に可愛い。とくに後半、どんどん美しくなる）

何夫 看过 2018-08-25

可惜最后女主演技崩了。我很喜欢这部电影

（惜しいのは、ヒロインの演技が崩壊しているということ。私はこの映画が好きだ。）

3　好評価＋映画の技術やでき、雰囲気を評価（一八の評論・感想）

心像凌晨四点天的蓝 看过 2006-10-13

那个时候看的片子都好经典啊，过了这么多年感动的记忆还是那么清晰存在著，现在，那种全世界倒塌的心痛我也已经历过：那让人迷醉的深深的蓝，空气中化不开的雨的气息，在屋顶上伸手想要抓住月亮的偏执和无助…那些轻松的调子讲述所有悲伤的情节，人生大抵就是这个样子把

（あのときに観た映画はみんな非常に古典的だ。これだけ年を経ても、感動した記憶はまだはっきりと残っている。現在の私は、すでにあのような全世界が崩壊するような心の痛みを経験している。あの、人を夢中にさせる深い深い青色、空気の中に溶けない雨の気配、屋上の上で手を伸ばして月をつかみたがる偏執と絶望、これらの気軽な調子ですべての悲しいストーリーが語られる。人生はたいてい、このようなものだろう。）

秋实 看过 2013-04-26

就是喜欢严 浩这个调儿，诗意的旁白，音乐的渲染~~~~~~

（こういう厳浩のフィーリング、詩的なナレーション、そして雰囲気を演出する音楽が好きなんだ）

Parachute.cpp 看过 2013-10-12

冰冷的蓝色和暧昧的红，镜头挺美，悲伤的感觉体现得很到位，比原小说高明很多。

（冷んやりとした青色と曖昧な紅、シーンは美しく、悲しみを十全に体現していて、原作よりもずっと優れている）

_Kiki 看过 2019-06-12

融合得非常好 故事在香港落地生根了 很多细节补充让人物更加立体 台词的前后呼应 镜头语言太大胆了现在畏畏缩缩真是强烈反差 最后 为配乐疯狂打 call

（バランスがとれている。ストーリーは香港に文化的に適応されている。多くの細部の工夫が人物をさらに立体的にし

ている。セリフの前後のやりとり、カメラワークは、なんて大胆なんだ。いまの縮こまったようなものとは、本当に強烈な違いだ。最後に、この映画の音楽に喝采を送ろう）

陈大五 看过 2012-08-03

小文艺、小情调、小笑料、小悬念，用小品的方式演绎人事变迁，分分合合。没有王家卫那种过重的强调，旁白恰到好处，除了开头过于阴冷无法入戏外，后面越来越棒……很多之后的文艺片都有这部片子的影子如《花样年华》《岁月神偷》…绝对的经典！

（少し文芸的で、少し雰囲気があり、少し笑えて、少しサスペンス。コント方式で人間の変遷や出会いと別れを演出する。王家衛（引用者注：中国の著名な監督）ほど過度に強調されてはいないし、ナレーションもちょうどいい場所にあり、オープニングが薄ら寒い雰囲気で映画に没入しにくいことを除くと、後半はどんどん素晴らしくなる。後の文芸映画の多くは、みんなこの映画の影響を受けている、『花様年華』や『歳月神偸《さいげつしんとう》』のように。この映画は絶対に映画の古典だ。）

夜舞 看过 2012-08-31

严浩敢于把一部成功的日本小说嫁接到香港电影上来就是一个很令人敬佩的举动，找了很久的一部老片子，实事求是的说，虽然离原著还有一点差距，但毕竟那文字的力量是无法用镜头感所取代的，严浩的翻拍还是挺成功的，虽然充斥了哀伤和死亡的一部电影，但是导演把它都处理的淡淡的，超越生死生命才得以流转

（厳浩が果敢にも、成功した日本の小説を香港映画に移したことは、本当に敬服させられる行動である。これはずっと探していたレトロな映画で、はっきり言うと、原作とはやはり大きな差があって、原作に及ばないけれど、結局、文字の力は映像によってとてももとって代わることができないものだ。それでも、厳浩の映画化は非常に成功していると言えるだろう。哀愁と死に満ちた映画ではあるけれども、監督はこれをうまく、そして淡々と処理しており、生死を超えて、生命は、初めて連綿と続いていくことができるのだ）

4　好評価＋音楽を評価（六の評論・感想）

天生我狂 看过 2015-02-28

主題曲不错

（主題歌が素晴らしい）

5　好評価＋原作を評価（三の評論・感想）

黑狗成 看过 2014-04-19

吉本芭娜娜出色原著和严浩的标准力度。

（吉本ばななの傑出した原作と厳浩の安定したクオリティ）

現時点での「普通」[318]の評論・感想（コメント）総数は六九個で、これは豆瓣電影の機能を用いた統計によれば、「評価」全体の三一％を占めるものである。この「普通」をつけた一般鑑賞者（ユーザー）の評価の傾向は、五種類に分類することができる。ただ、その中で最も多かったのは、ここでも「（1）判定不能」（四〇個）である。これもまた映画の中に出てくるセリフや、あるいは映画とかけ離れたもの、たとえば「お腹空いた」や、「よくわからない」や「小さい頃観たがよくわからなかった」などと述べているものの、映画に対する評価のポイントが明示されていない感想である。

次に多かったのは、「（2）映画の出来や技術、雰囲気」（一六個）を評価したもの、「（3）原作と比較」（一〇個）して評価したものである。さらに、次いで多かったのは「（4）キャラクター（役）の人物造形」（八個）、「（5）音楽」（二個）を評価したものとなっている。なお、それぞれの傾向のコメント総計は七六個になり、

「普通」の総数六九個を超えているが、その理由は、一つのコメントにいくつもの評価を抽出できるものがあるからである。「普通」のこれらの傾向のコメントで代表的なものを、いくつか以下に訳して示しておこう。

【普通】

1 普通＋判定不能（四〇の評論・感想）

前述の理由により、これについては抽出しない。

2 普通＋映画の出来や技術、雰囲気を評価（一六の評論・感想）

RORO 看过 2011-05-28
3.5 情绪一流，略显拖沓。
（劇中に流れる情緒は一流であるが、いささかだらだらと間延びしている。）

半袖 看过 2011-02-16
算是港片中的另类，但鬼气森森的，又很不爽快，看的憋得慌，更别谈有所感悟了。但罗家英的确赞（一星给他），富田靖子的确美。
（香港映画の中の例外と言えるだろう。だがおどろおどろしい雰囲気で、爽快ではなく、圧迫感があって、感想など述べられるわけがない。でも、羅家英は確かに素晴らしい（彼に星一つ）富田靖子は確かに美しい。）

莜麦 看过 2014-09-06
其实严浩整体的把握都挺好的，包括一些细节的添加和处理，只是情绪始终无法带入…ps: 罗家英的感觉太棒了！
（実のところ、厳浩は全体的なコントロールはよくできている、細部の追加や処理を含めて。ただ、情緒が始めから終わりまで没入できない。ps: 羅家英のフィーリングは素晴らしい！）

废柴 看过 2013-11-29

早先看过吉本芭娜娜的《厨房》，对比电影，蓝色调的处理对表达人物心情和世事无常有其恰如其分的描绘。

（すいぶん前にすでに先に吉本ばななの『キッチン』を読んだ。映画と比べると、青い色調の処理は、人物の心情とこの世の無常を表現するのに、ちょうどいい描写がある。）

3　普通＋原作と比較して評価（一〇の評論・感想）

兔小姐 看过 2010-10-26

曾经幻想出来的经典，在看过原著后，只能表示，氛围表现得完全不到位，不及小说的一半。（以下略）

（かつてこの映画を古典であると想像していたが。原作を読んだ後、雰囲気の表現が、まったくできていないとしか言いようがない。小説の半分にも及ばない。）

海绵 看过 2010-03-08

严浩这次改编得不好，情节支离破碎。和原著差太多。。。

（厳浩の今度の翻案はよくない。ストーリーが支離滅裂だ。原作と違いすぎる……）

海风吹拂小当当 看过 2013-12-13

文艺得有点过头啊，还是原著好～

（文芸的すぎる、やはり原作のほうがいい）

4　普通＋キャラクター（役）の人物造形を評価（八の評論・感想）

これについては、「好評価」に挙げたものと、その記述内容がほとんど変わらないため、代表的な例は挙げない。

5　普通＋音楽を評価（二の評論・感想）

一只鸡 看过 2011-01-22

分了两次看完，都看得昏昏欲睡～大友良英做的原声还不错

（二回に分けて観た。つまらなくて二回とも観ながらうとうとしてしまったんだけど、大友良英のオリジナルの音楽は素晴らしい）

現時点での「悪評価」[319]の評論・感想（コメント）総数は一三個で、これは豆瓣電影の機能を用いた統計によれば、「評価」全体の七％を占めるものである。この「悪評価」をつけた一般鑑賞者（ユーザー）の評価の傾向は三種類に分類することができる。ただ、最も多かったのは、ここでも「（1）判定不能」（九個）である。これは「香港クソ映画」などの単なる罵倒や、あるいは単に「富田靖子」や「吉本ばなな」などの名前を書いただけのものなど、映画に対する評価のポイントが明示されていない感想である。

次に多かったのは、「（2）原作と比較」（三個）して評価したものである。その他は「（3）ストーリー」（一個）を評価したものであった。なお、それぞれの傾向のコメント総計は一三個で、「悪評価」の総数一三個と一致しているが、その理由は、一つのコメントにいくつもの評価を抽出できるものがなかったためである。「悪評価」のこれらの傾向のコメントで代表的なものを、いくつか以下に訳して示しておこう。

【悪い評価】

1　悪評価＋判定不能（九の評論・感想）

前述の理由により、これについては掲出しない。

2　悪評価＋原作と比較（三の評論・感想）
被子姑娘 看过 2012-02-18
真心不好看好吗 原著那种唯美的调子都变诡调了
（本当に面白くない。原作のあの唯美主義的な調子もおどろおどろしく変わってしまった）
有用艾米熊 看过 2017-08-23
如果你是喜欢《厨房》这本书，同时把田边雄一作为意淫对象来看的读者。那么开头饰演田边雄一的男主角跪在地上，戴着科幻型透明眼镜框，哭得鼻涕口水混合在萎黄面部的时候，就可以开始爆怒了。
（もしあなたが『キッチン』という本が好きならば、また同時に田辺雄一を「推し」ている読者なら、この映画のオープニングで田辺雄一を演じる男性主人公が地面に跪き、ＳＦチックな透明なメガネフレームをかけて、泣いた鼻水と涎の混ざったものが黄色い顔面についているのを見たとき、あなたは激怒してよいでしょう）

3　悪評価＋ストーリー（一の評論・感想）
moonmoonmoon 看过 2012-11-17
女主角还挺好看的，剧情实在没兴趣
（ヒロインは美しい、だけどストーリーが本当に面白くない。）

なお、すべての評論・感想（コメント）の中で、唯一、「九七問題」に言及のあったものは以下のものである。

阿树 看过 2014-02-14
音樂原作大友良英，怪不得這麼動聽，可以和《秋月》對照看，但卻一直進不了局，富田靖子好看。97前后的HK 电影，全部洋溢着一种大限将至的幽幽鬼气
（音楽の原曲は大友良英、どうりで、これほど惹きつけられるわけだ。『秋月』と対照して観るとよい。しかし長いこと本題に入らない映画だ。富田靖子は綺麗だ。「97（引用者注：香港復帰）」前後の香港映画で、全編にわたって、もうすぐ恐ろしいことが起こるというような雰囲気が漂っている）

このように、先にも述べた通り、豆瓣電影における一般鑑賞者（ユーザー）の評論・感想（コメント）の大半は、「好評価」、「普通」、「悪評価」の三つの「評価」を通して（1）この映画の内容自体の評論と、（2）劇中のキャラクター（役）の人物造形、（3）この映画と吉本ばななの原作の比較、（4）音楽に集中している。その三つの「評価」の合計としては（1）三四個、（2）二六個、（3）一六個、（4）八個となっている。

もちろん「好評価」の（1）映画の内容自体の評論・感想でも、それはプラス・マイナスともに存在し、「好評価」はプラスの評論・感想が圧倒的に多く、マイナスはごく少数である。また、この（1）映画の内容自体の評論・感想の場合では、それぞれの一般観客（ユーザー）が着目するところも多様であり、また抽象的であるため、[320]この結果は『我愛厨房』における（1）映画の内容自体への評価が最も多いということを示すにとどまる。

また（3）映画と吉本ばななの原作の比較や（4）音楽については、先に代表的なものを挙げてあるが、それ以上のことはとくにない。

だが、ここで注目すべきは、（2）劇中のキャラクター（役）の人物造形についてである。多くの一般観客が「華姐」役の羅家英や「Aggie」役の富田靖子の名を挙げて、これを高く評価していることである。その首

目するところも、当然多様ではあるが、この（2）劇中のキャラクター（役）の人物の場合は、その着目点に「演技」や「容姿」といった範疇に限定できる。

このことから、（2）劇中のキャラクター（役）の人物造形について、さらに深く掘り下げて明らかにすることは、どのような経緯で、どのような演技や容姿で役者たちが選ばれたのかという点で、香港映画『我愛厨房』の受容からみた吉本ばなな『キッチン』の受容という観点から、きわめて重要であると考えられる。

7　『我愛厨房』の分析と考察

キャラクター（役）の人物造形

華姐――羅家英

豆瓣電影の評論・感想（コメント）では、三人の主人公の演技や容姿に関する多くの言及がなされている。その中でも評価が最も高いのが、男性主人公のLouieの、性転換をして女性になった父親「華姐」、原作の「えり子さん」を演じる羅家英である。

羅家英はこの映画『我愛厨房』によって、一九九八年に、第一七回香港電影金像賞の最優秀助演男優賞にノミネートされている。羅家英は粤《えつ》劇（Cantonese Opera：広東オペラ）の家に生まれ、自身も香港粤劇の役者になった。その後、一九九一年から映画界に出演し始めると、一九九四年に、当時すでに売れっ子だった香港のコメディスター、周星馳（チャウ・シンチー）主演の映画『国産凌凌漆《グオチャンリンリンチー》』（邦題『0061 北京より愛を込めて！？』）への出演を契機に人気が出始め、その後、多くのコメディ作品に出演を果たした。とくに周星馳の映画シリーズでの傑出した演技が広く知られるようになり、これが彼の中国大陸での知名度を引き上げたのである。

このため羅家英と言えば、ほとんど大多数の中国人が彼の周星馳映画での姿、とくに『大話西遊之月光宝盒』（チャウ・シンチーのチャイニーズ・オデッセイ［其ノ壱］）の中で演じた、「唐三蔵（三蔵法師）」の姿を思い浮かべるようにまでになっている。この映画は、中国の古典文学であり、また道教の経典ともなっている『西遊記』に題をとった作品でありながら、喜劇王・周星馳らしさが詰まった笑いと感動の古典的な作品であるが、この映画の中でエルビス・プレスリーの「Only You」を替え歌しながら、周星馳の演じる孫悟空に天竺への供を要求するシーンなどは、いまも中国人の脳裏に焼き付き、この映画を観たことのない――ほとんどいないのではないかと思うが――人でも、このネタを知っているというほどの古典的映画である。

しかしながら、このようなコメディ映画で人気となった役者であるからこそ、羅家英が『我愛厨房』の中で女装をして現れたことは、いわば香港映画のお決まりのような自然な流れではあった。しかし、そのコメディとは言えない、豆瓣電影で「ラブストーリー」に分類される映画のストーリーの中で彼が見せた演技との間のギャップに、多くの観客は羅家英の新たな一面を発見するとともに、そこに注目した。これは前の評論・感想を見ても明らかであろう。

かつて羅家英は取材に答え、『我愛厨房』撮影に際しては、多くの犠牲を払ったと語っている。すなわち「お腹を巻いて細くしなければならなかったし、詰め物をして胸をつくらなければならなかった。そのうえ、かつらをつけるために髪の毛をひっつめなければならなかったのです[321]」、しかしながら、「どんなに苦労したとしても、私は楽しくて仕方なかった[322]」のであると。その理由を羅家英は、「私はいつもコメディにばかり出ていたけれど、実は私が一番やりたかったのは『我愛厨房』や『女人四十』のような繊細な感情的ドラマだったんです[323]」と述べている。そして羅家英は、この「華姐」すなわち原作の中の「えり子さん」という性転換したキャラクターを演じるために、「多くの時間をかけて、男女の仕草を研究[324]」したという。また彼は、「粤劇の吊り目の技巧を使って目を吊り上げたり、眉毛を吊り上げたりした[325]」と語っており、かつて粤劇で培った経験や技巧が、ここで生きたのである。

羅家英が、まさにこの映画とキャラクター（役）への想いによって、撮影前から真剣な準備を重ねて来たことで、ひとりの粤劇役者・コメディ俳優による「華姐」の人物造形が、活き活きとした人物として誕生したのである。これは原作の「えり子さん」の、容姿に優れかつ情熱的で明るい一面を、見事に立ち現わせることとなったのであり、この「華姐」は、映画『我愛厨房』においても画龍点睛の一筆となっている。

2、Aggie——富田靖子

吉本ばななの原作の主人公である桜井みかげを演じたのは、日本人の女優、富田靖子である。これは厳浩監督が東京国際映画祭に参加した際に、監督自らが選んだ配役であり、これについては『週刊AERA』にも次のように報じられている。

「主演俳優もすぐに決まった。翌九五年の東京国際映画祭で審査員を務めた厳監督は、富田がやはり中国人役を演じた『南京（ナンキン）の基督（キリスト）』を見た。そこで、外国人役という難しい役柄を巧みにこなす富田の演技力に感服した、と監督はいう。『「キッチン」は非常にセンシティブな物語です。だから、繊細な女性が主役に欲しかった。富田は優しさと悲しさの両面を備えている。それこそが、私が探し求めていた資質だった[326]』」

しかしながら、この富田靖子の『我愛厨房』における演技に対しては、賛否両論ある。まさに先に挙げた一般鑑賞者（ユーザー）においても、富田靖子が「美しい」ことはほとんどの観客が口を揃えて言うところではあるが、その演技に関しては多くのユーザーが、映画『南京の基督』を挙げながら、富田の演技やその魅力を評価する一方で、「ヒロインの演技が崩壊している」などと酷評するものもある。

富田靖子について、著名な映画評論家である石琪は、次のように述べている。すなわち「日本の有名女優である富田靖子は、とても美しくまた優しい。しかし香港女性には見えない。まさに彼女が『南京の基督』の中でも江南娘には見えなかったように、どんなに彼女が懸命に表情をつくったとしても、どうしてもしっくりいかない。おそらく香港と日本の合作において、彼女をヒロインにするのであれば、もういっそのこと、その役どころを、香港に居住している日本人の女の子という設定にしてあげたほうが、富田靖子にもっと適切に自分の能力を発揮させることができるし、もしかすると、ストーリーもそのほうがもっと面白くなるのではないかと思う」[327]と。

この映画『我愛厨房』の中で、主人公のAggieは、原作の桜井みかげのような魅力はまったく感じられず、その見せ場はかえって「華姐」にほとんど「食われている」かたちである。

3、Louie——陳小春

三人の主人公と劇中での人物の中で、最も衝撃を与えたのは、原作のキャラクターと似ても似つかないLouie（原作の田辺雄一）の役であった。これについては豆瓣電影の評論・感想（コメント）にも、「もしあなたが『キッチン』という本が好きならば、また同時に田辺雄一を「推し」ている読者なら、この映画のオープニングで田辺雄一を演じる男性主人公が地面に跪き、SFチックな透明なメガネフレームをかけて、泣いた鼻水と涎の混ざったものが黄色い顔面についているのを見たとき、あなたは激怒してよいでしょう」、「（引用者注：この映画が駄目なのは）陳小春のせいだ」などとあり、石琪も次のように言及している。

「陳小春は当然、香港仔（引用者注：香港の地元民）に似ている。しかし誇張されたコスプレのような服装、そしてその性格はあまりにも可愛げがない。彼は冗談でパンを（引用者注：バターの代わりに）顔の油につけて食べたりするのだが、実に気持ちが悪い。さらに無礼なシーンは、彼が階段を上る際に、ちょうどぶくぶくと肥えた一人の女性が、苦労をしながら不器用に階段を降りて来るのだが、彼は絶対に道を譲ろうとせず、それはかりか、相手が道を塞いでいることを恨むのである。若く壮健な一人の男子として、どうして行動が不自由な女性に対して譲歩することができないのだろうか。吉本ばななの原作には、このような描写はけっして出てこないのである」[328]（陈小春当然似香港仔，但夸张地扮鬼扮马，性格不大可爱。他搞笑地拿面包抹脸油来吃，就颇为核突。更失礼的一场，是他上楼梯时刚巧有个痴肥妇女辛苦笨重地下楼梯，他绝不退让，还怨恨对方阻着去路。一个青春壮健的男子汉，为何不让让行动不便的女人呢？吉本芭娜娜的原著绝无这样的描写。）

このようなわけで、原作を読んだことのある多くの観客が、自分の想像していた優しくて礼儀正しくて、繊細な容姿をした田辺雄一と似ても似つかない、陳小春が出演し、香港・台湾のみならず、中国大陸全土にまで名を売った彼の出世作である香港映画『古惑仔（チンピラ）』シリーズの中から飛び出して来た不良青年のようなLouieの姿を見て、少なからぬショックを覚えるというのも、無理のない話である。

もちろん、豆瓣電影の評論・感想（コメント）の中では、「陳小春は鬱病患者を演じるのが本当にうまい」や「陳小春もいい映画に出ていた時期があったんだ」、「はじめて陳小春でも文芸映画を演じることができるんだと思った」、「陳小春は素晴らしい」、「陳小春に萌える」などとプラスの、あるいは寛容な評価をしているものが大半で、マイナスのものはほんの一部に過ぎない。

これまでみてきたように、香港映画『我愛厨房』は、監督厳浩の父親に対する想いや自分自身のアイデンティティに関わる実存的な問いに関わり、またこれが中国本土と香港の関係性といわゆる「九七問題」という二つの相互に絡み合う背景があるものであったことが明らかになった。また、この映画を通した間接的な吉本ばなな文学の受容として、一般鑑賞者の感想・評価も明らかとなった。それでは、監督厳浩が吉本ばななの『キッチン』（「キッチン」と「キッチン2――満月」）をどのように受容したということになるのであろうか。かつて厳浩は次のようにインタヴューに答えている。

「卓：『我愛厨房』の原作はとても短いものですが、しかし監督が映画で表現しようとしたことはとても複雑です。このために観客は映画をよく理解できないのではないでしょうか。

厳：この問題は作者に尋ねなくてはなりません。この原作の作者は、私がとてもよく彼女を理解したとおっしゃってくださいました。彼女はたくさんの手紙をくださいました。映画をご覧になってお書きくださった感想を拝読しましたが、私のとらえたものは、彼女の考えていることと同じだと思いましたし、とても彼女を理解できていると思います。私が読んだのは文字ですが、生み出したのはそこからの連想なのです。そのため、単純に彼女の原作よりも豊かだなどと言うことはできません。ただ一つ言えることは、おそらく私の経験が彼女の著作と似ているということでしょう[329]」（卓：《我爱厨房》的原著其实很单薄，而你又要表达很复杂的事，会不会因此观众看不明白？

严：这个要问那个作者。那个作者说我很明白她。她给了我很多的信，写了她看我电影的观后感，觉得和她想的一样，我很明白她。我读的是文字，我出的是联想，所以不能够说我比她丰富。可能我的经验跟她的书很相似。）

『キッチン』が「登場人物の『絶望と再生の物語』そして『成長』の物語でありながら、読者の『絶望と再生、成長の物語』でもある」ことは、鄭秋迪（2016）においても明らかにされているところであるが、これまで見て来たように、厳浩がこの作品において父を亡くした悲しみを昇華し、実存的問いへの答えを見つけているととらえられることから、『キッチン』はまさに国境を越えて、厳浩の「絶望と再生、成長の物語」として受容されたと考えられる。

厳浩はあるインタヴューに答えて、次のように述べている。すなわち、「とてもおかしいことですが、私の映画はたくさんの賞を獲得してきましたが、しかし後から最も人から評価されることの多かった作品は、『我愛厨房』でした。みなさんがもっとも多く指摘するのは、映画『我愛厨房』の中で月をつかもうとするシーンです。かつて香港で実施された調査があって、それはある雑誌が、もっとも印象深い映画は何かということを香港の男性に尋ねたのですが、彼らはみんな『我愛厨房』だと答えたそうです[330]」（很奇怪，虽然我的电影得了很多奖，但是后来被人说得最多的影片就是《我爱厨房》，跟我讲得最多的就是抓月亮的镜头。在香港曾经做了一个调查，一个杂志问一些男性，你印象最深的是什么电影？他们都说是《我爱厨房》。）と。

吉本ばなな原作のこの香港映画が、これほどまでに香港の観客の心に残ったのはなぜであろうか。それは吉本ばなな文学が、国境や言語を超えるものであったからにほかならず、また、Aggie と Louie という二人の香港人の、中国本土を介した「愛」の「団圓」（団欒）が、その時代が求めた中国本土と香港の融合、すなわち家族団欒・円満を見事に描き出していたからにほかならない。

第六章　中国における吉本ばなな文学の受容

――顧客制度と「好きっていう場」

これまでの調査・分析、及び考察によって、中国における吉本ばなな文学、とくにその「キッチン」を中心とした受容の様相が明らかになった。また、これに伴って、中国における吉本ばなな文学の受容が芳しくない原因も、ほとんど明らかにすることができたように思われる。

これまでの調査・分析と考察から、次の二点が中国における吉本ばなな文学の受容が芳しくない原因として明らかになった。すなわち、「その作家や作品の存在を知るための機会、あるいはわざわざ手に取るほどの何か興味をひくようなきっかけがない。すなわち広報・宣伝、販促活動の不足や映像化作品の放映不足等」と「読者の評価の両極化」である。前者は容易に理解でき、またうなずけるが、後者の「両極化」は、同一作品の観点も両極化していることから、一般的な意味で賛否が分かれている状態とは言い切れない。したがって第四章などで見た吉本ばななのいう「顧客制度」とも関係するこの「両極化」は、吉本ばなな文学の、あるいは作家・吉本ばななの性質に関わるものであると推測される。

ここでは、吉本・吉本（1997）に収められている「父は批評家、娘は小説家」という吉本隆明と吉本ばななの対談に依りつつ、「第一期吉本ばなな」などの吉本ばなな文学の本質を考察することにより、この「両極化」の原因を明らかにすることを企図する。そこで着目するのが、吉本ばなな文学における「好きっていう場」である。

1 「好きっていう場」

『吉本隆明×吉本ばなな』に収録されている対談「父は批評家、娘は小説家」（『吉本隆明×吉本ばなな』パートⅡ文学対談：司会 渋谷陽一）では、吉本ばなな文学の一つの特徴として「人間を書いてるわけじゃなくてね、ひとつの場を書いてる」[3]ということを指摘し、吉本ばななの文壇デビュー作『キッチン』から『アムリタ』までの作品、すなわち「第一期吉本ばなな」[332]文学について、「みんな単一の場で、好き嫌いの好きっていう場だ。それで嫌いっていう場はめったに出てこないんだ」[333]と述べているのは、吉本ばななの父にして日本の思想家・詩人・評論家でもある吉本隆明である。

2 「好きっていう場」——本人の資質と「親切さ」

対談の冒頭、吉本隆明は吉本ばなな（以下、ばなな）の別の対談・インタヴュー集である『ばななのばなな』において、安原顯が「自分の作品がなぜこれほど若い読者の共感を呼んだのだと思いますか。それは『優しさの時代』と関係があるのでしょうか[334]」と質問し、ばななが「わたしの小説の内容は『優しさ』ではないので、それはたぶん関係ないと思いますが[335]」、「登場人物はみんな冷淡だし、人間というものを一つも描いていませんから[336]」と答えている箇所をとりあげ、「いいこと言ってんの。つまりそれはちょっと突っ込むに値するんだね[337]」と指摘している。

そして、吉本隆明は、「読者が君の小説から受ける印象っていうのはね、優しさとか、宗教的ではない一種の癒される思いとかね、そういうもんなんだよ[338]」と述べ、安原がばななの作品における優しさや癒しの正体は何かを訊きだそうと質問しているのに対し、ばなながそれと気づかず正面から答えていないことを指摘、この問いを再びばななに投げかけている。これに対してばななは、以下のように答えている。

「いや、じぶんなりにはちゃんとあるんですけど。まずだから、〝優しさ〟っていう風に言うよりも厳密に言うと多分それは〝親切さ〟っていうものだと思うんだけど、親切さっていうのはもう、それは才能と関係ない本人の資質として、どうしようもなく作品に滲み出てるっていう、それだけは否めない。だけどその親切さと冷淡さっていうのが同居しないとは限らないわけだから（中略）書くときに一番気をつけてることは、たとえば不快じゃないことを描いてるシーンだとするでしょ？何か不快なことがひとつも起きないっていうシーンを何枚か描いてるときは、不快な単語をひとつも入れないようにするとか（中略）そういうくだらないっていうか細かい帳尻合わせみたいなことが一番多いんですよ。それで、癒しっていうのに関して言えば、とにかく書いてて究極にしたいことはやっぱり癒しなんだと思うんですけど、人間がどういうときに癒されるかっていうと、結局なんかこう、何かに身を任せたときに癒されるわけでしょ？だからそれは集中することかもしれないし、人によると思うんだけど、緊張と弛緩を繰り返すことかもしれないいし、それが癒しだと思うんですよ。（中略）読んでる間『あっ、気がついたらいまの時間はわずらわしいこと全部忘れてた』って、『しかも何だか元気になっている……』っていうか、なんかそういうようなことをやってるのが癒しっていう感じなんじゃないのかしら。だから読んだらとっても親切な人が出てきてだから心が明るくなったっていう感じではやっぱりないと思うんですね[339]」

つまり、ばなな作品において優しさとして受けとめられているものは、ばななの資質から来る「親切さ」のようなものなのであって、しかもそれは本人も「苦労[340]」して書いていると述べているように、緻密な作業の結果として表出されているものなのである。また癒しについても、ばなながが小説において「究極にしたいこと」であるのだが、ばなな自身が「人間というものを一つも描いていません」と述べているように、それは作品に「親切な人が出てきて」それで読者が癒されるということではなく、読者が「じぶんがいることを忘れて[341]」登場人物に「身を任せ」ることによって癒しが得られているということなのである。

鄭秋迪（2014）「吉本ばななの前期作品における若い女性像について[342]」でも指摘しているように、少なくとも「第一期吉本ばなな」文学の登場人物、とくにそのヒロインたちは、それぞれ深刻な不幸や不安、苦しみを抱えている。読者が作品の「親切さ」に「身を任せ」るということと、ばななの講演「本当の癒しとは」でのばななの言葉、「本当の癒しというのは、リラックスするとか気持ちが楽になるということではないと思います。ひとりひとりがもっている病の元へ一度入って、そして出てこなければ、しっかり癒されることはないんです[343]」を合わせて読むとき、ばななの作品の主人公たちが深刻な不幸や不安、苦しみを抱えていた理由、そしてばななの作品の癒しとは何かが明らかになってくる。つまり、それは鄭秋迪（2016）が、ばなな文学が「癒しの文学」と称される理由は、それが『登場人物の『絶望と再生の物語』、そして『成長』の物語でありながら、読者の『絶望と再生、成長の物語』でもあることが可能であるから[344]」であると述べているとおりである。

3 「好きっていう場」――「即非性」と「交換可能」

続けて吉本隆明は、先のばななの発言「人間というものを一つも描いていません」というところを掘り下げて、その理由を訊ね、ばななはこれに対し「人間は別に毎日生きてればいやでも見えるわけで。それにかなうものはないでしょ[345]」と答えている。

そして、ばななは藤子不二雄と手塚治虫の名前を挙げ、「手塚治虫はすばらしい天才だと思うんだけどあの道を歩みたくないというか、わざわざこんなに人間というものに肉薄して、その気持ちもわかるけどタイプが違うとしか思えないんだけど、藤子不二雄の作品の中には、とりあえず人間は出てこないでしょ?ドラえもんとかそういう意味じゃなくて、子供たちも人間じゃないじゃないですか、ファンタジーというか。やっぱり私はそっちの方に共感できるし、やっぱり私の作品に出てくる人たちなんてそんなようなもんなんじゃないかなとは思うんだけど[346]」と述べている。

しかし、その後のところで、「やっぱりじぶんのセンス的なものが[347]」そのようなあまりにも非現実的な登場人物たちが「いろいろな冒険をするのがファンタジーですっていうのにはすごくもう生理的に耐えられないから、一応人間の若者の体裁を取って書いてるんだけど。だから民話とか寓話みたいなものに一番じぶんでは近いんじゃないかなと思っているのです[348]」と述べていることからすると、やはりばななは、自分や読者が「身を任せ」やすい現実的な体裁で小説は書きたいということなのだろう。

これらの、ばななの小説に対する構えに対し、吉本隆明は、「多分いま言ったことははじめて言ったことだ（中略）それなりに意義があると思うね[349]」と評したうえで、次のように述べている。

「おれの感想はねえ、君の作品のひとつの特徴は、人間を書いてるわけじゃなくてね、ひとつの〝場〟を書いてるんだと思うのね。（中略）全部〝場〟なんだよ。場を書いてて、その場の性質っていうか特徴がね、一種の好意、っていうのとは違うんだけど、好き嫌いの〝好き〟っていう雰囲気をもった場の中に、人物が登場してくる。だけどもその人物の性格がどうでこうでっていうようなことはちっとも書いてない。（中略）それが（引用者注：〝好き〟という〝場〟が）極端に好きだと恋愛でもいいし別のものでもいいんだけど場が濃くなる。（中略）その中で一人の登場人物と別の登場人物との関係は千差万別あって、それでそれは描かれているんだけど、個々の登場人物の性格などはそんなに書かれてない。（中略）もう少し言うと、たとえば君は『キッチン』から『アムリタ』はじぶんのワン・セットで、終わったワン・サイクルだみたいな言い方をしてるけど（中略）君のそのワン・クールやった『アムリタ』までの作品の特徴は、みんな単一の場で、好き嫌いの好きっていう場だ。それで嫌いっていう場はめったに出てこないんだ。（中略）普通だったら恋愛してるとか恋愛関係にあるとか愛人だとか近親だとかって、それぞれ好きの性質がみんな違うわけだ。君の場合には、人物はいつでも交換ができるんだと思う[350]」

ここでは、三つの重要な指摘がなされている。一つは（1）「第一期吉本ばなな」文学の作品すべてが、基本的には「好きっていう場」を書いたものであるということ。もう一つは（2）それらの作品において、登場人物のさまざまな関係性については書かれているが、その性格については細かな描写がされておらず、その関係は同じ「好きっていう場」における濃淡のグラデーションのようなものだということ。そして最後に、それゆえ（3）登場人物は「交換可能」であるということである。

続けて吉本隆明は、「男と男の好きでも好きを恋愛に交換することもできるし、それから『キッチン』だったら父親が母親に変わることもできるし。そういう意味で、近親とか友人関係の間で登場する人物も、いつでも性も交換できるし、関係も好きの濃さをいつでも交換できるっていう風に作品ができてる[351]」と指摘している。

つまり、吉本隆明が先の引用文で、「一人の登場人物と別の登場人物との関係は千差万別あって、それでそれは描かれているんだけど、個々の登場人物の性格などはそんなに書かれてない。（中略）普通だったら恋愛してるとか恋愛関係にあるとか愛人だとか近親だとかって、それぞれ好きの性質がみんな違う」と述べているように、いわゆる「普通」であれば、それぞれの立場や性格などによって、その人間関係や「好き」の性質はそれぞれ異なってくる。換言すれば、それぞれ何らかの「形[352]」にはめられ、そして固定されてしまうところであるが、ばななの文学では、その「形」の存在や役割は受け入れられつつも、その「形」は、そこにはめられ、また一定のものとして固定されるべきものとしてあるとはとらえられていない。そこにあるのは、まさに単一の「好きっていう場」だけであり、そして、それはめったに「嫌い」にはなることはない。

この「嫌い」にならない理由を掘り下げていくことで、この「好きっていう場」についてさらに明らかにすることができよう。すなわち、前節で見たように、「才能と関係ない本人の資質として、どうしようもなく作品に滲み出てる」ものが「親切さ」であるならば、この元となる本人の資質があるはずで、それは単純に「親切さ」なのではなく、ばななが『本日の吉本ばなな』で、「とにかく形（引用者注：社会的な形）にはまるのがもうたまらなく駄目なんですよ。病的に[353]」と述べているように、（1）形や型に嵌まることなく、そしてほかのものやほかの可能性に対して、常に開かれていようとする性質と、これに基づき（2）あらゆるものが「交換可能」であるという機能のことであると考えられる。なお、この（1）を本書では「即非性《そくひせい》」と呼びたい。

この「即非」とは、「A即非A」のことで、西田幾多郎の「絶対矛盾的自己同一」の論理に影響を受けた鈴木大拙が、『日本的霊性』（一九四四年）で、約六百巻にもなる『般若経』の一部である『能断金剛般若波羅蜜多経』（金剛経）の第十三節にある「仏説般若波羅蜜、即非般若波羅蜜。是名般若波羅蜜」という逆説を、「即非の論理」として取り上げ、「AはAだというのは、AはAでない、故にAはAである[354]」と定式化したものに由来する。よりわかりやすく定式化すると、「AはAによってAであるのではなく、AでないものによってAなのであって、AがAであるということは、Aではないことによって成り立つ（A即非A）」ということになり、AがAであると同時に根源的かつ徹底的に、Aではないもの、すなわち他なるもの、非Aであることを示すものであり、「自己」が同時に「他者」であるとか、「ある正しさ」が同時に「ある過ち」であるといったように、人や物事の多面性・多層性を前提とし、常に他なるもの、他の可能性などに対して開かれてあろうとする性質や態度としてとらえられる。

まずこの（1）「即非性」の性質があるからこそ、他者に対して寛容であったり、気づかいをすることができたりするのであり、これがばなな文学における登場人物、とくに主人公やその人間関係において、読者が感じとることになる「親切さ」である。そこでは偏見などによって不当に差別・排除されたりすることがないのであり、このため少なくとも「第一期吉本ばなな」文学においては、「嫌い」に至ることはほとんどない。

鄭秋迪（2016）がすでに指摘しているように、「満月—キッチン2」でえり子さんが男を包丁で刺し殺してしまうことなどは、それが十分に排他的だとする見解もあるかもしれないが、それは「異質なるものを受け入れることができず、すべて自分の『わかる』ものしか、『わかるように』しか、他者をわかれない、わかろうとしない人間の暴力性・排他性への憎悪に他ならない[355]」のであり、それはつまり、一方的に「嫌い」の濃淡で相対してくる他者への批判であり、正反対のものなのである。

次に（2）「交換可能」の機能についてだが、吉本隆明が、「みんな単一の場で、好き嫌いの好きっていう場」であることの結果として、「君の場合には、人物はいつでも交換ができる」と述べているように――、つまり、男と男や親と子であっても、同じ「好き」しかないために、その濃度が濃くなれば恋愛などに発展しうる――という、この「交換」は、いかなるものも受け入れるような（1）「即非性」の性質において成立する、同じ「好き」のうえに可能となるものである。

だが、この（2）「交換可能」を後のばななの発言を参照しながら、さらに仔細に考察すると、それは単に人物Aと人物Bが交換可能という表層的なレベルではとらえきれなくなる。すなわち、（2）「交換可能」の機能が（1）「即非性」の性質に基づくならば、たとえば、Aである自分自身さえも永久不変にAというものであり続けることはない。また、自分Aと他者Bとの「好きっていう場」の濃度が濃くなって――、この後で見るばななの表現を借りれば「波長が合う」――という接近した関係性も、それが濃いまま続くこともあれば、濃度が下がり、その関係性が乖離していくこと、あるいは同時に他者Cや他なるものDと濃くなったり、また主体の波長が変化したりすることもありうると考えられる。

ということは、この（2）「交換可能」という機能は、「場」が同じ「好き」であるから、同等のものとして人物が交換可能であるというレベル〈交換可能（転移）〉と、もう一つ、その濃度（波長）によって、他者や他なるものと、きわめて深いレベルで接近することができるというレベル〈交換可能（共鳴）〉の二段階でとらえなければならない。この第二段階については、この後のばななの「交換可能」に関する語りの中で、さらに明らかになってくる。

図23では、「即非性」を波線で表し、またばななの文学でその性質をまとった登場人物や読者などの主体を波線の円で表した。そして各主体間の関係性を「交換可能」の機能がある実線で結び、また、より上位の

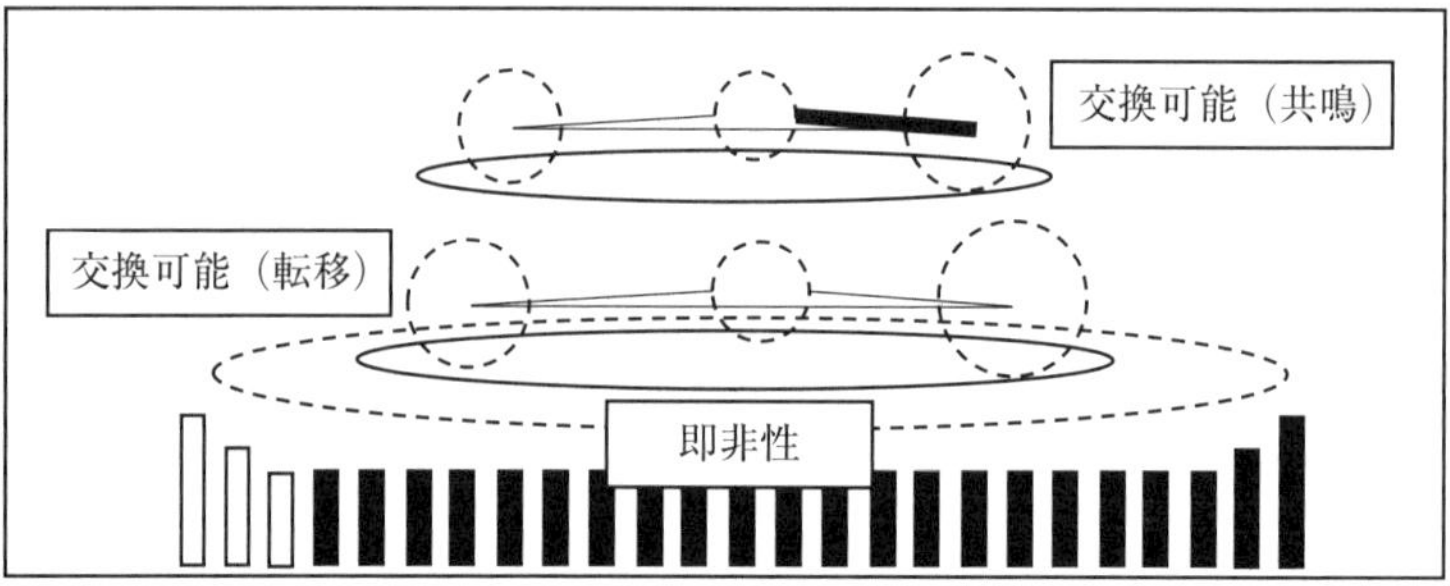

図23 「好きっていう場」

「交換可能」レベルでは、ある主体間の「交換可能」な関係性の波長が、非常に強くなる、より深く共鳴（共感）する、ことを表すため、一部の実線を太く示した。さらに、底部に白と黒の縦棒を並べ、「好きっていう場」の「好き」の濃度をその縦棒の過半数を占める黒の縦棒で示した。この白の縦棒が過半数を占めれば、この「場」は「嫌いっていう場」に転化する。

なお、第五章で、「私見によれば、ばなな文学におけるそのような『とり替え』とは、はじめからそのような軽薄な関係を前提としたものなのではなく、いわば人間関係の波長の共鳴が弱くなっていく可能性があることを前提にしたうえで、たとえばある人物とある人物の間において、結果的にその関係性の乖離が起き、ほかの人物との関係性が生まれることがあるということにすぎない」と述べたように、この「交換可能」は、始めから軽薄な関係を前提しているという意味ではまったくない。

4 「好きっていう場」――「交換可能（共鳴）」

前の「好きっていう場」という吉本隆明の指摘に対して、ばななは、「ああ、ためになる。鋭いんだけど、でも鋭すぎる（笑）」[356]と肯定し、「好きっていう場」が「本人の資質」からくるものであり、また「人間は別に毎日生きてればいいやでも見える」[357]と思っているがゆえに人間を描く気はなく、「それは、治らないかなあ（笑）」[358]とおどけてみせている。

するとう吉本隆明はここで、もう一つ安原が「一生懸命聞き出そうと」していた質問をとり上げる。それは、「登場人物相互の関係が割合に濃くなったり関心が深くなったりするとさ、超能力を発揮する[360]」こと、つまりばななが「登場人物の関係に超能力の場をもたせること[361]」についてである。しかしばななは再び「交換可能に関しては、それはもう全く私そのもの[362]」と、「交換可能」の話題に戻ってしまう。そして、登場人物のみならず、「物とか場所[363]」まで「交換可能」だということを、ばななは「それだけは本当にじぶんの素質だと思う[364]」と述べ、「物心ついてからいまに至るまで、何か問題が生じたり悩み事が生じたりするときは、すべてそこから派生して[365]」おり、「交換可能だったことが他人に理解してもらえなかったっていうこと[366]」などがその主な問題や悩み事の種としてあると吐露する。

すると吉本隆明は、すかさずばななの恋愛に話を向け、ばななの恋愛を「見てるとやっぱり、好きっていう場なんだよ（中略）この男と恋愛関係になったらもう抜き差しならなくなってこの男とじぶんの間だけでもうすべてが決まっちゃうっていうようにはならない[367]」、「ひとつの統一した場の中での好きの度合いとかね、せめて色合いとでも言いましょうか、カラーというかね、そのこととの違いはあるけど、まあ、とにかくこれは好きっていう関係が近くなったり遠くなったり。そういうことなんだよなあ[368]」と分析し、またこれを唯一、そして一番「信頼できる[369]」ものであり、「一種の才能のオーソドキシーっていうか正統性みたいなもの[370]」と評している。

これに対しては、ばななも全面的に肯定し、本人の資質であり、また小説にも現れるこの「好きっていう場」が、「信頼できる」「才能」であるという評価には、「よかった[371]」と述べているが、この後のところでは「交換可能」ゆえの人間関係のトラブルについても語っている。たとえば、親しくしていた女性の友人から「そんな酷いことを言うのはあなたじゃない[372]」、「やり逃げじゃないの！[373]」などと言われたという、かなり生々しい実体験が語られており、この「交換可能」がやはり前節で示した「交換可能（転移）」のレベルに止まるものではなく、「交換可能（共鳴）」[374]をも含むということ、そして、これがばななにとってきわめて根深い資質でもあるということが見てとれる。

しかし、このような発言やエピソードから、吉本ばななは軽薄であり、またその登場人物も軽薄なのではないかとするのは、誠に短絡的である。筆者は吉本ばななについても、第四章で、「いつでも容易に解消ができる自由な関係の構築を求めているということではなく、自分が自発的に選択した相手との、非選択的な、すなわち軽々しく降りることのできない不自由な関係の構築を求めているということであるように思われる」と述べている。すなわち、人間関係によるその関係性の認識というものは、相互のものだということである。たとえば、ある男性や女性などが、ばななとの関係をきわめて深い関係性であると、つまり、ある言語表現やある行為が許容される、あるいは当然のことである関係性であると認識しているとして、ばななががそう認識していなかったとすれば、その関係性をばななが容易に絶ったとしても、それは至極当然のことであり、軽薄であるということにはならないだろう。ばななはその関係性を、その相手と自発的に選択した覚えはないのだから。

また、ばななは「愛」や「この世」について、「相互関係っていうか、お互いの波長が合って何かが共鳴していく」[375]ことであるとし、「さまざまな限定を超え」[376]て、互いの波長が合って共鳴していく――もう一つの言い方をすれば「好きっていう場」のパラメータが濃くなっていく――〝好き〟こそが、「本当の〝愛〟」[377]なのだと述べており、前の「軽薄さ」に関する考察を証明している。

また、ここには（1）形や型に嵌まることなく、そして他者や他の可能性に対して、常に開かれて在ろうとする性質（即非性）、そして、あらゆるものが「交換可能」であり、それゆえに他なるものとでも、ときにきわめて深い共鳴（共感）するという機能――交換可能（転移）、交換可能（共鳴）――が見られ、ばななの文学以前に、作家・吉本ばなな自身が「好きっていう場」において生きているということが見てとれるだろう。

しかしそうだとすれば、ばななの文学の愛読者もまた、そのような波長に共鳴（共感）することのできるような、一部の人間ということになってしまい、それでは「なぜこんなにも売れているのか」という疑問が出てくるのではないだろうか。ここで司会の渋谷陽一は、これほどばなな文学というものが、これまで見てきたように、作家本人のもつ資質に基づく「好きっていう場」、そしてその性質である「即非性」や「交換可能」という機能に拠った、特有の波長をもったものであるにもかかわらず、かえって国際的に受け入れられているのかという理由に関して、重要なコメントをしている。

> 「だからばななさんが国際性をもっていくっていうのは、きっとその才能のオーソドキシーっていうか、僕なりの言葉で言い換えれば、いまこの時代に何を書くべきであるかっか《ママ》ていうのを非常にクリアーにちゃんと体現し得るものっていうんですかね（中略）その真ん中を行くとそれは、日本の村社会でもなくて、どんどんどんどん広がって、国際的なものまでの共有というか普遍的なものまでも行き得てしまう」[378]

ばななのこの後の言葉を借りれば、「間口は狭いけど顧客は世界中に」[379]ということである。つまり、ばななの資質に拠った、特有の波長をもった「寓話」は、全員が全員好きであるとは限らない。それどころか、ばなな本人が「徹底的な顧客制度」[380]と形容するほど、好みが分かれるものである。しかし前述のように、ばなな文学が「即非性」をもつ、すなわち、他者や他の可能性に対して常に開かれてあり、またその波長さえ合えば「交換可能」である、たとえば現実生活において何らかの「形」にはめられていたり、あるいは痛みや悲しみ、苦しみを抱えている読者であれば、国籍や文化の「さまざまな限定を超え」て、そこに共鳴して「身を任せ」ることが可能なのである。前章で見た厳浩は、その代表的な共鳴した「顧客」の例であろう。

　吉本隆明は別のところで、ばななの小説がイタリアなどの外国でも売れている理由について、次のように分析している。すなわち、ばななの小説には「死」が頻出するにも関わらず、「死ぬ場面（中略）死ぬそのものの場面（中略）じぶんはこれから死にますっていう場面[381]」などの「一般的な常識的な小説概念からは、全然省くべきでないものが省かれている[382]」。しかしそのことによって、「リアルな要素がな[383]」く、従来のものとは「小説概念がまるで違って[384]」いて、――ばななに言わせれば「独特の読み易さ[385]」――「現代感覚みたいなの[386]」があるからなのではないか、ということである。

ばなな自身は、「死」そのものをリアルに描こうとしない理由について、「やはり死そのものよりも心が癒されてゆく過程に興味があるんだと思う[387]」としか述べていないが、これも「交換可能」という観点から考えるとわかりやすくなる。ばななが小説で「究極にしたいこと」が「癒し」であり、またその「癒し」というものが、読者が「即非性」をもつ物語の中に、そして登場人物とその人間関係の中に、その波長が合うことによって接近し、この中でさまざまな「形」を脱して「登場人物の『絶望と再生の物語』、そして『成長』の物語」を追体験することであるならば、そこに「死」そのものや「じぶんはこれから死にます」といったことは、当然、出てきてはならないだろう。

なぜなら、このような性質や機能をもつばななの文学で、そのようなシーンが描かれてしまえば、その中の登場人物やその人間関係に接近していた読者が、かってある「形」にはめ込まれたり、また自死につながるような隘路へと追い込まれたりしてしまう可能性があるからである。

なお、先ほどの吉本隆明による分析の後で、ばななは、「潜在的な読者になり得る層っていうのは本当に共通したものだと思うから、どういう質の人間がどういうときに必要として読むかっていうことに関しては万国共通だと思うから、その人たちに向けてうまく届けばいいわけで、顧客に向けてちゃんと供給されればそれで満足[388]」と述べている。この言葉は、これまでの筆者の解読を裏づけるものでもあり、また私見によれば、これは先ほどの「間口は狭いけど顧客は世界中に」と同義のものである。

さて、ここまでのところで、「好きっていう場」が、ばなな本人の「資質」とそのにじみ出た「親切さ」としての「即非性」と「交換可能」のことであり、ばなな文学における癒しや再生が、ばなな文学と「波長が合う」、すなわちその関係性の濃度が濃くなって接近することで、その「好きっていう場」に共鳴して「身を任せ」、さまざまな「形」を脱し、またその痛みや悲しみ、苦しみを受け入れられることだということが、かなり明らかにできてきたように思われる。次に、ばなな文学の登場人物間の波長の共鳴が強くなること、言い換えれば、「好きっていう場」の関係性＝パラメータが濃くなることによって、「超能力」を発揮するということについて見ていくことにしよう。

5 「好きっていう場」――「超能力」

ばななは、超能力に関してポイントは二つあるという。それは、「実用性[389]」であり、そして「胎内的（無意識[390]）」である。

超能力というと、スプーン曲げや透視、UFOなど、非日常的な超常現象を想起するかもしれないが、ばななの想定しているものは、「天ぷらの職人とかが油の温度とか見るときに指でパッて[391]」やって、その温度がわかってしまうとか、あるいは「朝起きてから夜寝るまで、十回ぐらい〝コップ〟っていう言葉が頭をよぎ[392]」ると、コップに関係することが起きるとかいった、実用性のあるきわめて日常的なものである。

もちろん第四章でも詳しく述べたように、吉本ばななにおける「超能力」は〈たいしたものではない、至極自然かつ日常的なこと、及びその延長〉のようなものなのであるが、このあまりに日常的かつ実用的な超能力の概念において、藤子不二雄のような「ファンタジー」や「どこかにファンタジー的な要素が入った小説[393]」を好みながらも、非現実的な登場人物たちが「いろいろな冒険をするのがファンタジーですっていうのにはすごくもう生理的に耐えられない」という、ばななの一貫性が見てとれよう。

ばななが二つ目のポイントとして挙げる「胎内的」について、ばななは、「お父さんが書いてたことで私も前々から思ってたんですけど、結局自分にとって好意的な場とかいうのは、じぶんが溶け込めるっていうことはやっぱり子宮の中っていうようなことでしょ？ 多分（中略）抽象的な意味では子宮の中のようなところにいつも身を置きたいっていうような意味が、要するに私の小説の意味でしょ？ 多分。で、そういう風にすご～く突き詰めて考えると子宮の中っていうのは快適ではあってもじぶんではどうすることもできない[394]」と述べ、そのような「手も足も出ない[395]」状況ゆえに、超能力が要請されてくるのだという。

これに対して吉本隆明は、「作品の中で一人一人の人間はそんなに描かれてないんだけど、登場人物がこう出会ったときに生まれる関係みたいなのがあるでしょ？ 心理的な関係から無意識的な関係まで含めて関係があるでしょ？ その関係の範囲を広げるって言いましょうか。関係の世界を、超能力みたいな場面が全然ない関係に比べて、広げる役割を作品の中でしてるんじゃないかな。つまり、読む方から言えば開放感みたいなね（中略）〝胎内的〟っていうことか、もしかすると〝無意識〟っていうことと同じことを言ってるのかな[396]」と、「胎内」を「無意識」に言い換えており、ばななは「かもしれない[397]」と答えている。

この「子宮」や「胎内」という表現について、これをさまざまに解釈し、また用いている論考[398]も多いが、最終的な二人の「超能力」に対する見解は、「胎内」的な、つまり、母子一体のような心地よい、しかし手も足も出ない場における特殊な手段としてではなく、自分と相手といった人間関係、及びその波長や「好きっていう場」の濃淡のような精神的な関係性、そして可能性というものを広げる手段としてとらえられていると見るべきなのではないだろうか。先ほどのばななの「かもしれない」に続く吉本隆明の言葉を見てみよう。

「無意識の働きっていうのをそういう形で出すみたいなね、そういう形で出て来るみたいな、そういうことを言ってるのかなっていう気もしたんです。（中略）作品の中に幻想性みたいなことが入ってくるみたいなことだったら、たとえば泉鏡花の作品なんか、ちょっとこれは本当に急に霊界っていうか幽霊の世界みたいなとこに入っていっちゃったなっていう、描写はあるけど超能力的なものとはちょっと違いますよね。（中略）超能力っていうのはあんまりなくて、それを使った作品っていうのはもちろんないことはないんですけど、そうするとわざとらしいことになりやすい。ああこれ超能力で一個作っちゃったなっていう意味ではあるんですけど。つまりそうじゃなくて、自然な形でそういうのが出てきちゃってある役割を作品の中で果たしてて、それはひとつの特徴だから、『これは一体何なんだ?』っていうね、つまり単なる興味からそうなのかじぶんにそういう素質があるからそうなのかとか、あるいはじぶんが作品の中でそういうことを意図的に表現して、作品の世界を広げるみたいな、そういうことを意図してそうなのかっていうことは、やっぱりとても興味深いですね[399]」

このように吉本隆明は、本当に霊的な世界を描き、これに入って行ってしまう泉鏡花の作品や、その他の「超能力」を前面に押し出したような作品を引き合いに出しながら、ばななの作品における「超能力」は、これらとは異なり、あくまで作品において自然に出てくるものであり、また、それがある役割を果たしているのだとする。そして、ばなな作品における「超能力」には、「いくつかの段階[400]」があって、「一番こっちがおもしろく思うのは、一番低い段階っていうことかな[401]」と述べ、さらにそれを「鏡花の幻想っていうことと違う、あるかなきかの超能力[402]」と表現している。

これは、これまで見てきた「即非性」や「交換可能」としての「好きっていう場」の観点からも、一貫性がある見解である。つまり、あまりに「超能力」の段階が高くなってしまえば、それはその他の登場人物や読者にとって波長を合わせにくく、接近可能なものにはなりにくい。しかし、かえってあまりに現実的であれば、そこに展開される関係性や可能性はかなり限られたものになってきてしまい、常識や日常などを超えた、より多様な他者や他の可能性に対して広がりにくくなってしまう。そこで、もしかしたらそんなこともあり得るかもしれないというような、「あるかなきか」の低い段階が要請されるのである。

最後に少しだけ、この「好きっていう場」の観点から、吉本ばななの文壇デビュー作「キッチン」の冒頭を読み解いてみたい。

6 「好きっていう場」から読み解く吉本ばなな文学

(1)「半独語」

「私がこの世で一番好きな場所は台所だと思う[403]」、主人公桜井みかげが、地の文でモノローグのようにこう述べるところから、この「キッチン」という物語は始まる。

これをみかげの「独り言」としてとらえるにしても、また、読者への「語りかけ」としてとらえるにしても、これを読んだ読者は、おそらくどこかとらえどころのなさを覚えることだろう。というのは、どちらにしても、これがみかげ自身の「好き嫌い」についての表出であるにもかかわらず、その断定が奇妙に避けられているからである。

これについては、加藤(1996)においても指摘がなされている。加藤は、一九九〇年前後あたりから「文章の世界にある変化が生じるようになったという感じを受けて[404]」いるとしたうえで、それまでの文章では、書き手と言葉との関係が一対一であった――表現主体が「しっかり[405]」しており、言葉に対して「イニシアティブ(支配権)[406]」もっていて、「言葉をどうにでもできる[407]」ということ――のだが、そのような、歌舞伎役者が客席に向かって、「どうだ」とばかり大見栄をきるように「言葉を駆使して、読者を参らせて[408]」しまおうとする「マッチョ(macho たくましい、男っぽい)[409]」な――しかしそれまでは「達者[410]」といわれていたような――文章が、近年に至って多くの読者たちから「マッチョで、ダサクて、ウザッたく[411]」感じられるようになってしまったのだと述べる。

そして、これに対して現われてきたのが、たとえば、「『ああ、そうなのか』『あら、そうなの』[412]」ではなく、「あ、そうなんだー」[413]などの、対立を回避し、半分自分と会話しているような「半独語」[414]（「〇・五」の「私」が言葉の半分を片方の「私」に、もう半分を相手に発するような表現をすることで、「私はそうは思わないけれど」といった対立的な意味を相手に受け取らせない）や、「半クエスチョン」[415]（半分だけ相手に聞き、半分独り言にすることで、答えてもらえなくても傷つかない）のような表現を用いた「フェミニン（feminine 優しい、女らしい）な文」[416]であるのだという。そこで「そういう活断層がはじめて露呈した場面」[417]としてはじめに例示されているのが、この「キッチン」の冒頭の一文である。

続けて加藤（1996）は、郷原宏（1989）における「キッチン」への批判を引いている。加藤の論と関連してくるため、少し長いがその一部を引いておこう。

> 「文学賞を受けたからには、これはきっと文学なのだろうが、この文学は、たとえば日野啓三や大江健三郎の文学とは似ても似つかないものである。むしろ、これが文学なら、日野や大江の作品は文学ではないといったほうがわかりやすい（中略）まず目につくのは、文章のたどたどしさである。われわれの理解するところでは、小説とは何よりも文章のことであったはずだが、ここには文章といえるようなものは何もない。ただ日常語のレベルで表出された言葉が、ほとんど無造作に投げ出されているだけである（中略）いずれにしろ、私は『私がこの世で一番好きな場所は台所だと思う』という第一につまずいてしまった。これ、何だか変だと思いませんか？好き嫌いは完全に主観の問題だから、『と思う』もくそもないわけで、『である』と断定して構わないはずである。というより、そう断定してもらわなければ、物語ははじまらない（中略）それともうひとつ、この文章の不自然さをつくり出しているのは、文法的な曖昧さである。これは本来、『「私がこの世でいちばん好きな場所は台所だ」と私は思う』という重文構造になるべ

きところだが、主文の主語を省いて従文と主文をそのままつなげてしまったために、主語と述語が対応を欠いて、何となく宙ぶらりんの状態になっている[418]」

つまり、郷原（1989）は、この一文のような「日常語のレベルで表出された言葉」は、とても「文学」と呼べるような「文章」ではなく、また、自分の「好き嫌い」について、それが好きなのか、嫌いなのか、白か黒か、AかBかということさえはっきり断定していないうえに、文法的にも「主文の主語」が省かれており、不自然で曖昧だというのである。これに対して加藤（1996）は持論に基づき、この一文を「半独語」であるとし、ゆえに「『主文の主語』がない形でちょうどいい[419]」と反論をしたうえで、この文に「うん」を補う――「うん。私がこの世で一番好きな場所は台所だと思う[420]」――ことで「半独語」であることを明らかにし、「たどたどしいというよりは、むしろ新しい声の誕生の場のあるざわめきをもっている[421]」と述べている。

このように「キッチン」冒頭の一文に対しては、さまざまな見解があり、そしてこれらに対しては、またさまざまな角度からの反論や批判も考えられるだろうが、まず一つここで筆者の見解を述べておくならば、このような不自然で曖昧な、責任の回避ともとらえられてしまうような態度こそが、吉本ばなな文学、少なくとも「キッチン」を貫く態度だということである。すなわち、「好きっていう場」＝「即非性」と「交換可能」のことである。

加藤（1996）に倣って、便宜的に括弧の中へ言葉を入れることによって、その特徴を明らかにしてみよう。

独り言：「（うん、私は）私がこの世で一番好きな場所は台所だと思う。（きっとそうだ。自分でも確かなことはわからないけれど）」

語りかけ：「（ねえ、私は）私がこの世で一番好きな場所は台所だと思う（の。たぶんね。私にも確かなことはわからないのだけれど)」

こうして見ると、いずれの表現においても、そこには可謬性や両義性を伴い、他の可能性に対して開かれている。つまり、他の可能性を否定せず、常に「即非」であるということが見てとれるだろう。これはすぐにでも、「私がこの世で一番好きな場所は台所ではないのかもしれない」という正反対のものにも「交換可能」なのである。

先にも述べたように、それは悪く言えば、言質をとられ責任を負わされないためや、後で言い逃れをするための布石または予防線とも言えるものである。だが、これはたとえ自分自身のことであっても、決して絶対や正しさを前提とせず、常に他者や他の可能性、他の正しさに対して開かれていようとする意識の表出、あるいは、断定することで起こる対立や聞き手の不快を、回避しようとする配慮の意識の表出であるともとらえることができるだろう。

自分が台所を好きかどうかということについて、自分でもおそらく好きなのだろうと認識しながらも、同時にその明確なところはわからないし、またその感情が果たして「好き」というものなのかどうか、あるいはそれが一過性のものなのかはっきりしない。そして、はっきりしないのであれば、それは全然はっきりさせる必要性はないのだという態度が、この一文には示されている。さらに過激に言えば、そんなことをはっきりさせなければならない、あるいはだれかに迫られてはっきりさせられる、そんな筋合いはどこにもなく、ごめんこうむりたいということなのである。

このばななの文壇デビュー作「キッチン」の冒頭は、ばなな文学の狭い「間口」であるとも言えよう。この一文に躓き、その門を潜ることのできない読者は、もとより波長が合わないのであり――決して差別的な意味でなしに――この「間口」からその「好きっていう場」に接近する必要のない読者なのである。しかし、ここで見てきた対談におけるばななに依れば、人間の波長は変化するものと言えるのであり、また、ばなな文学はいつでも波長の合う読者がその門を潜ってやって来るのを待っていてくれている。

（2）「台所」

冒頭の一文の後を見ると、すでにここにもまた「即非性」に基づく「交換可能（転移）」が見てとれる。それは、「どこのでも、どんなのでも、それが台所であれば、食事を作る場所であれば私はつらくない[422]」という一文に始まるみかげにおけるキッチン像の描写であり、続けて、「できれば機能的でよく使い込んであるといいと思う。乾いた清潔なふきんが何枚もあって白いタオルがぴかぴか輝く[423]」と述べられたかと思うと、その次の瞬間には、「ものすごく汚い台所だって、たまらなく好きだ[424]」とあり、あたかも清濁を呑み込んで滔々と流れ行くガンジス河のように、こう続ける。

「床に野菜くずが散らかっていて、スリッパの裏が真っ黒になるくらい汚いそこは、異様に広いといい。ひと冬軽く越せるような食料が並ぶ巨大な冷蔵庫がそびえ立ち、その銀の扉に私はもたれかかる。油が飛び散ったガス台や、さびのついた包丁からふと目を挙げると、窓の外には寂しく星が光る[425]」

ここでのキッチン像は、その前の「機能的」で「清潔」な姿と相反し、これ以上ないというくらいに乱雑で「汚く」描かれる。そして、先のきれいな台所の「白いタイルがぴかぴか輝く」さまに対して、汚い台所から見た「窓の外に淋しく星が光る」さまが描かれ、その対比の構造の中に、いずれも主人公桜井みかげにとっては遜色ない理想的なキッチン像であることが示唆されている。

生方（2015）が「冷蔵庫」を「移行対象」、そして「キッチン（台所）」を「中間領域[426]」としてとらえるという鋭い視点を示しているように、この「台所」というものは非常に象徴的なものである。これは精神分析学などの観点からは、「中間領域」という、幼児の内的世界から外的世界への移行、母親からの分離という、いわば「過程」的なものとしてとらえられるのであろうが、筆者には、これは象徴的でありながらも、具体的かつ動態的な「好きっていう場（以下、〈場〉）」として——作用するものとして——とらえられる。

この〈場〉は、これまで述べてきたように、清潔なものにも、汚いものにも交換可能（転移）であり、また言い換えれば、それは汚いものにさえ開かれてあるとも言えるのである。つまり、そこにある清潔と不潔という対立、あるいは外的世界への「過程」などという考え方それ自体をも一笑に付し、「なぜ何かにならなければならないのか」、「なぜ何かであると見なされ、あるいは選ばされなければならないのか」と問うような「即非性」が立ち現れてくるのである。

この後の本文は、「本当に疲れた時、私はよくうっとりと思う。いつか死ぬ時がきたら、台所で息絶えたい。ひとり寒いところでも、誰かがいてあたたかいところでも、私はおびえずにちゃんとみつめたい。台所なら、いいなと思う」[427]と続いているが、ここでも、「ひとり」と「誰かがいて」、「寒い」と「あたたかい」が対比になっているのみならず、「台所」が一種の〈場〉であり、そして同時にその最適なメタファーであることがよく表れている。つまり、たとえ、そこに独りであろうと、誰かがいようと、寒かろうと、あたたかろうと、「死」という限界状況に臨んでなお、これを「おびえずに」、「ちゃんとみつめる」ことができるようにさせるほどのものが、「台所」にはあるというのである。しかもそれを「うっとり」と陶酔したかのように、甘美な快楽として、みかげは頻繁に思い浮かべているのだ。

それこそは「即非性」を根底にもつがゆえに、痛み、悲しみ、そして苦しむ人々を受け入れ、また同時に「交換可能（転移・共鳴）」であることで、ある種の「中間領域」、もっと言えば、いかなるものにも縛られたり、規定されたりはしないという、「癒し」や「救済」につながる〈場〉というものを、非常にわかりやすいかたちで顕現させたものなのである。ただ、ここで注意を払っておきたいのは、だからと言って〈場〉とはこの「台所」や「キッチン」のことであるとはならないということである。実際「キッチン」という作品においては、最後まで「台所」は主人公みかげの「中間領域」的なものであり続けるが、その続編である「満月」では、「台所」は「料理」や「食事」のシーンに取って代わられ、まるで母子分離を果たした幼児のように、「台所」それ自体は注目されなくなる。しかし、これから引き続き「キッチン」を見ていくように、「台所」は〈場〉が顕在化したものの象徴的な一つでしかないのであり、〈場〉は至る所に姿を変えて動態的に働いて、在る。これも「交換可能（転移）」であればこそだが、次に、その影を端からとり上げて分析していくことで、この鵺的な〈場〉というものを浮き彫りにしてみたい。

（3）「誘いコミュニケーション」

これまでは「半独語」やその象徴的な「台所」と、それに関連するいわば意味や価値の即非性について見てきたが、ここでは「キッチン」における〈場〉的なコミュニケーションについて検討してみたい。まず簡単に「キッチン」の冒頭のあらすじについて確認すると、次のようになる。

すなわち、主人公桜井みかげの両親は揃って若死にしており、祖父母がみかげを育ててくれたが、みかげが中学校へ上がる頃に祖父が亡くなり、それからずっと祖母と二人で暮らしてきた。ところが、その最後の肉親である祖母が亡くなり、天涯孤独となったみかげは、それからというもの「ひと冬軽く越せるような食料が並ぶ巨大な冷蔵庫[428]」がそびえ立つ「キッチン」でしか眠ることができなくなってしまう。そして祖母の死後、引っ越しにおける多くの手間や面倒に「絶望[429]」し、家でごろごろしていたみかげであったが、そこへ小さな非日常が訪れる。祖母の知り合いであった一人の青年、田辺雄一がみかげの家を訪ね、彼がその母親と住むマンションに来ないかと誘ってくれたのである。

次に、その「誘い」の場面の台詞だけを抜き出し、これを見ていくことにするが、これは特殊どころか、言語形式的には——相手がどんな人で、どんな状況であるかをよく知っているうえでの、という前置きはつけなくてはならないが——ある種の典型的な、お手本のような誘いコミュニケーションとなっている。

1　みかげ「先日はどうも」
2　雄一「いいえ」
3　雄一「住む所、決まりましたか？」
4　みかげ「まだ全然（笑）」
5　雄一「やっぱり」
6　みかげ「上がってお茶でもどうですか？」
7　雄一「いえ、今、出かける途中で急ぎですから（笑）」
8　雄一「伝えるだけちょっと、と思って。母親と相談したんだけど、しばらくうちに来ませんか」
9　みかげ「え？」
10　雄一「とにかく今晩、七時頃うちに来てください。これ、地図。」
11　みかげ「はあ」
12　雄一「じゃ、よろしく。みかげさんが来てくれるのをぼくも母も楽しみにしてるから」
13　みかげ「じゃ、とにかくうかがいます。」
14　雄一「じゃ後で[430]」

この会話の中で、「誘い」の意図を明示しているのは、みかげのある意味で社交辞令的な誘いである「6」

と、雄一の来訪とコミュニケーションの目的とも言える「8」「10」の誘いである。しかし、これを「待遇コミュニケーション学」（蒲谷2013）における「行動展開表現」の観点からとらえるならば、そこには相違があるのであり、これを仔細に検討することにしよう。

「6」の「どうですか」は「勧め」の典型ではあるが、「お茶」をするということは、両者がともに行動することとなるため、どちらかと言えば「誘い」表現であると言える。

次に「8」の「来ませんか」は、勧め・誘いの典型である「～しませんか」という形式に加え、この表現によって行動を促されているのが、みかげだけであることだけを切り取れば、勧め表現であるということになる。しかし、その「来る」がここで意味するところは、一緒に住むという雄一とみかげ両者の動作に関わるものであり、意図は誘いであるととらえられる。ゆえに、これは実際には誘いを意図した勧め表現——蒲谷（2013）のいう、あたかも勧めであるかのような誘い表現としての「あたかも勧め表現」——であると言えよう。

また、ここでは相手が来てくれることを想定した「～ますか」ではなく、その逆を想定した「～ませんか」という形式をとっており、私はあなたがこの行動に展開してくれることを当然であるとは考えていないといった前提が、しっかりと適切に明示されている。

「10」は一般的に誘いととらえられそうであるが、これは形式としては「ください」として——「くださいますか／ませんか？」ではなく——その行動の「決定権」をとってしまっているので、指示・命令の典型表現である。ただ、相手に「利益」のあることとしてとらえられることから、単なる指示・命令ではない。また、これが誘いを意図していることが、みかげにわからないような場合であれば、みかげにとっては指示・命令以外の何ものでもないものとなるところであるが、ここでは、それが誘いであることは明白であり、誘いを意図した指示・命令表現——「あたかも指示・命令表現」——ととらえられる。

それから、「来ていただけますか」ではなく「来てください」とすることで、その行動の主体がみかげであり、言語形式上の「決定権」および「利益・恩恵」が雄一にあることが明確にされているというのも見事である。もちろん「行動展開表現」の「丁寧さの原理」の観点からは、原則的に「(私が)てもいいですか」、「(私が)てもらえますか」のように、言語形式上の「行動」を自分にし、「~てください」ではなく「~ますか／ませんか」のように「決定権」を相手に委ね、そして「~てあげる／てさしあげる」のように、「利益・恩恵」が相手にあると強調するのではなく、「~てもらう／いただく」や「~てくれる／てくださる」などのように、「利益・恩恵」がかえって自分にあるのだとするほうが、より丁寧な表現だということになる。

しかしながら、コミュニケーションの主体にとって、その行動に展開することが当然である程度が高い(当然性が高い)場合や、相手が遠慮して断ってしまうことが考えられる場合などには、自分が「決定権」を奪ってしまうほうが配慮になる場合もあるのである。たとえば、大学構内などで重い荷物をもった年配の教授を見かけた場合には、「お持ちしましょうか」ではなく、「お持ちします」と宣言してしまうほうが、かえって丁寧になる場合があるだろう。

まさに先の誘いの場面でも、雄一が「決定権」を奪っているのは、みかげが遠慮して断ってしまうかもしれないというところへ配慮したものであると言えよう。つまり、雄一の誘いはそれが意識的であるとしても、また無意識的であるとしても、ここまで周到に配慮された、換言すれば、計算され尽くされたものだということである。さらに「12」では、「ぼくも母も楽しみにしてるから」と述べられており、どう考えてもみかげの「利益」である誘いを、楽しみにしている私たちのために来てほしいのだとして、「利益・恩恵」が誘っている自分たちの側にこそあるのだと強調しており、もはやみかげの方からは断る理由が見当たらない——もちろん、断る理由が見当たらない状況に追い込む「誘い」は、これもまた「丁寧さ」とは相反するものと言えようが、この場合は物語の展開から見ても、そのような意図はまったく感じられない——くらいである。

何と非日常かつ寓話的な展開であろうか。確かに、この雄一という青年は祖母のいきつけの花屋のアルバイト店員で、祖母とは仲がよかったようであるが、祖母のお葬式に雄一が手伝いに来てくれるまでは、たまに花屋で見かけるくらいのもので、同じ大学の学生であることさえ知らない、みかげにとっては赤の他人であったのだから、「しばらくうちに来ませんか」という誘いを「受ける」というのは、みかげにとっては「魔がさした」[431]ようなものであったのだろう。だが、先に見たように、これを雄一側のコミュニケーションの観点から見るならば、その誘いコミュニケーションは、相手の気持ちや状況に対する深い理解と、そこに適した見事な配慮に満ちたものだったのであり、「魔がさした」のは、単に雄一の「態度はとても〝クール〟だった」[432]からではなく、当然の帰結と言えるのである。

私見によれば、このように一見ごく普通のコミュニケーションでありながら、実は周到な配慮に満ちているというのは、吉本ばなな文学、少なくとも「キッチン」におけるコミュニケーションの特徴の一つであるととらえられるのであるが、これは〈場〉の顕在化によるものである。というのは、コミュニケーションという行為が、「私」ではない、「私」からは想像だにしえない相手を推し量り、また投げかける行為であるとすれば、そこにおける配慮というものは、その想像だにしえない相手の、多くの可能性を想定し、さらには、それでも想像だにしえないものであるということをも想定しておくことのうえに成立するものだからである。

みかげは救いの手を必要としているかもしれないし、あるいはそうではないかもしれない。遠慮して来ないかもしれないし、本当に嫌かもしれない。そして、楽しみに待っていると伝えることで、少し気が楽になるかもしれないし、負担になるかもしれない。これらのことがわかるのは、コミュニケーションのやりとりの中、あるいはその結果、相手が行動を展開してくれた後、もしかすると引っ越して来てしばらくしてから、あるいは永遠に本当のことなどはだれにもわからないのかもしれない。また、わからないものはやはりわからないままであるかもしれないし、自分でさえ自分のことがわからないのだから、相手のことなど知りようがないのかもしれないが、それでもあらゆる可能性に思いをめぐらせたうえで、わからないものをわかろうとする。それは「即非性」に基づく「交換可能（転移）」において、相手の立場や気持ちに寄り添うことによって成り立つものであり、それが先に見た誘いコミュニケーションのように見事に互いに噛み合えば、それはまさに一種の「超能力」であるとさえ言えようし、またそれこそ「交換可能（共鳴）」につながるものなのである。

さて、「雨」[433]でありながら、それは「あたたかい」[434]雨の中、雄一のマンションを訪問することになったみかげは、そこで雄一から、雄一の母親であるえり子さんと三人で一緒に住むことを提案される。そこの「台所」や「ソファ」をとても気に入ってしまったことや、雄一の優しさとえり子さんの溢れる生命力に接したこともあってか、いきなりその日から雄一のマンションに居候を始めることになる。

みかげが雄一のマンションを初めて訪れたその日、みかげは「ほとんど初めての家で、今まであまり会ったことのない人と向かい合っていたら、なんだかすごく天涯孤独な気持ちに[435]」なり、「雨に覆われた夜景が闇ににじんでゆく大きなガラス、に映る自分と目が合[436]」うのだが、そこでかえって「世の中に、この私に近い血の者はいないし、どこへ行ってなにをするのも可能だなんてとても豪快[437]」という気持ちになる。そして「今まで、片目をつぶって世の中を見てたんだわ、と私は思う[438]」のである。

これは「天涯孤独な気持ち」から、すぐさま「豪快」な気持ちに切り替わったととらえるべきだろうか。もちろん、そうではないだろう。「ほとんど初めて」どころか、どう考えてもまったく初めてであるはずの家で、「あまり会ったことのない」どころか、祖母のお葬式に手伝いに来てくれるまでは、赤の他人であった雄一と向かい合って、およそすべての「近い血のもの」が一人もこの世界に存在しないことに思いを馳せていれば、それは「天涯孤独な気持ち」にもなるであろうし、まったく同時に、大学受験が終わって親の小言を気にせず大学生活を楽しむことのできるようになった大学生のように、「なにをするのも可能」という開放感、その「豪快」さをも感じることになるであろう。

「天涯孤独な気持ち」と「豪快」といった、相反するとも言える概念の対比は、まさにその矛盾のままに一つであり、これは「即非性」を表すものであるが、ここでは、これにとどまらず、「ほとんど」や「あまり」といった副詞が多用されており、主人公みかげが、あまりに生々しい現実としては、直接向き合いたくない、ある種の客観的な事実と自己との間に――生方（2015）の用いたウィニコットの観点から言えば、「外的現実」と「内的現実」との間に――薄い磨りガラスの膜を張るかのような作用を及ぼしている。

　これこそ「即非性」の真骨頂である。少し批判的に見れば、すべてを相対主義的な決定不可能性へ追い込もうとするものともとらえられるが、先にばななが、「手塚治虫はすばらしい天才だと思うんだけどあの道を歩みたくないというか、わざわざこんなに人間というものに肉薄して[439]」云々と述べていたことを想起するならば、そこには一貫性が見てとれる。すなわち、あまりにも生々しい、辛く苦しい、そして冷たい現実に、小説においてまで、否、たとえそれが現実であったとしても、どうしてわざわざ正面から向き合う必要があるのか。それらを決定・判断不可能なものとしてとらえる、あるいは決定・判断を留保すればよいではないかということである。吉本ばなな文学、少なくとも「キッチン」は、この「即非性」の磁場の上に展開されているのであり、これが「胎内」的や「母性」的とも評される所以であろう。

　だが、これは閉塞や逃避としてとらえられ、また何も生み出さない帰謬論的な詭弁として批判されるべきものなのだろうか。このみかげのような限界状況にあって、このような「即非性」に依拠した自己防衛は、死を選ばないで、なんとか生きているための命綱であるとも言えるのであり、だれかを加害しているわけではない以上、だれもそこに異論を唱える権利はないだろう。さて、これに続いて、次のような会話が展開される。

15　みかげ「どうして、私を呼んだんでしたっけ？」
16　雄一「困ってると思って」
17　雄一「おばあちゃんには本当にかわいがってもらったし、このとおりうちには無駄なスペースが結構あるから。

あそこ、出なきゃいけないんでしょう?…もう」
18　みかげ「ええ、今は大家の好意で立ちのきを引き延ばしてもらってたの」
19　雄一「だから、使ってもらおうと」

ここで注目すべきは、第一にみかげが、雄一からあれほど寓話的な誘いをされて雄一の家へ来たにもかかわらず、「どうして」呼ばれたのかを改めて尋ねているということである。

これはさまざまに解釈できよう。すなわち、誘いを受けて来たとはいえ、ほとんどよく知らない他人の家に住まわせてもらうというような話題を、自分からは切り出しにくいが、しかしそろそろ頃合いであるので、いったいどういう了見や状況で自分が雄一家に呼ばれたのかを尋ねたいという思いからであるとか、あるいは、すべての血縁者を失って、非日常的な誘いを受けて、魔がさしたかのようにこの誘いを受諾し、よくわからないうちにふらふらと雄一の家まで来てしまったため、改めて確認しなければ心もとないから、などである。

しかし、結局その意味するところは、そろそろ詳しいことを説明してくださいというマーカーであると言えよう。ところが第二に、これに対する雄一の返答には、依頼や誘い、申し出など相手の行動を展開させる表現は一切ないのである。つまり、雄一は「どうして、私を呼んだんでしたっけ?」というみかげの問いに対して、「(引用者注:あなたが)困ってると思って(引用者注:、ここに住んでもらおうと思って呼びました)」というように、まっすぐこの「どうして」に対する理由や事情を返しているのである。これは次の「おばあちゃんには本当にかわいがってもらったし、このとおりうちには無駄なスペースが結構あるから。あそこ、出なきゃいけないんでしょう?もう」というさらに詳しい理由・事情説明につながる。

みかげがまだ引っ越し先を決めていないことを、先の誘いの冒頭、「住む所、決まりましたか?」で確認しているとはいえ、雄一はみかげに予定や計画があることをよくよく確認することもしない。だが、先の誘いで、

「まだ全然」というみかげの返事に対して、「やっぱり」と述べていることからもわかるように、これは配慮が足りないのではない。そんなことをせずとも、雄一にはみかげのことが手に取るようにわかっているのであって、再度確認をする必要もないと判断されているのである。実際、みかげのほうも、「ええ、今は大家の好意で立ちのきを引き延ばしてもらってたの」と答えているように、雄一の想定を外れるものではない。

ここでの雄一のコミュニケーションも、強引であることで、かえって相手に遠慮をさせない配慮となっている。先の誘いとここでのやりとりは、「好きっていう場」が濃くなることによって表れる「超能力」としてとらえていいだろう。みかげは、このやりとりでの雄一の態度が「ひどくあたたかくも冷たくもない[440]」、「当然のことのよう[441]」であったため、「私をとてもあたためる[442]」ものであると感じ、「泣けるくらいに心にしみるものがあった[443]」と述べているが、これは雄一の的確な推し量りと、そこに対する適切な配慮が、パズルのピースがはまるようにピタリとみかげにはまったことを示している。

そして、このときすでにみかげは雄一を気に入り始めていたはずである。というのは、先に述べたようにみかげは、「好きっていう場」の「即非性」の磁場の上に、いわば居直ろうとしているのであって、雄一の「ひどくあたたかくも冷たくもない」という決定不可能な態度は、そこに通ずるものであるからだ。

（4）「二項対立を越えて」

これまでのところでは、「キッチン」における「超能力」的なコミュニケーション——先に見たようなコミュニケーションにおける周到な「配慮」を考慮すると、これはもはや理想的な「待遇コミュニケーション」（蒲谷 2013）と呼ぶべきであるかもしれない——と「即非性」の磁場をもつ「好きっていう場」について述べたが、ここでもこれらが重要な鍵概念となってくる。というのは、雄一の「母」であるえり子さんもまた、みかげと同じく「即非性」の磁場に居直る存在であり、そして、えり子さんのコミュニケーションも「超能力」

的であるからである。

まず、みかげがえり子さんに惹かれている理由は、「ものすごい美人[444]」であったからなどではない。「これが母？という驚き以上に目が離せなかった（中略）その全体からかもしだされる生命力の揺れみたいな鮮やかな光——人間じゃないみたいだった。こんな人見たことない[445]」とみかげがえり子さんの第一印象を描写しているとおり、このえり子さんは、実は雄一の父であったが、かけおちまでした最愛の妻を亡くし、「もう誰も好きになりそうにないから[446]」という理由で、「顔からなにからもうみんな手術[447]」をして、女性になって「ゲイバー[448]」を開き、女手ひとつで幼い雄一を育てたという人物なのである。

ここで「もう誰も好きになりそうにないから」女性になったと書かれていることに注目するならば、えり子さんは身体や振る舞いは女性的になっているかもしれないが、すでに男性でも女性でもなくなっていると言えるだろう。雄一から「あの人、男なんだよ？」と打ち明けられたみかげが信じられないというように衝撃を受けているところから推察すると、えり子さんは声や姿としては完全に女性である。しかしクラブやキャバクラ、ホストクラブではなく「ゲイバー」を開き、男や女という性の二項対立の中で生きるのではなく、性自認における多様な性の中で生きることを選んでいることは、「即非性」を如実に示すものと言える。だが、えり子さんは「好きっていう場」の機能としての「交換可能（転移・共鳴）」の特徴をもっている。というのは、えり子さんは「もう誰も好きになりそうにないから」という理由から女性的になっているのであって、男性になったのでも、女性になったのでも、その他の性になったのでもないからである。もちろん、亡き妻になったのでもないが、えり子さんは、亡き妻のいた役割や関係性の枠の中に入ったのである。[449]その「交換可能（転移）」は、えり子さん（雄司）にとって、妻が何かによって代替可能であるほど、軽い存在であったということではない。何によっても代替不能であるからこそ、その「空白」に自らが入ることで、せめて妻の影を残そうとしたのである。

まえに筆者は、ばななが「愛」や「この世」について「相互関係っていうか、お互いの波長が合って何かが共鳴していく」[450]ことであるとし、「さまざまな限定を超え」[451]て、互いの波長が合って共鳴していく――もう一つの言い方をすれば「好きっていう場」のパラメータが濃くなっていく――〝好き〟こそが、「本当の〝愛〟」[452]なのだと述べていることを指摘したが、このえり子さんにそれが如実に表れている。つまり、もし容姿がきれいであることや頭がいいこと、優しいことなどの表象的なところが、自分や相手にとって都合がいいというのが愛であるとするならば、事故に遭って容姿が崩れたり、何か病気によって知的な能力が衰退したり、また気分のすぐれないときに優しくなかったりすれば、その愛はたちまちのうちになくなるということになる。しかし、その愛が人間やその生命の本質的な次元における関係性＝つながりや波長の共鳴のことであるとするならば、表象的なところがいくら変化し、あるいは不安定であるとしても、あるいは、その人の存在がこの世から消え去ろうとも、その愛は滅することがないのである。

だからこそ、えり子さんはそのいかなるものによっても代替不能な妻のいた「空白」へと、自分を滑り込ませ、妻の影を留め置こうとしたのであろう。これが「抜き差しならない」関係ではないというのは、それが何か表象的なものに対するフェティシズムや執着としての愛ではなく、「濃い好き」や「好き」から「嫌い」までの多様な濃淡における「濃い好き」だということである。前者の場合、その好きはストーカーなどに変じるかもしれないが、後者の場合は、相手にとっての幸せを優先するのであり、過度な執着や束縛にはつながらない。もし後者の意味ではなく、相手がどこのだれでも構わないという軽薄な意味であるとするならば、それが濃くなった際に「超能力」などは発生しないであろう。

これは「愛」としてではなく、人間関係の姿勢としてもとらえることができ、雄一もこのような姿勢で生きていると考えられる。雄一のマンションを訪ねる前、みかげは雄一に対して、「ほんの少し知った後でも彼のその、どうしてか〝冷たい〟印象は変わらなかった。ふるまいや口調がどんなにやさしくても彼は、ひとりで生きている感じがした」[45]という印象をもっていた。みかげは続けて、「つまり彼はその程度の知り合いにすぎない、赤の他人だった」[454]と述べているが、雄一が「ひとりで生きている感じ」がする理由は、みかげが雄一と親しくないからだけではない。この「好きっていう場」を生きていれば、——ときに相対主義が冷笑的（シニカル）であると評されるように——自分の欲望や信念に固執し、人や物などの表象的な側面に執着や情熱を示すことはなくなり、どこか達観したような態度になってくるのであろう。

次に後者について述べると、えり子さんのコミュニケーションもまた超能力的なのである。みかげとえり子さんの初対面の場面、えり子さんは仕事中であったにも関わらず、「日常ではちょっとありえない（中略）おつとめが夜のものだとすぐに理解できる」[455]服装と化粧で、トイレ休憩の一〇分の間に自宅へ戻り、みかげに挨拶をする。これは大事な一人息子が家に連れて来て、一緒に生活しようという女がどんな女か、もちろん雄一からみかげの事情は聞いているにしても、どうしても自分の目で見て確認したかったとも考えられるが、そのような目的は、もしあったにしても副次的なものである。この場面の会話は次のように展開される。

20　雄一「桜井みかげさんだよ。」
21　えり子「初めまして。」「雄一の母です。えりこと申します。」
22　みかげ「初めまして。」
23　えり子「明日からよろしくね。」「ごめんね、雄一。全然抜けらんないのよ。トイレ行くって言ってダッシュしてきたのよ。今。朝なら時間とれるから、みかげさんには泊まってもらってね。」
24　雄一「じゃ、車で送ってやるよ。」
25　みかげ「ごめんなさい、私のために。」
26　えり子「いやー、まさかこんなに店が混むなんて思ってなかったのよ。こちらこそごめんなさいね、じゃ、朝ね！」

何の質問もせずに、自己紹介の後の第一声が「明日からよろしくね」である時点で、すでに雄一からみかげの事情を聞いており、そしてみかげが一緒に住むことを了承していることが推察できるが、それだけではない。この第一声に加えて、「朝なら時間とれるから、みかげさんには泊まってもらってね」というのは、雄一に対するものであると同時に、みかげに聞かせるという意図をもった発言であるととらえられる。

すでにえり子さんが了承しているとしたら、そこで時間をとって話すべきことはとくにない。しかし、ここではみかげの立場が考慮されているのである。すなわち、みかげは、この家の家主であるえり子さんが不在であり、またその了承を直接得ることができない場合、その日は家に泊まらずに帰ろうとするかもしれない。また、このときにえり子さんが一時帰宅したので挨拶ができたとはいえ、みかげのほうもよく知らない人――とくに面識のないえり子さん――と一緒に生活するというのは何かと不安があるはずで、お互いをよく知るためにはもっと交流をもたなければならないが、いまは時間がなく、朝まで待ってほしいということを表現しようとしているのである。最後に再度「じゃ、朝ね」と言って颯爽と仕事へ戻るえり子さんのコミュニケーションは、〈この親にしてあの子〉と言うべきか、実に雄一とよく似た、徹底的でありかつそれを恩着せがましく顕在化させない、さり気ない配慮に満ちているのである。

この翌朝のコミュニケーションでは、みかげに対して「そんなに寝ぼけてて包丁持てる？」や、雄一が昔買っていた犬――そのうえすでに死んでいる――の「のんちゃんに似てる」などと、昨日会ったばかりという関係性では、普通の人が言えば単なるハラスメントととらえられかねない冗談を言うえり子さんであるが、それがきっちり冗談ととらえられるのは、「おつとめが夜のもの」――人を楽しませる商売――であるところからくる会話の諧謔性、そして男性でも女性でもないという、一般的な立場・役割を超越した立ち位置からのものであるというだけでなく、このようなマイナスのことを口にする場合に、それらを冗談ととらえさせるにふさわしいプラスのことも口にして伝えているというところにある。

27　えり子「おはよう。」
28　みかげ「おはようございます。」
29　えり子「いつもあたし、まだ寝てるんだけどなんだかおなかがへってねえ……。でも、この家なにもないのよね。出前とるけど、なに食べたい？」
30　みかげ「なにか作りましょうか。」
31　えり子「本当に？」「そんなに寝ぼけてて包丁持てる？」
32　みかげ「平気です。」
33　えり子「雄一がね。」「あなたのこと、昔飼ってたのんちゃんに似てるって前から言ってたけど、本当ーーに似てるわ。」
34　みかげ「のんちゃんと申しますと？」
35　えり子「ワンちゃん。」
36　みかげ「はあー。」
37　えり子「その目の感じといい、毛の感じといい……。昨日初めてお見かけした時、ふきだしそうになっちゃったわ。本当にねえ。」
38　みかげ「そうですか？」
39　えり子「のんちゃんが死んじゃった時、雄一はごはんものどを通らなかったのよ。だから、あなたのことも人ごとと思えないのね。男女の愛かどうか保証できないけど。」

40　みかげ「ありがたくおもいます。」
41　えり子「あなたの、おばあちゃんにもかわいがってもらったんですってね。」
42　みかげ「ええ。おばあちゃんは雄一くんをとても好きでした。」
43　えり子「あの子ね、かかりっきりで育ててないからいろいろ手落ちがあるのよ。」
44　みかげ「手落ち？」
45　えり子「そう。」「情緒もめちゃくちゃだし、人間関係にも妙にクールでね、いろいろとちゃんとしてないけど……やさしい子にしたくてね、そこだけは必死に育てたの。あの子は、やさしい子なのよ。」
46　みかげ「ええ、わかります。」
47　えり子「あなたもやさしい子ね。」
48　えり子「よくね、こういうこと言って本当は違うことと考える人たくさんいるけど、本当に好きなだけここにいてね。あなたがいい子だって信じてるから、あたしは心から嬉しいのよ。行く所がないのは、傷ついてる時にはきついことよ。どうか、安心して利用してちょうだい。ね？」
49　みかげ「……ちゃんと、部屋代入れます。」「次住む所を見つけるまで、ここで眠らして下さい。」
50　えり子「いいのよ、気なんか使わないで、それよりたまに、おかゆ作って。雄一のより、ずっとおいしい。」

ここで着目すべきは「48」である。えり子さんは「こういうこと言って本当は違うことと考える人たくさんいるけど」と、メタ言語表現的に前置きし、いまから述べることは本心であると強調したうえで、「本当に好きなだけここにいてね」と、みかげがその日から一緒に暮らせるようにと、了承を指示・命令の形式で示している。そして「利益・恩恵」があるのが、みかげ側であるにもかかわらず、それがえり子や雄一にとって「心から嬉しい」ことであると述べ、さらに「どうか、安心して利用してちょうだい」と畳みかけている。

とくに「利用」という、人を自分の利益のために道具的に使う意味のある言葉をわざと入れ、それをえり子さんのほうから肯定して見せることで、みかげが、えり子さんや雄一に対して、私はこの人たちを利用してしまっているのではないかなどと感じさせないために先手を打っているのである。もちろん、現実には、このように言うことでかえって、私が利用しているということを仄めかされているのだろうかなどと相手を不安にさせることもあるだろうが、この表現は「キッチン」の中ではそのようには機能しておらず、その後でみかげの心情が「私はなんだか胸がつまって[456]」と描写されているように、その配慮でみかげを感動させているのである。まさに超能力とも言うべき徹底した、そして相手や場面に適したコミュニケーションである。

また、ここでも「あなたもやさしい子ね」や「雄一のより、ずっとおいしい」などの褒め表現が垣間見られるが、そのほかでも、えり子さんは「みかげは、みどころありそうだから[457]」、「みかげの素直な心が、とても好きよ[458]」など、直接的にみかげを褒めたり、好意を伝えたり、プラスのことを本人にはっきり言葉で伝えている。これは「即非性」の磁場をもつ「好きっていう場」の中で、二人の関係性における――少なくともえり子さんから見た――「好き」の濃度が濃い状態であるということを示している。このように「キッチン」には、主人公と深い、あるいは（描写されている時間の）長い関係性がある登場人物では、このパラメータが「嫌い」であることはなく、これは吉本隆明の指摘のとおりであり、この「好きっていう場」の関係性は、このような徹底した配慮に満ちた適切な＝互いにとって心地の良いコミュニケーション行為を通して形成されているものであると言えよう。

（5）「モラハラ元彼」

こうして、雄一のえり子さんのマンションへ引っ越して来たみかげは、アルバイトに行くほかは部屋の掃除をしたり、ケーキを焼いたりして、毎日主婦のように過ごし、また、雄一とえり子さんのおかげでその傷を癒され、徐々に悲しみを忘れていった。しかし荷物を整理するために、以前住んでいた家へ戻って来ていたとき、祖母の病気が悪くなった頃に別れた宗太郎という昔の恋人から電話があり、二人は会うことになる。

宗太郎はみかげが雄一と一緒に住んでいることを知っており、「大学中の話題[459]」だと教えてくれた。また、雄一が学校の食堂で彼女――このとき別れたものと思われる――にひっぱたかれたことも聞かされる。

しかし、ここでみかげの頭の中に、雄一に迷惑をかけていること、あるいは雄一との関係をどうしようかということよりも先に浮かんできたのは、宗太郎だったら、「ばりばり私を引っ張りまわして新しいアパートを決めさせたり、学校へ引っ張り出したりしたんだろう[460]」という感想であり、そしてかつてはその宗太郎の「健全さ[461]」が「好き[462]」であり「あこがれ[463]」でもあったが、自分は「とってもついていけない[464]」のであり、かつて自分はそんな自分自身が「いやになりそうだった[465]」という振り返りであった。続けてみかげは「今、私に必要なのはあの田辺家の妙な明るさ、安らぎ[466]」であると確信する。

なぜそうなるかということについての理由は、鄭秋迪（2016）が、「ひとつには、みかげが祖母と二人で暮らしていたときに感じていた『「おばあちゃんが死ぬのが」こわ』いという恐れや淋しさを想起しながら、『私に雄一が反応したのは当然なのかもしれない』と述べているように、同じく親（母親）を失ったことがあり、不安の中で生きている雄一と波長が合うということがあろう。もうひとつは、ある種の社会的な『健全さ』という、そこから外れたものを『不健全』なものとして排除してしまうような構造の対極にあるような田辺家の混沌が、幼い頃からその社会的な「不健全」にあたる、両親のいない暮らしをしてきたみかげにとって、より近しく、安心できる場所となりえたのであろう[467]」と指摘したとおりである。

本書の観点から言えば、ここには社会的に「健全」であることを回避し、同じく社会的に「不健全」とされるものであっても、それがどうして「不健全」とされなければならないのか、そもそも「健全さ」とは何かといった、だれかによってAやBなどと社会的に規定された二項対立を抜け出していこうとする動きが見てとれ、これも「即非性」の磁場の上にあると言える。

また、この宗太郎というこの場面だけに登場する人物を、コミュニケーションの観点からとらえるならば、先に見た雄一やえり子さんとは対照的に、きわめて抑圧的かつ、独りよがりなものであることがわかる。ここでは少々長くなるため、セリフ部分のみ抜き出して示す。

51　宗太郎「もしもし？ みかげか？」
52　みかげ「お久しぶりね！」
53　宗太郎「いや、学校に来てないから、どうしたのかと思って聞いてまわってさ、そうしたらおばあちゃん亡くなったっていうだろ。びっくりしてさ。……大変だったね。」
54　みかげ「うん、それでちょっと忙しくて。」
55　宗太郎「今、出てこれるか？」
56　みかげ「ええ。」

先にも述べたように、このときみかげは亡くなった祖母の家にいて、「おじいさんの古時計」を口ずさみながら冷蔵庫を磨いているのである。祖母の死という限界状況に直面する状態に身を置きながらも、かろうじて「冷蔵庫」という生方（2015）の言うところの「移行対象」に意識を集中することで、現実から目を背け、自らを保っている状態である。そこで電話が鳴り、みかげは「そんな気がしながら」[468]受話器をとる。つまり、みかげは「超能力」的に、それが宗太郎からの電話だとわかったわけであり、ここにも「好きっていう場」の「共鳴」が垣間見られる。

そこで「もしもし？ みかげか？」という宗太郎の声を聞いて、みかげは「泣きたいほどなつかしい声」だと感じるのであるが、しかし宗太郎の物言いとともに、宗太郎とみかげの波長は、その会話の中で少しずつすれ違っていくのであり、吉本ばななの才能の〝オーソドキシー〟が冴えわたる。先ずこの「51」の「みかげか?」であるが、その元彼女という親しい関係性からは、「みかげ?」でもよいはずであり、また逆に距離感があるというのなら「みかげさん?」や「みかげさんですか?」でもいいところを、呼び捨てにわざわざ「か」という疑問詞をつけているので、「Aか?(あるいはそうでないのか)」答えよというような、いささか命令的な上から口調になっている。もちろん、ここだけであれば、くだけた口調でそのように尋ねることもあるということで許容できるが、さらに「55」で「出てこれるか?」と尋ねており、これも丁寧体ではなく、普通体に「か」なので同じくいささか命令的な上から口調になっている。

もちろん、これも言い方によっては、いわゆる「よそいき」のイントネーションで相手を心配する、思いやるような感情を表現しながら発話すれば、そのようなニュアンスはなくなると言えよう。しかし、この宗太郎という人物は、みかげにおいても、祖母の死後、宗太郎だったら「ばりばり私を引っ張りまわして新しいアパートを決めさせたり、学校へ引っ張り出したりしたんだろう[469]」と想定されているような人物なのであり、そこから想定される口調は、まさに自分の思いどおり、自分が正しいあるいはよりいいと思うどおりに(他人の)ことを運ぼうとするようなものであると容易に推測される。

このことは、この後に実際に宗太郎と会う場面の直前で、みかげが、「宗太郎は公園が大好きな人だった(中略)彼のそういう好みで、よく真冬でもなんでも二人は公園で待ち合わせたものだ[470]」という描写からも見てとれる。もちろん、これに続けて、みかげの遅刻が多いので、「公園の真横にある、だだっ広い店[471]」で待ち合わせることになったというが、それでも自分が、公園が好きだと言う理由で真冬に公園で待ち合わせようとする人物だということを念頭に置けば、その口調は自然とイメージできるというものである。

57 みかげ「雨が降るかな。」
58 宗太郎「いや、晴れてくるんじゃない？」
59 宗太郎「なんで二人で久しぶりに会って、天気の話してるんだろうね。」
60 宗太郎「君、今さ。」「田辺んとこにいるんだって？」
61 宗太郎「大学中の話題だよ。すごいなー、耳に入んなかったの？」
62 みかげ「あなたが知ってることすら知らなかったわ。なんなの？」
63 宗太郎「田辺の彼女が、前の彼女っていうの？その人がね、田辺のこと学食でひっぱたいたのさ。」
64 みかげ「え？ 私のことで？」
65 宗太郎「そうらしいよ。だって君たち今、うまくいってるんでしょう。俺、そう聞いただけど。」
66 みかげ「え？ 初耳ですが。」
67 宗太郎「だって二人で住んでるんでしょ？」
68 みかげ「お母さんも（厳密には違うけど）住んでるのよ。」
69 宗太郎「ええっ！うそだろうーっ」「田辺って。」「変わってるんだってね。」
70 みかげ「よく、わかんない。」「あまり会わないし。……話も特別しないし。私、犬のように拾われただけ。別に、好かれてるんでもないしね。それに、彼のことはなにも知らないし。そんなもめごともマヌケなまでに全然、気づかなかったし。」
71 宗太郎「でも、君の好きとか愛とかも、俺にはよくわかんなかったからなあ。」
72 宗太郎「とにかく、よかったと思うよ。いつまで引き取られてるの？」
73 みかげ「わかんない。」
74 宗太郎「ちゃんと、考えなさいね。」

75 みかげ「はい、心がけます。」
76 みかげ「あそこに住んでるのよ。」
77 宗太郎「いいなあ。公園の真横じゃない。俺だったら朝五時に起きて散歩しちゃうな。」
78 みかげ「じゃあね。」
79 宗太郎「しっかり生きろよ。」
80 みかげ「はい、心がけます。」

おそらく、みかげは最初どう話しかけていいかわからず、「雨降るかな?」と切り出したのであるが、宗太郎は即座に「いや、晴れてくるんじゃない?」と否定で応答し、さらにはそのような天気の「話題」さえも否定している。なお、この「話題」の否定＝ツッコミのセリフは、みかげのものである可能性も否定はできない。しかし、第一にその話題をみかげが自分で振っているということ、そして、第二にこの「なんで二人で久しぶりに会って、天気の話してるんだろうね。」というセリフの直後（地の文）には、「その笑顔に安心した」とあり、宗太郎の笑顔を指していることから、このセリフは宗太郎が笑いながら言い放ったものであると推測するのが妥当であると考えられる。

そして、みかげが祖母を亡くして天涯孤独になっている状況や心情に対する気づかいもなく、宗太郎は、「世間話の途中で、ふいに思い出したように[472]」大学で聞いた噂話を尋ねるのである。すなわち、「君、今さ。」「田辺んとこにいるんだって?」である。ここでよく知りもしない――それはこの後の宗太郎の発言でも明らかであるが、後に扱うことにする――雄一を「田辺」と呼び捨てにしている。しかも、みかげに対する呼称の第一声も、電話での「みかげ」ではなく「君」で、まるで上司と部下である。そして、みかげが雄一の家にいること――そして、そのために雄一が（元）彼女からひっぱたかれたこと――が大学中の話題であり、それが耳に入っているかということを「耳に入んなかったの?」と否定疑問文で問いかけている。

ここでは「入らなかったの」ではなく、「入んなかったの」と、くだけた「縮約形」が用いられており、さらに疑問詞の「か」を省略した「の」による疑問文となっている。これだけならまだしも、これを修飾する「すごいなー」という文句は、どんなに爽やかな、あるいはふざけた口調で「困った顔をして笑いながら[473]」発話したものであるとしても、それは煽っているととらえられても文句は言えまい。その証拠に、ここからみかげはわずかにではあるが、苛立ちを覚えはじめている。それは「あなたが知ってることすら知らなかったわ。なんなの?」という返答につながる。

そこから宗太郎はただ伝え聞いた噂話をもとに、「~でしょう?」、「~でしょ?」とその野次馬的な断定的憶測を、立て続けにみかげに投げつける。そして、みかげが、雄一とその「母」であるえり子さんと三人で住んでいると聞くと、それをどう解釈したのか、雄一がマザコンだとでも思ったのか、「ええっ! うそだろうーっ」という何の思慮も感じられない大袈裟な反応をして、しまいには「田辺って。」「変わってるんだってね。」と、「~だってね」というように、どこからか伝え聞いた不確かな噂話をもとにしか判断できない関係性――雄一を知ってはいるが、親しくはない――であるにも関わらず、その他人である雄一を誹謗中傷しているのである。

先の反応において、みかげは、「宗太郎は大声で言った。彼のこの陽気な素直さを私は昔、本気で愛していたが、今はうるさいのですごく恥ずかしいだけだった[474]」と述べ、いわば「引いている」のであり、さらに雄一を悪く言われたことへの不快は、長い一文ではなく、短い並列の短文を複数くり出すという、「キッチン」のみかげのセリフの中でも異例の返答につながるのである。それが「よく、わかんない。」「あまり会わないし。……話も特別しないし。私、犬のように拾われただけ。別に、好かれてるんでもないしね。それに、彼のことはなにも知らないし。そんなもめごともマヌケなまでに全然、気づかなかったし。」である。

そして、このセリフには嘘がある。もちろん、みかげの田辺家での状況と、そこに至るまでの経緯を、みかげの立場から謙遜的にかつ客観的に描写すれば、おそらくこのとおりなのであろう。しかし、そこには雄一やえり子さんのリアルな人物像やその温かな優しさが描写されておらず、それをみかげが意図的に描写しなかったととらえたほうがしっくりと説明がつくのである。つまり、このような独断的な宗太郎に、それを理解させること、その労力を使うことを、みかげは放棄したのである。

宗太郎はそんなこととは露知らず、これを「雄一のことはよくわからない、知らない」くらいの意味でとり、これに今度はまったく関係のない自分語りである「でも、君の好きとか愛とかも、俺にはよくわかんなかったからなあ。」を被せてくる。これは本書の観点から言えば、「全然波長合わなくて共鳴できなかったんだよな」という告白と同じことであり、はじめ電話口では「泣きたいほどなつかしい声」だと感じていたみかげが、これだけ引いていることに気づけないくらいであるから、それは当然のことであろう。この二人は「嫌いっていう場」とまではいかないが、その「好きっていう場」の関係性の濃度はきわめて薄く、宗太郎が電話をしたのは単に噂を伝え聞いたから——現に祖母が亡くなり、みかげがどん底にいたときには、電話をかけていない——であり、みかげが宗太郎の電話に感応できたのは、交際していた当時のみかげの、宗太郎には「よくわかんなかった」「愛」すなわち、みかげから宗太郎への濃い関係性の名残りによるものだったのではないだろうか。なお、この宗太郎の突然の自分語りは、見事にみかげにスルーされている。

続けて宗太郎は、みかげが「犬のように拾われた」と言ったことを受けてか、「いつまで引き取られてるの?」と尋ねるが、みかげは「わかんない」と答える。ここでみかげが真剣にいつまで引き取られていることになるのだろうかと、先行きの見えない不安を吐露するとすれば、それはいささかぶっきらぼうな「わかんない」ではなく、「わからない」になるのではないだろうか。もちろん、このような微妙な表現の調整は個人差が強いが、そうとらえるほうが、前のところで、みかげが宗太郎に、みかげの見ている現実を理解させること、そしてそのために労力を使うことを、みかげが放棄したことと一貫する。つまり、「わからない」のではなく、「わからない」にしても、あなたとその話をするつもりはないので早く切り上げたいという「わかんない」なのである。

そうとは知らず、宗太郎はやはりこいつはダメなやつだとばかり独善的に、「ちゃんと、考えなさいね。」と部下や子どもを諭すように、上からものを言う。これに対して、交際していた頃の習慣なのか、みかげは「はい、心がけます。」と答えており、まるで「モラハラ夫」とこれに支配・洗脳されている妻のやりとりのようになっている。その習慣性は、別れ際に宗太郎が再び上から目線で「しっかり生きろよ。」と言った際に、みかげが再度「はい、心がけます。」と同じセリフをくり返していることからも見てとれる。

なおモラハラとは、フランスの精神科医であるマリー＝フランス・イルゴイエンヌが、イルゴイエンヌ（1998）で提唱した「二人の人間が取り結ぶ関係性のあり方、あるいはその構造に関する名称[475]」としての「モラル・ハラスメント」の略称である。これは性的あるいは暴力（物理）的なものではない、言語や非言語行為（態度等）によって人の心を傷つける「精神的な暴力[476]」を意味し、老若男女を問わず、また家族や職場、学校などのあらゆる場面や関係性において発生する可能性があるものである。

その特徴は、「人の気持ちを踏みにじって不安にさせる理不尽な態度」や「些細なことを持ち出して、相手に非があるかのように怒」るなど、相手の言動や人格までをも否定するところにあり、これに対して被害者が「何を言っても徹底的に無視」されることになる。つまり、安冨（2019）が指摘するように、このように加害しておきながら虐待者は同時にそれを被害者のせいに責任転嫁するとか、被害者のためにそうしているのだと偽ることによって巧みに隠蔽し、「相手の自尊心や判断力を徐々に低下させ、行動や思考までもコントロールしようとする」のである。このため被害者は自分が精神的虐待を受けているであるとか、あるいは自分ではなく相手が悪いということに気づくことができない――あるいはそのような自分に都合のよい、かつ他者を貶めるような不真面目な思考ができない――のであり、かえって「相手はいい人のはずだ、こんなひどいことを言うのは私が悪いからだ」と、自責の念や罪悪感、後悔などを抱くようになる。

そして、よりいっそう努力するようになるのだが、その問題は被害者ではなく、虐待者にあるため、それで問題が解決するはずもなく、より自責の念を強めるとともに虐待者の支配下に完全にとり込まれ、精神の崩壊や自死に追い込まれていくという。

「『いいなあ。公園の真横じゃない。俺だったら朝五時に起きて散歩しちゃうな。』宗太郎は笑った。とても背が高いので、いつも見上げる形になった。この子だったらきっと――私は横顔を見ながら考えた。きっと、ばりばり私を引っ張りまわして新しいアパートを決めさせたり、学校へ引っ張り出したりしたんだろう。それ、その健全さがとても好きで、あこがれで、それにとってもついていけない自分をいやになりそうだったのだ。昔は。（中略）でも私はどうしても――今、私に必要なのはあの田辺家の妙な明るさ、安らぎ――で、そのことを彼に説明できるようには思えなかった。別に、する必要もなかったけれど、彼と会うといつもそうだった。自分が自分であることがもの悲しくなるのだ」[477]

先に挙げたモラハラの被害者の特徴にあるように、宗太郎による精神的虐待に気づいていないみかげは、かえって「それにとってもついていけない自分をいやになりそうだった」、「彼と会うといつもそうだった。自分が自分であることがもの悲しくなるのだ」などと自分を否定あるいは責めており、いまだ宗太郎に対する「愛」をわずかに抱いているのである。

「イルゴイエンヌは、自身が女性であることもあって、男性から精神的身体的暴力を受けた女性のカウンセリングを行う機会が多く、そのなかで、身体的暴力を受けることなく、それでいて、ひどく傷つけられている女性が多いことに気づいた。彼女らは一様に、自分自身に対する深い罪悪感を抱いており、虐待者を恐れながらも、愛しているつもりになっていた[478]」

「モラル・ハラスメントの被害者は、自分が虐待者によってひどい目に合わされている、ということをなかなか認められない。虐待者はまともなコミュニケーションが行われているというフリをして被害者を騙しており、被害者がそのことに気づかなくなっていることが、モラル・ハラスメントの本質である[479]」

また、先ほどの筆者の指摘を証明するように、みかげは雄一やえり子さんのリアルな人物像とその温かな優しさを、宗太郎に説明することを、「私はどうしても——今、私に必要なのはあの田辺家の妙な明るさ、安らぎ——で、そのことを彼に説明できるようには思えなかった」と、放棄していることが示されている。

その後、宗太郎が雄一の元彼女から、直接かどうかは断定できず、元彼女が他者に漏らしたものが宗太郎の耳に入ったという可能性もあるが、「一年間つきあっても田辺のことがさっぱりわかんなくていやになった[480]」や「田辺は女の子を万年筆とかと同じようにしか気に入ることができないのよ[481]」などと聞いて、それをみかげに語ったことを、みかげが想起する場面がある。だが、この元彼女も、雄一を全然理解していないのであり、またたからこそ、雄一にとってその元彼女は、「好きっていう場」の濃度の濃いものや、波長の共鳴としての深い「愛」にはなりえなかったのである。

みかげもそこで、「私は雄一に恋していないので、よくわかる。彼にとっての万年筆と彼女にとってと、全然質や重みが違ったのだ。世の中には万年筆を死ぬほど愛している人だっているかもしれない。そこが悲しい。恋さえしていなければ、わかることなのだ[482]」と述べている。

これは元彼女にとっての万年筆に対するような「気に入る」ということの表現や方法が、実は雄一にとっては恋人に対するべき「気に入る」ということの表現や方法であるということに、恋をしている、つまり、自らの求める「気に入る」ということの表現や方法を相手に投影して、それを期待しているために、気づくことができないでいるのだと解することができるだろう。言い換えれば、そこに気づけていないということは、この二人の波長は共鳴していないのである。そこに気づいているみかげは、雄一に「恋していない」と述べているが、ここでいう「恋」が盲目的な相手への憧憬と理想の投影であるとすれば、確かに「恋」はしていないかもしれないが、それと異なる何かの感情が、二人の間に発生しつつあることが、この直後の流れで示唆されている。ここでは本文を直接抜き出してみよう。

> 私は雄一に恋していないので、よくわかる。彼にとっての万年筆と彼女にとってと、全然質や重みが違ったのだ。世の中には万年筆を死ぬほど愛している人だっているかもしれない。そこが悲しい。恋さえしていなければ、わかることなのだ。
> 「仕方なかったんだよ」雄一は私の沈黙を気にしたらしく、顔も上げずに言った。「全然君のせいじゃない」
> 「……ありがとう」
> なぜか私はお礼を言った。
> 「どういたしまして」
> と彼は笑った。
> 私は今、彼に触れた、と思った。一ヶ月近く同じ所に住んでいて、初めて彼に触れた。ことによると、いつか好きになってしまうかもしれない。と私は思った。恋をすると、いつもダッシュで駆け抜けてゆくのが私のやり方だったが、曇った空からかいま見える星のように、今みたいな会話の度に、少しずつ好きになるかもしれない。[483]

ここで「いつか好きになってしまうかもしれない」とみかげが感じたのは、いつも「〝冷たい〟」印象のある雄一が、みかげの「ありがとう」という少しズレた返答に対して、「どういたしまして」と冗談を返して「笑った」から、そこに親近感を覚えたなどという単純なものではない。

　みかげはこの会話の中で、自分が雄一を理解している――自分が雄一と波長が合う――ことに気づき、また雄一の反応を見ることで、雄一もそのように思っているのではないかということに気づいたのである。みかげの言う、「ありがとう」は、「なぜか私はお礼を言った」とあるように、単に「全然君のせいじゃない」とフォローを入れてくれたことに対するお礼なのではなく、その雄一の非言語的な反応によって、雄一もまた自分と同じく波長が合うことに気づいており、そのためにみかげと一緒にいることを選んだことに対するお礼であったと考えられる。

（6）「即非の文学」

　みかげが宗太郎と会った日の夜、雄一はワープロを買って帰って来るのだが、えり子さんもジューサーを買って帰って来る。みかげは、雄一のワープロのところで「この家の人は買い物が病的に好きなのだ。それも、大きい買い物。主に電化製品ね[484]」と独白しているが、さらにみかげが驚くのは、えり子さんがジューサーを買って帰り、「生ジュース飲んで、お肌をきれいにしようと思ってさ[485]」と言ったのに対し、雄一が「もう歳だから無駄だよ」と雄一が説明書を見ながら「淡々と普通の親子の会話をする[486]」ことに対してである。

　そして、みかげは「『奥さまは魔女』みたいだ。不健康きわまりない設定の中で、こんなに明るいんですもの[487]」と独白するが、この「不健康」は、先ほどの宗太郎を形容した「健全」と対概念になっており、また、この「不健康」な設定の中の明るさは、ここで引かれている米国ドラマ『奥さまは魔女』日本放送版の冒頭ナレーション「奥さまの名前はサマンサ。そして旦那さまの名前はダーリン。ごく普通の二人はごく普通に恋をして、ごく普通に結婚しました。でも唯一つ違っていたのは、奥さまは魔女だったのです」に象徴されるように、いわば非日常を普通の日常として生きようとするということなのである。ここにも何が非日常で何が日常なのかという既成概念を超えて、非日常を普通に生きても構わないではないかという「即非性」が垣間見られる。

だが、みなし子になったみかげが、キッチンで寝るようになり、何もかもやる気をなくしていったように、非日常を日常として生きるということは、けっして容易なことではなく、へたをすれば正気を失っていくことになる。そこで田辺家は、大きな買い物という非日常を、非日常の中の日常にすること、つまり、非日常の中で非日常を日常としてごく普通に生きようとしていると考えられるのではないだろうか。

それから、以前住んでいた部屋を完全に引き払った帰り、みかげは、バスで見知らぬ祖母と孫娘、そしてその母親（眠っている）と乗り合わせるのだが、その見知らぬ女の子「ゆきちゃん」と、その「祖母」、そしてその「眠る母」にかつての自分を重ね合わせ、みかげは孤独や不快感を覚える。逃げるようにしてバスを降りるが、しかしその降りた先で、これまた見知らぬ「厨房」の音に元気づけられ、雄一の家へ帰り、その夜に雄一と同じ夢を見るという小さな奇跡（超能力）に遭遇する。

生方（2015）は、バスで乗り合わせた「ゆきちゃん」の「眠る母」と、その後の雄一のマンションでみかげが見る夢の中の――現実では亡くなっているはずの――「眠る祖母」に注目し、「みかげは『となりで寝てるおばあちゃんが起きちゃう』と言ったことを『しまった』と思っており、このみかげの失策行為から、みかげは〈眠る母〉の存在を口にすることを抑制していることが分かる」[488]と述べている。

生方は、みかげがバスの中で「ゆきちゃん」に対し否定的な感情を抱いたこと、そして、夢の中でみかげが「眠る祖母」に言及したことを「しまった」と感じたことを解釈するために、「眠る祖母は祖母の死という出来事を隠蔽する機能をもつ」[489]としながらも、「祖母の死を語ることには祖母の眠りを隠蔽するという機能も備えられているのだ」[490]という、若干パラドクス的な説明をしている。

さらに生方は、みかげがこのように隠蔽する理由を、「〈眠る母〉が目覚めると、みかげは自由な『みなしご』ではなくなってしまう[491]」からであるとしているが、この直接的な根拠となるものを作中に見出すことはできない。生方は、みかげにとって「自由」の価値が高いということをその理由として挙げているが、その根拠となっているのは、みかげが血縁者の死によって天涯孤独となった際に、「豪快さ」や「面白さ」を感じているということが指摘されているのみで、説得力に欠ける。また、なぜ「祖母の死や眠りを語らないようにすること」ではなく、「祖母の死を語ること」に祖母の眠りを隠蔽するという機能が備えられているのかということに対する説明もない。

筆者が同じようにこの「（バスの中のゆきちゃんの）眠る母」や「眠る祖母」に注目すると、この「眠る母」や「眠る祖母」こそ、揃って若死にした「母」と「父」、そして「祖父」や「祖母」を隠蔽するものであり、「眠っている」ということさえ口にしないようにしている理由は、これが実は「死んだ母」や「死んだ祖母」であること、すなわち、母や祖母がすでに「死んだ」というはっきりした状態にあるのだという現実を直視しないようにするためであると考える。そうすると、バスの中で祖母をじゃけんに扱い、また「眠る母」を起そうとする「ゆきちゃん」に対するみかげの不快感も、論理的に理解できるのではないだろうか。つまり、みかげが「ゆきちゃん」に自分を重ね合わせた場合、この「眠る母」が起きて、「ゆきちゃん」の「生きている母」というはっきりした状態になり、重ね合わせたみかげ自身の「眠る母」が「死んだ母」というはっきりした状態になることが、みかげには許容しがた難いことであったからである。これこそ「即非性」としての非決定・非判断による、自己防衛である。

その根拠としては、次のくだりが挙げられる。「祖母」をじゃけんに扱う「ゆきちゃん」に対し、心の中においてではあるが、みかげは「ガキ（中略）後悔は先に立たねえんだ[492]」という、「キッチン」、そして「満月――キッチン2」においても類例を見ない「汚い言葉[493]」で罵倒し、その後で、そんな三人のなんでもないような日常や関係性さえ、自分には「二度とない[494]」という現実を突きつけられ、「自分の機能がこわれたかと思った[495]」ほどに、「自分に関係ないところで、あれよあれよと涙がこぼれてくる[496]」状態になってしまっている。この体験があったからこそ、またこのように現実を突きつけられることを恐れ、「夢」のくだりでは、「眠る祖母」に言及したことを、みかげは「しまった」と思ったのではないだろうか。田辺家だけではなく、みかげもまた限界状況を経て非日常を日常として生きており、現実の日常を突きつけられてしまえば、どうなるかわかったものではないのである。

それから、真夜中の「田辺家のソファ[497]」で夢から覚めたみかげは、腹を空かして起きてきて、ラーメンを作ろうとしている雄一に、「作ってあげるから、すわってな、私のソファに[498]」と言い放つ。そしてその「台所」に立ってラーメンを作るのであるが、クライマックスのこの部分は、冒頭との対照構造となっている。冒頭では、みかげ一人しかいない自宅の「台所」が描かれ、ここでは雄一のいる、「田辺家」の「私のソファ」の近くの「私の好きな」「台所」が描かれている。そして、冒頭では、受動的に食材を詰め込まれるだけの、冷たい閉鎖空間である「冷蔵庫」の近くで眠るみかげが描かれているのに対し、ここでは、冷蔵庫から出された「野菜」や「グレープフルーツ」を用い、みかげが「ラーメン」を、雄一が「ジュース」を作る様子が描かれている。この対照的なシーンは、みかげが肉親の「死」という限界状況から、生方の言う「移行対象」や「中間領域」を媒介にして立ち直り、他者とともに、能動的に「生きる」力を回復したことを表すものである。

だが、それは現実をありのままに受け入れることができるようになったということをまったく意味しない。そもそも現実とは何なのか、そのようなものを受け入れて生きなければならない筋合いなどどこにもない。そこに肝を据えて生きるというパラダイム・シフトがここにはある。そのことを示唆するのは、「キッチン」末尾のえり子さんの人生哲学である。

ある日の夕方に、えり子さんの「人生は本当にいっぺん絶望しないと、そこで本当に捨てらんないのは自分のどこなのかをわかんないと、本当に楽しいことがなにかわかんないうちに大っきくなっちゃうと思うの」という人生哲学にみかげが共感し、また雄一の家を出なくてはと思いつつも、「キッチン」は自分の心にも存在するのであり、自分はどんなにつらいことがあっても何度でも立ち上がるのだと、生きる闘志を燃やしたところで、小説「キッチン」は幕を閉じる。

このえり子さんの言う「絶望」とは、えり子さんに即してとらえれば、具体的には愛する妻の死であろう。だが、さらに一歩踏み込んで言うならば、そのような限界状況に直面して、何かそれまで当たり前であると思っていた社会・一般的な価値観や立場、役割などというものが――けっして単にあらゆる根拠や正当性を否定するという意味での相対主義や虚無主義としてではなく――さほど重要なものではないのではないか、そして、そこに過剰に束縛され、また評価・判断されて生きる〝普通〟の〝日常〟というものが、果たして本当に生きるべき日常であるのかと考えるようになることを指し示していると考えられる。

このような「好きっていう場」、とくにその「即非性」の磁場の上に、〝普通〟の〝日常〟から解放され、〝非日常〟を日常として普通に生きること、そして、その困難をすべて包み込むようにして承認・共感することにより、読者を癒しまた救済するのが吉本ばなな文学、その「キッチン」であり、これは「即非の文学」であるとも言えよう。

終章

結論

本書の研究は、中国において吉本ばななの文学がどのように受容されているかを明らかにしつつ、中国における受容があまりふるわない原因はどこにあるのかという問題に答えようと試みるものである。

第二章では、中国での吉本ばななと文学の受容の背景と経緯を概観し、第三章では、ウェブサイトやソーシャルメディアにおけるコメント、そしてアンケート調査によって、中国の一般読者の吉本ばななと文学の知名度や感想・評価などを明らかにした。

第四章では、中国の学術研究の著作や論文——とくに周閲（2005）と修士・博士論文——の特徴や傾向、実態などについて明らかにし、第五章では、現時点（二〇二〇年）で中国唯一の吉本ばなな文学の映画化作品であり、吉本ばななの「キッチン」を原作とする、一九九七年の香港映画『我愛厨房（キッチンを愛してる）』に着目し、この映画監督・厳浩の受容と、その映画を鑑賞した映画評論家、一般鑑賞者などによる、いわば間接的な吉本ばなな文学の受容を明らかにした。

第六章では、この研究で明らかになった、中国で吉本ばなな文学の受容がふるわない二つの主要原因のうち、「読者の評価の両極化」について、吉本・吉本（1997）に収められている吉本隆明と吉本ばななの対談に拠りながら、「第一期吉本ばなな」などの吉本ばなな文学の本質を考察することで、この根本原因を明らかにした。すなわち、この「両極化」は、もとをたどれば、作家・吉本ばなな本人の「資質」と、そのにじみ出た「親切さ」としての「即非性」と「交換可能（転移・共鳴）」という吉本ばなな文学の本質「好きっていう場」によるものであるということだ。そして、吉本ばなな文学は、そのような作品を求めている、これと波長が合う人間が読めば、その「好きっていう場」に共鳴して身を任せ、さまざまな「形」を脱し、またその痛みや悲しみ、苦しみを受け入れられ、またそこから生の希望へ向かって再生されることができるが、そのような作品を求めておらず、波長の合わない人間は、もとよりその狭い間口からその「好きっていう場」に接近する必要のない読者だということが明らかになった。

そしてそれに基づいて、吉本ばなな文学の受容がふるわない主要原因として、「その作家や作品の存在を知るための機会、あるいはわざわざ手に取るほどの何か興味をひくようなきっかけがない。すなわち広報・宣伝、販促活動の不足や映像化作品の放映不足など」と「読者の評価の両極化」の二つを明らかにした。前者に関しては、第二章の時代背景の確認、第三章のアンケートにより、中国の経済的発展に伴う都市型、大量消費型への生活様式の転換、その中でのより質の高い「プチ・ブル」生活への憧憬、ストレスによる「癒し」の希求、ソーシャルメディアにおける独特の展開で、社会的な需要や形態のずれだけでなく、広報・宣伝、販促活動の圧倒的な不足のために、吉本ばなな文学がその需要をとらえきれていないことが明らかとなった。

また後者に関しては、現代日本における吉本ばなな文学の受容においても同じことが言える可能性がある。しかし本書では、中国における実態調査に基づきながら、吉本ばなな文学の本質を考察し、「両極化」が中国で受容がふるわない原因の一つであることを明らかにしており、現代日本における受容にも当てはまるとすれば、本質を浮かび上がらせた結果にすぎない。

今後の課題

本書は、中国で吉本ばなな文学がどのように受容されているかを明らかにしつつ、その受容があまりふるわない原因はどこにあるという問題に回答しようと試みたものであった。しかし、その中心となったのは『キッチン』であり、調査において、知名度や感想・評価などで上位に挙がっていた『白河夜船』や『TUGUMI つぐみ』、『アムリタ』などの「第一期吉本ばなな文学」、それからそれ以後の作品の受容については扱うことができなかった。さらに、採用した調査方法は、量的なアンケート調査でおおよその傾向を明らかにするものであったため、個々の読者の吉本ばななな作品のより深い感想・評価や、意識や経験について明らかにすることはできなかった。したがって、これらを今後の課題としたい。

謝辞

本書の執筆にあたり、関東学院大学の先生方には大変お世話になりました。この大学をご紹介くださった佐藤佑治先生、それから、すでにご退職なさいましたが、一年半にわたり、本書につながる研究のご指導をくださり、また日本文学研究の「いろは」をご教示くださった岩佐壮四郎先生、そして、なにより岩佐先生のご退職後、私をゼミに迎え入れてくださり、どんなときも温和かつ丁寧なご指導をくださった富岡幸一郎先生、そして同じ中国人として、その経験から学業と人生におけるご指導をくださった鄧捷先生、それから大内憲昭先生、井上和人先生、矢嶋道文先生、岡田袈裟男先生に深く御礼を申し上げます。

また、学外の先生方にも大変お世話になりました。学会の懇親会でのわずかなお話の間に、この研究の方向性を示唆してくださった藤井省三先生、そして藤井先生をご紹介くださった、中国の南京師範大学の修士課程時代の恩師である林敏潔先生、それから、この研究のアンケート調査とそのシェア拡散にご協力くださった調査協力者の皆様に、心より感謝申し上げます。

また、私がこのたびの関東学院大学における留学生活で、学業とくに研究の執筆に専念することができたのは、川崎ロータリークラブ様に奨学生としてご採用いただき、川崎ロータリークラブの皆様からの援助に恵まれたおかげにほかなりません。川崎ロータリークラブ様ならびに川崎大師様には、いつもたくさんの愛情と励ましをいただき、大変勇気づけられました。深く感謝いたします。

最後に、私の留学ならびに博士後期課程進学、そして、これまでの学業を支え、そして見守ってくれた中国の祖母や両親、そして研究への示唆的なアドバイスに加えて、ネイティブ・チェックを引き受けてくれた夫・溝井真人、そして可愛い娘、子育てをしながらの博論執筆を支えてくれた家族全員への感謝もここに併せて記させていただきます。

【参考文献】

・日本語文献

アレッサンドロ・ジェレヴィーニ「イタリアにおける吉本ばなな現象」『イタリア研究会報告書No.79』イタリア研究会、一九九八年

イルゴイエンヌ、高野優訳『モラル・ハラスメント―人を傷つけずにはいられない』紀伊国屋書店、一九九八年

殷恵娥・ヒラリア・ゴスマン・「世界の中の吉本ばなな」『国文学―解釈と教材の研究第三九巻三号』学燈社、一九九四年、八八～一〇七頁

上野千鶴子「選べる縁・選べない縁」、栗田靖之（編）『現代日本における伝統の変容3 日本人の人間関係』ドメス出版、一九八七年、二二六～二四三頁

上野千鶴子『近代家族の成立と終焉』岩波書店、一九九四年

上野千鶴子・電通ネットワーク研究会『「女縁」が世の中を変える』日本経済新聞社、一九八八年

上野千鶴子・小倉千加子・富岡多恵子『男流文学論』ちくま文庫、一九九七年

王海藍『村上春樹と中国』アーツアンドクラフツ、二〇一二年

加藤典洋『言語表現法講義』岩波書店、一九九六年

蒲谷宏『待遇コミュニケーション論』大修館書店、二〇一三年

木股知史『吉本ばななイエローページ』荒地出版社、一九九七年

黒古一夫『村上春樹――ザ・ロスト・ワールド』第三書館、一九九三年

邢潔「中日文学作品における死のテーマ――遅子建と吉本ばななの小説の比較を中心に（中日文学作品中的死亡主題―以迟子建和吉本芭娜娜的小说比较为中心）」寧波大学修士論文、二〇一五年

小山鉄郎「イタリアの吉本ばなな」『文学界』四七（八）、一九九三年、一三〇～一三三頁

康東元「中国現代社会と村上春樹・渡辺淳一の翻訳小説――日本文芸の中国における受け入れ方（2）――」『図書館情報メディア研究三巻一号』、二〇〇五年、一九～四〇頁。

郷原宏『「現代国語」解読講座』有斐閣、一九八九年

徐子怡「中国における村上春樹『中国行きのスロウ・ボート』の受容―『豆瓣網』ユーザーとしての中国人読者に対する読書調査―」、東京大学文学部（編）『東京大学中国語中国文学研究室紀要第17号』東京大学文学部中国語中国文学研究室、二〇一四年、四三～六四頁

ジョルジョ・アミトラーノ「『文学の世界』に属するもの」『ユリイカ（特集・吉本ばなな）』二月号、第五一巻第二号、二〇一九年、一五九～一六五頁

鈴木大拙『日本的霊性 完全版』角川学芸出版、二〇一〇年

すんみ「韓国社会と吉本ばなな」『ユリイカ（特集・吉本ばなな）』二月号、第五一巻第二号、二〇一九年、一四六～一五一頁

鄭秋迪「吉本ばななの前期作品における若い女性像について（论吉本芭娜娜前期作品中的年轻女性像）」南京師範大学修士学位論文、二〇一四年
鄭秋迪「吉本ばなな『キッチン』『満月』における『関係性』と『癒し』：笹川（2002）と生方（2015）を手掛かりにして」『KGU比較文化論集第八号』関東学院大学文学部比較文化学科、二〇一六年、一七九～二〇〇頁
鄭秋迪「吉本ばなな文学における『好きっていう場』に関する一考察」『KGU比較文化論集第九号』関東学院大学文学部比較文化学科、二〇一八年、一四七～一六七頁
鄭秋迪「中国における吉本ばなな文学の受容：『キッチン』を中心として」『解釈（1・2）』解釈学会、KGU比較文化論集第一〇号』関東学院大学文学部比較文化学科、二〇一九年、一〇九～一二四
藤井省三『村上春樹のなかの中国』朝日新聞社、二〇〇七年
松井剛（2013）「言語とマーケティング：『癒し』ブームにおける意味創造プロセス」『組織科学』四六巻三号、八七～九九頁
松田良一『山田詠美 愛の世界』東京書籍、一九九九年
村上玄一「吉本ばななブームを追い風に、雑草の逞しさで就職率を上げた日大芸術学部」『朝日ジャーナル（臨時増刊号）』一九九〇年四月二十五日、九三～九五頁
安冨歩『誰が星の王子さまを殺したのか――モラルハラスメントの罠』明石書店、二〇一九年
芳賀理彦「アメリカにおけるよしもとばななの受容――少女カルチャーの翻訳可能性」『千葉大学比較文学研究（1）』千葉大学文学部国際言語文化学科、二〇一三年、八九～一二一頁
吉本ばなな『パイナップリン』角川書店、一九八九年
吉本ばなな『FRUITS BASKET』福武書店、一九九〇年
吉本ばなな『ばななのばなな』メタローグ、一九九四年
吉本ばなな『B級BANANA――ばなな読本』角川書店、一九九九年
吉本ばなな『本日の、吉本ばなな』新潮社、二〇〇一年
吉本ばなな『「違うこと」をしないこと』角川書店、二〇一八年
吉本隆明・吉本ばなな『吉本隆明×吉本ばなな』ロッキング・オン、一九九七年
吉本ばなな・内田春菊『女ですもの』ポプラ社、二〇〇七年

・中国語文献

阿伦『一条大路走到头――对话徐坤』《江南》二〇一四年、七八～八三頁
尹凤先「新时代语境中中日女性的个体回归差异――以中日同名小说《厨房》为例」名作欣赏、二〇一八年第二六期、九九～一〇〇頁
殷恵娥「〝世界中的吉本芭娜娜〞东京研讨会侧记」『外国文学评论』第二期、一九九四年
于栄勝編著『日本現代文学選読・下巻（増補版）』北京大学出版社、二〇〇六年

王向远「改革开放以后的日本翻译文学（1979-2000）」『王向远著作集 日本文学汉译史（第三巻）』宁夏人民出版社、二〇〇七年、二二三〜三六五頁
岳斌「在诗意和尘嚣间游移——大众消费主义文化视野下的当代女性叙事」（山东师范大学博士論文）二〇〇八年、七五頁
韓思斉「日本〝治愈系〟的文化分析」（南昌教育学院学报、文学艺术、第二五巻第二期、二〇一〇年、四八〜五〇頁
許金龍「日本新一代作家形成群体」『世界文学』世界文学出版社、一九九二年二月二十五日、三〇九〜三一〇頁
車谷長吉・成城訳『赤目四十八瀑布殉情未遂：四色之情小説』漓江出版社、二〇〇一年
周閲『吉本芭娜娜的文学世界』寧夏人民出版社、二〇〇五年
邵娟「两间《厨房》的女性变奏曲——以徐坤和吉本芭娜娜的同名小说《厨房》为例」『时代文学（下半月）』二〇〇九年第一〇期、五七〜五八頁
蔣淞宇「当代汉语中的日本动漫词汇研究」『大学语文建设』第一二期、二〇一九年、五二〜五四頁
徐坤『厨房』華文出版社、二〇〇一年
徐坤『北京以北』昆仑出版社、二〇〇一年
石琪『香港電影新浪潮』復旦大学出版社、二〇〇四年
石芮旗『中日同名小说《厨房》比较研究』湖南师范大学修士論文、二〇一六年
孫慰川『当代港台電影研究』中国電影出版社、二〇〇四年
卓伯棠『厳浩電影講座』復旦大学出版社、二〇一一年a
卓伯棠『香港新浪潮電影』復旦大学出版社、二〇一一年b
張燕『映画：香港制造』北京大学出版社、二〇〇六年
趙子然「厳浩超——香港の監督厳浩の映画研究（严浩腔调——香港导演严浩电影研究）」南京師範大学修士学位論文、二〇一六年
辻仁成・雪蕻訳『海峡之光：四色之情小説』漓江出版社、二〇〇一年
馬躍「遅子建と吉本ばななの小説における神秘色の比較研究（迟子建与吉本芭娜娜小说中神秘色彩比较研究」遼寧大学修士論文、二〇一九年
潘姵「〝治愈系〟青春文学畅销书研究」（河北大学硕士论文）二〇一七年
皮细庚『日语综合教程第八册』上海外语教育出版社、二〇〇八年
村上春樹・柳又村訳『人造卫星情人：四色之情小説』漓江出版社、二〇〇一年
余幕英「吉本芭娜娜作品中的音乐元素研究」『中国民族博覧』、二〇一九年第三期、一五一〜一五二頁
吉本芭娜娜（林少華・汪正求・熊沢民訳）『开心哭泣开心泪』漓江出版社、一九九二年
賴育芳「1988年日本文坛十大新闻」『世界文学』世界文学出版社、一九八九年四月二十五日、三〇八頁
李潤潔「东野圭吾在中国的接受与传播（2001—2017）」黒龍江大学修士論文、二〇一七年

李長声「汉字笔名」『読書』中国出版集団、一九九一年三月二日、一五一頁
劉暁蕊「吉本芭娜娜与迟子建小说中〝死亡主题〟的比较研究」上海外国語大学修士論文、二〇一七年
林少華《村上春树和他的作品》宁夏人民出版社、二〇〇五年

・講演・対談

吉本ばなな「第七回日藝賞受賞記念講演　作家への道、より道含む」『江古田文学』第八三号、vol.33、No.1、日本大学芸術学部江古田文学会、二〇一三年九月
吉本ばなな「対談　宮本輝＋よしもとばなな〝死〟を見据えて〝生〟を書く」『すばる』三六巻、一二号、集英社、二〇一四年十一月
吉本ばなな「講演　本当の癒しとは」『江古田文学』第九一号、vol.35、No.3、日本大学芸術学部江古田文学会、二〇一六年三月
吉本ばなな「講演　小説を書くこと」『江古田文学』第九四号、vol.36、No.3、日本大学芸術学部江古田文学会、二〇一七年三月
李昂・吉本ばなな「対談　李昂＋吉本ばなな　時代の傷に寄り添う力として」『すばる』第四〇巻、第五号、集英社、二〇一八年四月

・新聞・雑誌記事

上野千鶴子「ミッドナイト・コール」『朝日新聞』（一九八九年六月四日）
「東アジア混血映画の誕生　香港で映画化された『キッチン』」『週刊ＡＥＲＡ』（一九九七年十二月一日）
富岡幸一郎「書評　ＴＵＧＵＭＩ（つぐみ）」『日本経済新聞』（一九八九年四月三十日朝刊）

・ＷＥＢサイト

イヤシノウタ（新潮社）公式サイト（https://www.shinchosha.co.jp/wadainohon/383411/interview.html）
「桂枝雀は終わらない」『朝日新聞デジタル』（二〇〇九年二月二十二日）（https://www.asahi.com/showbiz/stage/rakugo/TKY200902220049.html）
厳紹璗の紹介（http://www.guoxue.com/nowpeople/people22/people_yanst.htm ）
上海訳文出版社における吉本ばななのホームページ（http://www.stph.com.cn/banana/index.htm）
新浪微博（https://www.weibo.com/jp）
世界自然保護基金（WWF）『エコロジカル・フットプリント・レポート　中国二〇一〇（中国生态足迹报告二〇一〇）』（https://www.wwf.or.jp/activities/activity/2786.html）
知網（http://www.cnki.net）
问卷星（https://www.wjx.cn）
当当网（http://book.dangdang.com）
豆瓣电影（https://movie.douban.com）

豆瓣读书（https://book.douban.com）
百度贴吧（https://tieba.baidu.com/index.html?traceid=）
吉本ばななの公式サイト（http://www.yoshimotobanana.com/）
李重民「烹调文字的高手——读吉本芭娜娜」『人民網』（二〇〇四年四月二十六日）（http://www.people.com.cn/GB/14738/14759/21866/2468509.html）
李焯桃「三部曲的終結篇」（http://www.filmcritics.org.hk/film-review/node/2015/06/22/三部曲的終結篇）
罗家英「《苗翠花》帯病上阵 汪明荃片场浪漫连线」『新浪网』（二〇〇五年四月二十一日）（https://baike.baidu.com/reference/3485599/420fLepIr2ooBGZ0GlhdtdoKN2W8RC4BpbHRX5DEvsYQWywi3_RsJlR-0WK0XjvNDjR18lkfGMusc_VB0uzoysSjAMttmRQa6sgNk6uma4o）
NPO法人WAN（Women、s action network）（https://wan.or.jp/article/show/7225）
「說故事的人 嚴浩」『JESSICA』（二〇一五年八月三十日）（https://www.jessicahk.com/articles/shuo-gu-shi-de-ren-yan-hao）
「電影LOL」（二〇一八年十一月二十三日）（https://hkmovielol.tumblr.com/post/180405208822/地道星期五影院我愛廚房）

・その他

三島由紀夫『[新潮CD講演] 三島由紀夫 学生との対話』新潮社、二〇〇二年
桂枝雀『枝雀落語大全 第三十集「子ほめ」』EMIミュージック・ジャパン（一九八五年九月三十日『大阪サンケイホール』にて収録）

・吉本ばなな文学作品（日本語）

吉本ばなな『キッチン』福武書店、一九八八年
吉本ばなな『キッチン』新潮文庫、二〇〇六年
吉本ばなな『哀しい予感』角川文庫、一九九一年
吉本ばなな『N・P』角川文庫、一九九二年
吉本ばなな『TUGUMIつぐみ』中公文庫、一九九二年
吉本ばなな『白河夜船』新潮文庫、二〇〇二年
吉本ばなな『うたかた／サンクチュアリ』新潮文庫、二〇〇二年
吉本ばなな『アムリタ（上）』新潮文庫、二〇〇二年
吉本ばなな『アムリタ（下）』新潮文庫、二〇〇二年

・吉本ばなな文学作品（中国語）

吉本芭娜娜（林少华、汪正求、熊泽民訳）『开心哭泣开心泪』漓江出版社、一九九二年

吉本芭娜娜（张哲俊訳）『厨房』花城出版社、一九九七年
吉本芭娜娜（吴继文訳）『廚房』台灣時報社、一九九九年
吉本芭娜娜（鲁平訳）『厨房：四色之情小说』漓江出版社、一九九九年
吉本芭娜娜（李重民訳）『甘露』上海译文出版社、二〇〇三年
吉本芭娜娜（李萍訳）『厨房』上海译文出版社、二〇〇四年
吉本芭娜娜（徐静波訳）『白河夜船』上海译文出版社、二〇〇五年
吉本芭娜娜（李重民訳）『哀愁的预感』上海译文出版社、二〇〇七年
吉本芭娜娜（李重民訳）『哀愁的预感』上海译文出版社、二〇〇八年
吉本芭娜娜（张唯诚訳）『N・P』上海译文出版社、二〇〇八年
吉本芭娜娜（李重民訳）『甘露』上海译文出版社、二〇〇八年
吉本芭娜娜（李萍訳）『厨房』上海译文出版社、二〇〇九年
吉本芭娜娜（徐静波訳）『白河夜船』上海译文出版社、二〇一一年
吉本芭娜娜（李重民訳）『哀愁的预感』上海译文出版社、二〇一二年
吉本芭娜娜（弭铁娟訳）『鸫』上海译文出版社、二〇一二年
吉本芭娜娜（李萍訳）『厨房：插图版』上海译文出版社、二〇一三年
吉本芭娜娜（李重民訳）『哀愁的预感』上海译文出版社、二〇一八年
吉本芭娜娜（张唯诚訳）『蜜月旅行』上海译文出版社、二〇一八年
吉本芭娜娜（李萍訳）『不伦与南美』上海译文出版社、二〇一八年
吉本芭娜娜（徐静波訳）『白河夜船』上海译文出版社、二〇一八年
吉本芭娜娜（张唯诚訳）『N・P』上海译文出版社、二〇一八年
吉本芭娜娜（李萍訳）『橡果姐妹』上海译文出版社、二〇一八年
吉本芭娜娜（周阅訳）『尽头的回忆』上海译文出版社、二〇一八年
吉本芭娜娜（钱洁雯訳）『彩虹』上海译文出版社、二〇一八年
吉本芭娜娜（邹波訳）『无情・厄运』上海译文出版社、二〇一八年
吉本芭娜娜（弭铁娟訳）『鸫』上海译文出版社、二〇一八年

附録1　2022年までに中国で出版されている吉本ばなな文学の基本情報

番号	書名	訳者名	出版地	出版社	出版年月
1	《开心哭泣开心泪》厨房浪漫、月满中天、月梦花影、情海泡沫、心间圣所、小城别恋、预感凄凄	厨房浪漫、月满中天、月梦花影、情海泡沫、心间圣所、预感凄凄：林少华。小城别恋：熊泽民	桂林	漓江出版社	1992.02
2	《厨房》厨房、满月——厨房之二、NP、月影、白河夜船、一种经验、夜、和夜的游客	厨房、满月、月影：张哲俊。NP：贺雷。白河夜船、一种经验、夜，和夜的游客：大野湘织	广州	花城出版社	1997
3	《厨房：四色之情小说》厨房、满月、月影、新婚者蜥蜴、螺旋、泡菜梦、血与水、大川端奇谈	鲁平	桂林	漓江出版社	2001
4	《甘露》	李重民	上海	上海译文出版社	2003.12
5	《厨房》厨房、满月——厨房Ⅱ、月影	李萍	上海	上海译文出版社	2004.08
6	《蜜月旅行》	张唯诚	上海	上海译文出版社	2005.04
7	《白河夜船》	徐静波	上海	上海译文出版社	2005.11
8	《哀愁的预感》	李重民	上海	上海译文出版社	2007.01
9	《哀愁的预感》	李重民	上海	上海译文出版社	2008.01
10	《无情／厄运》	邹波	上海	上海译文出版社	2008.01
11	《不伦与南美》	李萍	上海	上海译文出版社	2008.01
12	《甘露》	李重民	上海	上海译文出版社	2008.06
13	《N・P》	张唯诚	上海	上海译文出版社	2008.08
14	《虹》	钱洁雯	上海	上海译文出版社	2009.01
15	《厨房》	李萍	上海	上海译文出版社	2009.10
16	《阿根廷婆婆》	李萍	上海	上海译文出版社	2010.06
17	《雏菊人生》	弭铁娟	上海	上海译文出版社	2011.04
18	《无情·厄运》	邹波	上海	上海译文出版社	2011.08
19	《蜜月旅行》	张唯诚	上海	上海译文出版社	2011.10
20	《白河夜船》	徐静波	上海	上海译文出版社	2011.12
21	《尽头的回忆》	周阅	上海	上海译文出版社	2012.06
22	《橡果姐妹》	李萍	上海	上海译文出版社	2012.06
23	《哀愁的预感》	李重民	上海	上海译文出版社	2012.07
24	《鸫》	弭铁娟	上海	上海译文出版社	2012.07
25	《喂喂下北泽》	弭铁娟	上海	上海译文出版社	2012.07
26	《食记百味》	陈宝莲	济南	山东人民出版社	2012.09
27	《不伦与南美》	李萍	上海	上海译文出版社	2013.07
28	《彩虹》	钱洁雯	上海	上海译文出版社	2013.07
29	《厨房：插画版》	李萍	上海	上海译文出版社	2013.10
30	《莎乐美汉堡店》	周阅	上海	上海译文出版社	2016.07
31	《阿根廷婆婆》	李萍	上海	上海译文出版社	2016.08

番号	書名	訳者名	出版地	出版社	出版年月
32	《雏菊人生》	弭铁娟	上海	上海译文出版社	2016.08
33	《花床午歇》	岳远坤	上海	上海译文出版社	2017.07
34	《初恋》	彭少君	上海	上海译文出版社	2017.07
35	《身体全知道》	彭少君	上海	上海译文出版社	2017.10
36	《尽头的回忆》	周阅	上海	上海译文出版社	2019.01
37	《蜜月旅行》	张唯诚	上海	上海译文出版社	2019.01
38	《白河夜船》	徐静波	上海	上海译文出版社	2019.01
39	《不伦与南美》	李萍	上海	上海译文出版社	2019.01
40	《哀愁的预感》	李重民	上海	上海译文出版社	2019.01
41	《无情·厄运》	邹波	上海	上海译文出版社	2019.01
42	《N・P》	张唯诚	上海	上海译文出版社	2019.01
43	《橡果姐妹》	李萍	上海	上海译文出版社	2019.01
44	《鸫》	弭铁娟	上海	上海译文出版社	2019.01
45	《彩虹》	钱洁雯	上海	上海译文出版社	2019.01

附録2　2022年までに中国で発表されている（知網で検索できる）吉本ばなな文学に関するすべての修士・博士論文の一覧

論文	年度	タイトル	テーマ	周閲（2005）の参考文献における有無
修士	2019	迟子建与吉本芭娜娜小说中神秘色彩比较研究	迟子建比较（遅子建との比較）超现实（超能力）	有
	2019	吉本芭娜娜早期三部曲的过渡客体研究	中间领域（中間領域）	有
	2019	吉本芭娜娜"治愈系"文学研究	治愈系（癒し系）	有
	2019	吉本芭娜娜小说中梦境的叙事时空	梦（夢）	有
	2019	吉本芭娜娜小说的叙事学研究--以《厨房》和《月影》为中心	叙事方法（文体）	有
	2018	吉本芭娜娜初期文学的魅力--从叙述者角度考察	叙事方法（文体）	有
	2018	关于吉本芭娜娜不同文学作品中的"死亡"主题	死	有
	2018	吉本芭娜娜《蜜月旅行》论	宗教 生死	有
	2018	The Lake 节选汉译实践报告	翻译 英—中 湖（翻訳）（英語 - 中国語）（湖）	無
	2018	吉本芭娜娜文学中的超自然因素研究--以《甘露》为中心	超自然（超能力）	有
	2018	吉本芭娜娜小说集《白河夜船》研究--以其三部作品女主人公生死观为中心	生死	有
	2017	后现代语境下吉本芭娜娜作品中的女性"疗伤"研究	后现代语境（ポストモダンの文脈）女性 治愈（癒し）	有
	2017	吉本芭娜娜初期作品研究--以传承与革新意识为中心	女性 家庭 生死	有
	2017	吉本芭娜娜与迟子建小说中"死亡主题"的比较研究	死亡 治愈（癒し）迟子建比较（遅子建との比較）	有
	2017	吉本芭娜娜文学中的"孤独"--以《厨房》《哀愁的预感》《甘露》为中心	孤独 家庭	有
	2017	吉本芭娜娜文学中的"娇宠"--以《N·P》和《雏菊的人生》为中心	人与人之间的关联（人と人の関係）	有
	2016	论《厨房》的家庭观	家庭	有
	2016	吉本芭娜娜文学创作研究在日本	日本的芭娜娜文学创作研究（日本のばなな文学の創作研究）	有
	2016	"现代性"的自我建构--吉本芭娜娜小说的现代性主体意识研究	主体意识（主体意識） 自我建构（アイデンティティの構成）	有
	2016	性别视角下的吉本芭娜娜一期作品研究	性别观（性別観）两性关系（両性の関係）	有
	2016	中日同名小说《厨房》比较研究	徐坤《厨房》比较（徐坤『厨房』の比較）	有
	2016	吉本芭娜娜《厨房》论—美影"远离黑暗厨房"的治愈之路	治愈（癒し）	有
	2016	作为转折点的《甘露》--试析其叙事策略与"超现实"母题	叙事方法（文体）超现实（超能力）《甘露》（『アムリタ』）	有

論文	年度	タイトル	テーマ	周閲（2005）の参考文献における有無
	2016	论吉本芭娜娜的《厨房》和《甘露》	超现实（超能力）从《厨房》到《甘露》主题深化（『キッチン』から『アムリタ』までのテーマの深化）	有
	2015	吉本芭娜娜小说中的漫画特征	漫画特征（漫画的特徴）	有
	2015	从内部空间向外部世界的转换 -- 以《厨房》《甘露》为中心解读吉本芭娜娜初期文学的治愈性	《厨房》（『キッチン』）《甘露》（『アムリタ』）治愈性（癒し）	有
	2015	试论吉本芭娜娜的《厨房》-- 以泡沫经济时期的青年读者层的接受状态为主线	泡沫经济时期青年读者层的受容（バブル経済時期の若年読者層における受容）	有
	2015	《厨房》中译本的归化与异化	从归化与异化的角度（帰化と異化の角度から），在词汇、句法、文化背景三个方面（語彙、文法、文化という三方面の背景），对《厨房》的四个汉语译本进行对比研究（『キッチン』の四つの中国語翻訳の比較研究）	無
	2015	对吉本芭娜娜《鸫》的治愈性的研究	《鸫》叙事学（『TUGUMI』の文体学）治愈（癒し）	有
	2015	中日文学作品中的死亡主题 -- 以迟子建和吉本芭娜娜的小说比较为中心	迟子建比较（遅子建との比較）死亡 治愈（癒し）	有
	2014	吉本芭娜娜文学作品的后现代主义特征之研究	后现代主义（ポストモダン主義）	有
	2014	考察吉本芭娜娜小说中的女性用语	女性用语（女性言葉）	無
	2014	吉本芭娜娜初期作品中年轻女性的生活方式 -- 自《厨房》至《白河夜船》	年轻女性（若い女性）	有
	2014	吉本芭娜娜"治愈"文学的形成	治愈（癒し）	有
	2014	村上春树与吉本芭娜娜作品的比较研究 -- 以《挪威的森林》和《厨房》为例	与村上比较（村上春樹との比較）	有
	2014	吉本芭娜娜初期小说中的恋爱关系	恋爱关系（恋愛関係）	有
	2014	论吉本芭娜娜的《厨房》	家庭关系（家庭関係）	有
	2014	论吉本芭娜娜前期作品中的年轻女性像	女性	有
	2014	吉本芭娜娜小说研究 -- 以《厨房》和《满月》为中心	心理疗伤（癒し）	有
	2013	日语的通感表达与其汉译 -- 以吉本芭娜娜的作品为中心	从通感表达的角度来分析吉本作品的日中版本（五感がつながる表現の角度からの吉本ばなな作品の日中版分析）	無
	2013	文体における村上春對と吉本バナナの比較検討	村上春树比较（村上春樹との比較）文体	有
	2013	论吉本芭娜娜作品中的女性	女性	無
	2013	论《厨房》的家庭观	家庭	有
	2012	心灵的救赎与复苏 -- 论吉本芭娜娜"疗伤"文学的独特性	疗伤（癒し）救赎（救済）	有
	2012	论吉本芭娜娜创作的后现代性	后现代性（ポストモダン）	有

論文	年度	タイトル	テーマ	周関（2005）の参考文献における有無
	2012	吉本芭娜娜小说中的超现实展现	超现实（超能力）	有
	2012	厨房，女人的情结	比較：墨西哥《恰似水之于巧克力》（メキシコ『赤い薔薇ソースの伝説（Como agua para chocolate）』の比較）徐坤《厨房》（徐坤『厨房』の比較）吉本《厨房》（吉本ばなな『キッチン』の比較）	無
	2011	日本传统文化与西方后现代元素之融合 -- 吉本芭娜娜小说研究	创作手法（日本传统精神和传统创作手法；西方后现代主义精神）（創作技法）（西洋ポストモダン主義精神）	有
	2011	漫画情节与吉本芭娜娜的小说创作	漫画	有
	2011	论吉本芭娜娜《厨房》中的“人情小说”要素及社会思考	人情小说	無
	2011	从女性主义批评视角解读吉本芭娜娜的一期作品	性别观（性別観）父权制（父権制）	有
	2011	吉本芭娜娜《白河夜船》之精神分析解读	梦境（夢）疗伤（癒し）	有
	2011	梦境与现实——论吉本芭娜娜小说中的“梦”	梦境（夢）疗伤（癒し）神秘（超能力）	有
	2010	吉本芭娜娜初期作品人物的心灵成长历程	作品人物（登場人物）心灵成长（心理的成長）	有
	2010	神秘介质与吉本芭娜娜的小说风格	神秘 超现实（超能力）梦境（夢）	有
	2010	心灵的洗礼与救赎——论吉本芭娜娜作品的死亡主题	死亡超现实（死と現実）救赎（救済）	有
	2010	吉本芭娜娜文学主题研究——以前期小说为中心	死亡 成长（成長）疗伤（癒し）	有
	2010	吉本芭娜娜作品中疗伤的变化——通过第一期与第二期作品的比较	疗伤（癒し）	有
	2009	吉本芭娜娜文学中的“死亡”主题——与川端康成文学的“死亡”主题对比	「死」川端康成比较（川端康成との比較）	有
	2009	关于《厨房》中的厨房 -- 以“台所”与“キツチソ”的存在方式为中心	厨房“台所”“厨房”“キッチン”三种不同表现方式（「台所」「厨房」、「キッチン」三種の異なる表現方法）	無
	2008	吉本芭娜娜“疗伤小说”中的“异类家庭”	疗伤（癒し）家庭	有
	2007	吉本芭娜娜前期作品中的传统与现代——通过与《源氏物语》的比较	《源氏物语》比较（『源氏物語』との比較）物哀（もののあはれ）传统性与现代性（伝統性と現代性）	有
	2007	论吉本芭娜娜初期文学的独特魅力	初期作品特征（初期作品の特徴）：超自然（超能力）死亡 月亮（月）厨房（キッチン）河流（河）桥（橋）	有
博士	2018	吉本芭娜娜创作研究	全盘总结（多くのテーマの言及）	有

附録3　2022年までに中国で発表されている（知網で検索できる）吉本ばなな文学に関するすべての公刊論文の一覧

[1] 郭燕梅. 吉本芭娜娜小说的空间叙事与女性意识 [J]. 山东女子学院学报,2019（05）:82-89.
[2] 余幕英. 从文学伦理学批评视角解读《白河夜船》[J]. 兰州教育学院学报,2019,35（07）:68-69+96.
[3] 谭培培. 吉本芭娜娜文学创作中治愈系主题探析 [J]. 新西部,2019（17）:119+130.
[4] 秦艳. 吉本芭娜娜〝人情小说〟的特点——以《厨房》《满月——厨房Ⅱ》为例 [J]. 兰州教育学院学报,2019,35（03）:43-44+98.
[5] 张璋, 宋波. 吉本芭娜娜小说集《白河夜船》中的梦境意象研究 [J]. 长春大学学报,2019,29（03）:49-55.
[6] 余幕英. 吉本芭娜娜作品中的音乐元素研究 [J]. 中国民族博览,2019（03）:151-152.
[7] 张璋, 宋波. 吉本芭娜娜文学作品中的梦境叙事 [J]. 海南热带海洋学院学报,2019,26（01）:83-90.
[8] 张璋, 宋波. 论日本电影《白河夜船》中的色彩运用 [J]. 重庆科技学院学报（社会科学版）,2018（05）:92-94.
[9] 尹凤先. 新时代语境中中日女性的个体回归差异——以中日同名小说《厨房》为例 [J]. 名作欣赏,2018（26）:99-100.
[10] 金莹. 孤独的女孩——吉本芭娜娜作品人物分析 [J]. 文化学刊,2018（03）:79-80.
[11] 张璋, 宋波. 心灵感应与超能力: 吉本芭娜娜的文学特质解析 [J]. 开封教育学院学报,2018,38（01）:61-63.
[12] 魏雅榕. 吉本芭娜娜《哀愁的预感》的治愈系特征探析 [J]. 周口师范学院学报,2017,34（06）:57-60.
[13] 郑科研, 封霄. 男性形象视角下吉本芭娜娜作品中的女性意识研究 [J]. 宿州学院学报,2017,32（10）:73-76.
[14] 张玉亭. 试论吉本芭娜娜文学作品的独特魅力——以《厨房》为中心 [J]. 大众文艺,2017（18）:38-39.
[15] 刘春波. 吉本芭娜娜文学中幸福主题的日常性抒写 [J]. 文艺争鸣,2017（06）:185-190.
[16] 张华. 吉本芭娜娜初期小说中的恋爱关系 [J]. 文学教育（上）,2017（01）:28-29.
[17] 高亮, 秦国和. 吉本芭娜娜的空间叙事策略研究——以《厨房》为例 [J]. 文化学刊,2016（12）:101-102.
[18] 董玥. 浅析吉本芭娜娜《厨房》中厨房的象征性意义 [J/OL]. 北方文学（下旬）,2016（09）:78 [2020-03-24]. http://kns.cnki.net/kcms/detail/23.1058.I.20161125.1048.100.html.
[19] 赵群. 吉本芭娜娜的小说创作主题解析 [J]. 重庆科技学院学报（社会科学版）,2016（11）:67-69+76.
[20] 李海蓉.〝手机〟在吉本芭娜娜《你好下北泽》中的象征意义 [J]. 文教资料,2016（25）:15-17.
[21] 张振会. 吉本芭娜娜的作品创作手法解读 [J]. 语文建设,2016（17）:47-48.
[22] 包海霞. 卸掉〝依赖〟才能〝独立〟——以吉本芭娜娜《厨房》为例 [J]. 内蒙古电大学刊,2016（03）:55-57.
[23] 王琼. 日本小说中文学与漫画的结合特征 [J]. 社会科学战线,2016（05）:259-262.
[24] 闵长虹. 吉本芭娜娜前期作品中的两性关系浅析 [J]. 安徽文学（下半月）,2016（03）:57-59.
[25] 付妍妍. 论当代日本女性文学中新家庭的建构 [J]. 哈尔滨学院学报,2016,37（03）:75-77.
[26] 曾波, 靳明全. 淡妆浓抹总相宜——对徐小斌的《天鹅》与吉本芭娜娜的《鸫》的色彩解读 [J]. 当代文坛,2016（02）:90-93.

[27] 韩程.现代人的绝望与救赎——读吉本芭娜娜《厨房》有感［J］.中外企业家,2016（02）:269-270.
[28] 肖霞."家"的隐喻——论日本现代女性文学的后现代性［J］.中华女子学院学报,2015,27（06）:61-69.
[29] 许军.不一样的美少女:《鸫》的主人公形象分析［J］.绥化学院学报,2015,35（11）:35-37.
[30] 魏玉娟.克服与成长——从《厨房》看多元文化价值观下日本"疗伤系"文学创作的魅力［J］.湖北经济学院学报（人文社会科学版）,2015,12（08）:106-108.
[31] 陈晓芝,向卿.从《白河夜船》看吉本芭娜娜文学的超现实体验［J］.外语教学,2015,36（03）:77-80.
[32] 张博.女性作家在日本近现代文学中的定位［J］.文教资料,2015（02）:21-22.
[33] 苏莹.试分析吉本芭娜娜的文学魅力［J］.时代文学（下半月）,2014（12）:133.
[34] 万向兴,蒋茜.从吉本芭娜娜《厨房》论女性主义心理治疗［J］.安徽文学（下半月）,2014（09）:103+117.
[35] 刘亚钰.吉本芭娜娜作品中的感觉表现［J］.赤峰学院学报（汉文哲学社会科学版）,2014,35（09）:206-208.
[36] 赵东玲.吉本芭娜娜《厨房》中的"异类家庭"［J］.黑河学院学报,2014,5（04）:79-82.
[37] 沈钱斌,吴孔佳.透过日本文学作品中的"第三性"人物看日本社会的传统及现状［J］.名作欣赏,2014（24）:62-63.
[38] 江晓萍,张敏.解读《厨房》中梦境的作用［J］.名作欣赏,2014（24）:85-87+107.
[39] 渡渡鸟.会不会月亮的影子碎了?——吉本芭娜娜处女作《月影》［J］.世界文化,2014（08）:40-43.
[40] 高兴兰.解析《甘露》的修辞艺术［J］.前沿,2014（Z8）:235-237.
[41] 刘晓榕.谈吉本芭娜娜的小说《厨房》中的孤独观［J］.语文学刊,2014（13）:94-95.
[42] 蒋亚男,浦丽.从本我、自我的角度看《厨房》中惠理子的人物形象［J］.佳木斯教育学院学报,2014（06）:118+121.
[43] 韩艳平.从《厨房》的死亡主题看日本的民族生死观［J］.周口师范学院学报,2014,31（03）:75-77.
[44] 赵东玲.论吉本芭娜娜《厨房》主人公的人物设定——"轻"与"重"并存［J］.南阳师范学院学报,2014,13（04）:49-51.
[45] .有厨房,就心安［J］.中国三峡,2014（04）:120.
[46] 吴梦.浅析《哀愁的预感》的叙事艺术［J］.太原大学学报,2014,15（01）:72-74.
[47] 韩艳平.《厨房》中的人物形象分析［J］.郑州航空工业管理学院学报（社会科学版）,2014,33（01）:70-72.
[48] 姚智蕊,刘家鑫.盈盈月色沁人心:吉本芭娜娜小说《满月》赏析［J］.语文学刊,2013（22）:50-51+154.
[49] 李雪.生命是一个疗伤的过程——以《厨房》《月影》为例剖析吉本芭娜娜笔下的成长历程［J］.大众文艺,2013（21）:22-23.
[50] 李慧.于平凡中见真实——吉本芭娜娜文学的魅力［J］.现代语文（学术综合版）,2013（10）:62-63.
[51] 刘娜.从黑暗中寻找光明——读吉本芭娜娜《厨房》［J］.边疆经济与文化,2013（08）:127-128.
[52] 姚绚文.后现代主义视域下对吉本芭娜娜《鸫》内在性的解读［J］.语文建设,2013（20）:30-31.
[53] 千野拓政,吴岚.文学的"疗救"、纯文学、轻小说［J］.中国图书评论,2013（07）:26-30.
[54] 徐虹.日语拟声拟态词的认知特征——以吉本芭娜娜《厨房》中的词句为例［J］.长春教育学院学报,2013,29（12）:24-25.

[55] 姚绚文.后现代语境中对吉本芭娜娜文学作品互文性的解读——以小说《N·P》为中心[J].经济与社会发展,2013,11(03):135-137.
[56] 丁萃.论吉本芭娜娜的《泡沫》[J].安徽文学(下半月),2013(03):38-39.
[57] 周阅.放弃追忆 感受当下——吉本芭娜娜小说集《尽头的回忆》[J].外国文学动态,2013(01):27-29.
[58] 张丽丽.史艳玲.日本当代女作家吉本芭娜娜作品的私小说倾向——以《厨房》为例[J].产业与科技论坛,2012,11(24):203-204.
[59] 王萌.幽闭的空间和自由的灵魂——浅评吉本芭娜娜的小说《橡果姐妹》[J].时代文学(下半月),2012(10):163-164.
[60] 马良霄.试论吉本芭娜娜作品中的异型组合艺术[J].开封大学学报,2012,26(03):44-48.
[61] 马小淘.远是一个尊贵的方向[J].名作欣赏,2012(16):128-129.
[62] 陈敏铭.浅论吉本芭娜娜《虹》的文学疗愈功效[J].美与时代(下),2012(05):61-63.
[63] 郭燕梅.吉本芭娜娜的文学主题探讨[J].工会论坛(山东省工会管理干部学院学报),2012,18(02):170-171.
[64] 周阅."隐含作者"与深层意蕴:吉本芭娜娜的《尽头的回忆》[J].日本研究,2012(01):63-69.
[65] 邹洁.从《厨房》来看吉本芭娜娜的文学世界[J].哈尔滨职业技术学院学报,2012(02):49-50.
[66] 郭燕梅.游走在梦境中的少女——以吉本芭娜娜的《白河夜船》为中心[J].山东省农业管理干部学院学报,2012,29(02):54-55.
[67] 郭燕梅.吉本芭娜娜文学的女性主义解读[J].语文学刊,2012(03):107-108+145.
[68] 唐新艳.《厨房》:孤独生命中温暖而美好的意象[J].译林(学术版),2011(Z1):13-18.
[69] 朱玥.生命绚烂之色——从《哀伤的预感》中体味日本民族对于色彩的审美[J].四川教育学院学报,2011,27(06):49-51.
[70] 徐蕾.吉本芭娜娜笔下的"成长物语"——以《厨房》为中心[J].佳木斯大学社会科学学报,2011,29(03):64-66.
[71] 徐蕾.成长的故事——读《厨房》与《挪威的森林》[J].齐齐哈尔大学学报(哲学社会科学版),2011(03):105-107.
[72] 姚东敏.大头娃娃和《阿根廷婆婆》[J].编辑学刊,2011(02):74-77.
[73] 王志宏.从当代人气小说看日本人思想观念的转变[J].科技资讯,2011(10):243.
[74] 李晶.透过日本文学作品中的"第三性"人物看日本社会——以吉本芭娜娜小说《厨房》为中心[J].吉林省教育学院学报(学科版),2011,27(01):133-134.
[75] 姜春强.浅析吉本芭娜娜《厨房》中的非血缘家庭[J].经济研究导刊,2010(35):217-218.
[76] 戴玉金.死亡·救赎·重生的主题嬗变——以吉本芭娜娜的处女作《月影》为研究对象[J].龙岩学院学报,2010,28(06):55-59+63.
[77] 由同来.对《满月——厨房Ⅱ》一处译文的分析及探讨[J].日语学习与研究,2010(05):124-128.
[78] 刘亚钰.吉本芭娜娜的《厨房》与社会性差[J].文学界(理论版),2010(08):62.
[79] 杨宇.论吉本小说的死亡观[J].黑龙江科技信息,2010(19):150.
[80] 陶兰."厨房情结":为什么让女性欲罢不能——评吉本芭娜娜的《厨房》与《满月》[J].江苏科技大学学报(社会科学版),2010,10(02):66-69.
[81] 荣炯,王辽南.《白河夜船》艺术魅力探讨[J].世界文学评论,2010(01):170-173.

[82] 刘旸.神秘介质与吉本芭娜娜的小说风格［J］.外国问题研究,2010（02）:24-27.
[83] 张西艳.青春的回归——读吉本芭娜娜的《羽衣》［J］.小说评论,2010（S1）:184-186.
[84] 韩思齐.日本〝治愈系〞的文化分析［J］.南昌教育学院学报,2010,25（02）:48-50.
[85] 沈悦.论吉本芭娜娜作品中〝家庭〞的形象及其意义［J］.商业经济,2010（06）:84-86.
[86] 曲英娟.〝私小说〞中的生活世界［J］.吉林省教育学院学报（学科版）,2010,26（01）:83-84.
[87] 刘喜萍.论吉本芭娜娜文学的〝疗伤〞功能［J］.时代文学（下半月）,2010（02）:75-76.
[88] 李征.都市空间中的〝厨房〞以及蔬菜、瓜果的形而上意义——吉本芭娜娜《厨房》论［J］.复旦外国语言文学论丛,2009（02）:51-57
[89] 邵娟.两间《厨房》的女性变奏曲——以徐坤和吉本芭娜娜的同名小说《厨房》为例［J］.时代文学（下半月）,2009（10）:57-58.
[90] 金连花,张文秀.小议吉本芭娜娜小说之特征［J］.科技信息,2009（26）:136.
[91] 倪千.论吉本芭娜娜《厨房》的象征意义［J］.文教资料,2009（18）:163-164.
[92] 周阅.从吉本芭娜娜的创作看日本大众文学——以《厨房》为中心［J］.日语学习与研究,2009（01）:44-50.
[93] 张西艳.吉本芭娜娜的〝河流〞［J］.时代文学（下半月）,2008（12）:62-63.
[94] 杨伟.吉本芭娜娜:漫画与文学［J］.国外文学,2008（04）:119-125.
[95] 张西艳.吉本芭娜娜的幼年体验与小说创作［J］.社科纵横（新理论版）,2008（03）:340-341+344.
[96] 杨书.试论日本小说《厨房》的叙事策略［J］.钦州学院学报,2008（04）:68-71.
[97] 肖振艳.华丽的哀愁——吉本芭娜娜的《哀愁的预感》［J］.时代文学（下半月）,2008（08）:120-121.
[98] 刘洋.论吉本小说死亡主题的日常性［J］.经济研究导刊,2008（08）:197-198.
[99] 宋凯.吉本芭娜娜:治愈心灵的创伤［J］.边疆经济与文化,2008（04）:88-90.
[100] 黄淑惠.论吉本芭娜娜小说《厨房》的象征意义［J］.龙岩学院学报,2008（01）:74-76.
[101] 谢志宇,马安东.家庭:从解体到建构——解读《厨房》和《满月》［J］.外语研究,2007（06）:106-109.
[102] 符夏鹭.论日本当代女性文学的〝家庭观〞［J］.世纪桥,2007（10）:85+91.
[103] 王宗杰.向死而生——吉本芭娜娜小说的现代性死亡书写解读［J］.学术交流,2007（09）:163-165.
[104] 周阅.色彩的世界——从川端康成的《雪国》到吉本芭娜娜的《哀伤的预感》［J］.国外文学,2007（03）:113-119.
[105] 刘雁.心灵治疗 商机无限［J］.资源与人居环境,2007（11）:44-47.
[106] 周异夫.吉本芭娜娜文学的孤独主题与社会意义［J］.日语学习与研究,2004（04）:64-67.
[107] 杲杲.我爱厨房［J］.观察与思考,2004（19）:58.
[108] 周阅.在日常生活中寻找厅迹——简介吉本芭娜娜新作《甘露》［J］.外国文学动态,2004（03）:30-32.
[109] 周阅.大众文化与吉本芭娜娜的创作［J］.广东社会科学,2004（02）:139-144.

附録4　第五章で筆者が実施したアンケートの日本語版
吉本ばなな作品の中国における知名度と評価に関する調査

1. 性別
○男　　○女

2. 年齢
○ 18 歳以下　○ 18 ～ 25 歳　○ 26 ～ 30 歳　○ 31 ～ 40 歳　○ 41 ～ 50 歳　○ 51 ～ 60 歳
○ 60 歳以上

3. 現住所（国と都市）

4. 学歴

○中学校在学中　○高校在学中　○大学在学中　○大学院博士前期（修士課程）在籍中
○大学院博士後期在籍中　○卒業＝社会人　○その他 ________________

5. 以下の作家の中から、あなたがご存知の作家をお選びください。（複数選択可）

□川端康成　□夏目漱石　□芥川龍之介　□三島由紀夫　□大江健三郎　□村上春樹　□村上龍　□東野圭吾　□吉本ばなな　□角田光代　□その他 ________________

6. 吉本ばななという作家をご存知ですか。

○聞いたことがない（第 20 問にとんでください）　○聞いたことはあるが、作品を読んだことはない（第 21 問にとんでください）　○聞いたことがあり、作品も読んだことがある

7. どのようにして吉本ばななという作家をお知りになりましたか？（複数選択可）

□インターネットで　□本屋さんで　□教科書で　□図書館で　□映画で　□その他 ________________

8. はじめて吉本ばなな作品に触れたのはいつ頃ですか？（具体的な年を西暦でお書きください）

____

9. あなたがお読みになった吉本ばななの作品は、どの版ですか？（複数選択可）

□中国語版　□日本語版　□英語版　□その他 ________________

10. あなたが吉本ばなな作品をお読みになろうとお考えになった理由は何ですか？（もし詳細な理由があったら、選択肢の後の下線部分にお書きください）

□流行っていたから ＿＿＿＿＿＿＿＿

□ひとに勧められたから ＿＿＿＿＿＿＿＿

□ばなな作品のスタイルが好きだから ＿＿＿＿＿＿＿＿

□装丁のデザインが好きだから ＿＿＿＿＿＿＿＿

□吉本ばななという名前に惹かれたから ＿＿＿＿＿＿＿＿

□その他 ＿＿＿＿＿＿＿＿

11. あなたがご存知の吉本ばなな作品はどれですか？（複数選択可）

□『キッチン』 □『ムーンライトシャドウ』 □『白河夜船』 □『夜と夜の旅人』 □『哀しい予感』 □『TUGUMI（つぐみ）』 □『N.P』 □『アムリタ』 □『もしもし下北沢』 □『花のベッドでひるねして』 □その他 ＿＿＿＿＿＿＿＿

12. あなたがお読みになったことがある吉本ばなな作品はどれですか？（複数選択可）

□『キッチン』 □『ムーンライトシャドウ』 □『白河夜船』 □『夜と夜の旅人』 □『哀しい予感』 □『TUGUMI（つぐみ）』 □『N.P』 □『アムリタ』 □『もしもし下北沢』 □『花のベッドでひるねして』 □その他 ＿＿＿＿＿＿＿＿

13. あなたが一番好きな、あるいは一番印象に残っている吉本ばなな作品はどれですか？

□『キッチン』 □『ムーンライトシャドウ』 □『白河夜船』 □『夜と夜の旅人』 □『哀しい予感』 □『TUGUMI（つぐみ）』 □『N.P』 □『アムリタ』 □『もしもし下北沢』 □『花のベッドでひるねして』 □その他 ＿＿＿＿＿＿＿＿

14. あなたは吉本ばななの小説から映画化された以下の映画をご覧になったことがありますか？（複数選択可）

□『キッチン』香港版 □『キッチン』日本版 □『白河夜船』 □『TUGUMI（つぐみ）』 □『海のふた 』 □『デッドエンドの思い出』 □その他 ＿＿＿＿＿＿＿＿

15. あなたがご存知の日本の作家の中で、吉本ばななの知名度はどのくらいだとお考えですか？

○わからない ○有名ではない ○普通 ○有名 ○とても有名

16. あなたの吉本ばなな作品に対する「好きレベル」はどのくらいですか？

○好きではない　○2　○3　○4　○5　○とても好き

17. だれかに吉本ばなな作品を勧めたことがありますか？

○まったくない　○基本的にない　○たまにある　○よくある

18. あなたは吉本ばなな作品をどのように評価していますか？あるいは、あなたは吉本ばなな作品にどのような印象をお持ちですか？（複数選択可）

□「癒し系」 □「文体が繊細でユニーク」 □「作品のテーマがユニーク（例えば超常現象、性転換、死、孤独等）」 □「作品の多くが若い女性ヒロインの観点から展開される語りである」 □「作品を通して日本社会を理解できる」 □「作風がどれも似ていて新しさに欠ける」 □その他 ＿＿＿＿＿＿＿＿

19. 今後も継続して吉本ばなな作品をお読みになりますか？

○読む　○読まない　○わからない

20. もし吉本ばななをご存知なく、またその作品をお読みになったことがない場合、今後、お読みになりますか？

○読む　○読まない　○わからない

21. 吉本ばななをご存知なのに、その作品をお読みになったことがないのはなぜですか？（複数選択可）

□日本文学に興味がない　□吉本ばななに興味がない　□吉本ばななの作品は、中国であまり宣伝されていないので、その作品について知ることができない　□その他 ＿＿＿＿＿＿＿＿

22. 自由記述欄

　ご協力いただき、ありがとうございました。あなたの観点や見解などを、以下の記述欄にご自由にお書きください。

＿＿＿＿＿＿＿＿＿＿＿＿＿＿＿＿＿＿＿＿＿＿＿＿＿＿＿＿＿＿＿＿

【注】

1 この象徴的な表現の初出は、管見の限りでは、李重民「烹调文字的高手—读吉本芭娜娜」『文汇报』（二〇〇四年四月二十六日）における「当今の日本文壇は、村上春樹と吉本ばななという二人の作家によってリードされており、それぞれ『日本文学の天皇』と『日本文学の皇后』と称されている」という表現においてである。しかし、その表現こそ異なれ、吉本ばななはそのデビュー当時から、村上春樹に比肩する、あるいはこれを超える作家として、中国に紹介されている。たとえば、吉本ばななの文壇デビューから二年、『キッチン』以後に出た六作品すべてがベストセラーとなり、新聞や雑誌において〈吉本ばなな現象〉として取り上げられ始めた一九八九年には、中国の『世界文学』という雑誌において、「目下のところ、村上春樹の作品はもう古臭いものになって来ているようだ。（中略）一九八八年の日本文壇において最も傑出しているのは、わずか二十四歳の新人である吉本ばなな（吉本波七）である」（頼育芳「一九八八年の日本文壇『十大ニュース』」『世界文学』一九八九年四月二十五日）と紹介されている。

2 王海藍（2012）『村上春樹と中国』アーツアンドクラフツ、一〇〇頁。

3 同、一〇一頁。

4 同、一〇一頁。

5 康東元（2005）「中国現代社会と村上春樹・渡辺淳一の翻訳小説——日本文芸の中国における受け入れ方」、『図書館情報メディア研究』3（1）、図書情報メディア研究編集委員会、三二頁。なお、これに続けて康東元（2005）は、黒古（1993）から「『キッチン』は、唯一の身寄りであった祖母を亡くした後、祖母の知り合いだった大学生の男の子の家に寄宿するようになった女子大生の感性と生活を描き、そこに〈愛〉の在り様を雰囲気として醸し出すように工夫された作品であるが、この作品と村上春樹の処女作『風の歌を聴け』を読み比べてみれば、両者ではまったくその〈軽さ〉の質の違うことがわかる。村上の場合は、その軽さの裡側に〈喪失〉という重い精神の傷痕があったが、吉本ばななの作品には、そのような〈過去〉は一切なく、根切り葉切りの軽さである」（一九〇頁）という言葉を引き、そのような「質的な〈軽さ〉が中国読者の心をつかめていなかったと想定できる」（前掲、三二頁）と述べている。

ここでは詳しく述べないが、そもそも吉本ばなな本人も「やっぱり間口は狭くても顧客はっていう質のものだったっていうだけで。やっぱり私はどう考えてもじぶんがそういう意味で、何て言うの、本当に本筋というか、本当のこう、メインの通りみたいな、村上春樹先生とかを訳してくれればいいのにっていうのがあってその脇の方で、ちょっと若い人の中で人気があるよっていうような感じでいいかなって、じぶんはそういうことしか思ってないから、あまりこう、主流なものとは思ってないですね」（吉本隆明・吉本ばなな『吉本隆明×吉本ばなな』ロッキング・オン、一九九七年、一七二頁）と述べており、村上春樹と比較するというのがお門違いなのである。また黒古（1993）は先の引用文にある文章に続けて「その〈軽い〉タッチはどの作品にも共通していて、まるで『金太郎飴』のようである」（一九〇頁）というが、それも作家の性質や目的の問題であり、当然の帰結なのである。吉本ばなな文学の性質や目的については、第五章で先行研究をとり上げながら検討する他、第七章で筆者なりの観点を示すこととする。

6 吉本ばなな（2001）『本日の、吉本ばなな』新潮社、五五頁。

7 同。

8 同。

9 同。

10 同。

11 吉本ばななは、吉本・吉本（1997）の対談でこう述べている。

すなわち「私はどう考えても、手塚治虫はすばらしい天才だと思うんだけどあの道を歩みたくないというか、わざわざこんなに人間というもの肉薄して、その気持ちもわかるけどタイプが違うとしか思えないんだけど、藤子不二雄の作品の中には、とりあえず人間は出てこないでしょ?ドラえもんとかそういう意味じゃなくて、子供たちも人間じゃないじゃないですか、ファンタジーというか。やっぱり私はそっちの方に共感できるし、やっぱり私の作品に出てくる人たちなんてそんなようなもんじゃないかなとは思うんだけど。（中略）だから民話とか寓話みたいなものに一番自分では近いんじゃないかなと思っているのです」（一二二～一二三頁）。もちろん、このように藤子不二雄を肯定しつつも、ばななは小説家としては「やっぱり自分のセンス的なものが、お化けだったりとか変な妖精だったりとか、なんか半ズボンの人とか一生大人にならない人みたいなね、そういう人がいろいろ冒険をするのがファンタジーですっていうのはすごくもう生理的に耐えられないから、一応人間の若者の体裁を取って書いてるんだけど」（一二二～一二三頁）と述べていることから、ばななの作品は藤子不二雄をやや人間化した寓話と言えるのかもしれない。

12　吉本ばなな「対談 宮本輝＋よしもとばなな〝死〟を見据えて〝生〟を書く」『すばる』三六巻、一二号、集英社、二〇一四年十一月、一八八頁。

13　吉本ばなな（2001）前掲、五七頁。

14　アレッサンドロ・ジェレヴィーニ（1998）は、イタリアで最初に読まれる契機となったのは「名前の印象だと私は思います。ばななという名前がそのままローマ字に直せば意味をもつ名詞ですし、なかなか変わった名前なので一度聞いたら忘れることはないと思います、あとはイタリア人はお茶目なところがありますから、男性の持つ物を表す俗語を名前にするというのは勇気のあることですので、それで笑いながら最初本を手にしたのではないかと思います」（三頁）と述べている。その他、イタリアにおける受容の契機や流れについては、アレッサンドロ・ジェレヴィーニ（1998）「イタリアにおける吉本ばなな現象」（『イタリア研究会報告書 No.79』イタリア研究会）を参照されたい。

15　小山鉄郎（1993）「イタリアの吉本ばなな」『文学界』四七（八）、一三一頁。

16　村上玄一は『朝日ジャーナル（臨時増刊号）』（一九九〇年四月二十五日）において、「この数年の間で、日本大学芸術学部の就職率が、いちじるしくアップしたという話をよく耳にする。数字の上から見ると、一九八六年度の就職率は七六・五%、それが八七年度には八五・〇%、八八年度には九〇・五%と上昇している。とくに文芸学科が伸びてきた、との声もある。それは林真理子、群ようこ、吉本ばななといった、今マスコミで脚光を浴びている先輩作家たちの活躍が大いに影響しているのではないかとの見方もある（中略）これも『ばなな現象』の一例だろうか」（九三頁）と述べ、そして日大芸術学部の学生の就活中の逸話をとり上げる。「八九年度卒の女子学生から、こんな話を聞いた。『面接のとき、文芸学科とはどのような学科ですかって、よく質問されるんです。ひとことでは説明できないんで、林真理子とか吉本ばななといった先輩がいます、と言うと、「ほう、あの吉本ばななねえ」と感心されて、有利に働いたかなって感じは確かにありました』」（九五頁）、その一方でこの学生のばなな文学に対する感想・評価はと言うと「本は全部買って読んでますけど、どれを読んでも同じようなもので…」（同）というものであったそうだ。

17　芳賀理彦（2013）「アメリカにおけるよしもとばななの受容――少女カルチャーの翻訳可能性」『千葉大学比較文学研究（1）』千葉大学文学部国際言語文化学科、八九～一一一頁。これは後に芳賀理彦（2018）『アメリカは日本文化をどう読んでいるか――村上春樹、吉本ばなな、宮崎駿、押井守』に収められ、書籍出版されている。

18　一九九二年から二〇一九年までの中国における出版状況の詳細については、本研究巻末の「附録1　現在までに中国で出版されている吉本ばなな文学の基本情報（装丁付き）」を参照されたい。

19　社会学者・上野千鶴子が理事長を務める、認定NPO法人WAN（Women. s action network）における、言語学者・遠藤織枝の記事「上野さん、『処女作』は困ります（やはり気になることば・15）」などに顕著な、「処女作」等の言葉を差別的用語と捉える主張に倣い、本研究においても「処女作」という言葉は他の表現に書き換えることとする（https://wan.or.jp/article/show/7225）。

20　この『世界文学』については、殷惠娥氏も「『世界文学』は中国で権威ある外国文学雑誌ですが、ずっと日本文学の動向に注目している雑誌といっていいでしょう。たとえば、一九八七年第三号では、『朝日新聞』に載った八六年の文壇状況の記事を詳しく紹介しています。一九八七年七月には、『世界文学』の唐月梅が現代日本文学の現場を調査するために、東京へ派遣されています」と、一九九三年十一月の「現代文学会」十一月例会における、「世界の中の吉本ばなな」というディスカッションの中で語っている。詳しくは、ディスカッション「世界の中の吉本ばなな」『国文学―解釈と教材の研究第三九巻三号』（学燈社、一九九四年、九二～九三頁）を参照されたい。

21　頼育芳「一九八八年日本文坛十大新闻（一九八八年の日本文壇十大ニュース）」『世界文学』世界文学出版社、一九八九年四月二十五日、三〇八頁。なお本研究における日本語訳は、とくに記述のない限り、すべて筆者による翻訳である。

22　吉本ばなな『パイナップリン』角川書店、一九八九年十一月十五日、一三頁（なお初版は一九八九年九月三十日）。

23　李長声「汉字笔名（漢字ペンネーム）」『読書』中国出版集団、一九九一年三月二日、一五一頁。訳文中の筆者（引用者・訳者）による注においては、同じ「吉本香蕉」でも「バナナ」の意味を強く表現していると捉えられるものは「吉本バナナ」とし、単に吉本ばななの当時における名前の翻訳としての「吉本香蕉」については「吉本ばなな」とした。また現在の吉本ばななの最も普遍的な名前の翻訳は「吉本芭娜娜」であるが、この記事においては「巴娜娜」となっており、「巴」の上の草冠がない。これは当時、まだ名前の翻訳が定まっておらず、李長声氏が独自にこの翻訳を提案していたことをうかがわせるものである。

24　許金龍「日本新一代作家形成群体（日本の新世代作家によるグループ形成）」『世界文学』世界文学出版社、一九九二年二月二十五日、三〇九頁。

25　吉本芭娜娜（林少華、汪正求、熊沢民 訳）『开心哭泣开心泪』漓江出版社、一九九二年二月、四〇三頁。ここで「民子女士」という表現があり、これは地位や教養のある女性の敬称であるが、これを日本語に訳する場合、日本語の「女史」という言葉は皮肉にも用いられることがある他、男性に対して「男史」とは言わない等の不均等があることから、「さん」と言い換えることとする。

26　羅興典氏は著名な翻訳家であり、詩人である。中国と日本の詩歌研究の嚆矢的存在で、中国日本文学研究会の理事を務めている。同氏は元大連外国語学院日本語学科の教授であり、日中文化交流に長年従事し、専門書や訳書、論文や詩歌、散文、小説等を、合計二〇〇万字余を発表しており、日中文化交流に絶大な貢献をしている。その著作『日本詩史』（上海外語教育出版社、二〇〇二年十一月）は「日本新詩の先駆的著作」であると評されている。同氏はかつて自らも吉本ばななの作品を訳しており、『外国文学』（一九九七年第二期）に「圆月」（満月―キッチン2）を発表している。なお、このときの吉本ばななの名前の翻訳は「吉本香蕉」であった。

27　吉本芭娜娜（林少華、汪正求、熊沢民訳）『开心哭泣开心泪』漓江出版社、一九九二年二月、四〇三頁。

28 同、一頁。
29 同、二頁。
30 同、二頁。
31 同、四〇三～四〇四頁。
32 同、四〇三頁。
33 同。
34 同。
35 同。
36 同、四〇二頁。
37 一九九三年十一月六日、「現代文学会」の十一月例会が専修大学神田校舎105教室において開催された。その中で、柘植光彦（専修大学教授・現名誉教授）の司会の下、ドイツの日本文学研究者ヒラリア・ゴスマン氏とアメリカの翻訳家エリザベス・フロイド氏、そして中国の現代日本文学研究者・殷恵娥氏が、「世界の中の吉本ばなな」というテーマを巡ってディスカッションを行った。パネリストたちはそれぞれの国における吉本ばなな作品の翻訳や評価の状況、そして吉本ばなな文学の代表作に関して自らの観点の提示を行い、殷恵娥はここで吉本ばなな作品の翻訳やその出版状況についても語っている。
38 殷恵娥は中国の上海出身である。現在、上海大学の経済学科の講師。一九九二年に専修大学を卒業後、吉本ばななの大学時代の指導教授であった曾根博義の研究生として日本大学で学び、一九九三年に専修大学大学院文学研究科の学生としてこのディスカッションに参加している。
39 ディスカッション「世界の中の吉本ばなな」、『国文学—解釈と教材の研究第三九巻三号』學燈社、一九九四年、九三頁。
40 吉本ばななの公式サイト（http://www.yoshimotobanana.com/）
41 藤井省三（2007）『村上春樹のなかの中国』朝日新聞社、一七六頁。
42 徐子怡「中国における村上春樹『中国行きのスロウ・ボート』の受容—『豆瓣網』ユーザーとしての中国人読者に対する読書調査—」、東京大学文学部（編）『東京大学中国語中国文学研究室紀要第一七号』東京大学文学部中国語中国文学研究室、二〇一四年、四三～六四頁。
43 筆者による比較調査によって抽出された、この一六二カ所の微妙な相違点については、『厨房（キッチン）』台湾時報出版社版（一九九九年、呉継文訳）と『厨房（キッチン）』漓江出版社版（二〇〇一年、魯平訳）の対照比較の表を作成したが、本書が日本人読者対象のため掲載していない。
44 李重民『烹调文字的高手——读吉本芭娜娜』人民網、二〇〇四年四月二十六日、http://www.people.com.cn/GB/14738/14759/21866/2468509.html（最終査読二〇一八年四月七日）
45 上海訳文出版社による作成された吉本ばななのホームページ：http://www.stph.com.cn/banana/index.htm（ただし、二〇一〇年からはほとんど更新されていない）
46 岳斌（2008）「在诗意和尘嚣间游移——大众消费主义文化视野下的当代女性叙事」（山东师范大学博士論文）、七五頁
47 世界自然保護基金（WWF）『エコロジカル・フットプリント・レポート 中国二〇一〇（中国生态足迹报告二〇一〇）』（https://www.wwf.or.jp/activities/activity/2786.html）
48 同、三頁。
49 同、四〇頁。
50 同、一〇頁。
51 岳斌（2008）「在诗意和尘嚣间游移——大众消费主义文化视野下的当代女性叙事」（山东师范大学博士論文）、七五～七六頁。
52 王海藍（2012）『村上春樹と中国』アーツアンドクラフツ、一七三頁。
53 松井剛（2013）「言語とマーケティング：『癒し』ブームにおけ

る意味創造プロセス」『組織科学』Vol. 46 No. 3、八九頁。

54　無論、諸説あり、また日本のアニメ、コミック、ゲーム（ACG）から広がったというのが。多くの研究の主張するところである。たとえば蒋（2019）は「緑川ゆきの『夏目友人帳』が『癒し』系のクラシックの代表となり、『癒し』という言葉が大量に流行し始めた（绿川幸的《夏目友人帐》成为〝治愈〟系的经典代表，〝治愈〟一词开始大量流行）」（五二頁）と述べている。この『夏目友人帳』のコミックは二〇〇五年から出版されており、テレビアニメ第一期は二〇〇八年からである。同論考において、それがいずれを指すのか、そして、その根拠がどのようなものであるかは明言されておらず、大まかに「二〇〇〇～二〇〇九年」と示されている。詳しくは、蒋淞宇「当代汉语中的日本动漫词汇研究（当代中国語における日本アニメ語彙研究）」（『大学语文建设』第二一期、二〇一九年、五二～五四頁）を参照されたい。

55　中国の代表的な「癒し」研究の一つである韓思斉（2010）では、「癒し系文学といえば、世界的に名高い作家、村上春樹と吉本ばななを挙げざるを得ないだろう。村上春樹の『ノルウェーの森』は都会の男女が彷徨う孤独の感情体験と、人生への模索を描いたものである。（中略）吉本ばななの『キッチン』の中の青年男女は何事も敏感憂鬱ではないが、運命数奇な彼らは濃い生命に対する未練を有しているため、最後に生存の意義と勇気を発掘することができるのである（而提到治愈系文学就不得不提到当今两大享有国际声誉的著名作家村上春树和吉本芭娜娜。村上春树的《挪威的森林》讲述都市男女彷徨孤独的情感经历，和对人生的摸索：（中略）吉本芭娜娜的《厨房》中青年男女无不敏感忧愁，命运多舛的他们却又带着浓浓的对生命的依恋，因而能够最终发掘生存的意义与勇气）」（四八頁）と述べており、管見の限り、後の多くの吉本ばなな文学研究の多くは、これを引いている、あるいはこれに依拠している。ただし、この韓（2010）においてもその根拠が十分に示されておらず、後の研究も同様であることは留意しておきたい。詳しくは、韓思斉（2010）「日本〝治愈系〟的文化分析」（南昌教育学院学报，文学艺术，第二五巻第二期）を参照されたい。

56　中国の新浪公司が運営する、現在（二〇二〇年）中国で最も人気のあるソーシャルメディアで、TwitterとFacebookを融合させたような機能をもつ。二〇〇九年に正式発足し、二〇一七年三月三一日には月間の活動中ユーザー数が三・四億人となり、Twitterの三・二八億人を越えて全世界で最もユーザー規模の大きい独立ソーシャルメディアとなり、その後も二〇一七年十二月に三・九二億人とユーザー数を増やし続けている。

57　潘（2017）は「笔者在结合亚马逊网站上对图书的分类，以及豆瓣读书上对这六本书的标签和评论内容的调查发现，这些书从刚上市不久就相继被读者打上〝治愈系〟标签，是公认的〝治愈系〟青春文学类作品。（アマゾンのウェブサイト上の書籍の分類や、豆瓣読書におけるこの六冊のラベルと批評内容の調査結果を総合すると、これらの本は発売された当初から、次々と読者に『癒し系』ラベルを貼られ、公認された『癒し系』の青春文学作品となっている）」と述べている。詳しくは、潘姵（2017）「〝治愈系〟青春文学畅销书研究（「癒し系」青春文学ベストセラー研究）」（河北大学硕士论文）を参照されたい。

58　潘（2017）前掲、一九頁。

59　同、二〇頁。

60　同、三二頁。

61　同、三三頁。

62　同。

63　同。

64　同。

65　同。

66　同、三四頁。

67　同。

68 同。

69 同、三五頁。

70 同。

71 同。

72 現在（2020年）中国で流行している文化交流サイトである「豆瓣網《ドウハンワン》」の展開する、文芸作品等の書籍に関する書き込みサイトである。このサイトのユーザーは自分が読みたい本を探して他人の感想や評価を読んだり、まだ読んでいる最中の本や読み終わった本を探して他人の感想や評価を読んだり、自分で書き込んだりすることができる。その他、その作品に星をつけて評価をすることもできる。ただ、『キッチン』についてもそうであるが、ある翻訳版を読んだユーザーが、別の翻訳版のコメント欄に書き込んでいることもあり、それぞれの翻訳版に対する感想や評価としては扱い難く、本研究では翻訳版の区別なく、中国における『厨房（キッチン）』という作品総体に対する感想や評価として、このデータを扱っている。しかし同時に現在中国において広く流通している翻訳版はほとんど『厨房（キッチン）』（2009）と『厨房（キッチン）』（2013）であることも確かではある。

73 注56参照。

74 日本のバレンタインデーは主に女性が意中の相手、あるいはお世話になっている人物等に対して、チョコレートに代表されるプレゼントを贈ってその気持ちを伝える日であるが、中国のバレンタインデーは主に男性が意中の相手に対して、プレゼントを贈ってその気持ちを伝える日である。

75 吉本ばなな（2006）『キッチン』新潮文庫、一九三頁。

76 同、一八九頁。

77 同、一九〇頁。

78 王向远（2007）「改革开放以后的日本翻译文学（1979-2000）」、《王向远著作集 日本文学汉译史（第三巻）》宁夏人民出版社、二〇〇七年、二九〇頁。

79 同、二九六頁。

80 同、二九九頁。

81 同、三〇一頁。

82 同、二二三頁。

83 同、三〇三頁。

84 同、三〇四頁。

85 同、三〇五頁。

86 同、三一一～三一二頁。

87 同、三二七頁。

88 同、三二七頁。

89 同、三三〇頁。

90 同、三五一頁。

91 同。

92 上野千鶴子・小倉千加子・富岡多恵子（1997）『男流文学論』ちくま文庫、二八〇頁。

93 同、三〇四頁。

94 王向远（2007）前掲、四四頁。

95 李潤潔（2017）「东野圭吾在中国的接受与传播（2001—2017）」（東野圭吾の中国における受容と伝播）黒龍江大学修士論文、三五頁。

96 同、三六頁。

97 同、三七頁。

98 同、四〇頁

99 同、三七頁。

100 吉本隆明・吉本ばなな（1997）『吉本隆明×吉本ばなな』ロッキング・オン、一七二頁。

101 同、一二〇頁。

102 同、一二一頁。

103 同、一七二頁。

104 同、一三四頁。

105 豆瓣書店 https://market.douban.com/book/banana/（最終閲覧日二〇一九年九月）

106 同。

107 吉本ばなな（一九六四年七月二十四日）は『王国その1』（二〇〇二年）から、ペンネームを平仮名の「よしもとばなな」（2002～2014）に改名している。ばななは自身のホームページに設置していた「よくある質問」のコーナーでは、「どうしてペンネームを『吉本ばなな』から『よしもとばなな』とひらがなに変えたのですか？名前の画数とかを気にしますか？」という質問に対して「子供の名前を姓名判断で考えていたら、私の名前こそがよくないとわかったからです。画数というか、名前には何かすごい力があると思うので、かなり気にします」（既閉鎖：http://www.yoshimotobanana.com/question/）と答えており、その改名の理由は姓名判断によるものということになる。

吉本ばななは私生活において、二〇〇〇年にロルファー（整体師）の田畑浩良と結婚（事実婚）し、二〇〇三年二月八日に当時三十八歳で男児を初産していることから、当時は出産前であったことがわかる。しかし、二〇一五年に再び「吉本ばなな」に改名しており、その理由は新潮社における吉本ばななのエッセイ『イヤシノウタ』広報サイトのインタヴューにおける次のようなやりとりに見ることができる。

「――五十歳という節目の年を迎えたことで、新たに見えてきたものがあったのですね。

吉本ばなな：すこし前にペンネームを「吉本ばなな」に戻して、そうした区切りもあったものだから、この本からが新たなスタートという気持ちが自分のなかにあって、初めて本をつくるときの感覚が自分のなかによみがえってくるのを感じられたのもよかったです。

――名前を戻されたきっかけは、何かあったのですか？

吉本ばなな：「吉本ばなな」というのは画数的にすごい強い名前で、仕事をやりますよ、他のことは知りません、という名前だったから、赤ちゃんが小さいうちは、それではダメだな、と思ったんです。それで、自分の心構えを変えたかったこともあって、「よしもとばなな」とひらがなにしました。今すこし休んでいるんです、ということを表現する意味もありました。

――そうだったんですね。

吉本ばなな：あとは最近、自分が思っている状況と自分を取り巻く状況にズレが生じていたことに、気づく瞬間があったんです。三十年も作家をやっていると、慣れもあるし、ルーティンのようなものが知らないうちに生まれてしまっていたんだなって。自分自身は定まっていると思っていても、それを周囲に表現できていなければ、それは定まっていないのと同じだから」（https://www.shinchosha.co.jp/wadainohon/383411/interview.html）

これも相変わらず正面から質問に答えない「ばなな節」であるが、幻冬舎ルネッサンス新社の「特別連載インタヴュー」の「第六回特別連載」においても、次のようなやりとりが見られる。

――三十年の作家生活を振り返ってみて、転機はいつだったと思いますか。

吉本：公式サイトを開設して、ブログを始めたのと子どもを産んだのがほとんど同時だったので二〇〇〇年から二〇〇三年くらい。『デッドエンドの思い出』の頃ですね。そこでネットというものに関わっていこうと決めたので、今思うとそれがすごい転機になった気がします。行きつけのおかまバーのおかまに「マホちゃん（※ばななさんの本名）、このままじゃダメよ。世の中の人はあなたのこと、もう知らないわよ」って叱られて。自分としてはデビュー当時が異常な状況で、このままひっそりマイペースで書き続けていけるなら、むしろ本望だって満足していたんですけど、その人があまりに真顔だったので、このままカルト作家として消えていくにはちょっと早いのかもって思っちゃって。その頃って私があまりに表に出なかったので、吉本ばななは刑務所に入ってるとか根も葉もない情報が出たりしたんです。公式サイトがあれば本当のことが言えるし、ファンの人を安心させられるかなと。実際やってみたらインターネットというものの大きさを実感して、これからの世の中はこっちにいっちゃうんだろうなというのがよくわかりました。

――事務所もたたまれて身ひとつになって、腰をすえて新しいヴォイスで語り始めているというのを、近年のエッセイからもひしひしと感じます。

吉本：自分でもそう思います。『王国』を出した頃、一時期、名前を平仮名の「よしもとばなな」にしたんです。家庭運があまり良くない名前だったので「そんなに仕事はしませんよ」って名前にしたんですけど、子どもも大きくなったので「よし、仕事するぞ」と漢字の「吉本ばなな」に戻したんです。それも節目のひとつになっているかもしれない。従業員を背負わなくてよくなったというのも大きいですね。この仕事も受けなきゃいけないのかなとか余計なことを考えないで済むので、小説に集中できるようになりました」（https://www.gentosha-book.com/special_interview/yoshimoto/04.html）

やはり「子供が大きくなった」ため、これから仕事に集中するために戻したということになる。しかし、ばななが名前を「吉本ばなな」に戻した二〇一五年、モバコレのサイトに上げられた「【みんなのスマホ】吉本ばななさん（後編）『読書にとても役立つツール、生きることが楽になる』」（モバコレ編集部、投稿日二〇一五年十月二十七日）という記事において、ばななは「――では最後の質問ですが、ばななさんは最近ペンネームも平仮名から漢字表記に戻されて、また新たな意識で作品を書かれるのかなと思っているのですが、今後のばななさんの方針などがあれば教えてください」という質問に対して「吉本：長編や連作が書ける時間というのが年齢的に考えてそうそう長くはないと思っているので、短編を文芸誌に発表してそれをまとめて一冊にするという仕事はしばらくやらない方針です。余裕があったら短編を書きますが、これから十年は長編に集中すると思います」（https://mobareco.jp/a49210/）と述べており、吉本ばなな改名の背後には、五十代になって残りの作家人生が長くないと感じ、「子供が大きくなった」ということもあり、長編を書く仕事に本腰を入れるという吉本ばななの覚悟があったと言えよう。

108 吉本ばなな（1994）『ばななのばなな』メタローグ、二九一頁。
109 木股知史（1997）『吉本ばななイエローページ』荒地出版社、一頁。
110 吉本隆明・吉本ばなな（1997）前掲、一六三頁。
111 当当網(http://book.dangdang.com/?_utm_brand_id=11106&_ddclickunion=460-5-biaoti%7Cad_type=0%7Csys_id=1)（スクリーンショット日時：二〇一九年九月十八日）
112 王向远（2007）「改革开放以后的日本翻译文学（1979-2000）」、《王向远著作集 日本文学汉译史（第三巻）》宁夏人民出版社、二〇〇七年、二二三頁。
113 同、二二三頁。
114 同。
115 同、二二四頁。
116 同。
117 同、二二五頁。
118 出版に関する調査及び、文化の伝承を目的として、中国のすべての出版物のサンプルを保存する図書館。
119 王向远（2007）前掲、二二五～二二六頁。
120 同、二二五頁

121 同、二二三頁。
122 同、三四八頁。
123 同、三七五頁。
124 周閲（2005）『吉本芭娜娜的文学世界』寧夏人民出版社、二九七頁。
125 林少华（2005）《村上春树和他的作品》宁夏人民出版社、五頁。
126 王海藍（2012）『村上春樹と中国』アーツアンドクラフツ、一五三頁。
127 周閲（2005）『吉本芭娜娜的文学世界』寧夏人民出版社、二九二頁。
128 同。
129 ここで周閲が北京大学の学友たちとともに翻訳したという吉本ばななの小説集は、おそらく一九九七年に花城出版社から出版された『キッチン（厨房）』という吉本ばななの七本の作品を収めた小説集のことである。その中で「キッチン」、「満月―キッチン2」、「ムーンライト・シャドウ」の三作品は張哲俊による訳であり、「N・P」は賀雷による訳、「白河夜船」、「ある体験」、「夜と夜の旅人」の三作品は大野湘織による訳であるが、下記のサイトに基づけば、この三名と周閲は全員、同じく北京大学中国言語文学科教授・厳紹璗の学生なのである。確かに、この小説集に周閲の名前は見当たらないが、しかし周閲の述べている通り、一九九六年に北京大学の学友たちと翻訳をしたとすれば、それはこの一九九七年花城出版社版の小説集であり、周閲はこれに何らかの関わり方をしたと推測される。なお、この小説集は中国大陸で最初に版権を取得して出版された吉本ばななの作品集である。http://www.guoxue.com/nowpeople/people22/people_yanst.htm（最終閲覧日二〇二〇年四月八日）
130 周閲（2005）前掲、二九三頁。
131 同。
132 同。
133 同、一三～一六頁。
134 吉本隆明・吉本ばなな（1997）前掲、一七五頁。
135 同、一七六頁。
136 同、一八五頁。
137 同、一八九頁。
138 同、一七一頁。
139 周閲（2005）前掲、一八頁。
140 周閲（2005）前掲、一九～二〇頁。
141 周閲（2005）前掲、二〇頁。
142 吉本隆明・吉本ばなな（1997）前掲、一七六頁。
143 同。
144 同、一二一頁。
145 同、一三一頁。
146 同。
147 同、一三三頁。
148 同、一三四頁。
149 同、一七二頁。
150 周閲（2005）前掲、二一頁。
151 吉本隆明・吉本ばなな（1997）前掲、一七六頁。
152 同、一七七頁。
153 吉本ばななは『すばる』での宮本輝との対談「対談 宮本輝＋よしもとばなな〝死〟を見据えて〝生〟を書く」において、書き続ける原動力は何かという問いに対して「読んでくれる人がいるから」と答えている（『すばる』三六巻、一二号、集英社、二〇一四年十一月、一九五頁）。
154 吉本ばなな「講演 小説を書くこと」、『江古田文学』第94号、vol.36、No.3、日本大学芸術学部江古田文学会、二〇一七年三月、一三二頁。

155　周閲（2005）前掲、二一六頁。
156　吉本ばなな（2006）『キッチン』新潮文庫、一七頁。
157　同。
158　同。
159　周閲（2005）前掲、二一七頁。
160　同。
161　同。
162　上野千鶴子（1987）「選べる縁・選べない縁」、栗田靖之編（1994）『現代日本における伝統の変容3　日本人の人間関係』ドメス出版、二二八頁。
163　同。
164　同、二二九頁。
165　同、二二九～二三〇頁。
166　同、二三〇頁。
167　上野千鶴子、電通ネットワーク研究会（1988）『「女縁」が世の中を変える』日本経済新聞社、二一頁。
168　同、二二頁。
169　上野千鶴子（1987）前掲、二三三頁。
170　周閲（2005）前掲、二二一頁。
171　木股知史（1999）『イエローページ　吉本ばなな』荒地出版社、五七頁。
172　周閲（2005）前掲、二三三頁。
173　上野千鶴子（1994）『近代家族の成立と終焉』岩波書店、四頁。
174　同、四～五頁。
175　同、五頁。
176　同、四〇頁。
177　同、三七頁。
178　なお上野千鶴子は、朝日新聞（一九八九年六月四日）における「ミッドナイト・コール」という連載において、吉本ばなな「キッチン」をとり上げている。上野は上野（1994）と同じく、先ず文化人類学における「家族」のミニマムの定義「共食共同体」に言及し、それから「キッチン」の「みなしご」設定を「吉屋信子の昔から、少女小説の大好きなテーマ」と指摘し、これを「ありがたくない境遇から脱けだして、いかようにも自分を変身させる夢想のための仕掛け」であるとする。そして「吉本ばななは、みなしごになった娘がつくる、血のつながらない疑似家族の実験を描く、その家族をつなぎとめるのは『共に食べる』という行為だ」と述べる。そして「吉本ばななの小説では、『食事シーン』が『ベッドシーン』にとってかわっている（中略）『血縁』を超えたこの拡大家族は、『食縁家族』とでも呼ぶべきだろうか」と述べたうえで、拡大家族や疑似家族の重要性を認めつつ、その実験等にも言及し、これらが〈家族〉としてうまくいくには「内部で性を抑圧することが不可欠なような気がしてくる」と述べ、「性をどうとり扱うかは〈家族〉の永遠の課題だが、吉本ばななはこの問いを、ただ避けて通っているように見える」という批判で文章を締めくくっている。
179　周閲（2005）前掲、二一七頁。
180　上野千鶴子（1994）『近代家族の成立と終焉』岩波書店、四〇頁。
181　吉本ばななの両親は、母親の前夫が「なかなか籍を抜いてくれなかった」ために「すっごく長く苦しんだ」という。そのため、ばななは両親から、「入籍は軽々しくしないで、十年二十年一緒に住んで、それでもしたければしなさい」と言われていたのだという。（内田春菊・吉本ばなな『女ですもの』ポプラ社、二〇〇七年、一三九頁）
182　内田春菊・吉本ばなな『女ですもの』ポプラ社、一三四頁。
183　同。
184　同、一三八頁。
185　同、一三四頁。

186 同、二三一頁。
187 同、二三五頁。
188 同、二三二～二三三頁。
189 李昂・吉本ばなな「対談 李昂＋吉本ばなな 時代の傷に寄り添う力として」、『すばる』第四〇巻第五号、集英社、二〇一八年四月、二五二～二五四頁。
190 同、二六三頁。
191 同、二五三頁
192 周閲（2005）前掲、二四〇頁。なお、この「ＥＳＰ」とは「extrasensory perception」の略で、「超能力」のことを指す。
193 同、二四〇頁。
194 同、二四二頁。
195 吉本隆明・吉本ばなな（1997）前掲、一四二頁。
196 同。
197 吉本ばなな（1994）前掲、二七四頁。
198 同、二七六頁。
199 吉本ばなな（2018）『「違うこと」をしないこと』（角川書店）等が挙げられよう。
200 吉本ばなな（1994）前掲、二六八頁。
201 同、二六九頁。
202 吉本ばなな（2018）『「違うこと」をしないこと』角川書店、一二六頁。
203 吉本隆明・吉本ばなな（1997）前掲、一四二頁。
204 吉本ばなな「講演 小説を書くこと」、『江古田文学』第94号、vol.36、No.3、日本大学芸術学部江古田文学会、二〇一七年三月、一四二頁。
205 同、一四二頁
206 李昂、吉本ばなな（2018）前掲、二五七頁
207 吉本ばなな「第七回日藝賞受賞記念講演 作家への道、より道含む」『江古田文学』第83号、vol.33、No.1、日本大学芸術学部江古田文学会、二〇一三年九月、七九頁
208 同。
209 吉本ばなな「講演 本当の癒しとは」『江古田文学』第91号、vol.35、No.3、日本大学芸術学部江古田文学会、二〇一六年三月、一四六頁
210 同、一四六頁
211 吉本ばなな（2018）『「違うこと」をしないこと』角川書店、一二八頁。
212 周閲（2005）前掲、二六二頁。
213 同、二六三頁
214 同。
215 同、二六四頁。
216 吉本隆明・吉本ばなな（1997）前掲、一六三頁。
217 同、一五九頁。
218 同、一六〇頁。
219 同、一五九～一六〇頁。
220 周閲（2005）前掲、二六五頁。
221 同、二七三頁。
222 同、二七五頁。
223 同、二七六頁。
224 吉本隆明・吉本ばなな（1997）前掲、一六七頁。
225 同、一二一頁。
226 同、一二一～一二二頁。
227 吉本ばなな（2001）『本日の、吉本ばなな』新潮社、一六頁。
228 同。
229 李昂・吉本ばなな（2018）前掲、二五七頁。
230 桂枝雀『枝雀落語大全 第三十集「子ほめ」』EMIミュージック・ジャパン（一九八五年九月三十日『大阪サンケイホール』にて収

録）の「枕」より。

231 「桂枝雀は終わらない」朝日新聞デジタル、2009年2月22日（https://www.asahi.com/showbiz/stage/rakugo/TKY200902220049.html）

232 周閲（2005）前掲、p.292。

233 吉本隆明・吉本ばなな（1997）前掲、p.346。

234 吉本ばなな「対談 宮本輝＋よしもとばなな〝死〟を見据えて〝生〟を書く」、『すばる』三六巻、一二号、集英社、二〇一四年十一月、一八六頁。

235 同。

236 同、一八八頁。

237 一本の論文に複数の主題や観点が含まれている場合があり、筆者の調査においては、その場合、各主題・観点ごとに一つと数えることとした。そのため主題・観点の総数は、論文総数の六四を上回っている。

238 余幕英（2019）「吉本ばなな作品の中における音楽要素の研究（吉本芭娜娜作品中的音乐元素）」、『中国民族博覧』二〇一九年第三期。

239 遅子建は一九六四年に黒竜江省漠河県に生まれた。一九八三年から創作活動を開始し、一九九〇年に中国作家協会に加入、これまで六〇〇万字以上の作品を発表し、単行本八〇本以上の作品を出版して来た。代表作には『樹下』、『アルグン川の右岸』（额尔古纳河右岸）、『越過雲層的晴朗』等がある。彼女の作品はこれまで、魯迅文学賞、冰心文学賞、茅盾文学賞等の文学賞を受賞しており、現代中国でもっとも影響力を有する作家の一人である。また彼女の作品の一部は、日本やフランス、イギリス等でも翻訳・出版されているなど、吉本ばななと同じく海外でも広く受容されている。その中でも日本で出版されているものとしては、『満州国物語』（孫秀萍訳、河出書房新社、二〇〇三年）、『今夜の食事をお作りします』（竹内良雄・土屋肇枝訳、勉誠出版、二〇一二年）、そして前述の『アルグン川の右岸』（竹内良雄訳、白水社、二〇一四年）等がある。

240 劉暁蕊（2017）「吉本ばななと遅子建の小説における『死のテーマ』の比較研究（吉本芭娜娜与迟子建小说中〝死亡主题〟的比较研究）」上海外国語大学修士論文、九頁。

241 周閲（2005）前掲、二四三頁

242 吉本ばなな（1999）『B級BANANA――ばなな読本』角川書店、三〇頁。

243 劉暁蕊（2017）前掲、九頁。

244 吉本隆明・吉本ばなな（1997）前掲、二一九～二二〇頁。

245 吉本ばなな（2001）『本日の、吉本ばなな』新潮社、五五頁。

246 吉本ばなな（1999）前掲、四三頁。

247 吉本ばなな（2018）『「違うこと」をしないこと』角川書店、三一頁。

248 劉暁蕊（2017）前掲、三一頁。

249 徐坤は一九六五年に中国遼寧省瀋陽に生まれた。1989年に遼寧大学中国語学科で修士の学位を取得し、二〇〇〇年九月から二〇〇三年七月の間、中国社会科学院において研究を行い、博士学位を取得している。彼女は中国の著名な学者型の作家であり、彼女はこれまで「魯迅文学賞」、「馮牧文学賞」等数多くの文学賞を獲得している。その代表作は吉本ばななと同じく、『厨房（キッチン）』であり、この作品は『小説月報』の読者が選ぶ「大衆百花賞」を受賞し、『作家報』の「九七年度優秀小説賞」を受賞している。

250 阿伦（2014）《一条大路走到头――対话徐坤》《江南》、二〇一四年、八〇頁。

251 徐坤（2004）《北京以北》昆仑出版社、二〇〇四年一月、五九頁。

252 同、六二頁。

253 石芮旗（2016）『中日同名小説「キッチン」の比較研究（中日同名小说《厨房》比较研究）』湖南师范大学修士論文、二頁。

254 同、二二一～二二三頁。

255 同、二七頁。

256 徐坤（2001）『厨房』華文出版社、一頁。

257 吉本ばなな（2006）『キッチン』新潮文庫、九頁。なお、同書の初刊行は、吉本ばなな（1988）『キッチン』（福武書店）である。

258 石芮旗（2016）前掲、四二頁。

259 吉本・吉本（1997）における原文は「潜在的な読者になり得る層っていうのは本当に共通したものだと思うから、どういう質の人間がどういうときに必要として読むかっていうことに関しては万国共通だと思うから、その人たちに向けてうまく届けばいいわけで、顧客に向けてちゃんと供給されればそれで満足」（吉本・吉本『吉本隆明×吉本ばなな』ロッキング・オン、一九九七年、一七二頁）であるが、これを周閲（2005）は「只要能够面向顾客保证供给就满足了（顧客に向けて供給が保証されればそれで満足）」（周閲『吉本ばななの文学世界』寧夏人民出版社、二〇〇五年、二一一頁）と訳している。この石芮旗（2016）はこの一文の出典を明らかにしていないが、この翻訳は完全に周閲（2005）と一致しており、また参考文献に周閲（2005）が挙がっていることから、この「顧客」理解もその影響を受けていると想定される。

260 石芮旗（2016）前掲、一八～一九頁。

261 同、二一頁。

262 邵娟（2009）「两间《厨房》的女性变奏曲――以徐坤和吉本芭娜娜的同名小说《厨房》为例」时代文学（下半月）2009（10）、五八頁。

263 尹凤先（2018）「新时代语境中中日女性的个体回归差异――以中日同名小说《厨房》为例」名作欣赏、2018（26）、九九頁。

264 同、一〇〇頁。

265 阿伦（2014）《一条大路走到头――对话徐坤》《江南》、八一頁。

266 上野千鶴子（1994）『近代家族の成立と終焉』岩波書店、四〇頁。

267 徐坤（2001）『厨房』華文出版社、p.3。

268 上野千鶴子（1994）前掲、四〇頁。

269 張燕（2006）『映画：香港制造』北京大学出版社、六六頁。

270 卓伯棠（2011a）『厳浩電影講座』復旦大学出版社、二五五頁。

271 張燕（2006）前掲、六六頁。

272 卓伯棠（2011a）前掲、二五五頁。

273 同。

274 同。

275 同。

276 張燕（2006）前掲、六七頁。

277 同。

278 同、六九頁。

279 同。

280 同。

281 同、七〇頁。

282 孫慰川（2004）『当代港台電影研究』中国電影出版社、四六頁。

283 張燕（2006）前掲、七〇頁。

284 同、七一頁。

285 孫慰川（2004）前掲、四八頁。

286 石琪（2006）『香港電影新浪潮』復旦大学出版社、二一〇頁。

287 張燕（2006）前掲、八六頁。

288 卓伯棠（2011b）『香港新浪潮電影』復旦大学出版社、一八四頁。

289 張燕（2006）前掲、八六頁。

290 卓伯棠（2011b）前掲、二～三頁。

291 張燕（2006）前掲、六七頁。

292 卓伯棠（2011a）前掲、二五二頁。

293 同、二五二～二五三頁。

294 張燕（2006）前掲、七一頁。

295 同、七九頁。

296 「說故事的人 嚴浩」『JESSICA』（2015）https://www.jessicahk.com/articles/shuo-gu-shi-de-ren-yan-hao（最終閲覧日二〇一九年四月十二日）

297 「東アジア混血映画の誕生　香港で映画化された『キッチン』」『週刊ＡＥＲＡ』（一九九七年十二月一日）

298 鄭秋迪（2016）「吉本ばなな『キッチン』『満月』における『関係性』と『癒し』：笹川（2002）と生方（2015）を手掛かりにして」、『ＫＧＵ比較文化論集』八、一九九頁。

299 「東アジア混血映画の誕生　香港で映画化された『キッチン』」前掲。

300 吉本隆明・吉本ばなな（1997）前掲、一七二頁。

301 鄭秋迪（2018）「吉本ばなな文学における『好きっていう場』に関する一考察」『KGU比較文化論集』九、一五六頁。詳しくは鄭秋迪（2018）を加筆修正した本研究の第六章を参照されたい。

302 張燕（2006）前掲、七二頁。

303 李焯桃『三部曲的終結篇』http://www.filmcritics.org.hk/film-review/node/2015/06/22/三部曲的終結篇（最終閲覧日二〇一九年四月十二日）

304 石琪（2006）前掲、二一四頁。

305 孫慰川（2004）『当代港台電影研究』中国電影出版社、四六頁。

306 この表三の図表及び興行収入の数字は、趙子然（2016）『厳浩――香港の監督厳浩の映画研究（严浩腔调――香港导演严浩电影研究）』（南京師範大学修士論文、四五頁）から引用したものである。また、趙子然（2016）は注記において、「この図表における興行収入のデータは、すべて香港映画資料館の電子資料からのものである。そのうち《浮城大亭》は香港のみならず、大陸部でも上映された映画で、大陸部の興行収入は九〇三万八〇〇〇元、《庭院里的女人》は一〇〇〇万元で、比較のため1:0.85のレートで換算した。《公子娇》と《太陽有耳》は興行データを見つけることができず、表からこの二つの映画を除外している」（以上图表数字均转自赵子然的硕士论文《〝严浩腔调〟――香港导演严浩电影研究》。P45原文中备注：图表中的票房数据均来自香港电影资料馆的电子资料，其中《浮城大亭》是香港内地都上映的影片，内地票房为9038000元，为方便比较，按照1：0.85的汇率进行了换算，《庭院里的女人》为10000000元，《公子娇》和《太阳有耳》未能找到票房资料，表中略去了这两部影片）と述べている。

307 ここは下記ＵＲＬからの引用である：https://hkmovielol.tumblr.com/post/180405208822/地道星期五影院我愛廚房

308 李焯桃（1997）香港影評庫「三部曲的終結篇」https://www.filmcritics.org.hk/film-review/node/2015/06/22/三部曲的終結篇（最終閲覧日二〇二〇年四月八日）

309 同。

310 同。

311 石琪（2006）前掲、二一四頁。

312 同、二一二頁。

313 同、二一三頁。

314 同、二一六～二一七頁。

315 二〇一九年九月十四日時点。

316 なお、豆瓣《ドウバン》電影のサイトにも明記してある通り、映画と関係のないコメントや他人を攻撃するようなコメントは表示されないようにされている他、全体のパーセンテージやコメント数等には若干の齟齬がある。

317 なお、「好評価」をつけたユーザーのコメントであるため、当然、プラスの評価が多いが、その中には、映画の全体としては評価しつつも、例えば役者の演技についてマイナスの評価をしているものもある。

318 二〇一九年九月十四日時点
319 同。
320 これには「色」や「情緒」に着目したもの等あり、その分類も可能ではあるが、かなり抽象的な記述が多いことから、同一性を同定することが困難であり、その分類に意義が認められないことから、そのような細分化した分類は行っていない。
321 罗家英《苗翠花》帯病上阵 汪明荃片场浪漫连线 新浪网 2005-04-21（最終閲覧日二〇一九年九月十四日）
https://baike.baidu.com/reference/3485599/420fLepIr2ooBGZ0GlhdtdoKN2W8RC4BpbHRX5DEvsYQWywi3_RsJ1R-0WK0XjvNDjR18kfGMusc_VB0uzoysSjAMttmRQa6sgNk6uma4o
322 同。
323 同。
324 同。
325 同。
326 『週刊AERA』（一九九七年十二月一日）朝日新聞出版、五三頁。
327 石琪（2006）前掲、二三一頁。
328 同。
329 卓伯棠（2011）前掲、二六四頁。
330 張燕（2006）前掲、七九頁。
331 吉本隆明・吉本ばなな（1997）前掲、一二三頁。
332 吉本ばなな自らが、「この世に偶然というものがないとしたら、『アムリタ』という小説で、『キッチン』から続いてきた『第一期吉本ばなな』は終わったと考えています。多分、これからはまた別人のようになって、全く違ったものを書いていくでしょう」（三〇一頁）と述べている。詳しくは、吉本ばなな（1994）『ばなのばなな』（メタローグ）を参照されたい。
333 吉本隆明・吉本ばなな（1997）前掲、一二四頁。（傍点は引用者）
334 吉本ばなな（1994）前掲、一六一頁。
335 同。
336 同、一六二頁。
337 吉本隆明・吉本ばなな（1997）前掲、一一六頁。
338 同、一一七頁。
339 同、一一九～一二一頁（傍点は引用者）。
340 吉本ばなな（1994）前掲、一六二頁。
341 吉本隆明・吉本ばなな（1997）前掲、一二〇頁。
342 鄭秋迪（2014）「吉本ばななの前期作品における若い女性像について」（南京師範大学大学院修士論文）
343 吉本ばなな・講演「本当の癒しとは」、佐藤洋二郎［編］（2016）『江古田文学』九一、日本大学芸術学部、江古田文学会、一一七頁。
344 鄭秋迪（2016）「吉本ばなな『キッチン』『満月』における『関係性』と『癒し』」、『KGU比較文化論集』8、関東学院大学文学部人文学会比較文化学部会、一七九～二〇〇頁。
345 吉本隆明・吉本ばなな（1997）前掲、一二二頁。
346 同、一二二頁。
347 同。
348 同、一二一～一二二頁（傍点は引用者）。吉本ばなな（2001）前掲のインタヴューにおいても、ばななは「常にアンチ手塚治虫のところがありました」（一六頁）と述べており、また「私の書いてるのは寓話だし、寓話における登場人物というのは役割がまずあってのことだから、その人たちが予定外に現れたり、勝手に動きだすことは絶対ないです」（一八頁）と答えている。
なお、文芸評論家の富岡幸一郎は一九八九年の『日本経済新聞』に掲載された、ばななの人気の秘密を探ろうとする、小説「TUGUMI」の評論において、「〝生き方〟とか〝人生〟という言葉を作者は何気なく記しているが、実のところここにはいかなる現実もない。すべてはメルヘンの世界であるといってもいい。しかしそのメルヘンは、決して明るく希望に満ちたものではない。

むしろ微量の死の影と悲しみに彩られているのだ。」（『日本経済新聞』一九八九年四月三十日朝刊）と述べ、ばなな文学が現実を描いておらず、メルヘンの世界であることを看破している。

349 吉本隆明・吉本ばなな（1997）前掲、一二三頁。

350 同（傍点は引用者）。

351 同、一二四頁。

352 この「形」については、吉本ばなな（2001）『本日の吉本ばなな』（新潮社）にも記述がある。ばななは「とにかく形（引用者注：社会的な形）にはまるのがもうたまらなく駄目なんですよ。病的に」、「奥さんとか、お母さんとか、お嬢さんとか。作家ですね、という言われ方も、ぎりぎり最後の線ですね、私が社会に参加する時の形として、しようがないかなと思えるのは」、「自分は形に押し込められたくないって密かにずっと思っていたような気がする」（一一九～一二二頁）と述べており、ばなな本人も「形」に嵌められることを嫌っていることがわかる。

353 吉本ばなな（2001）『本日の吉本ばなな』新潮社、一八頁。

354 鈴木大拙『日本的霊性 完全版』角川学芸出版、二〇一〇年、三二七頁。

355 鄭秋迪（2016）前掲、一九〇頁。

356 吉本隆明・吉本ばなな（1997）前掲、一二五頁。

357 同、一二一頁。

358 同、一二五頁。

359 同。

360 同。

361 同、一二六頁。

362 同、一二七頁。

363 同。

364 同、一二八頁。

365 同。

366 同。

367 同、一二八～一二九頁。

368 同、一三〇頁（傍点は引用者）。

369 同、一三一頁。

370 同。

371 同、一三二頁。

372 同、一三五頁。

373 同、一三七頁。

374 ここで、このばななの女性の友人のような言動は「共鳴」を意味しないのではないかという疑問があるかもしれない。だが『広辞苑（第五版）』によれば、「共鳴」とは「物理系が外部からの刺激に固有振動を始めること。とくに刺激が固有振動数に近い振動数を持つ場合を指す（中略）転じて、他人の思想や意見に同感の念を起こすこと」とあるように、一方的にある波長に対して「共鳴」するということは成立するのである。だが、もちろんこの「好きっていう場」において、この「共鳴」のあり方は表層的であり、より深層的には、互いの「波長」が相互に合う――ことを相互に認識する――「共鳴」のレベルが想定されるのである。

375 吉本隆明・吉本ばなな（1997）前掲、一三八頁。

376 同、一三七頁（傍点は引用者）。

377 同。

378 同、一三三頁（傍点は引用者）。

379 同、一三四頁。

380 同、一七六頁。

381 同、一六三頁

382 同、一六九頁。

383 同。

384 同。

385 同、一七〇頁。

386 同、一七一頁。
387 同、一六七頁。
388 同、一七二頁（傍点は引用者）。
389 同、一四二頁。
390 同、一四五頁。
391 同、一四二頁。
392 同。
393 吉本ばなな（1994）『ばななのばなな』メタローグ、二八四頁。
394 吉本隆明・吉本ばなな（1997）前掲、一四三〜一四四頁。
395 同、一四四頁。
396 同、一四四〜一四五頁（傍点は引用者）。
397 同、一四五頁。
398 たとえば、松田良一（1999）『山田詠美 愛の世界』（東京書籍）等が挙げられよう。
399 吉本隆明・吉本ばなな（1997）前掲、一四五〜一四六頁。
400 同、一四七頁。
401 同。続けて、この段階について吉本隆明は、「超能力が少ないっていうか超能力らしくないものがあらわれてる段階」とし、『とかげ』（1993）に収められている「血と水」や「新婚さん」などを挙げている。
402 同、一四八〜一四九頁。
403 吉本ばなな（2006）『キッチン』新潮文庫、九頁。なお、同書の初刊行は、吉本ばなな（1988）『キッチン』（福武書店）である。
404 加藤典洋（1996）『言語表現法講義』岩波書店、一四五頁。
405 同、一四六頁。
406 同。
407 同、一四七頁。
408 同、一五七頁。
409 同、一五一頁。
410 同、一五七頁。
411 同。
412 同、一五四頁。
413 同。
414 同、一五五頁。続けて加藤（1996）は、「漫画、とくに少女漫画のセリフ、身振りは、この半分の独り言にみちていますね」と述べている。
415 同。
416 同、一六七頁。
417 同、一五七頁。
418 同、一五八〜一五九頁。この部分は、郷原宏（1989）『「現代国語」解読講座』（有斐閣）よりの引用である。
419 同、一五九頁。
420 同。
421 同、一六〇頁。
422 吉本ばなな（2006）前掲、九頁。
423 同。
424 同。
425 同。
426 生方（2015）によれば、精神分析学者ウィニコットは、現実を「内的現実」と「外的現実」、そして両者をつなぐ場所、あるいは休息地としての「中間領域」に区別しているのだという。そして、「移行対象」とは、「ライナスの毛布」――かの「スヌーピー」が登場することで有名なチャールズ・シュルツの漫画『ピーナッツ』に登場する、ライナスという少年が常に持っている毛布――のように、子どもが内的現実としての母親と融合している状態から、母親の外部にあり独立したものとして存在する状態への移行、すなわち母親を外的現実とする過程における「媒介物」のようなものを指すのだという。また、生方（2015）によれば、この「移行対象」は、幼児期にのみ必要とされるものではなく、ウィニコットが「人間は誰もが内的現実と外的現実とを関連させる重荷から解放されることはない。そしてこの軽減は、正当性を問われない、体験の中間領域によってもたらされる」と述べているように、「人間は自分を取り巻く現実に関わろうとする際に、むき出しの現実を覆い隠すように『移行対象』を生み出してしまう」という。詳しくは、生方智子（2015）「生きられる心象風景 ―吉本ばなな『キッチン』『満月』における関係の様態―」（『文芸研究』一二六、明治大学文学部文芸研究会、二六七〜二八二頁）を参照されたい。

427 吉本ばなな（2006）前掲、九〜一〇頁。

428 同、九頁。

429 同、一一頁。

430 同、一二〜一三頁（太字、下線は引用者）。

431 同、一三頁。

432 同。

433 同、一六頁。

434 同。

435 同、一七頁。

436 同。

437 同。

438 同。

439 吉本隆明・吉本ばなな（1997）前掲、一二二頁。

440 吉本ばなな（2006）前掲、一八頁。

441 同。

442 同。

443 同。

444 同。

445 同、一九頁。

446 同、二三頁。

447 同。

448 「キッチン」では雄一が「その筋の店」と形容しているだけだが、続編「満月――キッチン２」の冒頭には、はっきり「ゲイバー」（六五頁）とある。

449 ばななの初めての作品「ムーンライト・シャドウ」にも、恋人であるゆみこを交通事故で亡くし、ゲイやオネエとしてではなく、ゆみこの形見のセーラー服を着て生活を始める柊という男性が登場する。また、柊の兄である等（ひとし）は、主人公さつきの恋人であったが、ゆみこを車で駅まで送る途中で事故に合い、ゆみことともに亡くなってしまっている。恋人の死後、セーラー服を着始めた柊（「交換可能（転移）」）と、等の死後に橋のかかった川への夜明けのジョギングを始めるさつきは、いずれも「キッチン」のえり子と同じく「好きっていう場」を生きていると言えよう。というのは、ある日さつきは、ジョギングの途中で不思議な女性うららと出会い、「百年に一度の見ものがある」（一五二頁）と言われ、うららに教えられた日、さつきは橋で川の向こうにいる、亡くなったはずの等の姿を見るのであり、同時刻、柊のもとにはゆみこが現れ、セーラー服を持ち去るのである。これはその「交換可能（共鳴）」が此岸と彼岸をも超えたということを意味する。

450 吉本隆明・吉本ばなな（1997）前掲、一三八頁。

451 同、一三七頁（傍点は引用者）。

452 同。

453 吉本ばなな（2006）前掲、一四頁。

454 同。

455 同、一八頁。

456 同、三〇頁。

457 同、五九頁。

458 同、六〇頁。

459 同、三六頁。

460 同、三八頁。
461 同。
462 同。
463 同。
464 同。
465 同。
466 同。
467 鄭秋迪（2016）前掲、一八五～一八六頁。なお、ここでの「不健全」という記述については、鄭秋迪（2017）の注記にもある通り、「両親のいない暮らし」を筆者（鄭秋迪）が「不健全」と認識しているわけではなく、それが日本の「社会」、あるいは「世間」というものから、少なくとも「健全」な、子どもの発育に適した環境ではないと認識される可能性があるのではないかと、筆者がとらえているということに過ぎない。
468 吉本ばなな（2006）前掲、三二頁。
469 同、三八頁。
470 同、三四頁。
471 同、三四～三五頁。
472 同、三五頁。
473 同、三六頁。
474 同、三六～三七頁。
475 安冨歩（2019）『誰が星の王子さまを殺したのか——モラルハラスメントの罠』明石書店、三二頁。「モラハラ」は単なる「嫌がらせ」およびその繰り返しとは異なるのであるが、この安冨歩（2019）は、その根本的な相違について、ここに挙げた「個々の行為の名称」（三二頁）ではなく、「関係性のあり方、あるいはその構造に関する名称」（三二頁）なのであり、また「『嫌がらせ』と『嫌がらせの隠蔽』とが同時に行われること」（三三頁）を明快に示しているため、筆者はここで同書から引用している。
476 イルゴイエンヌ、高野優訳（1998）『モラル・ハラスメント——人を傷つけずにはいられない』紀伊国屋書店、一七頁
477 吉本ばなな（2006）前掲、三八頁（傍点は引用者）。
478 安冨歩（2019）前掲、二六頁。
479 安冨歩（2019）前掲、四二頁。
480 吉本ばなな（2006）前掲、四二頁。
481 同、四三頁。
482 同。
483 同。
484 同、三九頁。
485 同、四四頁。
486 同、四五頁。
487 同。
488 生方智子（2015）前掲、二七六頁。
489 同、二七六頁。
490 同。
491 同、二七七頁
492 吉本ばなな（2006）前掲、四九頁。
493 同。
494 同。
495 同、五〇頁。
496 同。
497 同、五六頁。
498 同、五七頁。
499 同、五九～六〇頁。

鄭秋迪（テイ・シュウテキ）
中国南京師範大学外国言語文学博士後研究員（文学博士）。専門は日本文学、日本語教育、平和反戦（教育）など。1990年、中国河南省信陽市生まれ。2014年6月、南京師範大学外国語学院日本文学専攻修士課程修了。2020年9月、関東学院大学大学院文学研究科比較日本文化専攻博士後課程修了。2022年3月より現職。主要論文に「中国における吉本ばなな文学の受容：『キッチン』を中心として」（『解釈』65号、2019年）、「現代日本の絵本における反戦意識」（『人民日報（海外版）』2-2、2024年1月25日）、「赤松俊子・丸木位里と中国——歴史の忘却に抗した画家夫妻」（『季刊文科』95春季号、2024年）などがある。

吉本ばななの文学と中国——『キッチン』を中心に

2024年3月20日　初版第1刷印刷
2024年3月30日　初版第1刷発行

著　者　鄭　秋迪
発行人　森下紀夫
発行所　論 創 社
〒101-0051 東京都千代田区神田神保町 2-23　北井ビル 2F
TEL : 03-3264-5254　FAX : 03-3264-5232　振替口座　00160-1-155266
編集／志賀信夫
装幀／野村　浩
印刷・製本／中央精版印刷
組版／加藤靖司
ISBN978-4-8460-2386-7　